향

사랑, 그 설렘에 취하고 향기에 물들다.

향

사랑, 그 설렘에 취하고 향기에 물들다.

유명하지 않아도

원하지 않아도

이해음 장편 소설

DAHYANG ROMANCE STORY

contents

Episode 1. 네 사람의 관계 ··7

Episode 2. 때론 도도하게, 때론 적극적으로 ··93

Episode 3. 알아 가는 재미 ··159

Episode 4. 원하지 않아도 ··292

Episode 1.
네 사람의 관계

"선배, 진짜 고마워요. 진짜! 진짜로 고맙습니다!"

연신 허공에 대고 꾸벅 90도 인사를 하는 희찬의 얼굴에 그동안 보지 못했던 해맑은 웃음이 떠올라 있었다. 열심히 하는 자에게 복이 온다는 말은 대체 누가 만들어 낸 것일까? 만약 누가 만들어 낸 말인지만 안다면 그분에게 찾아가서…… 아니 이미 돌아가셨으려나? 아무튼, 그 사람 무덤에라도 가서 백만 번 절을 올리고 와야겠다는 심정이었다.

정말이지, 열심히, 딱 '열심히'란 단어에 걸맞게 살아왔다. 대학교 졸업 후, 취업난에 시달려 여기저기 알바로만 전전하길 일 년. 드디어 오늘, 평소 친하게 지내던 대학 선배에게서 걸려 온 전화는 정말 동아줄이라 불러도 과언이 아니었다.

— 아는 사람이 강규헌 작가 어시스트로 일하고 있는데 얼마 전부터 유학 간다 말을 자주 했었거든. 아무래도 다음 주에 갈 건가 보더라고. 그래서 어시스트 자리가 빈다면서 혹시 주변에 할 만한 사람 없냐고 물어보더라. 그래서 전화한 거야. 생각해 보니 너도 취업 자리 알아보고 있었잖아. 괜찮다면 그 일이라도 한번 해 볼래?

네, 당연하죠. 당연한 말씀을 뭐 새삼스레 물어보고 그런답니까? 선배님도 참.

희찬은 선배의 전화가 끊길 동안 수십 번은 허공에 대고 인사를 한 것 같다. 옆을 지나가는 사람들이 신기한 듯 그녀를 힐끗 쳐다보았지만, 너무 기쁜 나머지 그들의 시선이 느껴질 새가 없었다.

선배의 전화가 끊기고 나서야 희찬은 인사를 멈추고 뿌듯한 얼굴로 두 손에 쥔 휴대폰을 바라보았다. 이 선배가 나한테 이렇게 도움이 될 줄은 꿈에도 생각하지 못했다. 대학 다닐 때에는 사사건건 시비에 도움이 되는 건 하나도 없더니, 역시 사람은 오래 알고 봐야 한다는 말은 틀리지 않는 것 같다.

"유희찬! 손님 몰리는데 어디서 뭘 하는 거야?"

앙칼진 사장의 목소리에 희찬은 놀라 휴대폰을 앞치마 주머니에 쏙 집어넣었다. 눈이 쭉 찢어진 사장이 쓰윽 유리창 너머로 그녀를 바라보더니 검지를 까닥였다. 얼른 들어와 일하라는 소리였다. 평소 같았으면 구시렁거리며 저 마녀 같은 인간, 이라고

속 시원하게 욕을 해 줬을 테지만 오늘은 왠지 그런 사장의 목소리도 귀엽게만 느껴졌다.

"네, 지금 갑니다!"

목청 좋은 희찬이 우렁차게 소리치며 카페 안으로 들어섰다. 주문을 받는 내내도, 커피를 만드는 내내도 그녀의 머릿속은 온통 취업 생각뿐이었다.

강규헌이라…… 강규헌이라 하면 고등학교 때부터 천재라 불린 사람이었다. 사진대회란 대회의 상은 모조리 휩쓸고, 현재는 패션 사진작가로 일하고 있다는 걸 신문, 잡지 등에서 몇 번 보았다.

예전에 딱 한 번 사진전을 연 적이 있어 아르바이트로 모은 돈을 탈탈 털어 갔던 걸로 기억한다. 그 사람의 사진을 많이 좋아하는 건 아니었다. 하지만 딱 하나 마음에 드는 사진이 있었다. 제목은 안단테. 빛 때문에 여자의 얼굴은 보이지 않았지만, 몽환적이고 뭔가 아름답고 가슴 따뜻하게 느껴졌던 사진이었다. 하지만 그 외에는 모두 괴이했다. 이게 정말 사진이 맞는 것일까? 라는 의문이 들 정도로 독특한 발상을 가진 사람이었다. 물론 그러니까 천재란 소리를 들었겠지만.

하지만 '안단테'라는 제목을 가진 그 사진만은 달랐다. 그 사람의 독특하고 괴이함과는 거리가 멀었다. 그래서 좋았다. 그 괴이한 사진들 틈에서 아름답게 빛나던 작품이라서.

"유희찬! 지금 여기서 뭐 하는 거야?"

넋 놓고 예전 그 사진을 떠올리던 찰나, 누군가 희찬의 어깨를 툭툭 신경질적으로 쳤다. 사장이었다. 가자미눈을 한 그녀가 희찬을 뚫어져라 노려보고 있었다.

"저쪽 테이블 안 치워? 손님 들어오잖아!"

"아, 네! 지금 갑니다."

하여튼, 잠깐 쉬는 꼴을 못 본다니깐. 희찬은 입을 삐죽이며 얼른 2번 테이블로 달려갔다.

그 이후로도 사장의 잔소리는 여전했다. 1번 테이블을 치우고 있으면 10번 테이블을 치우라고 하질 않나. 설거지를 하고 있는데 자기는 잡지 보고 놀면서 손님 받으라고 하질 않나. 사장의 횡포는 장장 일곱 시간을 넘게 계속되어 갔다.

참으로 고된 아르바이트를 마치고 나서야 희찬은 사장에게 일을 그만두겠다고 말했다. 예전에 일자리가 생기면 그만두겠다고 몇 번이나 말한 적이 있었지만 그녀는 오늘 희찬의 말을 듣고 처음 그 이야기를 듣는 사람처럼 소리를 빽 질렀다.

"갑자기 알바를 그만두면 우린 어쩌니? 당장 내일부터 장사를 대체 어떻게 하라는 거야? 일주일 전에 미리 통보를 주든가!"

"죄송해요. 저도 아까 연락받은 거라서요. 하지만 몇 달 전부터 몇 번이나 말씀드렸던 건데……."

"네가 언제 나한테 얘기했어? 어? 참나, 너 말고는 알바생도 없는데 어쩌라는 거야, 지금!"

희찬은 아무런 대꾸도 못 하고 고개를 푹 숙였다. 물론 사장이 하는 말이 틀린 말은 아니었다. 내일 당장 희찬이 빠지면 그녀를 대신할 알바생은 이곳에 없었다. 한참을 꾸중을 듣던 그때, 카페 문이 열리며 누군가가 들어섰고 사장의 잔소리가 드디어 잠시 멈추었다.

"엄마, 또 희찬이 괴롭혀?"

사장의 아들인 영운이었다. 씩 웃으며 희찬에게 다가간 영운은 그녀의 머리를 손으로 살며시 쓰다듬어 주었다. 그 모습을 바라보던 사장은 영운과 희찬을 아니꼽다는 듯 흘겨보았다.

"엄마가 언제 얠 괴롭혔다는 거야?"

"매번, 맨날, 시시때때로—"

"김영운, 엄마한테 진짜 제대로 맞아 볼래?"

"그러니까 그만 좀 희찬이 괴롭히시라고. 희찬이처럼 오래 여기서 버티는 알바생이 어딨다고 그래? 엄마 성격 때문에 알바생이 오는 족족 한 달도 못 버티고 다 나가 버렸잖아."

영운은 희찬의 어깨를 가볍게 두드리며 '그렇지?' 하고 물었다. 희찬은 억지웃음으로 대답을 대신했다. 사장은 영운의 태도에 이를 바드득 갈더니 다짜고짜 그의 뒤통수를 때렸다. 딱— 경쾌하게 울리는 소리와 함께 영운은 잔뜩 인상을 찌푸리며 사장을 바라보았다.

"아, 왜 때려!"

"으이그, 알지도 못하면서 싸고돌고 있어! 얘가 지금 내일부터 당장 알바를 그만두겠다고 하잖아. 알바생 없으면 내일부터 장사는 누가 다 할 건데? 엄마가 무슨 몸이 두어 개나 되는 줄 알아? 어?"

"진짜? 희찬이 알바 그만둬? 정말이야?"

영운이 놀란 눈으로 희찬을 바라보았다. 희찬은 조심스럽게 고개를 끄덕였다.

"그렇게 됐어요. 갑자기 아는 선배한테서 연락이 와서, 내일부터 바로 출근해야 해요."

"우와, 잘됐네! 드디어 직장을 구했구나. 축하해!"

희찬의 어깨를 두드리며 진심으로 그녀를 축하해 주었다. 그러자 사장은 또 그의 뒤통수를 손으로 내리쳤다. 이번엔 아까보다 두어 배는 더 센 것 같았다.

"아! 또 왜 때려!"

"잘된 일이라니, 축하할 일이라니! 이게 지금 축하할 일이야?"

"그럼 축하할 일이지! 엄마는 희찬이 사정 뻔히 알면서 왜 그래?"

"그럼 내일부터 가게는 누가 볼 건데!"

"내가 보면 되지 뭘 그래!"

"사법고시가 코앞인데 무슨 가게 일을 돕겠다고! 안 돼. 유희찬, 전화해서 다음 주부터 출근하겠다고 해."

"아이참, 엄마는! 됐어. 희찬이 내일부터 거기 출근해. 엄마는 내가 잘 알아서 설득할 테니깐."

"김영운!"

사장이 또 영운의 뒤통수를 때리려고 했지만, 이번엔 영운이 그녀의 손을 잽싸게 낚아챘다. 꼼짝없이 영운의 손에 잡힌 사장이 놓으라며 고래고래 소리 질렀다.

"희찬아, 얼른 가! 어서!"

영운은 펄펄 날뛰는 사장을 간신히 제압하며 희찬에게 가라고 소리쳤다. 희찬은 사장을 힐끗 쳐다보다 슬금슬금 뒷걸음질 치기 시작했다.

"유희찬, 너 이대로 가면 이번 달 알바비 없을 줄 알아! 어?"

"희찬아, 걱정하지 마. 오빠가 알아서 알바비는 통장으로 보내 줄게!"

"아, 네, 감사합니다."

"유희찬!"

"그래. 나중에 시간 나면 카페에 놀러 오고. 잘 가!"

"아, 네. 그럼 그동안 감사했습니다. 전 이만 가 볼게요!"

"유희찬! 어딜 가, 어딜! 유희찬, 거기 안 서?"

사장이 그녀를 부르는 소리가 카페 안을 울렸다. 하지만 희찬은 뒤도 돌아보지 않은 채 부랴부랴 카페를 빠져나왔다.

"휴우— 마지막까지 잡아먹으실 기세네."

희찬은 힐끗 뒤를 바라보며 중얼거렸다. 정말 이런 식으로 그만둘 것이라고는 상상도 하지 못했는데. 영운에게는 미안하지만 마지막 사장의 모습이 너무나 섬뜩해서 다신 그 카페에 발을 못

들일 것 같다는 생각이 들었다.

 달칵, 집에 도착한 희찬은 주머니에 넣어 둔 열쇠로 현관문을 열었다.
 "다녀왔습니다."
 희찬의 인사가 허공에 부딪혔다. 하지만 익숙한 듯 그녀는 신발을 벗고 안으로 들어가 거실 불을 켰다. 집은 그리 크지 않았다. 마당이 있는 아담한 주택이었다. 잔디가 깔린 호화로운 마당은 아니었지만 작은 화초를 키우기엔 적절했다. 이 집은 돌아가시기 전에 아버지가 사 둔 집이었다. 사람이 살려면 자기 집 하나는 있어야 한다며 아껴서 모은 돈으로 산 게 이 집이었다.
 하지만 희찬의 아버지는 겨우 6개월 이곳에서 사시고 돌아가셨다. 그건 그저 불의의 교통사고였다. 아버지는 여느 날처럼 카메라를 가지고 밖으로 나가셨다. 그리고 그 이후, 아버지는 싸늘한 시체가 되어 그녀의 품에 돌아왔다. 그때 그녀의 나이, 열여섯이었다. 그렇게 그녀는 혼자가 되었다. 외로웠다. 아버지가 돌아가시고 이 집에 혼자 남은 희찬은 외로워서 견딜 수가 없었다. 그때마다 그녀는 아버지가 남긴 카메라로 외로움을 달래곤 했다.
 희찬은 방으로 들어가 가방을 침대에 내려놓고 책상 위에 있는 검은색 카메라 가방을 들었다. 바로 희찬의 손에 들린 것이 아버지가 남긴 카메라였다. 아버지가 제일 좋아했고, 제일 아꼈던 카메라.

그녀의 아버지는 사진작가였다. 아주 유명하지는 않았지만, 어느 정도 인지도가 있는……. 그런 그는 딸의 사진을 찍는 걸 좋아했고, 그 덕분에 다른 집보다 두어 배 많은 앨범이 책장에 꽂혀 있었다.

"자, 그럼 오랜만에 한번 가 볼까."

희찬은 카메라 가방을 메고 집에 온 지 5분도 안 돼 다시 집을 나섰다. 가벼운 발걸음으로 그녀가 간 곳은 근처 한강공원이었다. 약간 쌀쌀한 날씨에 외투를 잠그고 몸을 움츠렸다. 이곳은 그녀의 아버지와 자주 오던 곳이었다. 아버지는 일이 끝날 때쯤이면 항상 그녀를 데리고 이곳으로 와 사진을 찍었다. 주로 희찬의 모습을 카메라에 담았고, 아니면 한강 사이를 쭉 뻗은 다리와 풍경을 찍었다. 이곳은 그 어느 곳보다 아버지와의 추억이 많았다. 일 때문에 매우 바쁘셨지만, 주말이나 평일 저녁이면 항상 희찬과 이곳에 와 산책을 하며 사진을 찍었다.

그녀는 자리를 잡고 들고 온 카메라를 꺼내 들었다. 오래돼서 낡았지만, 아직 쓸 만한 카메라였다.

희찬은 곧 한강을 가로지르는 반포대교와 까만 하늘을 배경으로 사진을 찍기 시작했다. 조리개를 돌리며 초점을 맞추는 그녀의 능숙한 손놀림과 동시에 경쾌하게 울리는 셔터 소리는 멈추지 않았다. 렌즈로 보이는 밤하늘에 빠져 있던 그녀는 한 시간이 넘어서야 카메라를 내렸다.

"오랜만이라 그런지 팔이 엄청 아프네."

그녀는 휙휙 어깨를 돌리며 뻐근한 팔을 풀어 냈다. 사진과를 졸업하고 일 년 내내 아르바이트로만 생활을 하다 보니 사진을 찍을 여유조차 없었다. 아마도 카메라를 마지막으로 잡아 본 게 두어 달 전쯤인 것 같았다.

"오랜만에 카메라 잡아 본 건데 기념으로 사진 한 장 찍어 볼까?"

희찬은 음흉한 미소를 지으며 카메라 가방 안에 있는 작은 폴라로이드 카메라를 꺼내 들었다. 평소에 기념일이나 자잘한 것들은 폴라로이드로 남겨 두곤 했다. 물론, 이 습관도 그녀의 아버지 덕에 생긴 것이었다.

희찬은 카메라를 높이 들고 자신을 향해 렌즈를 갖다 대었다. 배경은 짙은 밤하늘과 한강을 가로지르는 반포대교. 가로등 불빛으로 자신의 얼굴이 보일 수 있게 한 뒤, 씩 입꼬리를 올려 웃으며 한쪽 손으로 브이를 그렸다. 찰칵, 경쾌한 셔터 소리와 함께 사진이 나오기 시작했다.

"나와라, 나와라."

주문을 외우듯 사진을 흔들며 검은 종이에 자신의 모습이 나타나기만을 기다렸다. 폴라로이드 사진만의 묘미랄까? 사진을 흔들며 서서히 나타나는 자신의 모습을 보는 것. 다른 카메라에서는 느낄 수 없는 무언가가 있었다.

한참을 사진을 흔들자 까만 종이에 그녀의 얼굴이 보이기 시작했다. 얼굴이 둥글둥글 참으로 못나게 나왔지만 희찬은 사진을 보며 낄낄 웃었다.

"어?"

희찬은 사진 귀퉁이에 찍힌 누군가를 유심히 보았다. 뒤쪽에 있던 누군가가 찍혔는지 희미하게 벤치에 앉아 있는 사람의 형체가 보였다. 그녀는 뒤돌아 사진의 출처인 벤치를 쳐다보았다. 한강과 밤하늘 배경에 집중하느라 주변은 둘러보지 않았던 터라 누가 옆에 있는지도 알지 못했다. 그녀는 벤치에 앉은 사람을 보며 고개를 갸웃거렸다.

깔끔한 정장 차림의 어떤 남자. 찬 강바람에 남자의 긴 머리칼이 살짝 흩날렸다. 벤치에 앉아 멍하니 한강을 바라보는 남자의 모습에 희찬은 무언가의 홀린 듯 그에게 다가서기 시작했다.

오뚝한 콧날, 깊고 큰 눈, 그리고 여자처럼 도톰한 입술과 갸름한 턱선. 그녀는 멍하니 그를 보라보다 카메라 가방에서 DSLR 카메라를 꺼내 들었다. 찰칵, 그리고는 무작정 그를 향해 셔터를 눌렀다.

"저 사람…… 모델인가?"

어쩜 저렇게 앉아 있는 것만으로도 멋있을 수 있지? 희찬은 감탄사를 작게 내뱉으며 계속 셔터를 눌렀다. 그에게 들키지 않으려고 나무 뒤에 숨어 있는 그녀의 꼴이 영락없는 스토커처럼 느껴졌다. 옆을 지나가던 사람들이 희찬을 이상한 눈으로 쳐다보았지만, 그녀는 전혀 그 시선조차 느끼지 못할 정도로 남자를 찍는 데 열중하고 있었다.

렌즈 안에 그는 빛나고 있었다. 저 멀리 보이는 서울 도시의 네온사인 불빛과 반포대교, 그리고 도토리묵처럼 출렁이는 한강 물결. 사르륵 그의 머리칼을 날려 주는 강바람까지.

좋다, 좋아. 속으로 탄성을 지르며 쉴 새 없이 사진을 담고 있는 도중 그가 슬쩍 몸을 틀어 그녀 쪽으로 시선을 돌렸다. 찰칵, 그의 얼굴이 정면으로 카메라에 담겼다. 기쁨과 동시에 카메라 렌즈를 통해 남자와 눈이 마주친 것에 놀라 희찬은 나무 뒤로 몸을 재빨리 숨겼다.

들켰나? 설마, 들킨 건가? 희찬은 카메라를 잡은 손이 흥건하게 땀으로 젖어 갔다. 그녀는 고개를 푹 숙인 채 두 눈을 꼭 감았다. 제발 들키지 않았기를. 평소에 기도 같은 건 하지 않았지만, 오늘만은 하나님께서 도와주시길 빌고 또 빌었다.

"나와."

하지만 역시 기도는 평소에 자주, 그리고 매일 하는 것이 좋은 거였나 보다. 그녀의 귓가에 울리는 낯선 남자의 목소리에 슬쩍 실눈을 떴다. 날 부르는 건가? 제발 아니었으면 좋겠는데.

"거기 나무 뒤에 숨어 있는 너, 내 말 안 들려?"

정확하게 나무 뒤에 있는 희찬을 집어내자, 그녀는 몸을 움찔거리며 고개를 돌렸다. 그녀의 앞에 보이는 가늘고 긴 다리. 그것을 따라 고개를 올리자 아까 연신 카메라의 담았던 남자가 보였다. 희찬의 카메라 셔터 소리를 들었는지 고개를 삐딱하게 튼 그의 얼굴은 잔뜩 일그러져 있었다. 희찬은 어색하게 미소를 지으며 들고 있던 카메라를 등 뒤로 숨겼다.

"왜, 왜 그러세요······."

유희찬, 당황하면 안 돼. 당당하게. 아무 일 없었다는 듯이 그냥 넘기면 돼.

"시치미를 떼시겠다?"

그가 비릿한 웃음을 지으며 어금니를 꽉 깨물었다. 희찬은 뒤에 숨긴 카메라를 꽉 움켜쥐었다. 태연한 척. 그래, 태연한 척.

"시치미라니요? 무슨 소리하시는 건지 도통 모르겠는데요?"

최대한 자연스럽게, 희찬은 남자를 바라보며 말했다. 그녀는 '그냥 제가 착각했나 보군요.' 하고 그가 멀리멀리 떠나가 주길 바랐다. 하지만 그는 입술 근육을 실룩거리며 무섭게 희찬을 노려보았다.

"내놔."

"네?"

"뒤에 숨긴 카메라. 당장 내놔."

"저기, 이건 제 업무용 카메······ 악! 이보세요!"

슬쩍 그녀가 카메라를 꺼내며 변명을 늘어놓으려 했지만, 대꾸도 하지 않은 채 억지로 카메라를 빼앗아 갔다. 그의 손에 들린 카메라를 보며 희찬은 잔뜩 인상을 찌푸렸다.

"이봐, 이봐. 내가 이럴 줄 알았어."

"저, 저기 그건 말이죠······. 그거 사실은."

"너 내 스토커냐? 그 짧은 시간에 정말 많이도 찍었네."

"스, 스토커라니요! 무슨 그런 막말을 하세요!"

"스토커가 아니면 대체 뭔데?"

그는 한 장, 한 장 그녀가 찍은 사진을 넘기며 말했다. 증거물이 떡하니 있어 뭐라 변명할 수가 없었다. 희찬은 깊게 한숨을 내쉬며 입술을 꾹 깨물었다.

"저, 저기 진짜 제가 몰래 찍은 건 죄송한데요. 저 진짜 스토커는 아닌……."

"자."

남자는 휙 그녀의 품에 카메라를 던졌다. 희찬은 바닥에 떨어질세라 반사적으로 카메라를 움켜쥐었다. 멀쩡히 제 품 안에 돌아온 카메라. 깨부수고 초상권침해니 어쩌니 할 줄 알았는데 곱게 카메라를 돌려주는 그의 행동에 희찬의 얼굴에는 작은 미소가 지어졌다.

"용서해 주시는 건가요?"

"용서는 무슨, 사진 싹 다 지웠으니까. 한 번만 더 스토커 짓 하면 그때는 경찰에 확……."

"악! 이보세요! 사진 다 지웠어요?"

희찬은 카메라를 훑어보다 소리를 빽 지르며 자리에서 일어섰다. 놀란 남자가 살짝 뒷걸음질 치며 인상을 찌푸렸다.

"뭐야, 스토커 주제에 왜 소리를 질러?"

"지우면 어떻게요! 아, 진짜 힘들게 찍은 건데!"

"내 사진 내가 지우겠다는데 스토커가 무슨 상관이지?"

"그래도, 그냥 소장하는 것도 안 됩니까? 제가 어디 팔 것도 아니고, 인터넷에 유포할 것도 아니었는데!"

"스토커 주제에 참, 말이 많네. 당장 경찰서 가서 누가 잘못했는지 따져 봐?"

경찰서라는 말에 희찬은 그제야 입을 꾹 다물었다. 분명 이것은 명백한 그녀의 잘못이었다. 하지만, 오랜만에 좋은 사진을 놓친 그녀는 화가 치밀어 오를 수밖에 없었다. 누군가에게 사진을 몰래 찍히는 일, 기분 나쁜 일인 것은 잘 알고 있다. 하지만, 하지만……

"경찰서 안 가는 걸 감사하게 여겨야 할 판에 말이 많네. 이 여자."

그는 콧방귀를 뀌며 주머니에 손을 집어넣고 유유히 희찬의 옆을 지나쳤다. 고개를 틀어 그의 뒷모습을 바라보던 희찬은 카메라를 들어 찰칵, 그의 뒷모습을 순식간에 담아냈다. 하지만 아니나 다를까. 셔터 소리를 들었는지 그의 발걸음이 우뚝 멈춰 섰다.

히익, 들켰나? 놀란 희찬은 카메라를 가방에 집어넣으며 그가 가던 길 반대쪽으로 무작정 뛰기 시작했다. 잡히면 안 돼. 마지막 한 장이라도 사수해야 해! 희찬이 전속력으로 달려 도망갈 때, 남자는 멍하니 그녀의 달아나는 모습을 바라보다 허한 웃음을 내지었다.

"저거 완전 이거 아니야?"

그는 손가락을 머리 위로 휘휘 돌리며 어깨를 으쓱였다.

'전 아닙니다! 스토커가 아니에요!'
온몸으로 저항하며 소리쳤지만 다가오던 경찰은 희찬의 양쪽 팔을 잡아챘다. 그녀는 몸부림쳤다. 아닙니다, 정말 아닙니다. 오해입니다. 달칵, 손목에 쇠고랑이 채워졌다. 울상이 된 그녀가 주변을 두리번거리며 도움을 요청하려 했지만 단 한 사람만이 희찬을 지켜보고 있었다.
'잘 가, 스토커.'
그가 그녀를 향해 손을 흔든다. 세상에, 아니야, 나는 아니야! 나는 스토커가 아니라고! 발버둥을 치며 아니라고 저항을 하자 칠흑같이 어두운 하늘에서 그의 사진들이 후드득 떨어져 내렸다. 세상에, 이게 왜, 왜, 왜!
벌떡, 그녀가 침대에서 일어났다. 제기랄, 그냥 꿈이었다.

첫 출근 꿈부터 영 뒤숭숭하다. 희찬은 간신히 정신을 차리려고 머리를 좌우로 흔들었다. 시계를 보니 여덟 시 삼십 분이 훌쩍 넘어가고 있었다.
"에— 여덟 시 삼십 분?"
세상에, 뭐야? 희찬은 다리에 엉겨 붙은 이불을 걷어차며 얼른 욕실로 달려갔다. 정확히 일곱 시에 맞춰 놓은 알람은 어떻게 된 거지? 울상을 지으며 분노의 양치질을 하고 휴대폰 알람을 뒤적거리다 잔뜩 얼굴을 찌푸렸다.

"아, 오후……."

오전을 오후로 맞춰 놓다니. 그녀는 휴대폰을 주머니에 넣고 치약 거품을 뱉어 냈다. 첫 출근이지만 머리 감을 시간적 여유가 없었다. 무조건 달리는 것만이 살길이었다. 그녀는 평소엔 볼 수 없었던 빠르기로 준비를 마치고 뛰쳐나와 집 앞을 지나가려던 택시를 겨우 잡아탔다. 어제저녁 선배가 알려 준 곳에 도착했지만 이미 약속 시각보다 삼십 분이란 시간이 지난 후였다.

"여기요."

조금씩 모아 두었던 비상금을 탈탈 털어 택시비를 내고 차에서 내렸다. 쌩하니 멀어지는 택시에서 검은 매연이 뿜어져 나왔다. 콜록콜록— 기침을 내뱉으며 멍한 표정으로 강규헌 작가의 작업실을 올려다보았다.

"와, 예쁘다."

마치 눈이 쌓인 듯한 흰색의 이층집. 마당엔 초록 잔디가 예쁘게 깔렸고, 듬성듬성 꽃들이 예쁘게 피어 있었다. 영화나 드라마에서나 나올 법한 집이 이런 곳에 있었다니. 희찬은 입을 다물지 못한 채 주변을 둘러보다가 문득 자신이 이럴 때가 아니라는 것을 느끼고 시계를 바라보았다. 큰일 났다. 완전히 늦었다. 부랴부랴 앞으로 다가가 초인종을 꾹 눌렀다. 삐— 하고 울리는 소리와 함께 낮고 굵은 남자 목소리가 들려왔다.

"누구."

꿀꺽. 마른침을 삼키며 말을 이어 갔다.

"느, 늦어서 죄송합니다! 오늘부터 강 작가님이 어시스트로······."

철컹. 말이 끝나지도 않았는데 그녀의 앞을 가로막고 있던 문이 열렸다. 살짝 인상을 찌푸리다가 메고 있던 가방끈을 잡고 정원으로 들어섰다. 정원은 그야말로 그림이 따로 없었다. 작은 돌담길 따라 들어가면 흰색 현관문과 그 옆에는 예쁜 테라스도 자리 잡고 있었다. 주위를 두리번거리며 구경을 하다가 자신이 지각했다는 걸 자각하고 얼른 현관문을 열고 작업실 안으로 들어갔다.

인기척도 느껴지지 않는 작업실. 얼굴을 빼꼼히 내밀고 주변을 살피다가 슬쩍 신발을 벗고 들어섰다.

"저······ 실례합니다."

현관문 앞에 놓인 흰색 슬리퍼를 신고 거실 안까지 들어섰지만, 그 누구도 보이지 않았다. 화장실 가셨나? 고개를 갸웃거리며 주변을 둘러보다 테이블 위 사진에 관련된 책들과 사진들이 널려 있는 것을 보았다. 신기한 듯 테이블에 다가가 사진을 하나하나 훑어보는데, 등 뒤에서 낮은 음성이 울려 퍼졌다.

"늦게 온 주제에 남의 물건을 마음대로 만지다니."

희찬은 놀란 표정으로 들고 있던 사진을 테이블 위해 던지듯 내려놓았다. 그리고 침을 꿀꺽 삼키며 천천히 뒤돌아서자 사진으로만 보던 강규헌이라는 사람이 그녀의 바로 앞에 서 있었다. 늘어진 스웨터에 무릎이 늘어난 추리닝. 그리고 머리는 파마를 한 건지, 원래 곱슬머리인 건지 모르겠지만 정신없이 뒤엉켜 있었다.

"아, 안녕하세요."

"안녕 못 한다면?"

비아냥거리는 그의 목소리에 희찬은 적지 않게 당황했지만 금방 고개를 숙이며 말을 이어 갔다.

"아…… 정말 죄송합니다."

"자기가 뭘 잘못했는지 알고는 있나?"

"지각한 거랑 작가님 물건 마음대로 만진 거 죄송합니다."

"안다니 다행이네."

그는 희찬에게 다가오더니 들고 있던 머그잔을 테이블에 툭 내려놓았다. 몽글몽글 올라오는 커피 냄새가 희찬의 코를 자극했다. 그녀는 입을 꾹 다문 채 규헌을 바라보았다. 정말이지, 사진으로 볼 때는 잘 못 느꼈는데 실제로 보니 정말 왜 유명한지 알 것도 같았다. 천부적인 사진 재능으로도 모자라 얼굴까지 이렇게 완벽 그 자체라니.

"남잔 줄 알았는데."

"네?"

"유희찬. 남자 이름 같잖아."

"아, 그런 소리 자주 듣긴 하는데…… 어시스트는 꼭 남자여야 하나요?"

"뭐 딱히 상관은 없지만."

그런데 왜 트집을 잡고 늘어져? 희찬은 살짝 입을 삐죽 내밀었다.

"……."

"……."

정적이 흐른다. 그는 아무런 말도 없이 테이블에 늘어진 사진을 한참 들여다보았다. 희찬은 그런 그를 힐끗 쳐다보았다. 그리고 그가 보고 있던 사진을 보다 조용히 바닥으로 시선을 내렸다. 왜 아무 말도 안 하고 저렇게 사진만 보고 있는 건지. 꼭 가시밭길에 서 있는 기분이었다.

"출근은 아침 아홉 시, 퇴근은 여섯 시지만 아마 그때 맞춰 가긴 힘들 거야. 오자마자 아메리카노 뽑아서 여기 이 테이블 오른쪽에 올려놓을 것. 어시스트 책상은 저 안쪽이고, 웬만하면 휴대폰은 진동으로 하고, 내가 하라는 일 말고는 아무것도 하지 말고. 특히 사진과 책은 함부로 만지지 말 것. 그리고……."

갑자기 쉴 틈 없이 말을 내뱉더니, 사진에 고정되어 있던 그의 시선이 그녀의 발밑으로 향했다. 희찬은 고개를 갸웃거리다가 그의 시선을 따라 아래를 바라보았다.

"그 슬리퍼는 내 전용이야. 자기 슬리퍼는 사서 가져다 놓길."

"아, 네!"

당황한 희찬이 신고 있던 슬리퍼를 얼른 벗어 냈다. 그리고는 조심스레 슬리퍼를 들어 현관문 앞에 놓으려던 찰나, 그가 조용한 음성으로 말을 이어 갔다.

"오늘은 그냥 신은 김에 신고 있어."

"아……."

희찬은 쑥쓰러운 듯 어색하게 웃어 보이며 다시 슬리퍼를 바닥에 내려놓았다. 정말이지, 비위 맞추기 어려운 사람 같다. 만난 지 단 5분 만에 이렇게 땀을 삐질삐질 흘리게 하다니. 희찬은 작은 한숨을 내뱉으며 구부리고 있던 허리를 슬그머니 폈다.

규헌은 옆에 있는 의자에 앉아 조용히 사진을 훑어보고 있었다. 희찬은 멀뚱히 그를 바라보다 작게 한숨을 내쉬었다.

그때였다. 따르르릉, 울리는 전화 소리에 희찬의 어깨가 움찔거린 건 말이다. 집 안 전체를 울리고 있는 전화벨 소리에 희찬은 주변을 두리번거렸다. 그러자 조용히 사진만 바라보던 규헌이 조용조용한 목소리로 입을 열었다.

"가서 받아."

"아, 네!"

희찬은 우렁차게 대답을 하고 전화벨이 울리는 곳으로 뛰어갔다. 전화기는 대체 어디 있는 거지? 거실을 이리저리 훑어보자 소파 위에 엎어져 있는 규헌의 휴대폰을 발견했다. 희찬은 미소를 머금으며 얼른 휴대폰을 집어 들어 통화 버튼을 눌렀다.

"강규헌 작가님 휴대폰입니다."

— 강 작가님 계십니까?

"아, 네. 계시는데."

— 좀 바꿔 주시겠습니까?

"아, 네. 잠시만요!"

희찬은 후다닥 규헌에게 뛰어가 휴대폰을 내밀었다. 그는 사진을 넘겨 보던 행동을 멈추고 휴대폰을 바라보았다. 그리고는 살짝 인상을 찡그리더니 고개를 좌우로 흔들었다. 희찬이 고개를 갸웃거리며 가만히 쳐다보고만 있자, 규헌은 이내 그녀에게로 고개를 돌리고 잔뜩 인상을 찡그렸다.

"아, 아!"

그제야 표정을 읽은 그녀는 허겁지겁 휴대폰을 귀에 갖다 대었다.

"아, 저기 작가님께서 아직 주무시고 계셔서 저한테 말씀하시면……."

— 아, 그럼 오늘 미팅 12시에서 11시로 앞당겨졌다고 말씀 좀 전해 주세요.

"네, 알겠습니다."

희찬은 고개를 끄덕이며 전화를 끊었다. 그리고는 조심스럽게 테이블 위에 그의 휴대폰을 내려놓았다.

"작가님, 오늘 미팅이 12시에서 11시로 앞당겨졌다고 전해 드리래요."

그러자 그가 고개를 돌려 그녀를 빤히 바라보았다.

"그래서."

"네? 그러니까 11시에 미팅을……."

"그걸 왜 네 마음대로 정하지?"

"네? 아니 그쪽에서 일방적으로……."

"그럼 날 바꿔 줘야지 멋대로 시간을 정하나?"

뭐야, 자기가 안 받는다며.

희찬은 꿀 먹은 벙어리처럼 입을 다물고 고개를 푹 숙였다. 대꾸를 해야 하나, 말아야 하나 고민하고 있던 찰나, 그가 보고 있던 사진을 놓고 뚜벅뚜벅 2층으로 걸어 올라가기 시작했다. 희찬이 뒤를 쪼르르 따라가자, 그가 걸음을 멈추고 뒤돌아서서 탐탁지 않은 표정으로 그녀를 내려다보았다.

"요즘은 작가 어시스트는 작가 옷 갈아입는 것도 도와주나?"

"아, 아닙니다!"

당황한 희찬이 손을 절레절레 흔들었다. 규헌은 고개를 좌우로 흔들고는 저벅저벅 2층 계단으로 올라갔다.

휴우— 그의 모습이 사라지고 나서야 희찬은 깊게 한숨을 내쉬었다. 어쩜 따박따박 말투가 화살처럼 가슴에 팍팍 박히는지 모르겠다. 성격이 별나다고는 들었지만 이 정도로 별날 줄은 꿈에도 생각 못 했다. 꼭 제2의 카페 사장님을 만난 기분이었다.

"아니, 자기가 전화 바꿔 주지 말라고 했으면서! 그럼 처음부터 전화를 자기가 받든가!"

희찬은 이를 바드득 갈며 소리쳤다. 하지만 곧바로 2층 계단 위를 슬쩍 바라보며 몸을 움츠렸다. 목소리가 좀 컸나? 들었으면 어떡하지? 희찬은 입술을 손바닥으로 툭툭 치며 울상을 지었다.

십 분 뒤, 뚜벅뚜벅 그가 계단을 내려오는 소리가 들렸다. 어디 앉지도 못하고 서서 손톱을 만지작거리고 있던 희찬은 고개를 들고 하던 행동을 멈추었다. 하늘색 와이셔츠 단추를 잠그며 내려오는 규헌의 모습에 그녀는 넋이 나간 듯한 표정을 지었다. 아깐 잘생긴 한량인 같았다면 지금은 잘생긴 재벌 2세였다. 어쩜 저렇게 핏이 제대로 사는지. 어제 한강에서 만난 모델과 비교해도 손색이 없을 만한 기럭지였다.

 규헌은 계단을 내려와 쓰윽 희찬을 바라보았다. 규헌과 눈이 마주친 그녀는 그를 향해 씨익 미소를 지었다.

 "웃지 마. 정나미 떨어져."

 일순, 그의 단호한 말투에 희찬의 얼굴에는 침울함이 가득 담겼다.

 만난 지 15분밖에 안 됐는데 떨어질 정이 어디 있다고.

 희찬은 입술을 삐죽거리며 멋쩍은 듯 머리를 긁적였다.

 "테이블 옆에 검은색 가방 하나 있을 거야. 그거 들고 나와."

 "네!"

 하지만 그의 한마디에 희찬은 언제 침울했냐는 듯 해맑게 웃으며 대답했다. 희찬은 쪼르르 테이블 옆으로 달려갔다. 오른쪽을 바라보자 의자 밑에 검은색 큰 가방이 하나 놓여 있었다. 그녀는 어깨에 큰 가방을 멨다. 꽤나 무거운 가방에 살짝 몸이 휘청거렸지만 낑낑 잘도 들고 규헌의 뒤를 따라나섰다.

 정원 옆에는 작은 주차장이 있었다. 그곳에는 비싼 외제차로 보이는 차가 한 대 주차되어 있었다.

"유희찬!"

"네!"

"운전."

그가 키를 덥석 그녀를 향해 던졌다. 날아오는 차 키를 향해 손을 뻗었지만 메고 있는 가방 때문인지 날아오는 키를 향해 달려가는 게 쉽지 않았다.

툭.

결국, 규헌이 던진 차 키는 정원 잔디 위로 떨어지고 말았다.

"아, 죄송합니다."

어색하게 웃으며 규헌을 바라보았다. 하지만 그는 이미 조수석에 올라타고 있었다. 희찬은 그런 그를 노려보며 인상을 잔뜩 찌푸렸다. 그리고는 몸을 구부려 잔디에 떨어진 키를 주워 주차장으로 향했다.

큰 가방을 뒷좌석에 싣고 운전석에 올라탄 희찬. 운전면허를 따고서 이렇게 고급 차를 운전하는 건 처음이었다. 설렘이 가득했지만 비싼 차인 만큼 흠집이라도 나면 돈이 왕창 깨진다는 부담감이 그녀의 어깨를 짓누르는 것 같았다.

마른침을 꿀꺽 삼키며 차에 시동을 걸었다. 그리고는 조심스럽게 핸들을 돌리며 주차장을 능숙하게 빠져나갔다.

생각보다 운전은 그리 어렵지 않았다. 면허를 따고 오랫동안 차를 몰지 않았지만 비싼 차라서 그런지 어째 승차감도 좋고, 쭉쭉 잘 달리는 것만 같았다. 하지만 규헌은 그렇지 않았나 보다. 조수석에 타고 있는 내내 오만상을 찌푸리며 그녀를 빤히 쳐다보고 있었다. 그의 시선 때문이었을까. 미팅 장소에 도착했을 때, 그녀의 손바닥은 흥건하게 땀으로 젖어 있었다.

"여기 맞아요?"

희찬이 규헌에게 물었지만, 그는 아무런 대답도 없이 차에서 내렸다.

"대답 한마디 해 주기가 그렇게 어렵나."

구시렁구시렁. 희찬은 그를 곁눈질로 노려보며 천천히 차에서 내렸다. 큰 가방을 어깨에 메고 건물 앞에 선 그녀는 '스쿠알로'라는 이름을 보며 멍한 표정을 내지었다.

아, 이곳이 그 유명한 '스쿠알로'라는 잡지사구나. 한국 잡지 중 가장 유명한 '스쿠알로'라는 여성 잡지. 희찬이 일하던 카페에서도 정기적으로 잡지 구독을 하고 있었고, 웬만한 20대, 30대 여성들이 요즘 자주 보는 잡지의 이름을 대라 하면 당연히 '스쿠알로'라 말할 정도로 유명했다. 이런 큰 회사에 와 본 건 처음이라 들뜬 희찬이 주변을 두리번거리며 건물 안을 살피고 있을 때, 어느새 오른쪽 안내데스크까지 훌쩍 가 버린 규헌이었다. 부랴부랴 그의 옆에 가 서기 무섭게 그는 안내원을 따라 발걸음을 옮기기 시작했다. 희찬은 이마에 흐르는 땀을 손등으로 닦아 내며 또 뒤를 졸졸 따라갔다.

"13층으로 가시면 됩니다."

안내원이 친절하게 엘리베이터 버튼까지 눌러 주었고, 간단한 눈인사와 함께 엘리베이터 문이 닫혔다. 무거운 짐 때문에 희찬은 온몸이 땀범벅이었다. 오늘 날씨는 그리 더운 날씨가 아니었는데도 말이다. 낑낑거리며 가방을 메고 있다가 결국, 엘리베이터 바닥에 가방을 내려놓았다. 그러자 눈길 하나 주지 않고 있던 규헌의 시선이 재빠르게 그녀에게로 향했다. 따가운 그의 시선을 느꼈는지 희찬은 슬쩍 규헌을 바라보았고 이내, 어색하게 웃으며 다시 가방을 들었다.

다행히 금방 13층에 도착했다. 엘리베이터 앞에는 검은색 뿔테안경을 쓴 남자 비서가 규헌을 기다리고 있었다. 짧은 인사와 함께 그를 안내했고, 희찬은 낑낑거리며 무거운 짐 가방과 여전히 씨름 중이었다.

"이번 미팅은 대표님께서 직접 하실 계획이십니다."

"대표님은 회사에 나오시지 않으신다고 들은 거 같은데요."

"아, 네. 뭐, 그렇긴 합니다만, 이번엔 회장님 지시로 어쩔 수 없이……."

비서도 톡 쏘는 규헌의 말투에 당황한 듯 어색한 미소를 지었다. 역시, 규헌은 누구에게나 상대하기 어려운 사람임이 틀림없었다. 간신히 직장을 구해서 좋아했건만, 이런 사람 밑에서 일하게 되다니. 희찬은 깊게 한숨을 내쉬며 어깨를 내려가려는 가방끈을 다시 올려 멨다. 한참 복도를 따라 걸어가던 그때, 반대편에서 코너에서 누군가의 대화소리가 들려왔다.

"정우 씨, 오늘은 저녁은 나랑 놀 거지?"

"무슨 소리야, 언닌 어제도 놀았잖아. 오빠 오늘은 나랑 놀자. 응?"

"어제는 내가 아니라 유리 언니였잖아. 정우 씨, 나 오늘 저녁에 무지 한가하단 말이야. 응? 오늘은 나랑 오늘 놀자."

"그만해. 그냥 셋이서 같이 놀면 되지. 뭘 싸우고 그래?"

꺄르르르르— 주점이나 클럽에서나 들을 수 있는 여자 콧소리와 대화들. 희찬은 잔뜩 인상을 찌푸리며 코너를 돌아 사람들을 쳐다보았다. 그러자 규헌의 옆에 있던 비서가 당황한 듯 부랴부랴 그들에게로 달려갔다.

"대표님!"

대표님? 저 사람이 이 잡지사 대표? 희찬은 믿기지 않는다는 표정으로 그를 올려다보다 이내 그의 얼굴을 확인하고는 굳은 얼굴로 자리에 멈춰 섰다.

"뭐야?"

짜증 섞인 말투로 그는 비서에게 물었다. 비서가 귓속말로 얘기를 건네자 낮은 욕을 뱉으며 양쪽 여자의 어깨에 두르고 있던 손을 풀어 냈다. 그리고는 주머니에서 차 키를 꺼내 옆에 서 있는 여자에게 던져 주었다.

"둘은 주차장에 먼저 내려가 있어."

"오빠 금방 올 거지?"

"금방 갈 테니까 얼른 가 있어."

정우가 짜증 섞인 말투로 두 여자에게 말하자 그녀들은 그에게 손을 흔들며 희찬과 규헌의 옆을 지나쳤다. 도저히 옷을 입은 건지 벗은 건지 알 수가 없는 차림을 한 두 여자는 규헌을 힐끗 쳐다보더니 씩 웃으며 윙크를 날렸다. 꺄르르― 그들의 웃음소리가 복도에 울려 퍼졌다.

"내가 안 한다고 했을 텐데?"

"회장님께서 무조건 이번 미팅은 대표님께서 직접 하시라고 하셨어요."

"미친."

"이번에도 미팅 참여하지 않으시면 정말 죽을 각오하시라고……."

비서의 말에 그는 잔뜩 인상을 찌푸리며 다짜고짜 벽을 발로 차기 시작했다. 쿵쿵쿵쿵, 긴 다리로 흰 벽을 차자 검은색 발자국이 선명하게 새겨졌다. 희찬은 그런 그를 쳐다보다가 혹여나 자신을 알아볼까 봐 규헌의 뒤에 몸을 웅크렸다. 그러자 그가 마음을 대충 진정시키고 터벅터벅 비서와 함께 규헌과 희찬 쪽으로 걸어왔다. 잔뜩 짜증 섞인 얼굴로 다가오던 그가 규헌을 바라보며 시큰둥하게 말을 이어 갔다.

"처음 뵙겠습니다. '스쿠알로' 대표 이사, 박정우라고 합니다."

그는 심통 난 얼굴로 규헌에게 악수를 청했다. 하지만 규헌은 그의 손을 쳐다보지도 않고 퉁명스럽게 말을 되받아쳤다.
"압니다."
아, 압니다? 옆에서 지켜보던 비서도, 규헌의 뒤에서 숨어 있던 희찬도 놀라 그의 얼굴을 멀뚱히 바라보았다. 정우는 그런 그가 어이없다는 듯 실소를 내뱉었다. 싸가지를 밥 말아 쳐 드셨나. 정우는 허공에 머문 손을 꽉 쥐었다.
희찬은 둘의 기 싸움에 숨이 턱턱 막히는 듯했다. 왜 내 일자리는 하나같이 이런 곳일까. 잔뜩 울상을 짓던 그때, 정우의 시선이 규헌의 뒤에 숨어 있는 희찬에게로 슬금슬금 넘어가기 시작했다. 아까부터 규헌의 뒤에서 알짱대는 저 여자. 정우는 몸을 기울여 규헌의 뒤에 있는 희찬을 바라보았다. 그러자 그녀의 얼굴을 확인하고는 손가락으로 가리키며 탄성을 내질렀다.
"어라? 그쪽…… 어디서 봤더라?"
그의 목소리에 고개를 슬며시 드는 희찬. 얼굴 바로 앞에 다가와 있는 그의 얼굴을 보고 놀라 슬쩍 뒷걸음질을 쳤다. 얼굴을 정면으로 보이고 말았다.
젠장. 들켰나?
그녀는 얼른 다시 규헌의 뒤로 얼굴을 숨겼다.
"어? 너 어제 한강 그 스토커…… 맞지?"
하지만 그녀의 행동은 이미 한 발짝 늦은 후였다.

어떤 드라마에서 말하길, 사람의 인연에는 우연이란 건 없다

했다. 하지만 지금 이 상황이 기막힌 우연이 아니라면 뭐란 말인가. 필연이라도 된다는 말인가? 아니다. 그건 절대 아니다. 그럴 리가 없다.

긴박한 상황은 비서 덕분에 간신히 종료되었다. 그리고 미팅 룸으로 자리를 옮긴 네 사람.

희찬은 여전히 가시방석에 앉아 있는 듯한 기분이었다. 정우는 턱을 괴고 흥미로는 얼굴로 희찬을 빤히 바라보고 있었다. 그런 그의 시선이 부담스러워 눈을 여기저기 돌리며 헛기침을 내뱉었다.

"미팅 시작하죠."

고요한 미팅 룸 안에 규헌의 목소리가 울렸다.

"그쪽에서 보낸 기획안은 대충 검토했습니다. 그래서 기획안과 모델 분위기에 맞게 콘티를 몇 개 짜 봤는데……."

"그런 건 그쪽에서 잘 알아서 마무리하세요."

규헌의 말이 다 끝나지도 않았는데 정우가 비릿한 미소를 지으며 말했다. 서류들을 내밀던 규헌의 손이 허공에 멈춰 섰다. 무거운 침묵. 왠지 거대한 싸움이 일어날 것만 같은 기류다. 하지만 정우는 그런 기류를 느끼지 못한 건지 꽤나 재밌다는 표정으로 규헌을 보며 또다시 말을 이어 갔다.

"제 말이 틀렸나요? 어차피 강 작가님께서는 천재이시고, 일 잘하시기로 유명하니 콘티 정도야 알아서 잘 준비하실 건데요. 뭘."

하, 무겁다. 어깨가, 머리가. 금방이라도 뭔가가 터질 것 같은 기분이다. 희찬은 불안한 표정으로 정우와 규헌을 바라보았다. 비서도 마찬가지였다. 뭐라 말을 잇지 못하고 어버버거리며 막말을 내뱉은 정우를 바라보고 있었다.

"뭐, 그렇죠. 제가 천재긴 하죠."

그때였다. 규헌이 입꼬리를 시원하게 올리며 입을 연 것은.

규헌은 서류를 다시 가방에 집어넣었다. 그리고는 지퍼를 닫아 옆에 앉은 희찬에게 가볍게 던져 주었다. 쿵, 무거운 짐 가방이 그녀의 무릎을 짓눌렀다.

"천재가 아니신 박 대표님께 보여 드려 봤자 이해도 못 하실 거라는 걸 제가 배려하지 못했네요. 그럼 콘티는 천재인 제가 알아서 잘 고르죠."

나는 놈 위에 뛰는 놈 있다는 말은 이럴 때 쓰는 거구나.

희찬은 작게 고개를 끄덕이다 규헌이 자리에서 일어나는 것을 보고 허둥지둥 따라 일어섰다.

정우는 규헌을 보며 이를 바드득 갈았다. 성격이 좀 이상하다는 건 대충 아까 짐작은 했었지만, 저 정도일 줄이야. 그는 주먹을 쥐고 쾅, 테이블을 내리쳤다. 그 바람에 나가려고 문을 열었던 규헌이 뒤돌아 정우를 바라보았다. 정우는 이내 규헌을 향해 비릿한 웃음을 짓더니 고개를 틀어 그의 옆에 있는 희찬을 바라보았다.

"어이, 거기 여자."

"저, 저요?"

희찬이 고개를 갸웃거리자 정우가 씩 웃으며 고개를 끄덕였다.

"당신은 좀 남지? 할 얘기가 있으니까."

희찬은 눈을 휘둥그레 뜨며 당황한 모습을 감추지 못했다. 씨익, 그가 장난스런 미소를 짓자 희찬의 등줄기에 소름이 쫙 끼쳤다.

설마, 마지막에 몰래 사진 찍은 것 때문에 그러나? 설마 정말 고소하려는 생각?

어느새 복잡해진 머리 때문에 심장이 쿵쿵 무섭게 뛰고 있었다.

"유희찬."

그때, 단호한 목소리로 규헌이 그녀의 이름을 불렀다. 그제야 정신을 든 그녀가 규헌을 올려다보았다. 무표정한 얼굴로 고개를 까닥이는 그의 모습이 보였다. 그것은 분명 이쪽으로 오라는 지시였다.

"아, 네!"

희찬은 우렁차게 그에게 대답했다. 그리곤 규헌이 문을 열고 미팅 룸을 나가자 망설임 없이 그의 뒤를 따라나섰다.

"뭐야……. 야, 거기!"

당황한 정우가 소리를 지르며 희찬을 불렀지만 그녀는 뒤도 돌아보지 않고 쪼르르 규헌을 따라 걸어갔다. 여전히 정우의 목소리는 복도를 울리고 있었다. 희찬이 슬쩍 뒤를 바라보려 하자,

또 규헌이 그녀의 이름을 불렀다.

"유희찬."

"네, 넷!"

"신경 쓰지 마. 무시해."

희찬은 긴장한 듯 뻣뻣하게 허리를 세우고 고개를 끄덕였다. 규헌은 그런 희찬에게서 눈을 떼며 어디서 개가 짖나, 하는 표정으로 귓속을 손으로 후벼 팠다.

"젠장!"

정우는 발악을 하며 테이블을 손으로 쾅쾅 쳤다. 하지만 희찬은 돌아오지 않았다. 규헌을 따라 뒤도 돌아보지 않고 그냥 그렇게 가 버렸다.

"감히 내 스토커 주제에……."

화를 못 이겨 온몸을 부들부들 떠는 정우의 모습에 비서는 겁먹은 듯 마른침을 꿀꺽 삼켰다. 정우의 이런 모습을 볼 때마다 비서는 피가 바짝 말라 가는 것 같았다. 그리고 하루에도 수십 번 회사를 때려치우고 싶다는 생각이 들었다. 하지만 잡지사 중에 '스쿠알로'만큼 유명하고 큰 회사가 또 어디겠는가. 비서에게는 두 눈을 꼭 감고 버티는 것밖에 방법이 없었다.

정우는 지끈거리는 머리를 엄지로 꾹꾹 눌렀다. 스토커 주제에 자신의 말을 무시했다는 것에 화가 치밀었다. 그 어떤 여자도 정우를 단 한 번도 뒤도 돌아보지 않고 간 적이 없었다. 정우는 외관상 모든 것이 완벽했다. 다만, 약간의 흠이 있다면 이 욱하는 성질. 하지만 여자들 앞에서는 웬만해선 화를 내지 않는 그였다.

"비서."

"네, 네?"

"저 여자 신상 좀 알아와."

"죄송합니다만, 저분은 저도 처음 보는 사람인지라."

"강규헌이랑 6개월 넘게 계속 일해 왔는데 따라다니는 부하 직원의 신상도 모른다는 게 말이 돼?"

"네. 사실 그전까지만 해도 남자 어시스트를 데리고 다녔습니다만."

"뭐?"

"그렇게 궁금하시다면…… 강 작가님 전화번호라도 알려 드릴까요?"

젠장, 정우는 낮은 욕을 내뱉으며 고개를 푹 숙였다. 부글부글 속이 끓어오른다. 이대로 그냥 넘어가기엔 그의 자존심이 용납되지 않는 모양이었다.

"유……희찬."

분명 규헌이 '유희찬' 이라고 불렀다. 이름은 유희찬, 나이는 이십 대 초중반. 주소 모름. 전화번호 모름. 아는 것 단지 얼굴과 이름뿐.

정우는 괜한 분노에 손톱을 이로 물어뜯었다. 그때, 그를 가만히 지켜보고만 있던 비서가 크흠— 헛기침을 내뱉었다.

"대표님, 회장님께서 미팅이 끝나는 즉시 곧바로 회장실로 오라 하셨습니다."

"또, 왜?"

"저도 잘 모르겠습니다."

정우는 푹 한숨을 내쉬다 짜증 섞인 표정으로 자리에서 일어섰다. 그리고는 저벅저벅 미팅 룸을 빠져나와 긴 복도를 걸어갔다. 희찬과 규헌은 보이지 않았다. 이미 회사를 빠져나간 듯 보였다. 정우는 어젯밤 한강에서 희찬을 본 상황을 떠올렸다. 스토커 주제에 사진을 지웠다고 버럭 소리치던 이상한 여자. 그 여자를 또 우연히 회사에서 또 만났다.

"아, 미친. 왜 그딴 여자를……."

그래, 그딴 여자. 그냥 무시하면 그만이지. 그냥 한낱 스토커일 뿐이야. 그런 여자들 한두 번 겪어 봐? 정우는 코웃음을 치며 애써 고개를 끄덕였다.

정우와 비서는 엘리베이터를 타고 주차장으로 내려갔다. 주차장에 오자마자 꺄르르거리는 여자 웃음소리가 귓속을 파고들었다. 비서는 그 웃음소리가 꽤나 거슬리는지 귀를 살짝 틀어막으며 인상을 찌푸렸다. 하지만 정우는 그녀들의 웃음소리가 익숙한 듯 무표정한 얼굴로 저벅저벅 걸어갔다.

"어, 정우 오빠다!"

"정우 씨!"

정우의 모습이 보이자 피우고 있던 담배를 바닥에 던져내고는 반갑게 손을 흔들며 그에게 다가섰다. 그녀들이 다가오자 알싸한 담배 향이 코끝을 찔렀다. 옆에 있던 비서는 슬쩍 한 걸음 뒤로 물러섰다.

"오빠, 왜 이렇게 늦게 왔어! 얼마나 기다렸는지 알아?"

"나 배고파. 우리 근사한 레스토랑 가서 밥 먹자. 응?"

정우의 양쪽 팔에 매달려 애교를 떠는 여자들. 두 눈을 뜨고 볼 수 없는 광경이라 비서는 고개를 휙 돌렸다. 정우는 두 여자를 보며 생긋 미소를 지었다. 그리고는 슬쩍 그들을 밀어내며 나지막한 목소리로 말을 이어 갔다.

"미안. 오늘은 안 되겠다. 갈 데가 생겼어."

"헐! 오빠, 다른 여자 만나기로 한 거야?"

"뭐야, 정우 씨! 오늘은 나랑 놀아야지!"

"그런 거 아니야. 회장 호출이야."

회장의 호출이란 말에 두 여자는 아쉬운 표정을 감추진 못했지만, 꽉 쥐고 있던 정우의 옷깃을 스르르 놓아주었다. 회장님 호출이라면 어쩔 수 없지, 뭐. 인심 쓰듯 두 여자가 정우에게서 순순히 떨어졌다.

"나중에 연락할게."

그가 웃으며 두 여자에게 손을 흔들었지만, 여전히 뾰로통한 얼굴을 감추지 못했다. 정우는 그녀들을 바라보며 작은 한숨을 내쉬었다. 그리고는 자신의 지갑에서 수표 두 장을 꺼내 건네주었다.

"택시비야. 남은 건 옷이라도 사 입어. 오늘 날씨 꽤 춥더라."

두 여자는 제 손에 들어온 수표에 새겨진 동그라미 개수를 하나씩 세기 시작했다. 하나, 둘, 셋, 넷, 다섯…… 여섯? 그녀들의 입가에 미소가 피어오르기 시작했다.

"오빠! 고마워! 잘 쓸게!"

"그래, 민정아."

"정우 씨. 고마워! 내일 봐!"

"선희 씨, 잘 가."

정우가 손을 흔들자 부랴부랴 주차장 밖으로 뛰어가는 여자들. 하여튼 돈이라면 사족을 못 쓰는 여자들이라니깐. 정우는 비릿한 미소를 지으며 뒤돌아 주머니에서 차 키를 꺼내 능숙하게 비서에게 던져 주었다. 비서는 재빨리 키를 받아 들어 문을 열었고, 정우는 뒷좌석에 올라타 좌석 시트에 기대어 지그시 두 눈을 감았다.

작업실로 돌아가는 동안 규헌은 희찬에게 단 한 마디도 건네지 않았다. 내내 창밖만 바라보며 무슨 생각을 그리 골똘히 하는지 눈동자조차 움직이지 않았다. 희찬은 그런 규헌을 힐끗 쳐다보다가 주차장에 차를 세웠다. 그러자 멍하니 창밖을 바라보고 있던 그가 문을 열고 차에서 내려 터벅터벅 작업실로 들어갔다. 희찬도 짐 가방을 들고 부랴부랴 작업실로 들어갔다.

쿵— 하는 소리와 함께 테이블 밑에 짐 가방을 내려놓았다. 아까 슬쩍 규헌이 가방을 열었을 때 보니 엄청난 사진들과 서류들이 들어 있는 것 같았다. 그냥 오늘 필요한 사진이랑 서류만 들고 가면 되지, 왜 이걸 다 들고 가는지 희찬은 이해할 수가 없었다. 이마의 흐르는 땀을 닦아 내며 허리를 펴는데 규헌이 정수기 앞에서 물을 마시곤 그녀를 불렀다.

"유희찬."

"네!"

희찬이 우렁찬 목소리로 대답하자 규헌이 잔뜩 인상을 찌푸렸다.

"목소리 볼륨 좀 줄이지?"

"아, 죄송합니다."

"여기 앞에 나가서 오른쪽 코너로 돌아 나가면 참맛나 중국집이라고 있어. 가서 짜장면 두 개 시켜서 네가 들고 와. 절대로 면 불지 않게."

"네?"

"두 번 말해야 알아듣는 성격인가?"

"아, 아니요! 그런데 주문은 전화로 해도 될 것 같은……데."

그녀가 말끝을 흐리며 말하자 규헌이 언짢은 표정을 지었다. 희찬은 어색하게 웃으며 말했다.

"아, 아닙니다! 다녀오겠습니다! 전화보다는 제가 다녀오는 게 더 빠를 것 같네요. 하하."

희찬은 꾸벅 규헌에게 인사를 건네고 쪼르르 현관으로 달려가 신발을 신기 시작했다. 도대체 무슨 생각인 건지 모르겠다. 버젓이 전화기가 있는데 직접 중국집에 가서 짜장면 두 개를 시켜 오라니. 그리고 왜 나한테는 메뉴 안 묻고 혼자 정해 버리는 거야? 희찬은 입을 삐죽거리며 힐끗 규헌을 쳐다보았다. 그는 거실 소파에 편안히 앉아 리모컨으로 텔레비전 채널을 돌리고 있었다. 젠장, 완전 싸가지! 희찬은 마음속으로 소리를 빽 지르며 현관문을 쾅 닫고 중국집으로 향했다.

"대체 어디 있다는 거지?"

참맛나 중국집이라. 오른쪽 코너로 돌아 나가면 있다고 했는데. 희찬은 두리번거리며 중국집을 찾아 헤맸지만, 그 어디에서 '참맛나'라는 간판 따위는 보이지 않았다. 이 사람, 나 놀리려고 일부러 그러는 건가? 희찬은 고개를 갸웃거리다가 지나가던 한 아줌마를 덥석 붙잡았다.

"아주머니! 혹시 여기 참맛나 중국집이라고 있어요?"

"참맛나? 아, 저쪽에 있는 중국집 말하는가 보구먼! 거기가 짜장면 하나는 기가 막히지. 아가씨, 짜장면 드실려구?"

"아, 네! 여기 어디 있다고 했는데 아무리 찾아도 안 보여서요."

"여기? 여기는 읍써! 저기 쭈욱 걸어가서 갈림길 나오면 오른쪽 코너로 들어가서 또 쭈욱 가야디야!"

쭈욱이 두 번에다가 여기엔 없다? 희찬은 멍하니 아주머니를 바라보다가 어색하게 웃으며 감사하다고 인사를 건넸다. 여기엔 없다니. 아주머니의 이야기만 들어도 꽤나 먼 거리 같은데 거길 갔다 오라고? 그것도 배달이 아니라 직접 들고?

희찬은 갑자기 현기증에 몸을 비틀거렸다. 죽을 거 같다. 아무래도 강규헌이라는 작자 밑에서 일하는 건 포기해야겠다는 생각이 문득 들었다.

"그래도 어떻게 얻은 직장인데……."

어깨를 축 늘어트렸다. 안 된다. 여기서 주저앉으면 안 된다. 희찬은 주먹을 꽉 쥐고 어깨를 다시 곧게 폈다.

"아자! 난 할 수 있어!"

어떻게 얻은 직장인데 다시 백수가 될 수는 없지! '체력' 하면 유희찬, '유희찬' 하면 체력이다. 희찬은 비장한 얼굴로 아주머니가 가리킨 곳으로 무작정 뛰었다.

아주머니의 정확하고도 주관적인 설명 때문이었을까. 이십 분이 지난 후에야 참맛나 중국집을 찾을 수 있었다.

"짜장면 두 개 주세요."

"일행이 또 오시나 봐요?"

"아니요. 포장이요."

주방장은 고개를 빼꼼히 내밀고서 거칠게 숨을 몰아쉬며 손가락 두 개를 펴는 희찬은 이상한 눈으로 바라보았다. 주방장은 한참 그녀를 바라보다 고개를 끄덕이며 잠시만 기다려 달라 말을 건네고 짜장면을 만들기 시작했다.

희찬은 빈 의자에 앉아 숨을 골랐다. 조금 쉬었다가 또 뛰어가면 되겠지. 불지 않게 가져가야 하니 아마 전속력으로 달려야 할 듯싶었다. 배도 고프고, 힘도 들고. 희찬은 그 어느 때보다 죽을 지경이었다.

"짜장면 두 개 포장 나왔습니다."

"네? 벌써요?"

오 분도 지나지 않은 거 같은데 벌써 짜장면이 나왔단다. 희찬은 울상을 지으며 힘겹게 몸을 일으켜 주방장이 건네준 봉투를 받아 들었다. 그래, 뛰자. 직장을 얻으려면 이 정도의 힘겨움은 감수해야지.

"아자, 아자! 파이팅!"

희찬은 큰소리로 파이팅을 외치며 무작정 작업실로 뛰기 시작했다. 우렁찬 목소리를 들은 주방장은 피식 웃음을 터트리며 그녀를 신기한 듯 쳐다보았다.

다시 왔던 길을 뛰어가려니 숨이 턱턱 막혀 왔다. 하지만 멈출 수가 없었다. 그녀의 손에 든 이 짜장면이 불면 왠지 단칼에 잘릴 것 같았기 때문이었다. 더럽고 치사하고, 앞으로 규헌의 비위를 맞출 생각을 하니 걱정이 태산이었지만 돈만 벌 수 있으면 뭔들 못 하리. 그녀는 젖 먹던 힘까지 짜내서 작업실까지 부랴부랴 뛰어갔다.

"하아, 하아. 짜장면 포장……해 왔습니다. 작가님."

시간이 얼마나 지났는지 보지도 못했다. 그냥 무작정 뛰었다. 희찬은 짜장면이 들어 있는 봉투를 규헌 앞에 내밀었다. 규헌은 멍하니 그녀를 바라보다가 봉투를 받아 들고 저벅저벅 식탁으로 걸어갔다. 그리고는 자연스레 포장을 뜯더니 나무젓가락으로 짜장면을 휘휘 저으며 면 상태를 확인했다. 눈으로는 잘 구별이 가지 않는지 그는 크게 한 젓가락 떠서 후루룩 짜장면을 들이마시듯 흡입했다.

오물오물. 그가 맛을 음미하듯 짜장면을 먹는다. 희찬은 마른침을 꿀꺽 삼키며 그를 쳐다보았다. 마지막으로 그가 씹고 있던 면을 꿀꺽 삼키더니 고개를 살짝 끄덕였다.

"안 불었네."

"지, 진짜요?"

"딱히 내가 거짓말할 이유는 없다고 보는데. 그쪽도 와서 먹지?"

무덤덤한 그의 대답에 희찬은 바닥에 스르르 주저앉았다. 대체 이게 뭐라고, 사람을 저렇게 간 떨리게 하는 건지. 희찬은 허파에 바람이 든 사람처럼 하하 웃더니 이내 신발을 벗고 들어가 규헌의 옆에 앉아 짜장면 포장을 뜯기 시작했다.

짜장면은 꿀맛이었다. 배고파서였을까? 그녀는 거의 짜장면을 흡입하듯 먹어 버렸고, 오 분도 되지 않아 그릇을 싹 비웠다. 그녀는 옆에 놓인 물 한 컵을 마신 뒤 작은 탄성을 내질렀다.

기분 좋은 표정을 지으며 컵을 내려놓자 규헌이 그녀의 눈앞에 흰 종이 하나를 내밀었다. 맨 위에 이력서라고 쓰여 있는 것을 보고 규헌을 멍하니 올려다보았다.

"이거 작성하고 오늘은 퇴근. 내일은 늦지 마. 난 지각이 제일 싫으니까."

무표정한 얼굴로 말하는데, 왜 이 사람이 조금 상냥해 보이는 것일까?

희찬은 환하게 웃으며 규헌이 내민 이력서를 받아 들었다. 그리고는 우렁찬 목소리로 그에게 대답했다.

"네! 알겠습니다!"

규헌은 귀가 아픈 듯 인상을 찌푸렸다. 그러자 희찬은 배시시 웃으며 그를 바라보았다. 규헌은 탐탁지 않은 표정으로 그녀를 바라보더니 이내 자신의 입술을 툭툭 치며 말했다.

"입에 짜장 묻었어. 더러워."

"아……."

쓱쓱, 희찬은 옷소매로 입가를 닦아 냈다. 그러자 규헌의 인상이 더욱더 찌푸려졌다. 더럽다, 더러워. 얼굴에서 그의 속마음이 모두 드러나고 있었다. 하지만 그걸 전혀 모르는지 희찬은 그저 실없이 웃기만 할 뿐이었다.

차가 멈추어지자 반사적으로 정우는 감고 있던 눈을 떴다. 그러자 회사 앞에서 기다리고 있던 회장의 비서실장이 정우의 차문을 열어 주며 인사를 건넸다.

"안녕하십니까, 박 대표님."

그의 인사가 언짢은 듯 정우는 살짝 인상을 찌푸리며 회사 건

물을 빤히 올려다보았다. '스쿠알로'는 '대한 일보'라는 대한민국 최대 규모 신문사에 소속되어 있는 잡지사다. 그리고 이곳이 바로 그 '대한 일보'의 본사이자 정우의 아버지가 회장으로 계신 곳이었다.

정우는 낮은 한숨과 함께 회사 안으로 들어섰다. 비서도 정우의 뒤를 따르며 꿀꺽 마른침을 삼켰다. 엘리베이터를 타고 회사 건물 최고층으로 향한 정우와 비서, 그리고 회장의 비서실장은 뚜벅뚜벅 긴 복도를 지나 회장실 앞에 우두커니 섰다.

"회장님, 대표님 오셨습니다."

똑똑, 노크 소리와 함께 비서실장이 말했다. 하지만 그 안에서는 아무런 소리도 들리지 않았다. 비서실장은 익숙하게 회장실 문을 열었고, 정우는 입술을 잘끈 씹으며 그 안으로 들어섰다.

공기가 매우 무겁다. 미치도록 무거웠다. 회장실에 들어서자마자 숨이 턱턱 막히는 것만 같았다. 정우는 아무런 인사나 소리도 없이 그를 응시했다. 창문 앞에 우두커니 앉아 무언가를 멍하니 바라보고 있는 중년의 남자.

그는 의자를 돌려 정우를 정면으로 바라보았다. 감정 없는 그의 시선에 정우는 조심스럽게 주먹을 꽉 쥐었다. 그때, 정우의 아버지가 자리에서 벌떡 일어서 저벅저벅 정우에게로 걸어온다. 한 걸음, 한 걸음 그가 다가올 때마다 정우의 주먹에 힘이 더욱 실렸다.

찰싹—

아버지는 앞에 다가가자마자 그의 뺨을 내리쳤다. 정우는 얼빠진 표정으로 서 있다가 시선을 돌려 다시 그를 바라보았다. 감정 없는 시선으로 바라보는 아버지의 눈빛. 그리고 그 모습과 겹쳐 보이는 과거의 그의 모습. 정우는 차오르는 분노에 주먹을 꽉 쥐고 그를 죽일 듯이 노려보았다.

"……얼빠진 놈."

그가 싫다. 그가 너무나도 싫다. 감정 없는 저 얼굴로 무참히 어머니를 죽인 아버지가 정우는 미치도록 싫었다.

아침 일곱 시에 일어나 깔끔하게 아침 목욕을 한 뒤, 살짝 화장품을 얼굴에 발랐다. 활동이 편한 옷으로 갈아입고, 버스를 타고 작업실 앞에 도착해 시간을 보았다. 정확히 시간은 여덟 시 오십오 분. 희찬은 씩 웃으며 어제 규헌이 준 열쇠로 대문을 열고, 현관문으로 달려가 그가 알려 준 비밀번호를 입력했다.

삐리릭— 경쾌하게 문이 열리는 소리가 났다.

그녀는 곧바로 새로 사 온 슬리퍼로 갈아 신고 부엌으로 달려가 커피를 내렸다. 쪼로록— 떨어지는 커피를 테이블에 놓으면 모든 것이 완성. 희찬의 얼굴엔 뿌듯한 미소가 감돌았다. 하지만 그녀의 미소는 그리 오래가지 못했다.

"시간이랑 날짜랑 잘 적어 놓으라고 했어, 안 했어? 스케줄표 적는 게 그렇게나 어려워?"

"그게, 그저께 작가님께서 인터뷰 전화를 받고 바로 퇴근하시라고 하는 바람에 깜박해서……."

"그럼 내가 그날 직접 스케줄표 적고 퇴근하라 했으면 그 꼴통 같은 네 머릿속에 제대로 인지가 돼서 이렇게 까먹지 않았을 거라는 거야? 고로, 지금 이 상황은 모두 내 탓이라는 거네?"

"그, 그건 아니에요. 작가님!"

"대학교 다닐 때 장학금도 자주 받을 정도로 성적이 우수했다고, 분명 그렇게 들었던 거 같은데."

"아, 제가 조금 장학금을 자주 받긴 했죠."

머쓱하게 웃어 보이며 뒷목을 긁적이자 규헌은 얼굴을 딱딱하게 굳히며 말을 이어 갔다.

"칭찬 아니야. 웃지 마."

매정한 규헌의 말에 희찬은 고개를 푹 숙인 채 더 이상 아무 말도 하지 않았다. 오늘은 아침부터 뭔가 너무 완벽하다 생각했는데, 역시나 그녀는 대형 사고를 치고 말았다. 얼마 전에 잡힌 인터뷰를 스케줄표에 적어 놓는 걸 완전히 까먹고 있었던 것이다. 오 분 전에 온 인터뷰 관계자의 전화에 그제야 생각이 났고, 지금 규헌은 부랴부랴 옷을 꺼내 입고 있었다. 그는 거울을 보며 부스스한 머리를 대충 만지고는 희찬을 무섭게 노려보았다. 슬쩍 고개를 든 그녀가 다시 푹 고개를 숙였다.

"뭐 하고 있어? 얼른 차 대기시키지 않고."

"아, 네!"

희찬은 규헌의 책상에 있는 차 키와 가방을 들고 서둘러 작업실을 나섰다. 주차장에 세워 둔 차를 빼자마자 규헌이 인상을 잔뜩 찌푸린 채 걸어 나와 조수석에 올라탔다. 깔끔한 남색 슈트를 입은 그가 올라타자 시원한 향이 차 안으로 물밀 듯 밀려 들어왔다.

"작가님."

"왜?"

"혹시…… 향수 뿌리셨어요?"

규헌은 희찬의 말에 혐오스러운 표정을 하고 그녀를 바라보았다. 그녀는 그의 좋지 않은 표정에 손을 절레절레 흔들면서 다시 말을 정정했다.

"아닙니다, 아무것도! 오늘 작가님 향이 너무 좋으시네요. 바디워시를 바꾸셨나? 하하."

그냥 좀 향수 뿌렸다고 살갑게 얘기해 주면 어디 덧나나? 흥.

희찬은 살짝 입을 삐죽거리며 그가 안전벨트 매기도 전에 차를 출발시켰다.

다행히도 인터뷰 시간에는 늦지 않게 도착했다. 희찬은 시간을 보고 조금 안심한 듯 숨을 크게 내쉬었다. 둘은 엘리베이터를 타고 인터뷰가 있는 스튜디오 3층으로 향했다. 삼 층에 도착하자 인터뷰 준비에 한창인 스태프들이 여기저기 바삐 움직이고 있었다. 규헌이 촬영장에 들어서자 모두들 그를 바라보며 반가움을 표시했다.

"어머, 안녕하세요. 강 작가님!"

"안녕하세요."

어느 한 여성 스태프가 악수를 청하자 싱긋 웃으며 악수를 받는 규헌의 모습에 희찬은 신기한 듯 그를 올려다보았다. 이렇게 웃으며 사람을 대할 줄도 아는 사람이었나? 얼마 전 '스쿠알로'에서 보여 줬던 무뚝뚝한 모습은 온데간데없었다. 사람이랑 마주 보고 웃으며 대화하는 걸 못 하는 사람인 줄로만 알았는데, 규헌은 스태프들의 인사를 환하게 웃으며 받아 주었다. 그런 그가 너무나 낯설게 느껴져 희찬은 고개를 갸웃거리며 규헌에게서 시선을 떼지 못했다.

"어머, 안녕하세요. 윤 작가님!"

모든 스태프의 시선이 규헌에게 쏠려 있을 무렵, 한 스태프가 큰소리로 누군가를 향해 외쳤다. 규헌에게 향하던 시선들이 모두들 돌아서자 그의 시선도 윤 작가라는 사람에게로 향했다.

"한국에 오시자마자 인터뷰하기 힘드실 텐데 흔쾌히 응해 주셔서 정말 감사드려요."

"아니에요. 오자마자 이렇게 환영해 주셔서 저야말로 너무 고맙죠."

스태프와 반갑게 이야기를 나누는 여자를 보고 희찬은 고개를 갸웃거렸다.

"설마…… 윤나영 사진작가?"

희찬은 놀라 자신의 입을 틀어막으며 놀란 얼굴을 감추지 못했다. 윤나영이라면, 해외에서 패션 사진작가로 유명세를 탄 한국 사진작가 중 하나인 사람이었다. 외모도 예쁘고, 어린 나이에 해외 유명 사진작가와 어깨를 나란히 하는 한국 사진작가. 희찬이 롤 모델로 삼고 있는 작가였다.

희찬은 좋아하는 연예인이라도 본 듯 발을 동동 구르며 어쩔 줄 몰라 했다. 다른 작가 한 분과 같이 인터뷰한다는 이야기는 들었지만 이렇게 거물급과 같이하는 줄은 미처 알지 못했다. 희찬은 정신이 혼미해져 자신이 여기 왜 왔는지 잠시 잊고 있던 찰나, 나영이 슬쩍 희찬의 쪽을 바라보더니 그녀를 향해 씩 미소를 지었다.

지, 지금 나를 보고 웃은 건가? 희찬은 당황스런 얼굴로 고개를 갸웃거리다 환하게 그녀를 보며 미소를 지었다. 그러더니 이내, 그녀가 터벅터벅 경쾌한 구두 소리를 내며 희찬의 쪽으로 걸어오기 시작했다. 한 걸음, 한 걸음 다가오는 그녀를 볼 때마다 희찬의 심장은 더욱더 미친 듯이 뛰어갔다.

"오랜만이야."

나영이 씩 웃으며 말했다. 에? 희찬은 고개를 갸웃거리며 나영의 시선이 향해 있는 곳으로 눈을 돌렸다. 그녀의 시선 끝에 있는 사람은 규헌이었고, 그는 아무런 표정 변화도 일으키지 않고 있었다. 아는 사이인가? 그사이 나영이 손을 내밀어 규헌에게 악수를 청했다.

"우리…… 3년 만인가?"

나영이 웃으며 말했지만 그는 아무런 미동조차 하지 않았다. 그녀는 한숨을 푹 내쉬며 악수를 청하던 손을 살며시 내렸다.

"여전하다, 오빠는."

나영이 씁쓸한 미소를 지었다. 희찬은 이상한 기류를 풍기는 둘은 가만히 쳐다보고만 있던 찰나, 나영의 코디네이터가 그녀에게 다가와 메이크업을 수정하자 말했다. 나영은 규헌을 보고 싱긋 웃었다.

"조금 있다가 인터뷰할 때 보자. 오빠."

그녀가 살갑게 웃으며 말하곤 자리를 떴다. 나영은 가 버렸지만 규헌의 시선은 여전히 나영이 서 있던 곳에서 떨어지지 않았다. 희찬은 그를 슬쩍 올려다보며 고개를 갸웃거렸다. 그러자 그의 시선이 희찬에게로 옮겨졌다. 얼음 같은 그의 시선에 희찬은 흠칫 놀란 표정을 지었고, 그는 다짜고짜 그녀의 팔을 잡고 어디론가 끌고 가기 시작했다.

"자, 작가님!"

규헌은 스튜디오 밖으로 나와 아무도 없는 복도 벽에 희찬을 내던지듯 밀어붙였다. 희찬은 당황스런 얼굴로 규헌을 올려다보았다. 매우 살벌한 그의 표정에 그녀는 침을 꼴깍 삼켰다. 무슨 이유인지는 모르겠지만, 희찬에게 못되게 굴고 잔소리를 한 적은 있어도 이렇게 화난 표정으로 대한 적은 단 한 번도 없었다.

"일 처리 자꾸 이따위로 할래?"

"뭐, 뭘 말씀하시는 건지……."

"인터뷰 왜 윤나영이랑 같이한다는 거 말 안 했어?"

"에? 아, 그건 저도 오고 나서 안 사실이에요."

"최소한 인터뷰가 어떤 식으로 진행되는 건지는 알고 스케줄 보고해야 할 거 아니야!"

규헌의 소리침에 희찬은 놀란 듯 그를 올려다보았다. 여전히 화가 잔뜩 난 표정으로 그녀를 바라보자 희찬은 고개를 숙이며 기어 들어가는 목소리로 말을 이어 갔다.

"죄, 죄송합니다."

"그 죄송하다는 말은 지금 내가 유희찬 널 만난 후로 수백 번, 아니 수천 번은 더 들었어. 알아?"

"……정말 죄송합니다."

희찬은 고개를 푹 숙인 채 숨을 죽였다. 규헌은 그런 희찬을 바라보고 긴 한숨을 내쉬더니 자신의 머리를 헝클어트리며 화를 삭이려 애를 썼다.

두 사람 사이에 무거운 침묵이 흘렀고, 희찬은 입술을 꾹 깨물며 손톱을 만지작거렸다. 규헌은 그녀의 그런 모습을 바라보더니 이내 숨을 깊게 들이쉬며 말을 이어 갔다.

"유희찬, 봐주는 건 이번이 마지막이야. 다음에 또 이런 일이 있으면 그때는 진짜 잘릴 줄 알아."

단호한 말 한마디와 함께 규헌은 스튜디오 안으로 곧장 들어가 버렸다. 복도에 홀로 서 있는 희찬은 입술을 잘끈 씹다가 소리 없이 흐르는 눈물을 소매로 닦아 냈다.

희찬이 스튜디오로 돌아왔을 때는 이미 인터뷰가 시작되고 있었다. 나란히 앉은 규헌과 나영의 표정은 매우 상반되어 있었다. 나영의 표정은 한없이 밝아 보였지만 규헌의 표정은 매우 어두웠다. 아까 스태프들을 보며 생글생글 웃던 그의 표정은 전혀 보이지 않았다.

"오늘은 사진작가 강규헌 씨와 윤나영 씨를 모셨습니다. 두 분은 한국에서 제일 유명한 사진작가라 해도 과언이 아닌데요. 두 분은 고등학교, 대학교 선후배 사이라던데, 사실인가요?"

"네, 맞아요. 제가 후배고, 여기 규헌 씨가 한 학년 선배셨죠."

나영이 살갑게 웃으며 말을 이어 갔다. 하지만 규헌은 전혀 관심 없는 얼굴로 먼 산을 바라보고만 있었다. 규헌의 태도에 당황한 리포터가 어색하게 웃으며 얼른 다음 질문을 던졌다.

"두 분은 원래 친하시죠?"

"그럼요. 학교 다닐 때부터 매번 붙어 다녔는걸요."

나영은 들뜬 목소리로 리포터에게 말했지만, 여전히 규헌은 아무 말 없이 어두운 표정이었다. 이 이후의 질문에도 규헌은 적극적인 태도를 보여 주지 않았다. 리포터가 그에게 질문을 던졌지만 '네, 아니오.' 라는 단답형 대답만 나왔다.

"그러면은 조금은 짓궂은 질문을 드릴게요. 오래 알아 오셔서 그런지 두 분 사이에는 항상 열애설이 돌고 돌았어요. 이에 대해서는 어떻게 생각하시나요?"

리포터의 갑작스런 열애설 질문에 적극적이던 나영도 싱긋 웃기만 할 뿐 아무런 대답을 하지 않았다. 무거운 침묵이 스튜디오 사이를 흘렀다. 피디는 애가 타는 듯 리포터에게 어서 다른 질문으로 넘어가라는 듯 손을 휘휘 저었다.

"하하, 그럼 마지막 질문으로 넘어가겠습니다."

리포터가 허둥지둥거리며 다른 질문으로 하려던 찰나, 먼 산만 바라보고 있던 규헌의 시선이 카메라로 향했다. 그리고는 그가 입을 조심스럽게 열기 시작했다.

"아무 사이도 아닙니다."

"……네?"

"저희는 학교 선후배, 그 이상, 그 이하도 아닙니다."

규헌의 갑작스런 대답에 스튜디오 안은 아까보다 더 무거운 침묵이 흘렀다. 피디도 당황, 리포터도 당황한 얼굴로 그를 바라보고만 있자, 규헌이 살짝 입가에 미소를 지으며 말했다.

"오늘 인터뷰는 여기까지 하죠."

규헌은 들고 있던 마이크를 내려놓고 일어서 터벅터벅 스튜디오를 걸어 나갔다. 그 모습을 멍하니 바라보던 희찬은 서둘러 그의 뒤를 따라나섰고, 스태프들은 가려는 규헌의 이름을 목 놓아 불렀다.

"강규헌 씨!"

"규헌 씨! 이렇게 가시면……!"

"강 작가님!"

희찬은 그들을 간신히 밀쳐 내고 부랴부랴 그의 발걸음에 맞춰 다가갔다. 규헌이 엘리베이터를 탔고, 희찬이 그의 뒤를 따라 올라탔다. 뒤따라오는 스태프들을 보고 희찬이 얼른 닫힘 버튼을 누르자 아슬아슬하게 스태프들 앞에서 문이 닫혔다.

휴우, 십년감수했네. 희찬이 깊게 한숨을 내쉬며 힐끗 규헌을 올려다보았다. 여전히 좋지 않은 규헌의 표정에 그녀는 질문하려던 입을 굳게 다물었다.

주차장에 도착하자마자 희찬은 차로 달려가 얼른 문을 열고 운전석에 올라탔다. 규헌이 조수석에 올라타자 계단으로 뒤따라오던 스태프들이 그들을 애타게 불렀다. 당황한 희찬이 규헌을 힐끗 쳐다보았지만, 그는 두 눈을 감고 아무런 말도 하지 않았다. 희찬은 입술을 꽉 깨물고 차 시동을 걸고 출발시켰다. 스태프들이 부랴부랴 차 앞을 막아섰지만, 그녀는 멈추지 않고 주차장을 빠져나갔다.

"휴우, 정말 잡히는 줄 알았네."

도로로 빠져나오자 희찬은 긴 한숨을 내쉬며 어깨를 축 늘어트렸다. 잡히는 줄 알고 얼마나 심장이 쪼그라들었는지 그녀의 이마에 송골송골 땀이 맺혀 있었다. 그때, 갑자기 규헌의 주머니에 있던 휴대폰이 울리기 시작했다. 그는 휴대폰 액정을 슬쩍 보더니 귀찮다는 표정으로 전원을 끄고선 뒷좌석에 휙 던졌다. 투둑, 그의 휴대폰이 차 밑바닥으로 굴러떨어졌다.

작업실로 향하는 길은 역시나 고요했다. 항상 그랬지만 오늘은 더욱더 분위기가 어두웠다. 규헌은 가만히 두 눈을 감고 아무런 미동도 없었다. 잠이 든 건가? 희찬이 슬쩍 그를 쳐다보다가 작업실 앞에 차를 세웠다.

"작가님, 도착했어요."

그녀의 말에 그는 감고 있던 눈을 떴다. 그는 잠시 멍하니 앉아 있다 슬며시 일어나 차에서 내렸다. 저벅저벅, 그가 축 처진 어깨로 작업실로 들어섰다. 멍하니 그를 바라보고 있던 그녀는 한숨을 푹 내쉬며 규헌이 아까 던져 둔 휴대폰을 챙겨 작업실로 들어섰다.

규헌은 거실 소파에 누워 있었다. 희찬은 안쓰럽게 그를 바라보며 테이블에 조심스럽게 핸드폰을 올려놓았다. 아까 인터뷰도 그렇고, 분명 나영과 사이가 좋지 않은 것이 확실했다. 그래서 나영의 악수도, 인터뷰도 그렇게 망쳐 놓은 것이다.

희찬은 뚱한 표정으로 그를 바라보다 한숨을 푹 내쉬었다. 정말 인터뷰 질문처럼 사귀었던 사이였을까? 그렇게 예쁘고 능력 있는 사람과 무슨 문제가 있다고. 여러 생각에 빠져 있던 찰나, 갑자기 규헌이 몸을 일으키며 희찬이 이름을 불렀다.

"유희찬."

"네!"

깜짝 놀란 그녀가 크게 대답을 하자, 그가 또 인상을 찌푸리며 귀를 틀어막았다.

"가서 앗차거 냉면집 가서 물냉면 두 개 사 와. 얼음 절대 녹지 않게 가져와."

저번엔 중국집이더니, 오늘은 냉면집이냐. 규헌의 정말 독특한 횡포에 그녀는 어깨를 축 늘어트렸다. 저번에 혹여나 이런 일이 있을까 봐 중국집 번호를 저장까지 해 왔는데. 역시, 규헌은 희찬의 머리 꼭대기에 있는 것이 분명했다.

규헌이 가 버린 촬영장 분위기는 싸늘했다. 나영은 멀뚱히 자리에 앉아 있다가 태연하게 앞에 놓인 물을 마시며 촬영장을 쭉 훑어보았다. 촬영장 분위기는 둘로 나뉘었다. 이 프로그램을 이끌어 가는 작가와 피디, 그리고 여자 스태프들과 여자 리포터.

"어쩐지, 저 사람 비위 맞추기 그렇게 어렵다더니. 내가 이럴 줄 알았어."

"방송 어떡하죠, 피디님. 이미 인터넷에 예고 글을 올려놓은 상태인데."

발을 동동 구르는 작가와 피디는 규헌의 험담을 주절주절 늘어놓고 있었다. 하지만 그들과 달리 여자 스태프와 리포터는 희희낙락거리며 규헌의 첫인상에 대한 이야기를 나누었다.

"아까 박력 있지 않았어요? 저희는 학교 선후배, 그 이상, 그 이하도 아닙니다. 와, 진짜 멋져요."

"그러게. 박력 있고 얼굴 잘생기고. 그런데 이상하지 않아? 아까 분명 처음 왔을 때는 진짜 생글생글 웃으면서 사람 마음 흔들어 놓더니 인터뷰 시작하니까 완전 쌩하더라."

"그래도 전 나쁜 남자가 좋아요. 멋있잖아요!"

나영은 그들의 이야기를 귀담아듣다가 픽 웃으며 자리에서 일어났다. 아무래도 오늘 촬영은 더 이상 진행되지 않을 것 같았다. 그녀는 환하게 미소를 지으며 피디에게 다가갔다.

"피디님, 걱정하지 마세요. 제가 규헌 씨 잘 설득해서 다음 주쯤으로 촬영 다시 할 수 있도록 해 볼게요."

"그래 주시겠어요? 아우, 감사드립니다. 정말."

90도로 그녀에게 인사하는 피디를 뒤로한 채 싱긋 웃으며 스튜디오를 나왔다. 사실, 이번 인터뷰에 그들이 같이 출연하는 이유는 그녀에게 있었다. 나영에게만 들어온 인터뷰였지만, 나영이 피디에게 규헌과 같이하지 않으면 인터뷰에 응하지 않겠다고 한 것이다. 그리고 규헌에게는 자신과 함께 인터뷰한다는 것을 밝히지 말라고 말했다. 그가 인터뷰에 응하지 않으면 어쩌나, 라는 생각을 했었지만 흔쾌히 그가 승낙했다는 말에 한국으로 돌아오는 비행기 안에서도 잠을 이루지 못했다. 하지만 그는 여전했다.

싸늘하고, 감정 없고, 무뚝뚝하고. 나영은 작은 한숨을 내쉬며 자신의 차에 올라타 시동을 걸었다. 그리고는 무심히 시계를 보니 오후 두 시가 다 되어 가고 있었다. 아, 맞다. 나영은 박수를 탁, 치며 주머니에서 휴대폰을 꺼내 단축번호 2번을 꾸욱 눌러 전화를 걸었다.

— 왜 이제 전화해? 아침에 도착한다면서.

퉁한 남자 목소리에 나영은 환하게 웃으며 그의 이름을 불렀다.

"정우야!"

— 아, 귀 따가워! 소리 지르지 마. 좀!

"반가우니까 그렇지. 넌 안 반갑냐?"

나영은 환하게 웃으며 정우에게 말했다. 정우는 시큰둥한 목소리로 구시렁거렸지만, 사실 오랜만에 한국에 온 그녀 때문에 살짝 기분이 들떠 있었다.

— 알겠어. 반갑다, 반가워. 그런데 대체 뭐하다가 이제야 전화를 한 거야?

"인터뷰 촬영이 있었어. 이제 끝나고 가는 길."

나영은 핸드폰을 스피커폰으로 바꾼 뒤, 차를 출발시켰다. 그녀가 차를 출발시키는 소리가 전화기 너머로 들리자 정우가 고개를 갸웃거리며 말을 이어 갔다.

— 운전 중이야?

"응. 스피커폰이니까 걱정 마세요."

— 걱정 절대 안 해. 아, 맞다. 누나, 우리 언제 만날까?

"뭐? 우리 엄마 만날 거라고? 갑자기 우리 엄마는 왜?"

— ……이 여자, 뭐라는 거야. 우리 언제 만나냐니까!

정우가 버럭 소리치며 말하자 나영은 머쓱하게 웃었다. 그녀는 완벽했다. 재능도, 얼굴도, 집안도 모두 다 말이다. 하지만 조금 모자란 게 있다면 그녀가 동문서답을 아주 잘한다는 것이었다. 정우는 혀를 끌끌 차며 그녀에게 말했다.

─ 하여튼 여전하다니까. 그놈의 동문서답.

"내 귀에는 그렇게 들리는 걸 어떡하냐?"

─ 그건 남의 말을 귀 기울여 듣지 않았다는 증거야. 아, 누나. 오늘 할 일 없으면 같이 밥이나 먹자.

"지금?"

─ 응. 왜 뭐 볼일 있어?

"뭐 딱히 그런 건 아니지만."

─ 그럼 한 시간 뒤에 누나가 좋아했던 그 레스토랑에서 만나자.

나영은 싱긋 웃으며 '알겠어.'라고 대답하고는 전화를 끊었다. 오랜만에 보는 정우라, 나영은 살짝 들뜬 듯 어깨를 으쓱이다가 시계를 바라보았다. 레스토랑까지는 거리가 가까워서 한 시간 뒤라면 아직 여유가 있었다. 그녀는 씩 웃으며 레스토랑 방향이 아닌 청담동으로 차를 몰기 시작했다.

나영은 도로 위를 달리며 3년 만에 보는 서울 풍경에 신기한 듯 눈을 떼지 못했다. 3년이란 세월 동안 왜 이렇게 많은 것들이 바뀌었는지. 곳곳에 있는 추억들이 새록새록 떠오르며 그녀의 마음을 따뜻하게 만들었다. 하나하나 떠오르는 기억들에는 모두 강규헌, 그가 있었다. 그와 같이 걸었던 거리. 그와 같이 간 음식점. 그와 항상 같이 가던 영화관까지. 나영은 조금은 씁쓸한 웃음을 지으며 한숨을 내쉬었다.

그녀가 차를 멈춘 다름 아닌 규헌의 작업실이었다. 3년 전에도, 지금도 그의 작업실은 여전했다. 흰색 이층집과 꽃들이 늘어진 초록 정원. 나영은 차에서 내려 그의 작업실을 멍하니 바라보았다.

"어?"

나영이 작업실 앞에서 3년 전 추억을 되새기던 찰나, 누군가 그녀를 보고 작은 탄성을 내질렀다. 희찬이었다. 땀범벅이 된 그녀가 양손에 포장 냉면을 들고 거칠게 숨을 내뱉고 있었다.

"윤나영 작가님이시죠!"

희찬은 반가움에 환하게 웃으며 말했다.

"절…… 아세요?"

"아까 그 스튜디오에 있었습니다! 강규헌 작가님 어시스트 유희찬이라고 합니다."

희찬은 꾸벅 90도로 그녀에게 인사를 했다. 강규헌의 어시스트? 규헌이 여자를 어시스트로 뽑았다고? 나영은 조금 이해가 되지 않았지만, 살짝 끄덕이며 그녀에게 눈인사를 건넸다.

"반가워요."

"강 작가님 만나러 오신 건가요?"

"아니요, 아니에요. 그냥 지나가던 길에. 그럼 전 가 볼게요."

나영이 생긋 웃으며 다시 차에 올라탔다. 희찬은 꾸벅 그녀에게 인사를 건넸고, 그녀는 재빠르게 차를 몰고 멀어졌다. 멍하니 멀어지는 나영의 차량을 바라보던 희찬은 환한 웃음을 지었다.

"어머, 내가 윤나영 작가님이랑 대화를 나눴어!"

희찬은 자리에서 펄떡펄떡 뛰며 좋아했다. 하지만 그것도 잠시, 그녀가 왜 이곳에 왔을까? 라는 의문이 들기 시작했다. 희찬은 고개를 갸웃거리다가 남의 사생활에는 관여하지 않는 게 좋겠다는 생각에 얼른 작업실 안으로 들어섰다.

규헌은 보통 때처럼 책상에 앉아 컴퓨터로 포토샵 작업을 하고 있었다. 희찬이 들어서자 그는 시큰둥한 표정으로 그녀를 바라보며 자리에서 일어나 부엌으로 향했다. 희찬은 얼른 냉면을 꺼내 그의 앞에, 자신의 앞에 놓고 자리에 앉았다.

"확실히 얼음 안 녹은 거 맞아?"

"확실합니다! 제가 냉면집 사장님께 육수 얼음만 잔뜩 넣어 달라고 했습니다! 거기다 날씨도 오늘따라 추워서 얼음 녹을 일 없을 거라고 안심하라 하셨어요!"

희찬이 들뜬 목소리로 말하자 규헌은 어이가 없다는 듯 코웃음을 쳤다. 이제는 그런 꼼수까지 쓴다 이거지?

규헌은 좌우로 고개를 내저으며 냉면 포장을 뜯었다. 정말 육수에 얼음이 동동 띄워져 있는 게 방금 냉면집에서 만든 냉면 같았다. 그는 젓가락을 들어 후루룩 먹기 시작했다. 오물오물, 짜장면을 먹을 때처럼 여전히 무표정한 얼굴이었지만 왠지 그의 얼굴에서 만족감이 보였다.

희찬은 그를 바라보며 배시시 웃었고, 그제야 그녀도 냉면을 먹으려고 젓가락을 들었다.

우릉우릉, 그녀가 냉면 면발을 집어 들었을 때 식탁 위에 있는 규헌의 휴대폰이 진동을 했다. 희찬은 휴대폰을 힐끗 보다가 냉면을 후르륵 먹기 시작했고, 규헌은 젓가락을 내려놓고 휴대폰 액정을 바라보았다.

[깡규, 이번 주 일요일 내 전시회 마지막 날이다. 그날 끝나고 애프터 파티할 거니까 너 무조건 와. 하늘같은 선배님 호출이다. — 장유정]

규헌은 인상을 잔뜩 찌푸리며 들고 있던 휴대폰을 던지듯 식탁에 내려놓았다. 하늘같은 선배님은 무슨. 규헌은 신경질적으로 냉면을 후루룩 집어삼켰다. 희찬은 힐끗 그의 휴대폰을 슬쩍 바라보았다. 장유정? 전시회? 희찬은 골똘히 생각하다가 무언가 생각이 난 듯 젓가락으로 규헌의 얼굴을 가리켰다.

"자, 작가님! 이 장유정이라는 분 설마 '마지막 그대를 위하여' 라는 작품의 그 장유정 작가님 맞아요?"

규헌이 시큰둥한 얼굴로 희찬을 바라보다가 자신의 얼굴을 향해 있는 그녀의 젓가락을 보며 잔뜩 얼굴을 찌푸렸다.

"이거 안 치워?"

"아, 죄송합니다."

희찬이 어색하게 웃었지만, 그는 입술을 씰룩거리기만 할 뿐 대답은 하지 않고 냉면을 다시 먹기 시작했다.

"작가님, 맞죠? 장유정 작가님 맞죠? 전시회는 가실 거예요, 작가님?"

"안 가. 귀찮아."

"아, 왜요! 작가님 가시면 안 돼요? 가셔서 저도 좀 데려가 주시면……."

희찬이 규헌의 옆에 차마 달라붙진 못하고 얼굴을 내밀며 애교 아닌 애교를 떨기 시작했다. 규헌은 냉면 면발을 물고 그녀를 바라보더니, 이내 인상을 찌푸린 채 단호하게 말을 내뱉었다.

"얼굴 치워. 냉면 맛 떨어져."

희찬은 쑥 제자리로 돌아가 한숨을 푹 내쉬었다. 그래, 저 사람이 애교에 넘어갈 사람이 아니지. 남 배려 따윈 할 줄 모르는 사람이니까. 희찬은 축 늘어진 어깨를 하고 냉면을 찔끔찔끔 먹기 시작했다.

규헌은 그런 희찬을 힐끗 쳐다보다가 좌우로 고개를 흔들었다. 아까 그렇게 혼나 놓고서도 금세 저렇게 웃으며 데려가 달라니. 규헌으로서는 전혀 이해가 되지 않는 행동이었다. 하지만 아까 일은 순전히 희찬의 잘못만은 아니었다. 오랜만에 만난 나영의 대한 분노가 치솟아 희찬에게 화낸 것이었다.

규헌은 냉면을 다 먹고 젓가락을 내려놓았다. 그리고는 멍하니 제 휴대폰을 바라보다가 싸늘한 표정으로 자리에서 일어서며 말을 이어 갔다.

"이번 주 일요일 다섯 시까지 인사동으로 와."

그는 크흠, 헛기침을 내뱉으며 화장실로 저벅저벅 걸어갔다. 냉면을 먹던 희찬이 멍한 표정으로 그의 뒷모습을 바라보다가 그의 말을 이해하고는 환하게 미소를 지었다.

"네! 알겠습니다. 작가님!"

그녀는 배시시 웃으며 냉면 국물을 후루룩 들이마셨다.

정우는 약속 시간보다 조금 늦게 레스토랑에 도착했다. 그 이유는 같이 놀고 있던 여자가 찰거머리처럼 붙어 갈 생각을 하지 않았기 때문이다. 결국, 수표 몇 장을 쥐여 주고 진한 키스와 함께 그녀를 떼어 놓았다. 정우는 입가에 묻은 그녀의 립스틱을 티슈로 닦으며 레스토랑 안에 있는 나영을 찾아 헤맸다.

그녀는 레스토랑 제일 안쪽 구석 창가에 앉아 있었다. 턱을 괴고 창밖을 바라보는 나영의 모습에 정우는 환하게 웃으며 그녀를 불렀다.

"누나!"

정우가 부르자 나영은 그를 향해 환하게 미소를 지었다.

"박정우!"

그녀의 특유의 하이 톤 목소리가 레스토랑에 울려 퍼졌다. 정우는 나영의 맞은편 자리에 앉았다.

"이게 얼마만이야. 이야, 박정우 이제 진짜 남자 같다?"

"누나 미국 갔을 때도 스물다섯, 진짜 남자였거든?"

"그때보다는 남자다워졌다는 거지, 인마. 너 아직도 여자 끌고 다녀?"

"내 삶의 낙이자 나의 유일한 특기, 취미인데 그걸 어떻게 그만둡니까?"

"허이고, 세상의 여자는 다 지 껀 줄 아는 이 자뻑쟁이야. 그렇게 대단하면 나도 한번 꼬여 보지 그래?"

"누난 어차피 안 넘어올 거잖아. 지금도 애 취급하면서. 내가 세상에서 유일하게 못 꼬이는 여자는 누나 딱 하나야."

정우는 능청스럽게 웃으며 그녀에게 말했다. 나영과 정우는 어렸을 때부터 아는 사이로, 친누나, 친동생처럼 지내 왔다. 서로 아버지들끼리 잘 아는 사이였고, 그렇다 보니 비슷한 또래였던 나영과 정우는 친해질 수밖에 없었다. 뭐, 어렸을 때는 순전히 정우가 나영에게 당하는 신세였지만, 나이가 들면서 조금씩 둘의 사이는 친남매같이 변해 갔다.

"메뉴는 정했어?"

"우리 매번 먹던 걸로 했어. 괜찮지?"

정우는 고개를 끄덕였다. 나영을 본 것이 3년 만이다. 미국에 나영을 보러 간 적도 있었지만, 그때마다 어딜 그렇게 싸돌아다니는지 만나기가 쉽지 않았다. 그렇게 3년을 전화로만 목소리를 듣다 이렇게 제 앞에 있는 나영이 왠지 꿈만 같기도 했다. 덕분에 정우의 표정은 평소보다 한결 부드러워졌다.

정우는 누구 앞에서도 자신의 편안한 모습을 보여 주지 않는 사람이었다. 가족이라곤 아버지밖에 없었고, 유일하게 정우가 기댈 수 있는 사람이 윤나영 한 사람뿐이었기 때문이다.

"아, 정우야. 잠깐만."

신 나게 서로의 이야기를 늘어놓던 그때, 나영의 주머니에 있던 휴대폰이 울리기 시작했다. 그녀는 주머니에서 휴대폰을 꺼내 액정을 바라보았다. 나영의 두 학년 선배인 유정에게서 온 문자였다.

"아는 선배가 이번 주 일요일 전시회 애프터한다고 오라네."

"오자마자 여기서 콜세례가 터져나오는구만. 여전히 인기쟁이야."

"워낙에 친했던 선배라서 그래. 그리고 이 선배 여자거든? 아, 너도 갈래? 오랜만에 같이 사진전이나 보러 가자."

"나도 가도 돼?"

"당연하지. 스쿠알로 대표님께서 가시면 완전 영광이죠."

나영이 장난스럽게 웃으며 말하자 정우는 입가에 작은 미소를 머금으며 어깨를 으쓱였다.

직장을 가진 지 딱 일주일째. 딱히 긴 시간은 아니었지만 희찬은 직장 상사인 규헌에 대한 모든 것을 파악했다. 첫째, 그는 정말 지각을 싫어한다. 일 분이라도 지각하면 그날은 엄청난 히스테리를 부린다. 둘째, 그는 정말 깔끔하다. 바닥에 뭐 흘리거나 먼지 쌓이는 것을 못 본다. 하루에도 수십 번 넓은 작업실을 청소하는 데 희찬의 인력을 다 쓰는 것 같다. 셋째, 그는 좀 유치하다. 무언가 자신의 마음에 안 든다거나, 혹은 희찬이 뭔가 잘못을 했을 때, 항상 유치한 방법으로 상대를 골탕 먹이는 것을 매우 좋아하는 것 같다. 넷째, 그는 진짜 잘생겼다. 그 괴상한 성격만 아니라면 정말 푹 빠져 버릴 만큼.

희찬은 오랜만에 한껏 차려입은 채로 거울 앞에 섰다. 한동안 바빠서 자신을 꾸밀 생각을 하지 못했다. 그저 사는 것에 치여 좋아하던 사진전도 그냥 지나칠 수밖에 없었다. 여섯 달 전에 이빛나라, 오단비 작가의 사진전, 석 달 전에 했던 심현례 사진작가의 사진전, 그리고 무려 한 달 전에 있었던 김민정, 이혜지 사진작가의 사진전까지. 그녀가 놓친 사진전만 몇 개인지 셀 수가 없었다.

그런데 오늘, 드디어 오랜만에 사진전을 보러 가게 되었다. 일을 시작하고 나서 몇 번이나 그만두고 싶은 생각이 들었지만, 지금만큼은 규헌의 어시스트로 들어간 게 잘한 일이라는 생각이 들었다.

희찬은 약속 시간보다 삼십 분 정도 일찍 전시회 건물 앞에 도착했다. 마지막 날이라 그런지 많은 사람들이 전시회장 앞에 몰려 있었고, 그녀는 쭈뼛쭈뼛거리며 주변을 둘러보았다.

약속 시간보다 삼십 분이나 이른 시간이었기에 당연히 규헌은 보이지가 않았다. 먼저 들어가서 구경을 하고 있을까, 하는 생각에 발걸음을 옮기려는데, 그녀의 시선에 익숙한 누군가가 들어왔다. 코발트블루색 차에 기대어 담배를 피우고 있는 정우였다.

저 사람이 여길 왜 왔지? 희찬은 정우를 멍하니 바라보았다. 허공을 바라보고 있는 그의 모습이 얼마 전 한강에서 본 그의 모습과 겹쳐 보였다.

"저렇게 혼자 있는 모습을 보면 정말이지 모델로서도 손색이 없는 사람인데."

희찬은 다시 여자를 끼고 있던 정우를 떠올리며 고개를 좌우로 흔들었다. 저 사람은 겉만 번지르르한 사람이다. 속지 말자. 마음을 다잡으며 말했지만 그에게 눈이 가는 건 어쩔 수 없는 본능인가보다. 희찬은 멍하니 또 그의 모습을 바라보기 시작했다. 희뿌연 담배 연기를 내뿜으며 허공을 바라보는 그의 모습은 카메라 셔터를 누르고 싶은 욕구를 솟구치게 했고, 또다시 그녀는 자신의 손에 카메라가 없는 걸 아쉬워했다.

그때, 정우가 짧아진 담배를 바닥에 떨어트리며 불을 비벼 끄기 시작했다. 차에 기대고 있던 몸을 일으키던 정우는 정확히 반대편에 서 있는 희찬과 눈이 딱 마주쳤다. 놀란 희찬이 살짝 미간을 찌푸리며 슬쩍 뒷걸음질 쳤다. 정우는 그런 희찬을 보며 작게 미간을 찌푸렸고, 이내 저벅저벅 그녀 쪽으로 걸어오기 시작했다. 성큼성큼 걸어오는 정우의 모습에 희찬은 몸을 돌려 세웠다. 아, 또 뭐라 하려고 저러나 싶어 생각에 얼른 자리를 피하려는데, 정우는 희찬의 옆을 아무 말 없이 휙 지나쳤다. 아무 말 없이 자신을 지나쳐 전시회장으로 들어가는 정우의 모습에 희찬은 기분이 언짢은 듯한 표정을 지었다.

"뭐야······."

무시하는 건가, 아님 날 못 본 건가? 그녀는 정우가 모습을 감춘 전시회장 입구를 바라보며 고개를 갸우뚱거렸다.

"뭐하는 거야?"

그때, 그녀의 뒤에서 누군가의 목소리가 들려왔다. 놀라 뒤를 얼른 돌아보자 규헌이 멀뚱히 서서 희찬을 바라보고 서 있었다.

"아, 작가님."

"누구 찾아?"

"아, 아니요. 그냥 들어갈까 말까 고민 중이었어요."

"그냥 들어가 있지, 뭘 고민해?"

규헌은 희찬을 보며 혀를 끌끌 차며 전시회장으로 들어섰다. 희찬은 그런 규헌을 보며 입을 삐죽 내밀었다가 뚱한 표정으로 그의 뒤를 따랐다. 하지만 그녀의 뚱한 표정은 그리 오래가지 못했다. 입구에서부터 장유정 작가의 사진을 본 그녀는 감탄사를 내뱉으며 어쩔 줄 몰라 했다. 사진은 너무도 아름다웠다. 하지만 아름답기만 하지 않고 뭔가 가슴 묵직한 것도 느껴지는 사진들이었다.

"깡규, 진짜 왔네? 안 올 줄 알았는데."

"선배가 오라면서."

"어쭈? 말에 가시가 있다?"

높은 하이 톤의 목소리에 희찬은 그제야 정신을 차리고 사진에서 눈을 떼었다. 장유정 작가였다. 규헌에게 장난을 치며 웃는 그녀의 모습에 희찬은 큰소리로 그녀를 향해 인사를 건넸다.

"아, 안녕하세요!"

희찬의 인사에 놀란 그녀가 얼떨떨한 얼굴로 고개를 끄덕였다.

"그런데 누구?"

"내 어시."

"에, 진짜? 남자가 아니라 여자가 어시스트? 웬일이래."

"어쩌다 보니 그렇게 됐어. 파티는 언제 시작하는데?"

"전시회가 여섯 시에 마감이니까 일곱 시쯤? 일단은 사진 보고 있어. 준비되면 부를게."

규헌의 어깨를 두어 번 툭툭 두드리며 인사를 하고 희찬에게도 슬쩍 눈인사를 건넨 뒤, 그녀는 다시 다른 손님을 맞이하러 발걸음을 옮겼다. 희찬의 두 눈은 동경의 눈빛으로 가득 차 있었다. 멀어져 가는 유정의 모습에 전혀 눈을 뗄 생각이 없어 보였다. 규헌은 그런 그녀를 탐탁지 않은 표정으로 바라보다 이내 혀를 끌끌 차기 시작했다.

"작가 보러 왔어, 사진 보러 왔어?"

"네?"

"사진 보러 왔으면 사진이나 봐. 작가 얼굴 봐서 네가 얻는 게 뭐가 있는데?"

쌀쌀맞은 규헌의 말에 희찬은 고개를 떨구었다. 하지만 규헌의 말이 다 맞는 말이었기에 그녀는 아무 말 없이 다시 사진을 감상하기 시작했다. 천천히 발걸음을 옮기며 하나하나 심도 있게 사진을 바라보는 희찬의 모습. 규헌은 그런 그녀의 뒤를 아무 말 없이 맞춰 걸어갔다.

희찬은 아무생각 없이 사진을 보다가 문득 자신의 뒤를 따라

다니는 규헌이 신경 쓰이기 시작했다. 어시스트의 뒤를 졸졸 따라다니는 작가라니. 매번 그의 뒤를 따라다닌 그녀로서는 새로운 경험이 아닐 수 없었다. 그녀의 발걸음이 움직이면 그의 구두 소리가 똑같이 움직였다. 오묘한 느낌에 슬쩍 시선을 돌리자 그와 눈이 마주쳐 버렸다. 놀란 그녀가 다시 사진으로 시선을 돌렸다. 그녀의 갑작스런 행동에 규헌은 잔뜩 인상을 찌푸렸다.

뭐야, 저 반응은?

뭐라고 한 소리를 해 주려던 찰나, 주머니에 있는 휴대폰이 울리기 시작했다. 그는 결국, 발걸음을 멈추고 주머니에 있는 휴대폰을 꺼내 들었다.

[준비 끝. 지하로 내려오시지요. — 장유정]

"유희찬, 따라와."

"네? 아직 사진 다 못 봤는데요!"

규헌은 희찬의 말을 무시하고 저벅저벅 지하로 향하는 계단으로 내려갔다. 희찬은 입을 삐죽거렸다. 아직 보지 못한 사진들이 이렇게나 많은데. 희찬은 아쉬운 듯 주변을 훑어보며 지하로 내려가는 규헌을 따라나섰다. 다행히 지하에도 많은 사진이 전시되어 있었다.

전시장 한가운데는 긴 테이블이 늘어져 있고, 그 위에는 파티 음식들이 예쁘게 진열되어 있었다. 영화나 드라마에서나 볼 법한 광경에 희찬은 어색하게 주변을 훑으며 쭈뼛쭈뼛 규헌의 뒤를 따라 걸었다.

"오, 강규헌! 웬일이야? 사진전에 다 오고?"

여기저기서 규헌을 알아보고선 반가운 듯 그에게 인사를 건넸다. 그리곤 규헌의 옆에 서 있는 희찬을 보고 고개를 갸웃거렸다.

"아가씨는 누구?"

"내 어시."

"에? 여자가 네 어시라고? 말도 안 돼!"

"야, 말이 되는 소리를 해라. 강규헌이 여자 어시를 데리고 다니는 게 말이 되냐?"

"아가씨 진짜 누구? 규헌이 새 애인?"

깔깔 웃으며 농담인지 진담인지 모를 말을 던지자, 가만히 그 말을 듣고 있던 규헌의 이맛살이 살짝 찌푸려졌다. 희찬은 그 모습을 보고 어색하게 웃으며 그들의 말을 이어 갔다.

"아니에요. 진짜 어시스트 맞아요. 유희찬이라고 합니다."

꾸벅, 그녀가 인사를 건넸다. 여전히 믿기지 않는다는 얼굴로 희찬을 쳐다보는 지인들의 시선. 희찬이 어찌할 바를 몰라 우물쭈물거리고 있는데 누군가가 다가와 단번에 그들을 저지했다.

"그만들 좀 해라. 너희는 규헌이만 보면 못 잡아먹어서 안달이니?"

유정이었다. 도도하게 팔짱을 끼고 다가와 규헌 앞에 있는 지인들의 머리를 한 대씩 쥐어박았다. 그들은 아무 말도 못 한 채 맞은 곳을 문지르며 입을 삐죽거렸다.

"미안해요. 어시 흠, 이름이……?"

"유희찬이라고 합니다."

"그래요. 희찬 씨. 얘네들이 좀 짓궂죠? 워낙에 장난이 심한 애들이라 규헌이 놀리는 데 재미 붙여서 그래요."

"아닙니다! 전 괜찮습니다!"

"선배! 선배는 너무 규헌이 자식만 싸고도는 거 아닙니까?"

"너희가 애꿎은 사람까지 잡으니까 그러지. 깡규, 너도 이제 표정 좀 풀지?"

"내 표정 원래 이랬어."

"어이구, 그러세요? 이마에 주름 잡힌 건 노화가 와서 그런 거냐?"

유정의 말에 규헌은 어이없다는 듯 웃음을 내뱉었다. 그러자 조금 그의 표정이 풀리는 것같이 보였다. 유정의 포스는 대단했다. 단 한 번에 이 많은 사람을 제압하고 규헌까지 다룰 줄 알다니. 희찬은 그런 유정에게서 시선을 떼지 못하고 있는데 누군가 유정의 이름을 부르며 다가왔다.

"선배, 늦어서 죄송해요."

익숙한 목소리에 모여 있던 모두가 고개를 돌렸다. 그리고 그녀를 발견한 유정이 제일 먼저 놀란 표정을 지으며 다가섰다.

"윤나영! 웬일이야, 오면 온다고 전화라도 하지!"

"선배 놀라게 해 주려고 했죠. 오면서 사진들 봤는데 하나같이 멋있더라고요. 역시 선배 사진 실력은 알아줘야 한다니까."

"빈말인 거 다 알아, 인마. 너 못 본 3년 사이에 엄청 유명해 졌더라? 뭐, 대학 다닐 때도 유명하긴 했지만."

"대학 때 선배한테 많이 배운 덕분이죠. 헤헤, 솔직히 좀 운이 좋았어요."

친한 사이인 듯 유정과 나영은 서로 눈을 떼지 못하고 있었다. 그런 둘을 부러운 눈으로 바라보다 슬쩍 나영의 옆에 있는 남자에게 시선을 돌렸다. 익숙한 풍채와 익숙한 얼굴. 누구지? 하고 고개를 갸웃거리다가 번뜩 그와 눈이 마주쳤다. 어? 저 사람.

"아, 여긴 제 친한 동생. '스쿠알로' 잡지 아시죠? 대표 이사예요."

"어머, 안녕하세요."

"네, 반갑습니다. 박정우입니다."

유정에게 손을 내밀며 악수를 청하는 정우의 모습에 희찬은 당황스러운 표정으로 그를 올려다보았다. 나영과 정우라니, 상상치도 못한 조합이었다. 희찬이 멍하니 그들을 바라보았지만, 규헌은 나영과 정우의 사이가 그다지 놀랍지 않은 듯 무표정으로 음식이 있는 쪽으로 발걸음을 돌렸다.

"아, 맞다. 오늘 규헌이도 왔는데."

유정은 뒤에 있는 규헌을 가리키며 나영에게 말했다. 규헌이란 말에 나영과 정우는 그에게로 시선을 돌렸고, 정우는 적지 않게 놀란 듯 살짝 인상을 찌푸렸다. 그에 비해 나영은 씩 웃으며 규헌에게 성큼성큼 다가가 말을 걸었다.

"여기서 또 보네. 오빠."

그녀의 말에 규헌은 아무런 대꾸도 하지 않고 저벅저벅 다른 곳으로 향했다. 천하의 윤나영 인사를 무시하다니. 지켜보던 지인들은 웅성거리며 멀어지는 규헌을 바라보았다.

"저 새끼, 진짜 너무하네. 헤어졌다고 해도 저건 아니지."

"그러게나 말이다. 유일하게 나영이한테만 잘해 주던 자식이 찬바람이 쌩쌩 부는고만."

역시나, 사귀었던 사이가 맞았구나. 희찬은 규헌의 멀어지는 뒷모습을 묵묵히 바라보았다. 무표정한 표정으로 일관하고 있었지만 규헌의 미간이 살짝 구겨진 게 보였다. 지금 이 자리가 매우 불편하다는 그만의 표현이었다. 그걸 알아챈 희찬이 규헌 쪽으로 가려는데 나영이 씩 웃으며 그녀에게 다가와 말을 건넸다.

"안녕하세요."

"아, 네! 안녕하세요."

"여기서 또 뵙네요."

"네! 그러네요. 하하."

"규헌 오빠가 너무 까탈스럽게 굴죠?"

"아, 아뇨. 잘해 주세요! 엄청나게 잘해 주세요! 가끔 제 실수 때문에 잔소리를 듣긴 하지만……."

"괜히 심술부리고 그러죠? 오빠 성격은 제가 더 잘 아는데, 정말 싫으면 그렇게 대하지도 않아요. 애정표현이라고 생각해 주시고 이해해 주세요. 아, 그날은 작업실 앞에서 만난 건……."

"아, 말 안 했어요! 걱정하지 마세요!"

"고마워요."

싱긋 나영이 웃으며 희찬에게 말했다. 아, 정말 이 여자 눈웃음이 아주 사람을 홀리게 만든다. 여자인 희찬이 봐도 이렇게 예쁜데 남자들에게는 얼마나 아름답게 보일까. 희찬은 선망의 눈빛으로 그녀를 바라보다 옆에 있는 정우와 눈이 마주쳤다. 그는 고개를 까닥이며 비릿한 웃음을 짓고 있었다. 희찬이 당황해하며 살짝 뒷걸음질 치자 그는 아무렇지 않게 시선을 돌려 저벅저벅 다른 곳으로 걸어가 버렸다.

"뭐야……."

이번엔 대놓고 무시하는 건가. 희찬은 머리를 긁적이며 멀어지는 정우를 힐끗거렸다. 자꾸 왜 저 사람과 마주치게 되는 걸까. 나영의 친한 동생이라니. 희찬은 자신의 우상인 나영과 매우 이상한 정우의 조합이 아직도 이해가 가지 않는 듯 고개를 좌우로 저었다.

파티는 순조롭게 진행되고 있었다. 으르렁거릴 줄 알았던 정우와 규헌은 서로에게 더 이상 관심이 없는 듯 눈길조차 주지 않았다. 희찬은 주섬주섬 음식들을 주워 먹으며 혹시나 하는 생각에 계속 둘을 지켜보았다.

규헌은 혼자 벽에 기대어 홀짝홀짝 와인을 몇 잔 들이켰다. 그 누구와도 말을 섞지 않았고, 간간이 유정이 다가와 말을 거는 것이 전부였다. 그에 비해 정우는 물 만난 고기처럼 여자들과 함께 희희낙락거리느라 바빴다. 정말이지 한강에서 본 건 착시효과였을 정도로 그는 너무 달랐다. 한강에서는 그의 표정에서 외로움과 슬픔, 뭔가 겸허한 것이 보였는데, 지금 그녀 앞에 있는 사람은 전혀 그렇지 않아 보였다. 방탕하고, 그저 여자는 일회용 장난감인 줄만 아는 그런 남자. 그냥 쓰레기 같은 남자에 불과했다.

"얼굴이 아깝네. 진짜."

희찬이 괜히 심통을 부리며 주스를 한 컵을 쭉 비웠다. 더 이상 한심한 사람과 엮이고 싶진 않다는 생각을 하며 규헌에게로 시선을 돌리던 찰나, 그가 다급하게 입을 막고 파티장 밖으로 뛰어가는 모습이 보였다. 놀란 그녀는 와인 잔을 테이블에 내려놓고 그의 뒤를 따라 뛰어갔다.

"작가님!"

그가 뛰어간 곳은 남자화장실이었다. 차마 들어가진 못하고 밖에서 발만 동동 굴렸다. 어쩐지, 와인을 너무 많이 마시더라. 걱정스런 표정을 지으며 얼굴만 살짝 들이밀어 소리쳤다.

"작가님, 괜찮으세요?"

그녀가 물었지만 아무런 대답조차 들리지 않았다. 어떡하지? 들어가야 하나? 혹여 누군가가 남자화장실에 들어가는 그녀를 볼까 봐 두리번거리며 슬쩍 발을 떼던 그때, 그의 목소리가 그녀의 귓가에 희미하게 들려왔다.

"괜찮으니까 돌아가."

"네?"

"……돌아가라고."

희찬은 어깨를 축 늘어트리곤 슬슬 뒷걸음질 치며 화장실에서 멀어졌다. 등이라도 두드려 주려 했는데, 여전히 까칠하시네. 그녀는 걱정을 뒤로한 채 터벅터벅 다시 파티장 안에 들어섰다. 그리고는 구석에 서서 멍하니 화장실 쪽만 바라보았다. 규헌은 나오지 않았다. 아직도 속이 좋지 않은 건지 그의 모습은 오랫동안 보이지 않았다.

"아, 진짜 괜찮은 거 맞아?"

갈수록 걱정은 더해져 갔다. 희찬이 불안한 듯 손톱을 만지작거리며 계속 화장실 쪽만 바라보았다.

"아가씨, 혼자 왔어요?"

화장실에서 시선을 떼지 않고 있던 그때, 누군가가 희찬의 앞에 와인을 내밀며 말을 걸었다.

"아, 감사합니다……."

"파티에 왔으면 신 나게 놀아야죠. 이런 미인이 혼자 구석에 서 있으면 쓰나."

"아, 네. 하하."

미인? 이런 말은 오랜만에 들어 보네. 괜히 미인이란 말에 으쓱해진 희찬은 입가에 작은 미소를 띠며 그가 준 와인을 받아 들었다. 그는 빤히 희찬을 바라보았다. 그의 시선이 부담스러운 그녀가 먼 산을 바라보자, 맞은편에 있던 정우와 딱 눈이 또 마주치고야 말았다. 여전히 정우는 여자들에게 둘러싸여 하하호호거리고 있었다.

"괜찮으면 저랑 다른 곳에 가서 한 잔 더 하실래요?"

"네? 아, 아니요. 전 일행이 있어서."

"에이, 그러지 마시고 한 잔 더 합시다. 여긴 사람이 좀 많으니까 우리끼리 오붓한 곳으로 자리 옮기죠."

"아니, 전 진짜……."

희찬은 손을 절레절레 흔들었다. 하지만 남자는 전혀 물러날 기미가 없어 보였다. 입술을 깨물며 규헌이 있는 화장실 쪽을 애타는 마음으로 바라보았다. 여전히 그의 모습은 보이지 않고 있었다. 도움을 청할 사람이 없을까 그녀가 눈을 돌렸다. 하지만 딱히 그녀를 도와줄 사람은 없어 보였다. 문득 맞은편에 있는 정우가 생각나 도움을 청하는 눈길을 보냈다. 하지만 그는 여자들과 노느라 희찬에게 눈길 하나 주지 않았다. 그래도 혹여나 이쪽을 보지 않을까, 하는 생각에 살짝 손을 흔들어 보았다.

"왜 그래요? 일행이에요?"

"아, 뭐……."

그의 말을 무시하고 손을 애타게 흔들자 정우가 슬쩍 희찬을 쳐다보았다. 하지만 금세 눈을 돌리고 여러 여자와 함께 유유히 전시회장을 빠져나갔다. 역시, 도와줄 리가 없지. 작은 한숨을 내쉬며 이를 바드득 갈고 있던 찰나, 갑자기 남자의 손이 희찬의 허리를 감싸 안았다. 놀란 그녀가 뒷걸음질 치며 그의 손을 떼어 내려 했다.

"가요. 좋은 곳 데려가 줄게요. 저쪽도 2차 가는 거 같던데."

"아, 아니요. 진짜 됐습니다."

"에이, 괜찮아요. 부담 갖지 마요."

당신 행동과 얼굴 자체가 그냥 부담인데 어떻게 부담을 안 가져, 이 사람아, 라는 말이 목구멍까지 치고 올라왔지만, 파티에 있는 많은 사람에게 피해를 줄 수는 없었다.

그가 그녀의 허리를 잡고 전시회장 밖으로 발걸음을 옮겼다. 그녀는 아니요, 됐습니다, 라는 말을 몇 번이고 반복했지만, 그에겐 소귀에 경 읽기였다.

"정말 됐습니다. 저 2차 안 가요."

"아하, 이 여자 진짜. 이렇게 만난 거 좀 갑시다!"

그가 갑자기 그녀의 손을 잡아당기며 끌었다. 희찬은 가지 않으려고 안간힘을 썼지만, 남자의 힘을 혼자 당해 낼 수는 없었다. 아, 진짜 어떡하지? 화장실에서는 규헌이 기다리고 있고, 도와줄 사람은 없고. 희찬의 머릿속에 무서운 생각들이 들던 그때, 갑자기 누군가가 희찬과 남자의 앞에 우두커니 섰다.

"싫다는 사람, 그렇게 끌고 나가면 모양새가 영 그렇지 않습니까?"

"뭐야, 당신?"

"여자랑 놀고 싶으면 순순히 따라오는 그런 여자를 잡으셔야죠. 이 사람 아직 뭘 모르네."

"참견 말고 그쪽은 좀 꺼져 주시죠?"

"꺼져? 하, 나참. 그쪽이야말로 좀 제발 꺼져 주시라고 이 여자가 표정으로 말하고 있는데 안 보이십니까?"

정우가 손가락으로 희찬을 가리키며 말했다. 남자는 슬쩍 희찬을 바라보다가 이내 그녀를 잡고 있던 손을 놓아주었다. 그리고는 정우를 무섭게 노려보며 한 걸음 다가섰다.

"아니, 이 사람이 진짜. 당신 뭐야, 내가 누군지 알아?"

"제가 그쪽 같은 사람을 알아야 할 이유는 없는 거 같은데."

"이게 진짜. 야, 너 뭐야. 너 진짜 죽고 싶냐?"

정우의 어깨를 툭툭 치며 시비를 거는 남자의 태도에 희찬은 불안한 표정으로 그들을 바라보았다. 언성이 높아지자 파티장에 있던 사람들이 모두 그들을 바라보기 시작했고, 희찬은 이러다 정말 싸움이 커질 것 같다는 생각이 들었다. 그때, 정우를 치고 있던 남자의 손을 잽싸게 낚아채며 누군가 그들 사이를 끼어들었다.

"선배는 진짜 몇 년이 지나도 변하질 않네요."

"넌 또 뭐……. 가, 강규헌?"

규헌이 무덤덤한 표정으로 잡고 있던 남자의 손을 툭 던져 냈다. 그의 태도가 기분이 나빴는지 남자의 인상이 심하게 구겨졌다.

"야, 넌 선배를 대하는 태도가 어째 싸가지가 없다?"

"모르셨어요? 원래 저 이런 거."

"강규헌."

"좋은 날에 문제 일으키지 말고 가 주시죠."

"머, 뭐야?"

"제 어시스트한테 무슨 볼일인지 몰라도 제 심기 건드리지 않는 게 선배 신상에 좋을 텐데요."

규헌이 비릿한 미소를 지으며 선배라는 남자를 쳐다보았다. 남자는 입술을 잘근 씹으며 주먹을 꽉 쥐었다. 그리고는 그는 아무말도 못 한 채 규헌의 어깨를 자신의 어깨로 툭 치고 파티장을 유유히 빠져나갔다.

"하, 살았다."

그제야 마음이 놓인 희찬이 한숨을 길게 늘어뜨렸다. 규헌은 그런 그녀가 여전히 마음에 안 드는지 잔뜩 인상을 찌푸리며 바라보았다. 희찬은 그의 싸늘한 시선에 주눅이 든 듯 고개를 푹 숙였고, 이내 긴 한숨을 내뱉으며 규헌이 무심히 차 키를 내밀었다.

"자."

"네?"

"나 술 마셨으니까 네가 운전하라고."

"아, 네!"

얼떨결에 규헌에게서 차 키를 받은 희찬이 큰소리로 대답했다. 그때, 터벅터벅 그들에게로 다가오는 구두소리가 들렸다.

"여보세요."

희찬은 걸음을 멈추고 뒤를 돌아보았다. 박정우였다. 그는 매우 심기가 불편해 보이는 표정으로 그들을 바라보고 있었다.

"구해 준 건 난데 그냥 갑니까? 거참, 인심이 영 빌어먹으셨네."

희찬은 작은 감탄사와 함께 꾸벅 정우에게 인사를 건네려 했지만, 규헌이 그런 희찬을 밀어내고는 정우 앞에 우두커니 섰다. 규헌의 삐딱한 시선에 정우도 고개를 비스듬히 들었다. 그러자 규헌이 감정이 담기지 않은 말투로 정우에게 말을 이어 갔다.

"박 대표님께서 나서지 않아도 될 상황이었습니다."

"그래도 도와줬으니 인사는 받아야겠는데요."

"아니요. 쓸데없는 참견을 하셨으니 인사는 하지 않아도 된다고 봅니다, 전."

"그건 그쪽 생각이고. 나는 받아야 하겠는데요. 강 작가님."

뭐야, 갑자기.

희찬은 으르렁거리는 두 사람의 대화에 놀라 규헌의 팔을 잡고 슬쩍 잡아당겼다.

"자, 작가님!"

"이거 놔."

"하하, 작가님. 취하셨어요. 얼른 집에 가죠."

"거기 여자, 좀 빠지지?"

"아이고, 왜 그러세요, 대표님. 하하, 아깐 감사했습니다. 정말

로요. 작가님, 가요. 어서!"

규헌은 못 이기는 척 희찬의 손에 끌려갔지만, 여전히 그의 시선은 정우를 향하고 있었다. 전시회장을 빠져나온 희찬은 그제야 잡고 있던 규헌의 팔을 슬그머니 놓았다. 그러자 규헌은 낮게 욕을 뱉어 내며 조수석에 올라탔다.

"다른 분들에게 인사 안 하시고 가셔도 돼요?"

"괜찮아. 그렇게 친한 사이 아니니까."

"그래도……."

"그냥 좀 가지? 쓸데없는 참견하지 말고."

희찬은 입을 삐죽거리며 차를 출발시켰다. 규헌은 주차장을 빠져나오자마자 깊은 한숨과 함께 두 눈 지그시 감았다.

작업실 앞에 도착하자, 그는 기다렸다는 듯이 차에서 내렸다. 그는 희찬에게 인사할 틈도 주지 않고 저벅저벅 작업실 안으로 들어섰다.

털썩, 그는 침대에 주저앉았다. 와인을 많이 마신 탓일까? 술을 그다지 잘하지 못하는 규헌이었기에 두통과 함께 어지러움이 계속되고 있었다. 규헌은 스르르 침대에 그대로 누워 천장을 바라보았다. 하얀 천장이 빙빙 돌고 있었다. 마치 그의 몸이 좌우로 움직이는 것만 같았다. 그러다 문득 그의 머릿속에 그녀의 얼굴이 떠올랐다.

'오랜만이야, 오빠.'

헤어지고 난 후에도 친근하게 규헌을 오빠라고 부르던 나영. 여전히 예쁘고, 여전히 멋졌다. 규헌은 한숨을 길게 내뱉으며 누웠던 몸을 천천히 일으켰다. 깨질 듯한 두통에 침대 옆에 있는 서랍장을 열었다.

약을 여기 어디다 둔 거 같은데. 그가 약을 찾으려고 서랍장 안을 뒤지던 그때, 약이 아닌 사진 한 장이 손에 잡혔다. 그는 잠시 행동을 멈추고 조심스럽게 그 사진을 꺼내 들었다.

예쁘게 웃고 있는 나영. 그리고 그녀의 옆에서 나란히 웃고 있는 다른 한 사람. 그건 규헌이 아닌 '스쿠알로'의 대표 이사, 박정우였다.

규헌이 잡은 사진 귀퉁이가 점점 구겨지고 있었다. 그는 조심스럽게 사진을 뒤로 돌려 뒤에 쓰여 있는 글자를 하나하나 마음속으로 읽어 내려갔다.

'오빠, 미안해. 우리 헤어지자.'

그건 나영이 규헌에게 마지막으로 보낸 사진이자, 마지막으로 보낸 편지였다.

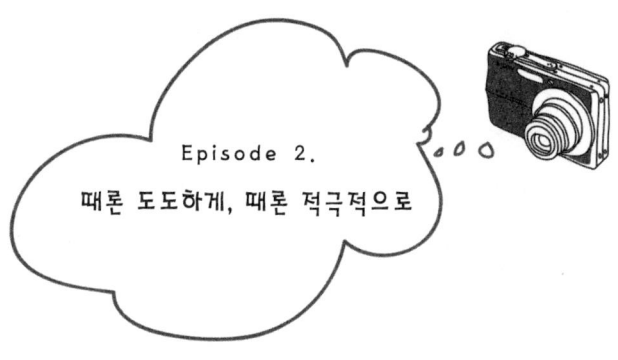

Episode 2.
때론 도도하게, 때론 적극적으로

지금 시각은 정확히 오후 두 시. 정우는 이 늦은 시각 자신의 회사 앞에 도착했다. 그는 차에서 내려 쓰고 있던 선글라스를 벗었다. 눈부신 햇빛에 인상을 팍 찌푸리며 하늘을 바라보았다. 자신의 기분과 다르게 하늘이 맑다. 그는 이를 바드득 갈며 회사 안으로 발걸음을 옮기자 일렬로 선 직원들이 그에게 인사를 건네었다.

마치 조폭을 연상케 하는 그의 회사 직원들. 그는 그런 그들의 태도가 익숙한지 전혀 신경 쓰지 않은 채 걸어갔다. 그때 마침 지나가던 여직원이 그를 발견하고는 밝은 목소리로 인사를 건넸다.

"어머! 대표님, 안녕하세요."

그녀의 목소리에 정우는 잔뜩 구기고 있던 인상을 펴고 살짝 미소를 지으며 손을 흔들었다. 그의 인사를 받은 게 매우 기쁜지 옆에 있는 동료와 꺅 소리를 지르며 사라지는 여직원. 그런 여직원이 멀어지자 정우는 다시 인상을 팍 쓴 채로 자신의 집무실로 올라갔다.

쾅, 그는 신경질적으로 문을 닫으며 소파에 철퍼덕 주저앉았다. 그의 표정에는 잔뜩 짜증이 배어 있었다. 어제 그렇게 규헌과 희찬이 간 뒤로부터 정우의 표정은 짜증 그 자체였다.

"감히 내 앞에서, 그것도 내가 부른 여자를 낚아채 가?"

처음 한 번은 그러려니 했지만, 두 번 굴욕을 맛보고 나니 속에서 화가 들끓어 오른다. 규헌도 규헌이지만 자신의 부름에 아무렇지 않게 가 버리는 희찬의 태도가 그의 신경을 더 긁었다.

"으악! 짜증 나. 짜증 난다고!"

잊으려고 노력하고, 또 노력해 봐도 자꾸 떠오르는 그들의 모습에 그는 화를 참지 못하고 테이블 위에 있던 신문지를 마구 찢어 바닥에 던졌다. 그때, 그의 주머니에 있는 휴대폰이 울리기 시작했다. 나영이었다. 신경질적으로 통화 버튼을 누른 그는 다운된 목소리로 입을 열었다.

"왜."

― 뭐야, 목소리가 왜 그래? 너 아직도 어제 일 때문에 그래?

나영이 콕 집어서 말하자 정우는 한숨을 푹 내쉬며 소파에 풀썩 주저앉았다.

"그런 얘기할 거면 전화 끊어."

— 알겠어, 알겠다고. 참나, 이런 여자가 있으면 저런 여자도 있지, 세상 모든 여자가 너한테 꼬리 살랑살랑 흔들며 반길 줄 알았냐?

"아, 진짜……. 그러는 누나는! 전 애인 앞에서는 빌빌대더만 뭐. 강규헌 그 사람 맞지? 나랑 찍은 사진 보내서 엿 먹였던 놈. 그 짓 할 때부터 알아봤어. 아니, 말로 해결하면 되지 나랑 찍은 사진은 왜 보내서 사람 엿을 먹여? 나는 진짜 누나가 이해가 안 간……."

— 야, 박정우!

"아, 깜짝이야. 귀 안 막혔거든?"

— 그만 긁어라.

"누가 먼저 긁기 시작했는데 그래?"

— 아, 진짜! 됐다, 됐어. 밥 같이 먹자고 하려 했는데 밥맛이 뚝 떨어지네, 끊어!

나영은 소리를 빽 지르고 전화를 끊어 버렸고, 정우도 신경질을 내며 휴대폰을 테이블에 던지듯 내려놓았다. 그때, 노크 소리와 함께 정우의 비서가 문을 열고 들어섰다.

"대표님."

정우는 눈썹을 치켜뜨며 탐탁지 않은 표정으로 비서를 바라보았다. 비서는 잔뜩 겁먹은 표정으로 슬금슬금 그의 옆으로 다가섰다.

"저번에 강 작가님과 회의했던 콘티 예제 말인데요."

"그거 이미 끝난 얘기잖아."

"아무리 생각해도 한번 저희가 콘티를 보고 촬영에 들어가야 하지 않나 해서······."

"그쪽에서 알아서 하겠다잖아. 잘난 작가님께서 그렇게 하시 겠다는데 뭔 말이 그렇게 많아?"

"그래도 절차라는 게······."

"아, 됐어. 쓸데없는 얘기할 거면 나가."

"대표님······."

"아, 진짜 그렇게 걱정되면 네가 알아서 하시든가."

"······."

"안 나가냐?"

정우의 싸늘한 말투에 비서는 고개를 살짝 숙이며 조용히 뒷 걸음질 쳐 집무실을 나섰다. 달칵, 작게 문이 닫히는 소리와 함 께 비서는 잔뜩 표정을 일그러트렸다.

"저거 진짜 대표만 아니면 한주먹 거리도 아닌 것이······."

비서는 굳게 닫힌 문을 매섭게 노려보았다. 그리고는 한참 뒤, 한숨을 길게 내쉬며 어깨를 축 늘어트렸다. 어쩌겠는가. 사회에 서는 돈이 있는 자가, 직급이 위인 자가 모두 강자인 것을. 비서 는 조용히 자신의 자리로 돌아가 휴대폰을 들었다. 그리고는 저 장되어 있는 규헌의 번호를 바라보며 한 손으로 머리를 쥐어뜯었 다.

"아, 또 전화하면 까칠하실 텐데······."

비서는 괴로운 표정을 지으며 고개를 푹 숙였다. 여기도, 저기도 윗대가리들은 모두 다 한통속인 듯싶다.

"어? 작가님 잉크가 없는데요?"

"떨어지기 전에 충전해 뒀어야지. 어제 확인하지 않고 뭐 했어?"

"어제는 잘 나오길래······."

"변명을 따위 집어치우고 빨리 가서 잉크 충전해 오는 게 더 효율적일 텐데."

"아, 네! 알겠습니다. 당장 잉크 충전하고 오겠습니다!"

우렁찬 목소리로 대답하고는 복합기를 만지기 시작했다. 여기 어디 잉크가 달려 있던 거 같았는데. 요리조리 살펴 간신히 잉크 위치를 찾았지만 아무리 잡아당겨도 잉크통이 빠지질 않았다. 그녀가 낑낑거리며 한참을 잉크통과 씨름을 하고 있자, 작업에 열중하던 규헌이 힐끗 그녀를 바라보고는 한심하다는 듯 고개를 내저었다.

"······이래서 여자 어시스트 쓰기 싫다니까."

그는 깊은 한숨과 함께 자리에서 일어나 저벅저벅 그녀에게로 다가갔다.

"비켜."

"네?"

"그거 하나 못 빼서 낑낑거리긴."

그가 그녀를 밀어내고는 잉크통을 잡아당겨 손쉽게 빼내었다. 희찬이 그렇게 잡아당겨도 빠지지 않던 잉크통이 이렇게 손쉽게 빠지더니. 그는 무심하게 잉크통을 그녀에게 던져 주고는 저벅저벅 다시 자신의 책상으로 걸어갔다.

확실히 규헌은 나쁜 사람이 아니다. 항상 무표정한 얼굴에 싸가지 없는 말투를 가지고 있지만, 저번에 사진전을 데려가 준 것도 그렇고, 이번에도 그렇고. 희찬은 그의 뒷모습을 보며 살짝 입술에 미소를 띠었다.

"다녀오겠습니다!"

큰 소리로 대답한 그녀는 후다닥 작업실 밖으로 뛰어가 버렸다. 쾅, 문이 거세게 닫히는 소리에 규헌은 잔뜩 인상을 찌푸렸다.

확실히 희찬이 무능력한 사람은 아니지만, 어딘가 모르게 미숙하달까? 조금 모자란, 그런 느낌이 든다. 하나하나 신경 써 주지 않으면 알아서 하지 못하는 그런 사람 말이다.

"역시 어시스트로는 딱히 마음에 들지 않아."

규헌은 고개를 좌우로 흔들며 모니터로 시선을 돌렸다. 그때, 책상 위에 둔 그의 휴대폰이 울리기 시작했다. 전혀 모르는 전화번호에 그는 슬쩍 액정을 보다가 무시하고 작업에 집중했다. 한참 뒤, 벨 소리가 끊겼다. 이제야 거슬림이 사라져 그의 얼굴이 편안해지려던 찰나, 또 전화벨이 울렸다. 짜증 섞인 얼굴로 그가 마우스에서 손을 뗐다. 대체 누구야? 그는 결국 전화를 들어 신경질적으로 입술을 열었다.

"네, 강규헌입니다."

— 작가님, 저 스쿠알로 남 비서입니다.

"무슨 일이시죠."

— 저번에 미팅에서 말씀하신 콘티 예제 때문에 연락드렸는데요.

비서의 목소리에서 묘한 떨림이 느껴지는 걸 감지한 규헌이 살짝 코웃음을 쳤다. 그리고는 몸을 뒤로 살짝 빼며 고개를 삐딱하게 기울이고 수화기 너머 비서에게 말을 이어 갔다.

"그거라면 이미 끝난 얘기 아닙니까?"

— 네, 뭐 그렇긴 합니다만, 그건 대표님께서 충동적으로 하신 말씀이셨고, 절차적으로는 저희 쪽에서 한 번 검토를 해야 하는 게……

"대표님께서 원하시는 겁니까?"

— 네? 네, 뭐…….

"그럼 대표님께서 직접 저한테 전화하시라고 전해 주세요."

규헌은 비서에게 말 한 마디 건넬 여유조차 주지 않고 전화를 끊어 버렸다. 휴대폰을 던지듯 내려놓은 규헌이 다시 작업에 열중하려는데, 또다시 휴대폰이 울리기 시작했다. 아랑곳없이 작업에 열중하려 했건만 얼마 못 가 그는 손을 뻗어 휴대폰을 들고야 말았다.

― 강 작가님, 그러지 마시고…….

"그쪽 대표가 승인했지 않았습니까. 그럼 이만 끝내시죠. 그냥."

― 그래도 절차라는 게.

"그놈의 절차 깬 사람이 당신 대표라는 사람입니다."

― 작가님, 아시잖아요. 대표님께서 워낙 막 나가는 사람이시라. 한 번만 너그럽게 이해해 주시고 다시 미팅을 해 주시면…….

"제가 무슨 한가한 사람도 아니고, 가라면 가고, 오라면 오는 사람입니까? 전 다시 미팅할 시간 없습니다."

― 그럼 작가님이 콘티 짜 놓은 거라도 저희 쪽으로 보내 주시면 다시 한 번 검토를…….

"이보세요, 비서실장님."

― ……부탁드립니다. 강 작가님.

비서의 간절한 목소리에 규헌은 그저 한숨만 짙게 내뱉을 뿐이었다. 솔직히 대표라는 사람이 일처리를 제대로 하지 않기 때문에 괜한 비서만 곤욕을 치르고 있다는 걸 잘 알고 있었다. 결국 더 이상 비서에게 뭐라 하지 못하고, 규헌은 손가락으로 책상을 툭툭 치다가 조심스럽게 말을 이어 나갔다.

"알겠습니다. 그럼 컨셉 콘티 예제만 보내 드리죠."

― 아, 정말 감사드립니다. 강 작가님.

"그럼 바로 어시를 통해 보내 드리도록 하죠."

― 감사드립니다. 작가님! 보고 바로 연락드리겠습니…….

규헌은 비서의 말을 끝까지 듣지 않고 전화를 끊었고, 이내 휴대폰 전원까지 꺼 버렸다. 덜컹, 그때 작업실 문이 열리며 희찬이 모습을 드러냈다.

"작가님, 다녀왔습니다."

쌀쌀해진 날씨에 희찬은 온몸을 부들부들 떨며 작업실에 들어섰다. 그리곤 충전해 온 잉크를 복합기에 끼기 시작했다.

"유희찬."

"네?"

희찬이 고개를 들고 규헌을 바라보았고, 아무런 대답이 없자 그에게 쪼르르 달려갔다. 규헌의 앞에 선 그녀는 가만히 그를 바라보았다. 그리곤 아무 말 없이 서랍에 있던 콘티 예제를 꺼내 희찬에게 건네었다.

"스쿠알로에 좀 가서 남 비서한테 이거 전해 주고, 보완할 점 상의해서 와."

"제, 제가요?"

"그럼 누가 가? 지금 할 일 많은 내가 갔다 올까?"

규헌이 턱짓으로 자신의 책상에 널려 있는 자료들과 여러 파일을 띄운 컴퓨터를 가리켰다. 희찬은 머리를 긁적이며 알겠다는 말과 함께 콘티를 받아 들었다. 취직하고서 처음이었다. 이렇게 큰 작업을 자신에게 맡긴 것은 말이다. 스케줄표 짜기나 사진 분류 작업밖에 하지 않은 터였고, 앞으로 일여 년간은 계속 이런 허드렛일만 할 것이라고 생각했다.

그런데 생각지도 못한 큰일에 희찬은 약간의 두려움과 설레임을 함께 느꼈다. 이런 일을 맡겼다는 건 규헌이 자신을 믿고 있다는 증거이기도 했기 때문이다.

희찬은 얼른 작업실을 나서 스쿠알로로 향했다. 가는 내내 컨셉 콘티를 하나하나 살피며 비서와 의논해야 할 것을 정리했고, 그러다 보니 생각한 것보다 더 빠르게 회사에 도착하고야 말았다.

"죄송합니다. 비서실장님께서 지금 급한 호출 때문에 잠시 밖에 나가셔서 조금 기다리셔야 할 것 하시는데요."

"네?"

"죄송합니다. 회장님께서 직접 지시하신 것이라……."

"네, 그럼 기다릴게요."

도착하면 바로 비서와 미팅을 할 줄 알았건만 갑작스러운 부재중이라는 통보에 희찬은 빈 미팅룸에 앉아서 우두커니 그를 기다려야만 했다. 여직원이 준 믹스커피를 마시며 멍하니 허공을 바라보던 희찬은 계속해서 손목에 찬 시계를 바라보았다. 10분, 20분, 30분……. 무려 한 시간이 지나가는데도 남 비서의 모습은 보이지 않았고, 들며 있던 희찬의 마음도 조금씩 가라앉고 있었다.

"대체 언제 오는 거야……."

한숨을 푹 내쉬며 빈 커피 잔을 만지작거렸다. 그때, 그녀의 배에서 꼬르륵 소리가 울려퍼졌다. 희찬은 배를 손으로 움켜쥐고 시계를 다시 한 번 바라보았다. 두 시가 훌쩍 넘어 버린 시각. 그녀는 주위를 두리번거리다가 정수기와 그 옆에 놓인 커피믹스를 멍하니 바라보았다.

"먹을 거라곤 저거 하나네."

짙은 한숨을 내뱉으며 그녀는 자리에서 일어났다. 그리곤 커피믹스가 있는 쪽으로 걸어가 빈 커피 잔에 커피를 타기 시작했다. 그때, 누군가의 목소리가 회의일 밖에서 들려왔다. 비서실장이었으면 하는 바람으로 고개를 돌리자 투명한 유리창 너머로 익숙한 실루엣이 보이기 시작했다.

"응, 그래, 지영아. 오빠 보고 싶었어요?"

애교 섞인 목소리로 낄낄거리며 좋아하는 남자. 저절로 인상이 찡그려지게 만드는 목소리의 주인공은 이 회사의 대표인 박정우, 그였다.

"그래, 오늘 보자고? 아, 이 오빠가 우리 지영이 또 맛있는 거 사 줘야겠네. 뭐 먹을래? 뭐 먹고 싶어?"

에휴, 저 모습 봐라.

"진짜 한심해 보인다. 한심해."

고개를 좌우로 흔들며 커피를 한 모금 마시려던 찰나, 정우가 슬쩍 고개를 돌려 유리창 너머 미팅룸을 바라보았다. 부지불식간에 둘은 딱 눈이 마주쳐 버렸고, 놀란 그녀가 마시던 커피를 바닥에 툭 떨어트리고 말았다.

"앗, 뜨거!"

덕분에 방금 탄 뜨거운 커피가 그녀의 옷에 튀었다. 뒷걸음질 치며 옷을 털어 냈지만 스며드는 커피는 어쩔 수가 없었다. 희찬이 찡그린 얼굴로 고개를 들었을 때, 정우가 가만히 서서 유리창 너머로 그녀를 바라보고 있었다. 하지만 그는 희찬과 눈이 마주치자 모르는 척 복도를 지나쳐 가 버렸다.

"뭐야, 또 개무시하네."

빈정 상한 어투로 툴툴거리던 그녀는 누렇게 젖은 자신의 옷을 바라보며 한숨을 내쉬었다. 그리곤 주위를 두리번거리며 휴지를 찾으려 했지만 미팅룸 안에 휴지는 보이지 않았다. 결국 대충 손으로 커피 묻은 옷을 털어 내던 그때, 그녀의 머리 위에서 하얀 티슈 여러 장이 떨어졌다.

"진짜 칠칠맞네, 이 여자."

그리고 들려오는 정우의 목소리에 놀라 고개를 들어 올렸다. 못마땅하다는 표정으로 희찬을 내려다보던 그는 그녀가 멍하니 서 있자 무릎을 굽혀 티슈로 커피 묻은 옷을 닦아 주기 시작했다. 그 행동에 놀란 희찬이 뒷걸음질 치며 말을 이어 갔다.

"됐어요. 제가 할게요."

희찬은 정우의 손에 들린 휴지를 빼앗아 들고 대충 묻은 커피를 닦아 내기 시작했다. 그리고는 바닥에 깨진 커피 잔과 잔여물을 치우려고 허리를 굽히는데, 정우가 그녀를 말리며 소리쳤다.

"야야, 직원시키면 되지. 그걸 왜 네가 닦아?"

"그래도 제가 떨어트린 거잖아요."

"됐어. 됐으니까 그냥 내버려 둬."

손사래를 치며 말했지만 희찬은 그의 말을 무시하고 깨진 커피 잔에 손을 댔다. 놀란 정우가 그녀의 팔을 잡아당기며 억지로 소파에 앉혔다.

"거참, 말 더럽게 안 듣네. 하지 말라니까?"

희찬은 뽀로통한 얼굴로 정우를 올려다보았다. 그러자 그는 긴 한숨을 내뱉으며 반대편 소파에 자리를 잡고 앉았다.

"여기는 또 왜 왔어?"

"비서실장님이랑 촬영 컨셉 콘티 상의하려고 왔어요."

"남 비서랑?"

희찬이 고개를 끄덕이자 정우의 미간이 잔뜩 좁혀졌다. 하지 말라는 일은 꼭 앞장서서 하는 남 비서를 조만간 꼭 잘라 버려야겠다 다짐을 하며 낮게 욕을 읊조렸다.

희찬은 커피에 젖은 옷이 신경 쓰이는지 계속 옷을 만지작거렸다. 정우는 그런 그녀를 아래위로 훑어보았다. 그저 그런 옷차림에 평범한 얼굴. 처음엔 그저 골빈 여자가 자신이 좋아서 알짱거리는 건 줄 알았지만, 그것은 또 아닌 듯한 행동을 보인다.

그런데도 항상 자신의 주변을 맴도는 그녀가 신경 쓰이고 거슬렸다. 전시회장에도, 그리고 지금도. 정우는 희찬을 빤히 바라보다가 고개를 돌리고 작게 한숨을 내쉬었다. 그래, 나한테 관심 없는 여자는 나도 관심 없다 이거야. 정우가 고개를 좌우로 흔들며 자리에서 일어서려는데 꾹 다물고 있던 희찬의 입이 열리었다.

"전시회장에서는 감사했습니다, 대표님."

소파에서 살짝 엉덩이를 떼어 냈던 그는 그녀의 말에 다시 조심스럽게 앉았다. 희찬은 고개를 푹 숙이고 조금 쑥스러운 듯이 이야기를 이어 갔다.

"그때는 작가님 때문에 제대로 인사 못 드려서 다시 꼭 감사하다는 말, 하고 싶었어요."

"아, 뭐……. 내가 또 불의를 보면 좀 못 참는 성격인지라."

"무시하고 그냥 가실 줄 알았는데, 도와주셔서 감사했습니다."

꾸벅, 그녀가 자리에 일어나서 정우에게 90도로 인사를 건넸다. 당황한 그가 얼떨결에 따라 일어섰고, 그녀가 자리에 앉아 그도 따라 자리에 앉았다.

"그런데 원래 그렇게 여자들을 좋아하세요?"

"내가?"

"뭐, 때와 장소 안 가리시고……."

"허참, 이 여자 봐라? 내가 아니라 여자들이 날 너무 좋아하는 거지. 때와 장소를 가리지 않고 달려들 정도로 말이야."

정우는 흐뭇한 미소를 지으며 말했고, 희찬은 어색하게 웃으며 고개를 끄덕였다.

"그, 그러시겠죠……."

"정말 여자들이란 피곤한 존재야. 너도 그랬잖아. 한강에서 몰래 스토커 짓이나 하고."

"아, 진짜 그건 그냥!"

"알겠어, 알겠어. 그냥 내가 너무 멋있는 걸 어떡하겠어. 그냥 너도 어쩌다 보니 내 미모에 반해서 그랬다 쳐."

정우가 방긋 미소를 지으며 말하자 희찬은 어색하게 또 미소를 지었다. 정말이지, 얘기하면 할수록 이상한 사람임을 실감하게 된다.

그 순간, 희찬의 휴대폰이 울리기 시작했다. 반가운 듯 그녀가 얼른 통화 버튼을 눌렀다.

"여보세요?"

— 어디야?

"아, 네, 작가님. 아직 스쿠알로 본사예요."

— 아직도 안 끝났어?

"그건 아닌데, 비서실장님께서 급하게 외근 나가셔서 기다리고 있는 중이에요."

— 그 인간은 지가 불러 놓고 왜 외근이야?

"회장님께서 하신 호출이라 어쩔 수 없었다고 그러시더라고요."

— 아…… 괜히 기다렸네.

"네? 저 기다리셨어요?"

희찬이 묻자 규헌은 아무런 대답 없이 헛기침을 내뱉었다. 의

아한 듯 고개를 갸웃거리자 규헌이 버럭 소리치며 말을 이어 갔다.

― 시끄럽고, 끝나면 바로 작업실로 뛰어와. 점심 먹게.

"아, 네!"

희찬은 전화를 끊고 해맑게 미소를 지었다. 점심 혼자 먹어 버릴 줄 알았는데 자신을 기다렸다는 말에 괜히 웃음이 났다. 정우는 그런 희찬을 보곤 살짝 미간을 찌푸리며 고개를 갸웃거렸다.

"뭐야, 너."

"네?"

"그 싸가지 없는 작가한테서 전화 온 거 아니야? 그런데 왜 이렇게 실실 쪼개?"

"그게 그냥 뭐……. 아, 그런데 왜 우리 작가님이 싸가지가 없어요?"

"회사 대표 말꼬리 잡고 늘어지는 인간이 그럼 싸가지가 있는 거냐?"

"대표님도 우리 작가님 좋지 않게 대하셨거든요?"

"참나, 내가? 난 절대 먼저 싸가지 없게 굴지 않아. 먼저 시비 건 건 그쪽이었다고. 그리고 우리 작가님? 왜 그 싸가지가 네 작가님이냐?"

"제가 상관이니까 당연히 우리 작가님이죠!"

"설마 너 그 싸가지한테 마음 있거나 그런 건 아니지?"

"네? 무, 무슨 소리세요. 아니거든요!"

정우는 의심스런 눈초리로 희찬을 계속 주시했다. 그러자 당황한 그녀가 얼굴을 붉히며 손사래를 쳤다.

"저, 절대 그런 거 아니에요!"

"어허, 이거 봐라? 얼굴까지 빨개져?"

"지, 진짜 아니거든요?"

"말까지 더듬고?"

"대표님께서 하도 말이 안 되는 소리를 해서 그런 거거든요!"

소리를 빽 지르며 단호하게 말했지만 그녀의 얼굴은 이미 붉게 달아오르고 있었다. 정우는 그런 그녀를 보며 피식 웃음을 터트렸다. 그리고는 비아냥거리듯 말을 이어 갔다.

"참나, 그럼 싸가지가 뭐가 좋다고."

"아니라고 했잖아요!"

"에휴, 솔직히 얼굴로나 재력으로나 재능으로나 내가 더 낫지 않나? 눈깔이 단단히 삐셨어, 아주. 그런 싸가지 없고 모자른 작가가 뭐가 좋다고."

"이보세요, 박 대표님. 우리 작가님, 모자른 작가는 아니거든요. 그쪽보다도 재능 있으신 분이세요."

"네 상관이라고 지금 편드냐? 우리 객관적으로 좀 보자. 응? 눈이 삐지 않는 이상 어떻게 그 자식이 나아?"

"그 자식이라니요, 말 좀 가려서 해 주시죠? 그리고 객관적으로 봐서도 우리 작가님이 훨 나으시거든요?"

"세상 사람들한테 다 물어봐라. 내가 나은지 걔가 나은지!"

"진짜 물어볼까요?"

"그래, 물어봐!"

감정이 격해진 둘은 벌떡 자리에서 일어나 서로를 노려보았다. 참으로 유치한 말들이 오고 가고 있었지만 두 사람은 무슨 큰일로 싸우는 것마냥 으르렁거렸다. 그때 마침, 문이 열리며 남 비서가 모습을 드러냈고, 어리둥절한 듯 고개를 갸웃거리며 살며시 다가와 정우에게 말을 걸었다.

"대표님, 여기서 뭐하세요?"

갑작스런 비서의 등장에 놀란 정우가 몸을 움찔거리며 뒷걸음질 쳤다. 그리고는 괜히 남 비서의 뒤통수를 때리며 빽 소리쳤다.

"너는 사람을 불러 놓고 왜 외근을 나가!"

"아, 회장님이 부르셨는데 그럼 어떡해요!"

"그럼 사람을 부르지 말든가! 그리고 내가 미팅하지 말라고 했어, 안 했어?"

"대표님께서 저보고 알아서 하시라고……."

"아오, 이걸 확!"

손을 번쩍 또 들자 비서는 눈을 감고 몸을 움츠렸다. 정우는 그런 비서를 보며 혀를 끌끌 차고는 조용히 미팅룸을 나섰다. 태풍이 몰아친 듯한 미팅룸 안에는 고요한 정적이 흘렀다. 비서는 살짝 두 눈을 뜨고 정우가 사라진 것을 확인한 뒤에야 깊은 한숨을 내쉬었다.

"하하, 그럼 콘티 미팅 시작할까요?"

그는 아무 일 없었다는 듯이 웃으며 희찬의 앞에 마주 앉았다. 문득 그녀는 자신이 정우가 아닌 규헌의 밑에서 일하게 된 것이 큰 행운이라는 생각이 들었다.

"너무 늦었으니 짧게 끝내도록 할게요. 우선 예제 좀 보여 주시겠어요?"

"네, 여기요."

희찬은 가져온 콘티 예제를 비서에게 주었다. 그는 예제를 쭉 펼치고 하나하나 꼼꼼히 살피기 시작했고, 두 번째 예제를 들어 보이며 작게 미소를 지었다.

"이거 컨셉 좋네요."

"저희 작가님도 이 컨셉 콘티로 가시려고 했었어요."

"그럼 이 컨셉으로 가죠. 여기에다가 더 조금 비비드 컬러로 포인트를 주면 더 좋을 것 같은데, 수정 가능하실까요?"

"네, 제가 일단 작가님께 그렇게 말씀드릴게요."

"그럼 일단 이 컨셉으로 가는 걸로 하죠. 오래 기다리셨는데 빨리 끝나서 너무 죄송하네요."

"아니에요. 안 그대로 작가님이 빨리 오라 하셨는걸요."

"그래요? 아, 맞다. 희찬 씨 번호 좀 주실 수 없나요? 강 작가님이 워낙에 까칠하셔서 예전에도 어시스트 분이랑 자주 이야기를 하곤 했거든요."

비서의 말에 희찬은 어색하게 웃으며 자신의 휴대폰 번호를 적어 주었다. 희찬은 자리에서 일어나 콘티 예제를 들고 비서에게 인사를 했다. 비서도 그녀에게 인사를 건넸고, 조용히 희찬은 미팅룸을 빠져나갔다. 비서는 한숨과 함께 그녀의 뒤를 따라 미팅룸을 나가려던 찰나, 유리창 너머로 보이는 정우의 모습에 몸을 움찔거리며 뒷걸음질 쳤다.

"대표님, 거기서 뭐하세요? 안 가셨어요?"

비서의 말에 정우는 그저 무서운 눈초리로 그를 쳐다볼 뿐이었고, 마른침을 꿀꺽 삼키며 비서는 조심스럽게 그가 있는 쪽으로 걸어갔다.

"대표님?"

"너 죽고 싶냐?"

"네? 저, 저는 그냥 대표님이 알아서 하시라길래……."

"너 또 내 이름 들먹이며 작가 그 자식한테 빌었을 거 아냐. 내가 하지 말라고 하면 하지 말아야지, 이걸 확!"

"잘못했습니다, 대표님."

비서가 고개를 푹 숙이고 정우에게 말했다. 혀를 끌끌 차며 비서를 내려다보던 그는 한숨을 푹 내쉬며 조심스럽게 비서 앞에 손을 내밀었다. 비서는 고개를 들어 정우의 내민 손을 빤히 바라보았다. 뭐지? 하는 얼굴로 고개를 갸웃거리자 정우가 눈썹을 치켜뜨며 그의 몸을 수색하듯 여기저기 만지기 시작했다.

"대, 대표님! 왜 그러세요!"

놀란 비서가 뒷걸음질 쳤지만 정우는 끝내 그의 바지 주머니에 손을 집어넣어 휴대폰을 뺏어 들었다.

"공일공 칠칠삼구 일삼일삼이라……."

"그거 유희찬 씨 번호인데…… 어쩌시려고요?"

"띨박한 녀석. 내가 여자 번호 따서 뭐에 쓰겠냐?"

"설마……."

"뭐! 넌 가서 이제 일이나 봐."

정우는 휴대폰을 던지듯 건네주고, 유유히 복도를 걸어가며 휴대폰에 그녀의 번호를 저장하기 시작했다. 비서는 그런 정우를 보며 혀를 끌끌 찼지만, 정우의 입가에는 그저 흥미롭다는 미소만 가득 퍼지고 있었다.

희찬은 헐레벌떡 작업실 문을 열고 들어섰다. 그러자 규헌은 작업하던 손을 멈추고 아니꼬운 표정으로 그녀를 바라보았다.

"늦어서 죄송합니다, 작가님."

희찬이 거친 숨을 내뱉으며 말했지만 이미 규헌의 마음은 상해 있는 듯 보였다. 잔뜩 굳어진 표정과 그의 투박한 작업 손놀림에서 그의 심정이 다 드러났기 때문이었다. 희찬이 어색하게 웃으며 슬금슬금 규헌에게로 다가갔다.

"남 비서님께서도 예제 2번이 제일 좋다고 하셨고요. 비비드 컬러로 포인트를 주면 더 좋을 것 같다고 하셨어요."

희찬이 웃으며 말했지만 규헌의 표정은 여전히 싸늘했다. 그녀가 머리를 긁적이며 조심스레 콘티 봉투를 내려놓자 그제야 시선이 희찬에게 향하기 시작했다.

"고작 그 얘기하느라고 이렇게나 늦은 거야?"

"아까도 말씀드렸다시피 남 비서님이 외근을······."

"그래서 너는 잘못이 없다?"

"아, 아닙니다. 잘못했습니다······."

풀 죽은 목소리로 고개를 숙인 채 이야기하자 규헌은 한숨을 푹 내쉬며 고개를 절레절레 흔들었다.

"융통성이라고는 쥐뿔도 없어 가지고······."

"죄송합니다."

"사과는 됐고, 배고프니까 오므라이스 좀 만들어 봐."

"오므라이스요?"

갑작스럽게 시킨 요리에 희찬은 당황한 표정으로 규헌을 바라보았다. 하지만 곧이어 네, 라는 대답과 함께 그녀의 발이 부엌으로 향하기 시작했다. 예전에도 그랬지만 정말 사람 괴롭히는 것도 가지가지다. 뭐 사 와라 시킬 땐 언제고 이번엔 요리? 자신 없는 메뉴는 아니었기에 희찬은 팔을 걷어붙이고 요리를 시작하려 했다.

그때, 갑자기 작업실 문 비밀번호가 눌리는 소리가 들렸다. 놀란 희찬이 냉장고를 열어 보다가 고개를 돌렸고, 규헌도 작업을 하던 행동을 멈추고 현관문을 바라보았다. 비밀번호를 아는 사람은 규헌과 희찬 둘뿐이었다. 그런데 지금 작업실 안에 둘이 있는 상태였기 때문에 지금 비밀번호를 누르는 사람이 누군지 알 길이 없었다.

현관문 불투명한 창으로 보이는 실루엣. 희찬은 고개를 갸웃거리며 슬쩍 현관문 앞으로 걸어가자 삐리릭, 경쾌한 소리와 함께 현관문 비밀번호가 풀렸다.

"어라? 비밀번호 안 바뀌었네? 오빠."

나영이었다. 장을 봐 왔는지 손에는 잔뜩 무언가가 들려 있었다. 꽤나 무거운 듯 낑낑거리며 안으로 들어서자 희찬이 쪼르르 달려가 그녀의 짐을 들어 주었다.

"제, 제가 들어 드릴게요!"

"그럴래요? 이게 생각보다 무겁네."

나영이 힘겹게 들던 짐을 희찬은 간단히 어깨에 둘러메고 부엌으로 향했다. 그 모습에 나영은 놀란 표정을 지으며 신발을 벗고 그녀의 뒤를 따랐다.

"희찬 씨는 힘이 좋네요. 저 되게 바보처럼 낑낑댔었는데."

"하하, 뭐 그런 소리 자주 들어요. 제가 워낙 무식하게 힘이 좀 세거든요."

"욕 아니구, 칭찬이에요. 아, 맞다. 오빠! 내가 오늘은 오빠가 좋아하는 전복죽 해 줄게. 조금만 기다려. 희찬 씨는 가서 일 보세요. 제가 맛있는 전복죽 해 드릴게요."

"전복죽이요?"

"오빠가 좋아하는 거거든요. 자, 희찬 씨는 가서 일 보세요, 어서!"

나영이 소매를 걷어붙이고 희찬을 부엌 밖으로 떠밀었다. 희찬은 그녀의 방문이 매우 당황스러웠지만 동경의 대상인 나영이인지라 자신도 모르게 입가에 미소를 띠었다. 하지만 규헌은 딱딱하게 굳은 표정으로 나영을 바라보고 있었다. 그리고는 성큼성큼 나영의 앞에 다가갔다.

규헌은 매우 화가 난 표정이었다. 나영이 그 모습을 못 본 척 고개를 돌리자 그가 싸늘한 목소리로 입을 열었다.

"당장 나가."

그 목소리가 너무나 낮고 싸늘해서 지켜보던 희찬도 당황스러운 표정을 감추지 못했다. 하지만 나영은 그런 반응이 나올 줄 알았다는 듯 당황하지 않고 오히려 희미한 미소를 입가에 띠었다.

"그새 입맛이 바뀐 건 아니지?"

"나가."

"내가 오늘 아침에 수산시장 가서 직접 사 온 전복이니까 틀림없이 맛있을 거야. 기대해."

나영이 규헌에게서 시선을 거두고 장바구니에서 전복을 꺼내어 들었다. 손질을 하기 위해 싱크대 쪽으로 몸을 돌리려 하자, 규헌이 그녀의 손목을 잡아채며 자신의 쪽으로 돌려 세웠다.

"나가라 했지."

"아, 아파. 이것 좀……."

"당장 내 집에서 나가."

나영은 작은 한숨과 함께 달래는 시선으로 규헌을 바라보며 말을 이었다.

"그래, 내가 잘못했어. 오빠 화낼 만한 거 인정해, 나도. 그렇지만……."

"나가."

"그거 진심 아니었어. 그냥 너무 화가 나서 그랬던 것뿐이야."

"당장 나가!"

그가 소리를 치자 나영은 이를 악물고 그를 올려다보았다. 그의 목에서 핏대가 선명하게 드러났다. 나영의 손목을 잡고 있는 손이 부들부들 떨려 온다. 갈수록 그의 손아귀 힘이 세지자 그녀는 살짝 인상을 찌푸리며 말했다.

"아파. 이거 놔줘."

그녀의 말에 조금 정신이 되돌아온 규헌은 천천히 힘을 풀어 내며 손목을 놓아주었다. 나영의 손목엔 빨갛게 규헌의 손자국이 남아 있었다. 나영은 빨개진 손목을 만지작거리며 실없는 웃음을 내뱉었다.

"오빠가 이렇게 많이 상처 받은 줄 몰랐네. 난 그냥 조금 화난 것뿐이라고만 생각했었는데……."

나영의 눈가에 조금씩 눈물이 맺혀 갔다.

"정말…… 많이 화났구나."

촉촉해진 그녀의 눈을 보자 규헌의 눈동자가 살짝 흔들렸다. 하지만 그는 시선을 거두고 우왕좌왕 어쩔 줄 몰라 하는 희찬의 쪽으로 발걸음을 돌렸다.

"나가서 먹자."

희찬에게만 들릴 정도로 작은 목소리로 말을 한 규헌은 망설임 없이 작업실 밖으로 나가 버렸다. 그가 나가자 무거운 정적이 작업실을 감돌았다. 희찬은 입술을 꾹 깨물며 부엌에 멀뚱히 서 있는 나영을 바라보았다. 아무 말 없이 고개만 떨구고 있는 그녀의 모습. 다가가서 그 어떤 말도 할 수 없었던 희찬은 조심스레 규헌의 뒤를 따라 작업실 밖으로 나가 버렸다.

쿵, 현관문이 닫히는 소리와 함께 나영은 바닥에 주저앉아 버렸다.

대체 왜 그랬던 걸까? 자책하고, 또 자책하는 그녀였다. 일 년 전 보냈던 그 사진과 편지. 과거로 돌아갈 수만 있다면 당장에라도 불태워 없애 버리고 싶었다. 하지만 과거는 과거일 뿐이었다. 돌아갈 수도, 불씨의 씨앗을 없앨 수도 없었다. 일이 벌써 일어나 버렸고, 서로의 관계가 끝나 버린 현재…….

나영은 한참을 그렇게 눈물을 흘렸다.

희찬은 설렁탕을 먹으며 힐끗 규헌을 바라보았다. 아까부터 밥은 먹지 않고 설렁탕을 바라보기만 하는 그가 신경 쓰였기 때문이었다. 대체 과거에 무슨 일이 있었기에 저렇게 사이가 안 좋은 것일까? 희찬은 묵묵히 혼자 밥을 먹다가 결국, 작은 목소리로 규헌에게 말을 걸었다.

"작가님, 안 드세요?"

희찬의 목소리에 규헌이 그제야 고개를 들었다. 규헌은 멍한 표정으로 숟가락을 손에 들었지만 여전히 휘적거리기만 할 뿐이었다. 규헌의 머릿속엔 오직 나영의 생각뿐이었다. 무슨 낯짝으로, 어떤 생각으로 3년 만에 나타났는지 이해를 할 수 없을 뿐더러 너무나 화가 났다. 아무렇지 않은 표정으로 자신을 바라보는 나영의 행동에 말이다.

규헌은 긴 한숨을 내쉬며 숟가락을 다시 내려놓고 자리에서 일어섰다.

"먹고 퇴근해."

"네? 바로요?"

그는 짧은 한마디를 던지고 유유히 가게를 나섰다. 갑작스레 혼자 남겨진 희찬. 한 입도 먹지 않았던 규헌의 설렁탕을 바라보며 어깨를 축 늘어트렸다.

"에휴, 다 식었네."

한숨을 푹 내쉬며 희찬이 다시 가게 문 쪽으로 시선을 돌렸다. 문 너머로 보이는 규헌의 축 처진 뒷모습이 그녀의 마음을 무겁게 만들었다.

가게를 나왔을 때, 벌써 날이 어둑어둑해져 가고 있었다. 희찬은 작업실이 아닌 집 방향으로 발길을 돌렸다. 자꾸만 규헌의 쓸쓸한 뒷모습이 눈앞에 아른거렸다.

"아직도 좋아하고 있는 거 같았는데……."

작은 목소리로 중얼거리다 긴 한숨을 내뱉으며 자리에 우뚝 멈춰 섰다. 나영의 축 처진 어깨와 싸늘했던 규헌의 표정. 둘 사이는 언뜻 보면 꽤나 위태로워 보였지만 희찬이 모르는 둘만의 끈이 있어 보였다. 끼어들 틈도 없이 팽팽했던 둘의 모습이 그려지자 그녀의 머릿속이 점점 혼란스러워졌다. 그때, 갑자기 울리는 희찬의 휴대폰. 그녀는 힘없이 전화번호도 확인하지 않은 채 휴대폰을 귀에 갖다 대었다.

"여보세요."

— 나다.

친숙하게 들려오는 말소리에 희찬은 인상을 찌푸리며 휴대폰 화면을 바라보았다. 모르는 번호였다. 누구지?

"누구세요?"

— 나라니까?

똑같은 말만 반복하는 수화기 너머의 정체 모를 누군가. 희찬은 고개를 갸웃거리다가 문득 정우가 머릿속에 떠올랐고, 조심스럽게 말을 이어 가기 시작했다.

"혹시, 박정우 대표님?"

— 어라? 내 이름 알고 있었네.

맞구나. 어쩐지 목소리에서 잘난 척이 묻어나더라니.

"제 번호는 어떻게 아셨어요?"

— 세상에 내가 모르는 여자 번호가 있을 리가 없잖아?

희찬은 대답 대신 헛웃음을 내뱉었다. 점점 대화를 할수록 이 사람이 어떤 사람인지 파악을 하게 되는 것 같았다. 그리고 그것이 좋은 방향이 아닌 것은 분명했다.

— 우리 아직 할 말 남아 있잖아?

"네? 무슨 할 말이요?"

— 내가 나은지, 그 싸가지 사진작가가 나은지.

초등학생이세요? 라는 말이 입술 문턱까지 쏟아져 나왔다. 아니, 그 얘기는 아침에 끝난 이야기 아닌가? 그걸 또 굳이 전화까지 해서 토론을 할 이유는 없었다. 정말이지, 정우의 머리는 열 살 어린아이 두뇌에 멈춰져 있는 사람 같았다.

— 야, 솔직히 객관적으로 따져 보자. 재산, 능력, 외모, 이 삼박자가 어우러지는 게 솔직히 쉬운 일이라고 생각해? 거기 다 여자한테까지 잘해. 이건 뭐, 그냥 신의 수준인 거지. 완전.

"대체 그쪽의 재능이 뭔지 저는 잘 모르겠거든요."

— 이 여자 봐라. 한 회사의 대표가 되는 게 얼마나 어려운 일인 줄 알아? 그 싸가지 사진작가는 꿈도 못 꾸는 자리라고. 자, 이제 그쪽이 상관인 강규헌이 나은지, 아님 모두 갖춘 내가 나은지 결정해 보시지? 아주 객관적인 눈으로 말이야.

자신감에 찬 정우의 목소리에 희찬은 길게 한숨을 내쉬었다. 강규헌. 희찬은 또다시 그의 얼굴을 떠올리자 어깨가 무거워지는 것을 느꼈다. 나영과의 관계. 그리고 평소와는 다른 규헌의 행동. 희찬은 입술을 깨물고는 작은 목소리로 중얼거리듯 말했다.

"그래도 우리 작가님이……."

뒷말을 잇지 못하고 희찬은 입술을 꾹 다물었다. 왠지 모르게 눈물이 나올 것만 같았다.

— 뭐야, 왜 그래? 무슨 일 있어?

정우는 아까보다 나긋해진 목소리로 말했다. 그의 목소리 때문인지 붉어진 눈시울에 점점 눈물이 그렁그렁 맺혀 갔다. 그녀는 애써 눈물을 참으려 시선을 위로 향했고, 흐르는 눈물을 재빨리 손등으로 훔쳐 내었다.

한강에 도착한 희찬은 발걸음을 옮기다 우뚝 멈춰 서고 다시 뒤돌아섰다. 아무리 생각해도 이건 아닌 것 같았다.

"아, 왜 거기서 울어서 버려서는……."

희찬은 자신의 머리를 손으로 툭툭 쳤다. 무슨 생각으로 정우의 만나자는 말에 네, 라고 대답했는지 모르겠다. 이건 아니다 싶어 다시 집으로 발걸음을 옮기려던 찰나, 익숙한 목소리가 그녀의 귓가에 울리기 시작했다.

"여기서 뭐해?"

약간은 퉁명스러운 듯한 말투, 정우였다. 두 손에 캔 커피를 들고 멀찍이서 희찬을 쳐다보고 있었다. 희찬은 어색하게 웃으며 그를 바라보았다.

"그때 만났던 벤치에서 만나자니까 여기서 뭐해? 벤치로 가려면 저쪽이잖아."

"아, 그런가요? 제가 좀 길치라서……."

"따라와."

정우가 저벅저벅 앞장서 걷기 시작하고, 희찬은 어쩔 수 없이 방향을 돌려 그의 뒤를 따랐다.

"앉아."

정우는 먼저 벤치에 앉아 제 옆을 툭툭 두드리며 말했다. 쭈뼛쭈뼛거리며 다가간 희찬은 정우와 조금 떨어진 자리에 어색하게 자리 잡았다.

"뭐하냐?"

"뭐, 뭐하긴요. 앉았잖아요."

"너 지금 매우 이상한 거 알아?"

"제, 제가요? 뭐가요?"

"어색하게 그러지 말고, 이리로 좀 오지?"

"전 이게 편합니다."

희찬이 어색하게 웃어 보이며 말하자 정우는 코웃음을 내뱉으며 손에 들린 캔 커피 하나를 그녀에게 내밀었다. 감사합니다, 라는 말과 함께 받아 든 캔 커피는 매우 따뜻했다.

"자, 그럼 하고 싶은 말 털어놔 봐. 어서."

"네?"

당황한 표정으로 정우를 바라보았지만 그는 턱을 괴고 희찬을 빤히 쳐다보며 말을 이었다.

"할 말 있어서 나 부른 거잖아."

"제가 언제요? 만나자고 한 건 대표님이셨거든요?"

"그럼 왜 울었데?"

"그, 그건……."

갑자기 감정이 복받쳐서 그런 거다, 라고 대답하고 싶었지만 또 말꼬리 잡고 이야기할 게 뻔했기에 희찬은 고개를 숙이기만 할 뿐이었다. 정우는 손에 든 캔 커피를 따 한 모금 마셨다. 그리고는 오만상을 찌푸리며 빽 소리를 질렀다.

"아, 이거 왜 이렇게 달아!"

놀란 희찬이 고개를 들어 그를 바라보았다. 혀를 내밀고 기겁을 하는 그의 표정에 그녀는 픽 웃음을 내뱉었다.

"뭐하는 거예요, 지금."

"무슨 커피가 설탕물이야."

"그거 원래 단 커피예요. 몰랐어요?"

"아우, 몰라. 안 마셔. 너 다 마셔."

희찬의 손에 커피를 쥐여 주며 온몸을 부르르 떨었다. 그 모습이 웃겨 희찬은 함박웃음을 지었고, 민망해하는 정우는 헛기침을 내뱉었다.

"작작 웃어."

"아니, 캔 커피 안 마셔 봤어요?"

"난 핸드드립 아니면 안 마셔."

희찬이 여전히 웃음을 참지 못한 채 큭큭거렸다. 정우는 그런 희찬을 못마땅한 듯 쳐다보았고, 그의 시선을 느낀 건지 그녀는 입술을 깨물며 간신히 웃음을 참아 내었다.

"자, 이제 마음껏 웃었으니까 한번 털어놔 보시지?"

정우가 그녀의 옆에 가까이 다가가며 말하자 희찬은 금세 얼굴을 굳혔다.

"그런 거 없다니까요."

"내가 여자를 많이 만나 봐서 그런지 목소리만 들어도 딱 알 수 있거든. 그 여자가 지금 어떤 생각을 하고 있는지, 어떤 마음을 가지고 있는지."

"정말 아무 일도……."

"그러지 말고 속 시원하게 말해. 그런 거 쌓아 놓으면 너 나중에 병 된다?"

희찬이 멍하니 정우를 바라보자, 그는 고개를 끄덕거리며 어서 말해 보라고 다독였다.

"입 무거우세요?"

"야, 나 이래 보여도 여자들 비밀만 수백수천 가지 알고 있는 사람이야, 절대로 아무한테 말 안 해."

한 손을 들고 맹세하듯 그가 말했고, 희찬은 긴 심호흡과 함께 캔 커피 한 모금을 마셨다. 달짝지근하고도 따뜻한 커피가 목구멍을 타고 내려가자 마음이 조금 누그러지는 듯한 기분이 들었다.

"그냥 좀 궁금한 게 있어요."

"뭐가?"

정우가 궁금한 듯 고개를 갸웃거렸다. 그런 그를 힐끗 쳐다보다가 손에 들린 캔 커피를 만지작거리며 뜸을 들였다. 그리고는 결심을 한 듯한 표정으로 고개를 들고 조심스럽게 말을 이어 갔다.

"윤 작가님이랑 친하시죠?"

"나영이 누나? 뭐, 어렸을 때부터 오누이처럼 지내 왔으니까."

"우리 작가님이랑 윤 작가님, 깊은…… 사이셨어요?"

진지한 표정으로 묻는 희찬의 모습에 정우는 손으로 머리를 살짝 긁적였다. 그러다 정우가 다시 희찬을 쳐다보며 말을 이어 갔다.

"그렇게 신경 쓰여?"

"아, 아뇨! 그런 건 아닌데. 오늘 윤 작가님이 작업실에 왔다 가신 이후로 작가님께서 계속 일에 집중을 못 하시니까, 걱정도 되고……."

말을 잇지 못하고 희찬이 고개를 푹 숙여 버렸다. 아, 또 눈물이 날 것만 같은 느낌이다.

"참나, 이해를 못 하겠네. 그 자식이 뭐가 그렇게 좋은데?"

"안 좋아해요!"

"발끈하는 거 보니 좋아하네, 뭐."

낄낄, 놀리듯 웃는 그를 보며 희찬은 잔뜩 인상을 찌푸리다 자리에서 벌떡 일어났다. 그제야 정우가 웃음을 멈추고 그녀의 팔을 잡아당겼다.

"알겠어, 안 웃으면 되잖아."

희찬이 그를 한껏 노려보다가 다시 벤치에 앉아 커피를 한 모금 더 마시며 입술을 잘근잘근 씹어 댔다. 정우는 묵묵히 그녀를 바라보다가 숨을 크게 들이쉬며 말을 이어 갔다.

"둘이 아마, 꽤 오래 사귀었지? 고등학교 때부터니까."

희찬이 고개를 들고 정우를 바라보았다. 그러자 그가 씩 웃으며 다시 말을 이어 갔다.

"나도 잘 몰라, 사실. 누나랑 나는 서로 연애사에는 터치를 안 해서 전시회 가기 전까지만 해도 그 상대가 강규헌이라는 것조차 모르고 있었으니까. 뭐, 그날 딱 둘이 보자마자 아, 강규헌 저 자식이구나, 하고 바로 알아챘지만."

"그럼, 두 분은 대체 왜 헤어진 거예요?"

"아, 그거. 나 때문에."

"……네?"

"뭐 말하면 조금 긴데……."

"저기요, 혹시……."

정우가 어디서부터 말해야 할지 몰라 한참을 머리를 긁적이는데 희찬이 심각한 얼굴로 그에게 입을 열었다. 정우도 그녀를 바라보며 고개를 갸웃거리자, 조심스러운 듯한 목소리로 희찬이 말을 이어 갔다.

"윤 작가님, 좋아하세요?"

희찬의 말이 끝나기가 무섭게 정우의 표정이 싸늘하게 변해 갔다.

"그걸 지금 말이라고 내뱉는 거냐?"

"아, 아니 전 그냥 대표님 때문이시라기에……."

"미치지 않고서야 그 여자를 좋아해? 윤나영, 그 여자가 얼마나 살벌하고 무서운 인간인 줄 알아? 참나, 네가 그걸 알면 그런 말 절대 내뱉을 수가 없지. 암! 어디 감히 윤나영이랑 나를 엮으려 들어? 내가 진짜 어이가 없어서 말이 안 나오네!"

역정을 내는 정우의 모습에 희찬은 어색하게 웃으며 고개를 끄덕였다. 더 이상 몰아붙였다가는 나영을 불러서라도 해명을 할 기세였기에 그녀는 아무 말 없이 커피만 마셔 댔다. 그리고는 출렁이는 한강을 멍하니 바라보았다. 스산한 바람이 희찬의 긴 머리칼을 날렸고, 정우는 그제야 정신을 차린 듯 숨을 몰아쉬며 희찬을 따라 한강으로 시선을 옮겼다.

"너 여기 자주 와?"

"예전에는요."

"지금은?"

"그냥 뭐, 그때 대표님 만났을 때가 근 6개월 만이었어요. 예전에 아버지 살아 계실 때는 일주일에 두세 번은 왔었는데, 아버지가 돌아가시고 나서부터는 뭐, 뜸했었죠."

아무렇지 않게 이야기를 꺼내 놓고 나서 놀란 그녀가 자신의 입술을 꽉 깨물었다. 왜 이런 이야기를 저 사람한테 한 거지? 당황한 희찬이 정우를 바라보았고, 그도 아버지가 돌아가셨다는 말에 적지 않게 놀란 듯 그녀를 응시하고 있었다.

"하하……. 그, 그런데요! 한강 오면 항상 괴물 나올 것 같지 않아요? 영화 괴물 본 이후로 여기만 오면 항상 전 그 생각이 드는데."

어색하게 화젯거리를 바꿔 보려는 희찬이었다. 정우는 피식 웃음을 내뱉으며 고개를 끄덕였다.

"뭐, 나도 괴물 영화 보고 나서 여기 왔었지."

"어? 저도 괴물 보고 나서 바로 여기 왔었는데."

"진짜?"

희찬이 고개를 끄덕이자 정우가 신기하다는 듯 어깨를 으쓱였다. 그리곤 자리에서 일어나 한강 바로 앞까지 다가가 풀썩 주저앉았다.

"여기 이러고 앉아서 계속 아래만 쳐다봤어요. 뭐가 튀어나오지는 않을까, 하고."

정우도 그녀의 옆에 주저앉아 똑같이 한강을 내려다보았다. 출렁이는 강의 모습이 마치 도토리묵 같아 신기하게 느껴졌다.

"신기하네. 도토리묵 출렁이는 거 같네."

"어? 저도 항상 그 생각 하는데."

희찬이 고개를 번쩍 들며 정우를 바라보았다. 그리고는 생각보다 너무나 가까운 거리에 그의 얼굴이 있어 놀란 그녀가 살짝 고개를 뒤로 빼내었다. 정우가 아무렇지 않은 표정으로 고개를 갸웃거리자 희찬은 벌떡 자리에서 일어섰다.

"아하하하, 벌써 커피를 다 마셨네요? 날도 추운데 얼른 집에 가, 가죠?"

희찬은 말까지 더듬으며 어색하게 웃고는 도망치듯 발걸음을 옮겼다.

"진짜 웃기네."

정우는 멀어지는 희찬을 바라보며 입가에 진한 미소를 머금었다.

희찬은 정우와 그렇게 헤어지고 나서 나름 편안하게 잠이 들었다. 그 때문인지 아침에 일찍 일어날 수 있었고, 그녀는 이른 시간에 작업실 현관문 앞에 도착했다. 하지만 그녀는 들어가지 못하고 현관문 앞에 서 있을 뿐이었다.

희찬은 입을 삐죽거리며 현관문 앞에 털썩 주저앉았다. 멍하게 나영을 생각하는 규헌과 오늘 하루를 보낼 생각을 하니 벌써부터 마음이 착잡했다. 희찬은 한숨을 길게 내쉬며 시린 손에 후, 하고 입김을 불어 냈다. 그때 갑자기 그녀가 기대어 있던 현관문이 열렸다. 놀란 그녀가 괴성을 지르며 앞으로 툭 넘어졌다.

"거기서 뭐해? 안 들어오고."

규헌이었다. 얼굴을 빼꼼히 내밀고 넘어진 희찬을 한심하다는 듯 쳐다보고 있었다. 희찬은 어색하게 웃으며 몸을 일으켰다.

"그냥 뭐, 생각할 게 있어서."

"대체 출근하는 데 뭔 생각이 필요한데?"

"뭐 이것저것……."

"아주 짤리고 싶어서 환장했지? 당장 들어와."

단호하고도 차가운 규헌의 말투에 희찬은 울상을 지으며 그의 뒤를 따라 작업실 안으로 들어섰다.

규헌은 평소와 다름이 없었다. 일에 집중하고, 또 간간이 희찬을 괴롭히는 것도 빼먹지 않았다. 하지만 희찬은 규헌이 여전히 신경 쓰였고, 자꾸만 그를 힐끗 쳐다보기 일쑤였다.

퇴근 시간이 다가왔지만 항상 여느 때와 같이 야근을 할 것이라 생각한 그녀는 시계를 슬쩍 보고선 아무 말 없이 일을 진행하고 있었는데, 규헌이 시계를 보더니 희찬에게로 시선을 옮기며 물었다.

"퇴근 안 해?"

당황한 희찬이 규헌을 바라보며 고개를 갸웃거렸다.

"지금요?"

"여섯 시 퇴근이잖아."

규헌이 손목에 찬 시계를 톡톡 두드리며 말했다. 희찬은 머리를 긁적이며 자리에서 일어섰다. 그리고는 여전히 이해가 가지 않은 표정으로 규헌을 향해 시선을 옮기며 말했다.

"저 진짜 퇴근해도 돼요?"

규헌은 희찬의 물음에 헛웃음을 내뱉었다.

"그래, 퇴근하라고. 지금까지 하던 거 고대로 책상에 두고. 왜 더 일하고 가고 싶어? 일하고 싶으면 더 하고 가고."

"아, 아니요! 그럼 전 퇴근하겠습니다, 작가님."

희찬은 서둘러 퇴근할 준비를 하기 시작했다. 그때, 들려오는 규헌의 하품 소리에 조심스럽게 그에게 다가서며 물었다.

"작업 아직도 남은 거예요?"

"응. 아직 조금."

"그럼, 커피라도 뽑아 드릴까요?"

희찬의 말에 규헌은 멍한 얼굴로 그녀를 올려다보았다. 웬일이래, 지금 커피 마시고 싶다는 것도 다 알아차리고. 규헌은 픽 웃음을 지으며 고개를 끄덕였다. 그러자 환한 미소를 띠며 그녀가 쪼르르 부엌으로 달려갔다. 졸리다 보니 눈이 어떻게 된 건가. 왠지 모르게 그런 그녀가 조금 귀여워 보이기도 했다.

"아참, 거기 냉장고에 있는 전복죽 가져가서 먹어."

"네? 전복죽이요?"

"응. 싹 다 가져가. 한 통도 남김없이."

냉정하기 짝이 없는 규헌의 말에 희찬은 커피를 내리다 냉장고 문을 열었다. 냉장고 안에는 정말 전복죽이 다섯 통이나 들어가 있었다. 이렇게 많은 걸 나 혼자서 먹으라고? 규헌에게 뭐라고 말하려고 했지만, 또다시 불호령이 떨어질까 봐 그녀는 아무 말 없이 전복죽을 꺼내 들었다.

하나, 둘, 셋, 넷……. 다섯 번째 전복죽이 담긴 통을 꺼내다가 문득 나영의 얼굴이 떠올랐다. 희찬은 작은 한숨과 함께 규헌을 멍하니 바라보았다. 작업에 열중하고 있는 그의 모습에 희찬은 뭔가 결심을 한 듯 다섯 번째 전복죽 통을 열었다.

커피를 다 뽑고도 남을 시간인데도 부엌에서 나오질 않고 있는 희찬 때문에 작업을 하던 손을 멈추고 물끄러미 부엌으로 눈을 돌렸다. 그때, 뭔가를 잔뜩 들고 희찬이 규헌에게 오고 있었다. 그는 잔뜩 인상을 찌푸리며 고개를 갸웃거렸다.

"작가님, 배고프실 텐데 이거 드시고 하세요."

그녀가 가져온 건 따뜻하게 데운 전복죽이었다. 규헌은 굳은 얼굴로 희찬을 올려다보려 했지만, 그녀는 인사도 제대로 하지 않은 채 후다닥 현관문으로 뛰어가고 있었다. 뭐라 말릴 틈도 없이 현관문 밖을 나서는 그녀의 모습에 규헌은 어안이 벙벙한 표정으로 굳게 닫힌 현관문을 바라보았다.

허, 저거 뭐야? 규헌은 허한 웃음을 지으며 자신 앞에 놓인 전복죽과 커피를 바라보았다. 그러다 문득 커피에 포스트잇이 붙어 있던 걸 발견하고는 커피 잔을 들어 쪽지를 확인했다.

[저 혼자 사는데 전복죽 다섯 통은 너무 많은 거 같아서요. 한 개 정도는 작가님께서 드시는 게 좋을 것 같기도 해서 따뜻하게 데워 놓고 갑니다. 버리지 말고 꼭 드세요. 음식이 무슨 죄가 있겠습니까? ― 희찬 드림]

규헌은 피식 웃음을 지으며 잔에 붙은 포스트잇을 떼어 냈다. 하여간 누굴 닮아서 오지랖이 이렇게나 넓은 것일까? 규헌은 고개를 좌우로 저으며 커피 한 모금을 마셨다. 그리고는 김이 모락모락 나는 전복죽을 힐끗 쳐다보았다.

'음식이 무슨 죄가 있겠습니까?'

규헌은 문득 희찬의 말을 떠올리며 깊은 한숨을 내쉬었다. 그리고는 들고 있던 커피를 내려놓고 조심스럽게 전복죽 한 숟가락을 떠서 입에 넣었다.

집에 도착한 희찬은 식탁에 앉아 가져온 전복죽을 먹기 시작했다. 생각대로 나영의 요리솜씨는 정말 대단했다. 한 입 먹을 때마다 감탄사가 절로 나왔고, 희찬은 고개를 끄덕이며 작게 중얼거렸다.

"사진도 잘 찍으시고, 요리도 잘하시고……."

정말 못하는 게 없으시네. 그녀는 씁쓸한 미소를 머금으며 애써 마음을 달래었다. 언제부터였을까, 규헌에게 조금씩 호감이 생긴 것은. 희찬은 이런 마음을 얼른 떨쳐 내야겠다는 생각을 하며 고개를 세차게 흔들었다.

아, 맞다. 오늘 일찍 집에 왔으니까 오랜만에 사진이나 찍으러 가 볼까?

그녀는 숟가락을 입에 물고 방에 들어가 자신의 카메라를 꺼내 들었다. 오랜만에 사진을 찍을 생각을 하니 금세 입가에 미소가 맴돌았고, 그녀는 다시 부엌으로 와 식탁 앞에 앉았다.

식탁 한쪽에 카메라를 내려놓고 남은 전복죽을 먹고 있을 때, 그녀의 눈에 아직도 세 통이나 남은 전복죽이 들어왔다.

"어휴, 그나저나 이 많은 전복죽을 언제 다 먹지?"

희찬이 이걸 다 먹으려면 내일부터 꼬박 삼시 세끼를 전복죽으로 먹어야만 했다. 인상을 찌푸리며 식탁에 올려놓은 전복죽을 일단 냉장고에 넣기 위해 자리에서 일어섰다. 그때 마침, 식탁에 올려놓았던 그녀의 휴대폰이 울리기 시작했다.

[나 아파.]

뜬금없는 문자에 희찬은 인상을 찌푸리며 고개를 갸웃거렸다. 희찬은 머리를 긁적이다가 조심스럽게 답장을 보냈다.

[푹 쉬세요.]

정우는 희찬의 답장을 보고 잔뜩 미간을 좁혔다.

"아니, 뭐야 이 성의 없는 문자는?"

다시 봐도 딱 네 글자의 성의 없는 답 문자였다. 정우는 한숨을 내뱉으며 휴대폰을 소파에 내던졌다.

"어떻게 된 여자가 남자 문자에 이렇게 성의가 없냐?"

열받은 듯 씩씩거리며 리모콘을 들었고, 이리저리 채널을 돌리며 텔레비전에 집중하려 했다. 하지만 그의 시선이 힐끗 다시 휴대폰으로 향했다. 결국, 슬금슬금 손을 뻗어 휴대폰을 손에 쥐는 정우였다.

"에이씨……. 그래, 네가 언제까지 나를 그렇게 대할 수 있나 보자."

입술을 앙다문 정우는 휴대폰을 뚫어져라 노려보며 다시 한 번 문자를 보내었다.

[나 지금 아침부터 아무것도 못 먹고 누워만 있어.]

희찬은 전복죽 마지막 한 숟가락을 마저 먹으며 울리는 휴대폰 액정을 바라보았다. 그리고는 또 잔뜩 인상을 찌푸리며 고개를 좌우로 흔들었다.

"어제까지만 해도 멀쩡하던 사람이 무슨……."

당연지사 거짓말일 것이라 생각하며 비운 그릇을 싱크대에 옮기던 그때, 문득 희찬의 머릿속에 진짜일지도 모른다는 생각이 스쳐 지나갔다.

"강바람을 너무 많이 쐬서 그런가?"

희찬은 다시 고개를 세차게 흔들며 그럴 일 없다고 생각했다. 분명 꾀병일 것이 분명해, 라고 생각하며 냉장고 문을 열어 냉수를 꺼내려는데, 문득 그녀의 시선에 전복죽 세 통이 들어왔다.

"버리면 조금 아까우니까……."

그녀는 심호흡을 크게 내뱉으며 냉수를 컵에 따라 마시고, 다시 냉장고를 열어 전복죽 하나를 챙겨 들었다. 그리고는 잠시 망설이다가 외투를 입고 집을 나섰다.

근처 약국에 들러 종합감기약을 산 그녀는 정우가 알려 준 주소지로 걸어갔다. 생각보다 그녀의 집과 멀지 않은 곳이었지만, 그녀의 집과는 전혀 다른 집이었다. 이 동네에서 제일 비싸기로 유명한 오피스텔. 그곳이 정우가 사는 곳이었다.

"진짜 잘사시나 보네."

엄청난 경비원들을 뚫고 들어간 그녀는 엘리베이터를 타고 13층으로 향했다.

"1307호라……"

그녀는 엘리베이터가 멈춰 서자마자 긴 복도를 지나 1307호를 찾아 헤맸다. 그리고 마침내 그녀의 걸음이 1307호 앞에 멈췄다. 그녀는 심호흡을 길게 하며 자신의 손에 들린 전복죽과 감기약을 바라보았다.

"그래, 이것만 갖다 주고 바로 사진 찍으러 가자."

희찬은 고개를 끄덕이며 힘차게 벨을 눌렀다. 삐— 하는 소리와 함께 쿵쿵쿵쿵 무언가 현관문 쪽으로 달려오는 소리가 들렸고, 이내 철컹, 현관문이 열렸다.

"왔어?"

생기발랄한 미소를 띠며 정우가 얼굴을 내밀었다. 희찬은 고개를 갸웃거리며 살짝 인상을 찌푸렸다.

"아프다고 하지 않았어요?"

그녀의 말에 정우는 갑자기 죽상을 지으며 힘없이 어깨를 축 늘어트렸다.

"아팠지, 엄청 아팠지. 나 오늘 아파서 회사도 못 갔어."

"……거짓말."

"진짜야! 남 비서한테 전화해 봐. 나 오늘 진짜 아파서 결근했다니까?"

희찬은 배신감에 잔뜩 표정을 찌푸렸다. 그럼 그렇지. 속은 내가 잘못이야. 한숨을 푹 내쉬며 돌아가려 하는데 정우가 갑자기 희찬의 팔을 잡아끌었다.

 "야, 여기까지 왔는데 왜 그냥……. 어? 그건 뭐야, 나 아프다는 말에 사 온 거야?"

 얼떨결에 그의 집에 들어와 버린 희찬. 정우는 나가지 못하게 아예 문까지 걸어 잠갔다. 그리곤 그녀의 손에 들린 전복죽과 감기약을 보며 기분 좋게 웃었다.

 "일단 받아요. 대표님 주려고 가져온 거니까."

 "우와, 전복죽! 나 이거 무지 좋아하는데."

 희찬의 퉁명스러운 말투에도 전혀 개의치 않은 듯했다. 정우는 전복죽을 바라보다 몸을 돌려 나가려는 그녀를 보고 얼른 앞을 막아섰다. 그리고 그녀의 어깨에 멘 카메라를 흥미로운 눈빛으로 쳐다보았다.

 "이건 또 뭐야, 혹시 나 그때 도촬하던 그 카메라야?"

 희찬이 뭐라 말하기도 전에 잽싸게 카메라를 빼앗아 든 정우였다.

 "내놔요!"

 "좀 보자. 사실 나도 사진 찍는 거 진짜 좋아하거든."

 "내놓으라니까요!"

 "싫어, 너 이거 주면 그냥 가 버릴 거잖아."

 정우가 카메라를 든 손을 머리 위로 올렸다. 180이 넘는 정우였기에 160밖에 되지 않는 희찬은 손가락 끝에도 닿을 수가 없었다. 씩씩 거리며 정우를 노려봤지만 장난끼 넘치는 미소만 지을 뿐이었다.

"진짜 이럴 거예요?"

"뭐? 좀 보는 것도 안 돼?"

"안 돼요!"

"왜 안 되는데? 혹시 도촬한 내 사진이 아직도 남아 있는 거야?"

순간, 희찬의 머릿속에 정우의 뒷모습을 찍은 사진이 떠올랐고, 그녀는 굳은 표정으로 그를 올려보았다.

"있네, 있어. 너 그때 내 뒷모습 찍어 갔지?"

"아, 아닌데요……."

"아니긴 뭐가 아니야. 이 여자 진짜 상습범이네?"

정우는 손을 높이 든 채로 카메라 전원을 켰다. 놀란 그녀가 필사적으로 껑충껑충 뛰며 막아 보려 했지만 역부족이었다.

"아, 진짜 내놔요!"

그때, 그녀의 손에 카메라 끈이 걸렸고, 방심하고 있던 정우의 손에서 카메라가 수직으로 떨어져 내렸다. 쿵, 소리와 함께 바닥으로 떨어진 카메라. 렌즈는 산산조각 나 버렸고, 본체도 두 동강 나 버리고 말았다. 순식간에 일어난 일에 정우는 매우 당황한 듯했다. 그는 말을 잇지 못하고 입술을 깨물며 희찬을 바라보았다. 벙진 표정으로 깨진 카메라를 내려다보는 희찬은 매우 충격을 받은 표정이었다.

"그, 그러니까 거기서 왜 끈을 잡아당기고 그러냐!"

버럭 소리치며 어색하게 상황을 무마시키려는 듯했지만 그녀는 아무런 반응이 없었다. 정우는 뒷목을 긁적이며 한숨을 길게 내뱉었다.

"야, 야 그냥 내가 하나 좋은 거 사 줄게."

"……."

"내가 더 좋은 거 사 준다니까? 저거 보니까 오래된 거 같은데 신형으로다가……."

"아버지 유품이에요."

희찬이 고개를 들고 원망스러운 눈빛으로 정우를 바라보았다. 그리고 금세 붉어진 눈시울은 정우를 더욱더 당황하게 만들었다.

"저, 저기……."

정우가 무슨 말을 꺼내려 하자, 희찬은 자리에 앉아 깨진 카메라 조각을 하나둘 집어 들었다. 그리고는 정우에게 눈길조차 주지 않은 채 조용히 집을 나섰다. 쾅— 현관문이 닫히는 소리에 그제야 자신이 무슨 짓을 저질렀는지 깨달은 듯 입술을 깨물며 자리에 주저앉았다.

"아, 어떡하지……."

제대로 일을 저지르고 말았다. 정우는 자신의 머리를 쥐어뜯으며 괴성을 질렀고, 바닥에 널브러져 있는 렌즈의 잔해들을 바라보았다. 미쳤다, 박정우. 정말 제대로 사고를 치고 말았다.

"유희찬!"

"네, 넷!"

"너 오늘 심하게 멍 때린다?"

"죄, 죄송합니다."

희찬이 고개를 푹 숙이며 말했다. 온종일 망가진 카메라 때문에 그녀는 일에 집중할 수가 없었다. 그녀는 어제 그렇게 집으로 돌아가는 길에 서비스 센터 여러 곳을 돌아다녔다. 카메라를 고칠 수 있냐고 물어보았지만 이미 단종된 지 오래된 제품이라 고치기 어렵다는 말밖에는 들을 수 없었다.

희찬은 깊은 한숨을 내쉬며 축 책상 위에 엎드렸다. 어떻게 해야 할까. 그녀는 시무룩한 얼굴로 엎드렸던 몸을 조심스럽게 일으켜 휴대폰을 바라보았다. 어제 저녁부터 계속 정우에게 전화가 왔었고, 그녀는 홧김에 정우를 스팸 차단시켜 놓았다. 그 이후 조용해진 휴대폰은 그녀의 마음을 더 착잡하게 만들었다.

규헌은 가만히 일에 집중하다가 힐끗 희찬을 바라보았다. 오늘따라 영 더 마음에 들지 않는다. 무슨 고민이라도 있는 건지 축 처져서는 일을 하는 건지 한숨을 쉬러 온 건지 도통 알 수가 없었다. 규헌이 다시 작업에 집중해 보려 했지만 희찬이 또 길게 한숨을 내쉬었다. 결국, 그는 쥐고 있던 마우스에서 신경질 적으로 손을 떼어 냈다.

"에이씨—"

그는 낮게 구시렁거리며 벌떡 일어나 그녀의 앞으로 걸어갔다.

"유희찬."

"네, 네?"

"뭐야. 빨리 말해 봐."

"네?"

"네 한숨 소리 때문에 일에 집중을 못 하겠으니까 얼른 말해 보라고."

"아…… 죄송합니다."

"죄송하고 자시고, 5초 안에 대답하지 않으면 당장 잘라 버릴 거니까 말해. 어서."

규헌의 쌀쌀맞은 명령에 희찬은 입을 삐죽 내밀며 힐끗 쳐다보았다. 정말 잘라 버릴 기세인 그의 시선에 희찬은 어렵게 입을 열기 시작했다.

"사실, 어제 실수로 제 카메라를 깨트렸어요."

"고치면 되지 뭐가 문젠데?"

"오래된 거라 이미 단종돼서 고칠 수가 없대요."

"그럼 사면 되겠네."

"사실, 그 카메라가 아빠의 유품이거든요."

시큰둥한 표정으로 대답하던 규헌이 살짝 인상을 찌푸렸다. 아빠의 유품? 돌아가신 건가? 그러고 보니 지금까지 일하면서 가족에 대한 건 들어 본 적이 없었다. 아니, 가족이 있었어도 딱히 이야기를 나눌 만한 사이는 아니었지만 말이다.

규헌은 작게 한숨을 내쉬며 턱 끝을 슬쩍 매만졌다. 그리고는 저벅저벅 자신의 책상으로 걸어가 서랍장에 있던 포스트잇을 꺼내 들고 다시 희찬 앞으로 걸어갔다. 규헌은 그녀의 책상에 포스트잇을 던지듯 놓아주며 퉁명스러운 목소리로 말을 이어 갔다.

"적어."

"뭐를요?"

"카메라 기종. 그리고 어디 손상됐는지도 대충 적어. 아는 사람한테 한번 물어볼게. 부품이 있는지 없는지."

"저, 정말요?"

"너 일에 집중하라고 도와주는 거야. 정신 빠진 사람처럼 하루 종일 한숨만 늘어놓으니. 쓸데없는 것에 정신 팔지 말고 이제부터라고 집중해. 알겠어?"

"네! 작가님!"

희찬의 표정이 금세 밝아져서 우렁찬 목소리로 대답했다. 규헌이 또 그녀의 시끄러운 목소리에 인상을 찌푸리자, 헤헤 웃으며 머리를 긁적였다.

"죄송해요. 또 소리 질러서. 정말, 정말 감사합니다. 작가님!"

"감사하면 일이나 열심히 해. 제대로 할 줄 아는 것도 없고, 참."

"네! 앞으로 열심히 하겠습니다. 작가님!"

"또, 또. 또 시끄럽게 한다."

규헌은 귀를 틀어막으며 유유히 자신의 책상으로 걸어갔다. 그런 그를 바라보며 희찬은 펜을 들고 포스트잇에 기종과 손상 부분을 적기 시작했다.

규헌은 자리에 앉으며 힐끗 희찬을 바라보았다. 입이 귀에 걸릴 듯 미소를 지은 채 포스트잇 위에 글씨를 끼적이는 그녀를 보며 규헌은 자신도 모르게 입가에 살짝 미소를 띠었다.

정우는 멍한 표정으로 앉아 있다, 또다시 창밖을 내다 보았다가를 반복했다. 그 모습을 지켜보던 비서는 고개를 갸웃거리다가 들고 온 서류를 조용히 책상 위에 올려놓았다.

"대표님?"

"왜."

"서류 결재하셔야죠."

최대한 부드러운 목소리로 조심스럽게 말을 건네자 정우는 몸을 돌려 책상 앞으로 되돌아갔다. 그리곤 결재할 서류를 쳐다보다가 땅이 꺼지게 한숨을 내쉬었다.

"남 비서."

"네?"

"너 말이야……."

비서는 꿀꺽 마른침을 삼키며 겁먹은 표정을 지었다. 어떤 꼬투리를 잡힐지 모르기 때문에 항상 정우 앞에만 서면 긴장을 할 수밖에 없었다. 불안한 듯 손을 꼼지락거리고 있는데 정우가 고개를 들고 비서를 바라보며 말했다.

"스팸 차단당해 본 적 있냐?"

"……네?"

황당한 질문에 비서가 미간을 좁히며 되물었다. 정우가 긴 한숨을 내뱉으며 다시 말을 이어 갔다.

"스팸 차단 말이야, 스팸 차단!"

"아, 아니요!"

뒷걸음질 치며 대답하자 정우는 허망한 표정을 지었다.

"세상에, 너도 안 당해 본 스팸 차단을…… 지금 내가 당한 거야?"

"네? 그게 무슨……."

정우는 의자에 다시 풀썩 주저앉았다. 아무리 자신이 잘못했어도 그렇지, 이렇게 기회조차 주지 않고 연락을 끊어 버리다니. 정우는 책상에 엎드려 두 눈을 감아 버렸다. 그리고는 주먹을 꽉 쥐며 작은 목소리로 중얼거렸다.

"이건 진짜…… 박정우 인생 최대의 실수다."

그는 땅이 꺼질 듯 한숨을 내쉬며 책상에 머리를 툭툭 박았다. 그 모습을 지켜보던 비서는 나중에 다시 결재를 받아야겠다는 생각을 하며 조용히 집무실을 나섰다.

규헌은 자신의 눈앞에 있는 카메라를 보며 허탈한 웃음을 내지었다. 대체 뭘 하면 이렇게 산산조각이 날 수가 있지? 이해를 하지 못하겠다는 듯이 희찬을 바라보자 푹 고개를 숙이며 작은 목소리로 중얼거렸다.

"고치는 거 무리일까요?"

규헌은 아무런 대답 없이 카메라를 담은 쇼핑백을 들고 자리에서 일어섰다. 그리고는 희찬의 이마를 손가락으로 툭 밀며 말을 이어 갔다.

"일단 고쳐는 봐야지."

"가능······할까요?"

"몰라. 일단 이거 갖다 주고 올 테니까 일이나 잘하고 있어."

희찬은 대답 대신 고개를 끄덕이며 입가에 작은 미소를 띠었다. 규헌은 그런 희찬을 뒤로하고 방으로 올라갔다. 그리고는 옷장에서 검은색 재킷 하나를 꺼내 들다 피식 입가에 미소를 지었다. 우울해하다가도 금세 웃는다. 예전의 나영처럼.

규헌은 또다시 떠오르는 나영의 모습에 고개를 좌우로 흔들었다. 생각하지 말자. 이미 끝난 일이야. 흐트러진 마음을 다잡으며 방을 나서려는데 그의 주머니에 있는 휴대폰이 울리기 시작했다. 액정을 보니 전혀 모르는 번호였다. 받을까 말까 고민하다가 규헌은 혹시나 하는 생각에 통화 버튼을 눌렀다.

"여보세요."

그가 조금은 퉁명스런 목소리로 전화를 받았다. 하지만 이상하게도 상대편의 목소리는 들리지 않았다. 뭐지? 인상을 쓰며 휴대폰을 바라보던 그가 한숨을 푹 내쉬더니 다시 말을 이어 갔다.

"말 안 하시면 끊습니다."

― ……오, 오빠! 나야.

규헌은 살짝 미간을 찌푸리며 휴대폰을 든 손에 힘을 주었다. 나영이었다. 전화로 이렇게 목소리를 듣는 게 너무나 오랜만이었지만 단박에 그녀라는 것을 알 수 있었다.

"무슨 일이야."

규헌은 한숨과 함께 싸늘한 목소리로 말을 이어 갔다.

― 다름이 아니고, 저번에 인터뷰 있잖아. 그거 모레쯤에 다시 하려고 하는데. 시간 괜찮아?

"그 인터뷰 안 할 거야."

― 그러지 마. 이건 방송이잖아. 나에 대한 사적인 감정으로 이런 식으로 인터뷰를 펑크 내는 건…….

"어차피 그 인터뷰, 너 혼자 하려던 거였잖아. 대체 나랑 같이 인터뷰를 해서 네가 얻을 수 있는 게 뭐야?"

― 오빠…….

"그만하자. 난 더 이상 너랑 말싸움하고 싶지 않아."

― 오빠, 부탁이야. 방송은 그냥 해 줘. 이미 피디랑 약속해 둬서 무를 수가 없어. 미안해. 오빠가 나 보기 싫어하는 건 아는데, 한 번만 참아 주라. 제발.

"끊어."

― 부탁할…….

규헌은 나영의 말을 끝까지 듣지 않고 전화를 끊었다. 그와 동시에 휴대폰을 든 팔이 힘없이 툭 떨어져 내렸다. 힘들다. 나영과 마주치는 것만 생각해도 괴로움에 미쳐 버릴 것만 같았다.

"대체 나보고 어쩌라는 거야……."

규헌은 자신의 얼굴을 손으로 감쌌다. 화가 났다. 갑자기 이상한 사진과 함께 헤어지잔 말을 한 나영도, 그런 편지를 받고 아무 말 없이 뒤돌아선 자신에게도 너무 화가 났다.

자존심. 그래, 쓸데없는 자존심에 규헌은 그녀에게 아무런 말도 하지 않았다. 이 남자는 누구냐, 대체 왜 나를 버렸냐, 내가 무슨 잘못이라도 한 것이냐, 따질 법도 한데 그는 아무 말 하지 않았다. 그냥 그대로 그녀와 연락을 끊었다. 마치 그 말을 기다렸다는 듯이 나영과의 손을 놓아 버린 자신이 너무나도 싫었다.

왜 그랬을까? 왜 그랬니? 자신에게 물어도 돌아오는 건 고요함뿐이었다.

"……밉다, 정말."

밉다. 그녀의 대한 미움이 뼛속까지 파고든다.

호텔 로비는 많은 사람들로 북적이고 있었다. 로비 한가운데엔 검은색 드레스를 우아하게 차려입은 나영이 서 있었다. 이미 끊겨 버린 휴대폰을 한참 들여다보던 그녀는 한숨과 함께 클러치에 휴대폰을 집어넣었다. 차가운 그의 목소리가 여전히 익숙지가 않았다. 언제나 자신에게는 따뜻했던 규헌이었는데 너무나 낯설게만 느껴졌다.

"어? 박정우!"

남색 슈트로 멋을 낸 정우가 나영이 있는 쪽으로 시선을 옮겼다. 반갑게 인사를 건네는 나영을 보고 희미하게 웃었지만 여전히 그의 눈 밑에는 그늘이 가득했다.

"뭐야, 너 얼굴이 왜 그래? 잠 못 잤어?"

"아, 뭐……."

"뭐야, 또 불면증?"

"뭐 그런 셈으로 치자."

"에? 그건 또 무슨 말이야."

나영을 이해하지 못하겠다는 듯이 고개를 갸웃거렸다. 정우는 한숨을 푹 내쉬다 나영과 함께 걸음을 옮기기 시작했다. 그런데 그 뒤로 따라오는 여러 명의 경호원들. 정우는 굉장히 그들이 거슬리는 듯했고, 결국 몇 걸음 떼지 못하고 몸을 돌려세웠다.

"야, 너희들 저리 안 꺼져?"

"모임에서도 계속 주시하라는 회장님의 명령이 있었습니다."

정우는 이를 바드득 갈며 화를 간신히 억눌렀다. 나영은 그런 정우의 어깨를 토닥이며 애써 그를 위로했다.

"언제까지 아저씨랑 냉전일 건데? 네 나이도 이제 곧 서른이야."

"냉전은 내가 먼저 시작한 게 아니야. 그 사람이 먼저 시작했지."

정우가 잔뜩 굳은 얼굴로 말을 이어 갔다. 그는 아버지에 대한 일이라면 항상 평소답지 않게 행동했다. 나영은 작은 한숨과 함께 그의 팔짱을 끼고 모임이 있는 곳으로 발걸음을 움직였다.

안에는 많은 유명 인사들이 이야기를 나누고 있었다. 서로에게 안부를 물으며 하하호호, 가식적인 웃음이 정우의 귀를 거슬리게 했다. 하지만 그런 정우를 달래듯 그의 팔을 톡톡 두드려 주는 나영이었다.

그들은 서로의 아버지들이 있는 곳으로 향했다. 그들이 나타나자 나영의 아버지가 먼저 반가운 듯 정우에게 인사를 건넸다.

"오랜만이구나, 정우야."

"안녕하셨어요."

"그래. 회사는 어려움 없고?"

"네. 뭐, 그렇죠."

정우가 씩 웃으며 말하자 나영의 아버지가 호탕하게 웃으며 그의 어깨를 토닥였다. 하지만 옆에 서 있는 정우의 아버지는 여전히 탐탁지 않은 듯 그를 바라보고 있었다. 정우의 아버지 시선을 느낀 나영이 먼저 그의 앞에 다가서며 밝게 인사를 건넸다.

"아저씨, 안녕하세요."

"그래. 나영아, 유학을 잘 다녀왔고?"

"그냥 놀다 온 거죠, 뭐. 이제부터 진짜 본격적으로 일 시작하려고요."

나영의 살가운 말투에 정우의 아버지 표정이 조금 누그러진 듯했다. 하지만 그것도 잠시, 정우에게 향하는 그의 시선을 싸늘하기 그지없었다. 그리고 그런 그를 바라보는 정우의 시선도 싸늘했다. 차마 부자지간이라고 볼 수 없는 듯한 살벌함이었다.

"또 어디서 놀다 온 거냐?"

"여자랑 있었어요."

"지금 그게 변명이라고 하는 말이야?"

"변명 아니라 전 사실을 말하는 거예요. 제가 왜 아버지께 변명 따위를 해야 하는 거죠?"

"이 자식이……!"

정우의 아버지가 손을 올리려 하자 나영과 그녀의 아버지가 그의 앞을 막아섰다. 정우는 눈 하나 깜짝하지 않고 자신의 아버지를 노려보고 있었다. 정우의 반항적인 눈빛에 더 화가 난 그가 허공에 든 주먹을 부르르 떨었다.

"참게, 참아. 여기 사람들이 많아."

"네, 아저씨. 참으세요."

나영과 그녀의 아버지가 막아서자 그제야 깊은 한숨과 함께 그가 손을 조심스레 내렸다.

"모임 끝나고 잠깐 좀 보자."

그의 아버지가 말했지만 정우는 그저 픽 웃음만 지을 뿐 더 이상 아무런 대꾸도 하지 않은 채 유유히 그들에게서 멀어졌다. 나영은 작은 한숨과 함께 정우의 뒤를 따라나섰다.

"정우야."

뭐라고 잔소리라도 하고 싶었지만 그의 표정에서 단단히 화가 난 게 보여 그럴 수가 없었다. 나영은 조용히 등을 토닥여 주며 옆에 있는 와인 잔을 들어 정우에게 내밀었다.

"마실래?"

정우는 그제야 씩 웃으며 나영이 건넨 와인 잔을 들어 한 모금 마셨다. 그때, 옆에 있던 어떤 중년의 남자가 정우와 나영을 보고 반가운 듯 그들의 이름을 반갑게 부르며 다가섰다.

"어머! '대한 일보' 박 회장님 아드님과 '한국 그룹' 윤 회장님 따님 맞죠?"

"어머, 김 의원님 안녕하세요."

"날 기억해 주다니 반가워요. 갓 스무 살 때인가 봤던 거 같은데."

"그럼요. 당연히 기억하죠. 반갑습니다, 김 의원님."

나영이 먼저 그에게 인사를 건네자 기분이 좋은 듯 하하 웃는 그였다. 정우는 그다지 탐탁지 않은 얼굴로 홀짝홀짝 와인 잔만 비워 냈다.

"두 분은 아직도 사이가 좋나 보네. 이러다가 잉꼬부부 나오는 게 아닌지 모르겠어."

"에이, 아니에요. 저희 둘은 그냥 친한 동생, 누나 사이인 걸요."

"그런데 두 회장님은 그런 게 아닌 거 같은데? 얼마 전에 뵀는데 둘이 잘되길 바라는 것 같더라고."

저 영감탱이가 뭐라 하는 거야? 정우가 그를 쏘아보자, 조금 당황한 듯한 얼굴로 어색하게 웃었다.

"난 그만 다른 분을 만나러 가야겠군. 즐거운 시간 보내요."
"네."

나영이 살갑게 인사를 하자 그는 부랴부랴 다른 무리로 향했다. 나영은 그가 가고 나서 휙 고개를 돌려 정우를 노려보았다.

"너 그러지 마. 웬만하면 나이 많은 분들에게는 살갑게 좀 대하라고."

"아저씨한텐 잘하잖아."

"우리 아빠한테만 잘하면 되니? 다른 사람들은?"

"됐어, 관심 없어. 여자라면 또 모를까."

장난스럽게 대화를 이어 가자 나영은 픽 웃음을 내지었다. 어쩜, 저렇게 능글맞을까. 나영이 장난스럽게 노려보자, 어깨를 으쓱이며 와인 한 모금을 조용히 마시는 정우였다.

모임이 거의 끝날 무렵, 경호원들이 정우를 호텔 밖으로 내리고 나왔다. 쌀쌀한 날씨에 정우는 인상을 찌푸리며 자신의 팔을 잡는 경호원들을 신경질적으로 밀어냈다. 그때, 차에 타고 있는 그의 아버지가 조심스럽게 창문을 내렸다. 정우는 고개를 삐딱하게 들고 아버지를 바라보았다.

"무슨 얘기를 하시려고 이렇게 밖으로 불러내세요? 안에서 얘기하시지."

말투에서부터 느껴지는 아버지를 향한 적대감. 아버지는 낮게 숨을 내쉬며 그를 쳐다보지도 않은 채 말을 이어 갔다.

"차에 타라. 다른 데 가서 이야기하자."

"그냥 여기서 이야기하세요. 저 갈 데 있으니까."

"끝까지 넌 엇나가는구나."

"……."

"쓰레기 같은 놈."

쓰레기는 당신이잖아, 라는 말이 입술 끝까지 새어 나오려 했다. 하지만 정우는 두 손을 꽉 쥐며 간신히 화를 억누를 뿐이었다.

"조만간 나영이와 약혼을 진행할 예정이다."

"네?"

"그리 알고 준비하도록 해."

갑작스러운 통보에 정우는 놀라기보다는 당황스러웠다. 그의 아버지는 기사에게 손짓을 했고, 창문이 닫히며 곧바로 차가 출발했다.

"아, 아버지!"

정우가 차를 뒤따라가며 소리쳤지만 아버지가 탄 차는 매정하게 멀어져만 갔다. 갑작스러운 약혼 통보. 그것도 상대가 나영이라는 말에 어이가 없었다.

'두 분은 아직도 사이가 좋나 보네. 이러다가 잉꼬부부 나오는 게 아닌지 모르겠어.'

'에이, 아니에요. 저희 둘은 그냥 친한 동생, 누나 사이인 걸요.'

'그런데 두 회장님은 그런 게 아닌 거 같은데? 얼마 전에 뵈었는데 둘이 잘되길 바라는 것 같더라고.'

문득 정우의 머릿속에 아까 남자가 했던 말이 스쳐 지나갔다. 그 남자의 말이 사실이었다니. 망연자실한 표정으로 제 이마에 손을 얹었다가 빽 소리를 내질렀다. 항상 아버지는 제멋대로였다. 약혼을 마음대로 진행하는 지금도, 그리고 정우가 아주 어렸었던 과거의 그날에도 말이다.

퇴근하는 희찬의 발걸음은 그 어느 때보다 가벼웠다. 규헌이 아는 지인을 만나고 돌아와 금방 고칠 수 있을 거라 말해 주었기 때문이다. 고쳐 준다고는 했었지만 기대는 그다지 않았다. 그냥 고쳐 주겠다고 말해 주고, 달래 줬던 규헌이 마음이 고마웠었다.
들뜬 마음으로 해맑게 웃으며 집 앞으로 향하던 그녀였지만, 정작 집에 도착했을 때는 잔뜩 미간이 구겨져 있었다.
"오호, 유희찬이다. 내가 기다리고 기다리던 유희찬이다."
꼴도 보기 싫은 정우가 그녀의 집 앞에 있었기 때문이다. 희찬은 휘청휘청거리며 대문 옆에 기대어 있는 정우를 발견하고는 모르는 척 고개를 돌려 열쇠구멍에 열쇠를 꽂았다. 정우는 자신에게 눈길조차 안 주는 희찬을 보며 입을 삐쭉 내밀었다. 그리고는 그녀의 귀에 대고 빽 소리를 질렀다.
"유희찬!"
"아, 깜짝이야!"
"내 말 안 들리냐, 너!"
휘청휘청, 대체 어디서 이렇게나 술을 마신 건지. 진한 술 냄새에 희찬은 잔뜩 인상을 찌푸리고 정우를 아래위로 훑어보았다. 어디 연예인 시상식 패션을 하고 와서는……. 혀를 끌끌 차며 한숨을 내쉬던 그녀가 조심스럽게 그의 말에 대답했다.

"빨리 가요. 난 대표님이랑 할 말 없으니까."

퉁명스럽게 말하고는 집으로 들어가려는데 정우가 희찬의 팔을 꽉 붙들었다. 놀란 희찬이 정우를 쳐다보자 그는 바보처럼 실실 웃으며 말을 이어 갔다.

"유희차안."

"술 취하셨으면 곱게 집에나 들어가시죠?"

"유희찬!"

"아, 그만 좀 불러요. 제 이름 닳겠어요."

"희찬아……."

"성 떼고 부를 만큼 저희 안 친하거든요. 이것 좀 놔요!"

소리를 빽 지르자 정우는 팔을 잡았던 손을 서서히 놓아주었다. 한숨을 푹 내쉬며 대문 안으로 발걸음을 옮겼을 때, 그가 아주 작은 목소리로 그녀에게 말했다.

"……미안해."

희찬은 정우의 말과 동시에 우뚝, 발걸음을 멈추었다. 그리고 뒤돌아 그를 다시 올려다보았다. 아이처럼 시무룩한 표정으로 고개를 푹 숙이고 있는 정우의 모습에 그녀는 아무런 말도 꺼내지 못했다.

"뭘 잘못했는지 알아요?"

한참 뒤, 희찬이 입을 열었다. 그러자 정우는 대답 대신 고개를 끄덕였다.

"난 그냥 너랑 좀 가까워지려고 그랬던 거였는데……. 카메라 부술 생각 없었어. 진짜야."

어린아이가 이야기하듯이 입을 삐죽거리는 그를 보고 피식 웃음을 내뱉었다. 희찬은 조심스럽게 그에게 다가섰다. 그리고 살짝 몸을 숙여, 고개를 숙이고 있는 그와 마주했다.

"저기요, 대표님. 얼마나 술을 마신 거예요."

그제야 슬쩍 고개를 든 정우가 배시시 웃었다. 그리고는 갑자기 희찬을 자신의 품에 덥석 안았다. 놀란 그녀가 밀어내려 애를 썼지만 몸도 제대로 가누지 못하는 그는 완전히 희찬에게 기대다시피 안겨서 밀어낼 수도 없는 상황이었다.

"아, 대표님!"

"미안해, 내가 잘못했어."

"알았어요. 이거 놓고 이야기해요. 네?"

"내가 카메라 고쳐 줄게. 응? 미안해."

"카메라는 이미 다른 곳에다 맡겼어요. 그러니까 이것 좀 놔요!"

희찬은 있는 힘껏 정우를 밀어냈고, 뒤로 휘청거리며 희찬에게서 떨어졌다. 그리고는 시무룩한 표정을 지으며 한숨을 푹 내쉬었다.

"내가 고치려고 했는데 왜!"

"우리 작가님 아는 분이 고쳐 주시기로 했어요."

"씨, 나쁜 놈. 진짜 강규헌 완전 나쁜 놈."

비틀비틀거리며 규헌의 욕을 내뱉는 정우의 모습에, 희찬은 헛웃음을 내뱉었다. 술을 마시면 어린애가 되는 정우였다. 마치 어린애가 투정 부리는 것마냥, 툴툴거리는 그의 모습이 희찬은 너무 낯설기도 하고 되게 귀엽기도 했다.

"그러니까 어서 집에 가요, 대표님. 택시 잡아 줄까요?"

"혼자 갈 수 있어."

"여기 앞까지만 데려다 드릴게요."

"혼자 갈 수 있어!"

팔을 잡고 부축해 주자 정우는 희찬의 손을 뿌리치며 비틀비틀 앞으로 걸어갔다. 혹시나 넘어질까 잔뜩 불안한 표정으로 그의 뒷모습을 빤히 바라보았다. 그때, 갑자기 걸음을 멈추고 정우가 뒤돌아서더니 그녀에게 소리쳤다.

"유희찬, 진짜 미안해!"

정우는 또다시 뒤돌아 아무 일 없었다는 듯 비틀비틀 앞으로 걸어갔다. 희찬은 멍하니 그를 바라보다가 피식 웃음을 터트리며 집으로 들어섰다. 현관문을 닫고 멍하니 서 있던 그녀는 조용히 휴대폰을 꺼내 들었고 정우의 번호를 스팸 차단 해제시켰다. 그리고는 그의 번호로 짤막한 문자 한 통을 보내며 희미하게 미소를 지어 보였다.

Episode 3.
알아 가는 재미

"자, 네 카메라."

규헌이 카메라를 희찬의 앞에 내밀었다. 짐을 차에 싣고 있던 희찬이 고개를 들자 원상 복구된 자신의 카메라가 눈에 보였다.

"어? 벌써요?"

환하게 미소를 띠며 그녀는 자신의 카메라를 손에 들었다.

"무슨 문제 있으면 말해. 다시 고쳐 줄 테니까."

"정말 감사드립니다, 작가님!"

희찬이 꾸벅 감사의 인사를 하자 그는 헛기침을 내뱉으며 시선을 돌렸다.

"가만히 있지 말고 얼른 짐이나 옮겨."

규헌은 괜스레 퉁명스럽게 소리치고는 도망치듯 자리를 옮겼다. 희찬은 그저 그런 규헌의 뒷모습을 바라보며 배시시 웃었다. 그리곤 카메라를 챙기고 다시 촬영장 갈 준비를 하기 시작했다.

오늘은 스쿠알로와 미팅했던 촬영의 첫째 날이었다. 작은 촬영들은 몇 번 했었지만 이렇게 큰 촬영은 처음이었기에 매우 설레기도 하고, 조금 무섭기도 했다.

희찬은 그 어느 때보다 열심히 촬영 장비를 챙겼고, 규헌과 함께 촬영장으로 향하기 시작했다.

촬영장에 도착했을 때, 지금까지 본 적이 없었던 많은 스텝들이 촬영 준비를 하고 있었다. 규헌의 모습을 확인하고는 모두들 기다렸다는 듯 깍듯하게 인사를 건넸고, 그 광경이 낯설어 희찬은 얼떨결에 모두에게 90도로 고개를 숙이고 인사를 했다.

"카메라 세팅하고, 촬영 준비 빨리 해. 시간 없으니까."

"네, 작가님!"

규헌의 명령과 함께 희찬은 카메라를 세팅하기 시작했다. 그때 갑자기 스튜디오 문이 열리며 스태프들이 웅성거리는 소리가 들려왔다.

"어머, 대표님!"

"대표님이 어쩐 일로 여기까지."

잡지사 직원들이 놀란 얼굴로 그에게 다가섰다. 촬영 스튜디오에 대표가 온다는 건 거의 있을 수 없는 일이었다. 거기다 일이라면 죽어도 하기 싫어하는 그였기에 촬영장을 제 발로 찾아왔다는 게 신기했다.

"뭐야, 아직 시작 안 했네?"

"네, 곧 시작하려고 합니다."

"촬영 시작 시간은 열한 시 아니었나? 난 그렇게 들었는데."

정우가 웃으며 말하자 직원이 당황해했다. 이 사람이 어째서 촬영 시작 시간을 정확히 알고 있는 거지? 해가 서쪽에서 뜰 일이라 생각하며 직원은 어색하게 미소를 지었다. 정우가 스튜디오 안을 쭉 훑어보았다. 제일 먼저 그의 눈에 들어온 것은 다름 아닌 희찬이었다.

"유희찬!"

큰 소리로 그녀의 이름을 부르자 주변에 있는 직원들이 모두들 놀란 표정으로 정우를 바라보았다. 이번엔 또 어떤 여자인가 싶어 고개를 돌려 희찬을 바라보는 직원들이었다.

희찬은 많은 사람들의 시선이 모두 자신을 향하는 것을 보고 민망한 듯 고개를 푹 숙였다. 그걸 아는지 모르는지 정우는 계속 희찬의 이름을 불렀고, 그녀는 모르는 척 뒤돌아 카메라 세팅에 집중했다.

"부끄러워하긴……."

정우는 헤벌쭉 웃으며 어깨를 으쓱였다. 그리고는 자신의 주머니에서 휴대폰을 꺼내 얼마 전, 희찬이 보내 준 문자를 흐뭇한 표정으로 바라보기 시작했다.

[그렇게 미안하면 엄청 비싼 밥 사주시든가요.]

그 흔하디흔한 이모티콘도 없는 문자였지만, 왠지 모르게 그

문자에서 애정이 느껴졌다. 정우는 모임을 끝낸 그날, 혼자서 술을 진탕 마셨었다. 희찬의 집 앞으로 가 주사를 부리며 그녀에게 미안하다는 말을 전했던 것이 다음 날 아침에서야 파노라마처럼 머릿속에 펼쳐졌다. 그녀의 앞에서 주사를 부린 것이 조금 민망했지만, 일단 희찬의 화를 풀기에는 안성맞춤이었다고 생각했다.

촬영 진행은 정우와 상관없이 카메라 세팅이 끝나자 바로 촬영을 시작되었다. 규헌을 도와 열정적으로 일을 하는 희찬에게서 정우는 눈을 떼지 못하고 있었다. 열심히인 그녀의 모습이 얼마나 예쁘던지, 자꾸만 히죽히죽 바보처럼 웃음을 짓는 정우였다.

"오늘 촬영 여기서 마치겠습니다. 내일 아홉 시에 두 번째 촬영 시작하겠습니다!"

규헌이 카메라를 내리자, 희찬은 큰 소리로 스텝들에게 알렸다. 한쪽 구석에 앉아 있던 정우가 이 순간을 기다렸다는 듯이 벌떡 자리에서 일어섰다. 그리곤 희찬에게 다가가 그녀가 챙기고 있던 촬영 장비들을 빼앗아 들었다.

"어?"

"그 싸가지 차 트렁크에 넣으면 되지? 가자."

정우는 얼른 앞장서 짐을 들고 스튜디오를 빠져나갔다. 희찬은 정우의 태도에 피식 헛웃음을 내뱉었다. 그때, 모든 스텝들의 시선이 자신을 향하는 것을 보고 민망한 듯 입을 꾹 다물고 황급히 뛰어나가 버렸다. 주차장으로 달려가자 트렁크 앞에 서 있는 그가 보였다. 희찬은 조심스레 다가가 트렁크를 열자 손에 든 장비들을 트렁크에 실었다.

"장비 또 있어?"

"아뇨, 챙기는 건 그게 다예요."

"그래? 그럼 가자."

"에? 어디를요?"

정우가 팔을 잡고 끌고 가려 하자 희찬은 당황해하며 뒷걸음질 쳤다.

"어디긴 어디야, 밥 먹으러 가지."

정우가 음흉한 웃음을 지으며 말하자 그제야 자신이 얼마 전 보낸 문자가 떠올랐다. 미리 약속도 없이 이렇게 무작정? 희찬이 당황하며 몸을 뒤로 빼내었을 때, 누군가가 다가오는 인기척이 느껴졌다.

"어? 작가님."

희찬의 목소리에 정우가 미간을 살짝 찌푸리며 고개를 돌렸다. 규헌도 그를 매우 탐탁지 않은 시선으로 바라보며 희찬에게 말을 이어 갔다.

"뭐해?"

"아, 아니요. 그냥……."

손사래를 치며 아무것도 아니라고 이야기하려는데, 정우가 갑자기 턱 희찬의 어깨에 팔을 둘렀다. 놀란 희찬이 미간을 찌푸리며 정우를 바라보았다.

"왜, 왜 그래요?"

"이제 일 끝났으니, 유희찬 좀 데려갑니다?"

"자, 잠깐만요, 대표님!"

희찬이 소리쳤지만 정우는 태연하게 웃으며 그녀의 팔을 끌어당겼다.

"……뭐야?"

규헌은 멀어지는 그들을 바라보며 차에 올라타 시동을 걸었다. 하지만 출발을 하지 않고 멍하니 허공을 응시하다가 다시 고개를 돌려 정우와 희찬을 바라보았다. 장난스럽게 희찬을 자신의 차에 태우는 정우, 그리고 싫은 척 내빼고 있지만 순순히 그의 행동에 따라 주는 희찬의 모습에 어쩐지 기분이 영 좋지 않았다.

정우가 차를 끌고 간 곳은 근처 호텔 라운지였다. 드라마나 영화에서만 보던 호화로운 풍경에 희찬은 눈만 꿈뻑꿈뻑거렸다.

"뭐하냐?"

정우가 턱을 괴고 픽 웃으며 말했다.

"이런 데서 밥을 먹어요?"

"비싼 거 사 달라면서."

뭐, 그렇게 말했긴 했다만……. 희찬은 아무런 대꾸 없이 고개를 끄덕였다. 그때 다가온 웨이터가 정우와 희찬 앞에 메뉴판을 내밀었다. 정우는 능숙하게 메뉴판을 들었고, 희찬도 그를 따라 일단 메뉴판을 폈다.

"뭐 먹을래?"

"음……."

고개를 갸웃거리며 메뉴판을 샅샅이 훑어보았지만 도저히 뭘 시켜야 할지 알 수가 없었다. 왜 하나같이 메뉴는 다 영어로 적혀 있는 건지……. 영어에 몹시 약한 희찬은 그저 어색한 미소만 지었고, 정우는 그런 그녀를 보며 픽 웃음을 내뱉었다.

"제일 비싼 요리로 두 개 주세요."

정우가 메뉴판을 웨이터에게 내밀며 말했다. 그는 조금 당황한 듯한 표정을 지었지만 일단 알았다는 대답과 함께 메뉴판을 들고 돌아갔다.

"뭐한 거예요, 지금?"

"맞잖아. 우리 어차피 제일 비싼 거 먹으러 온 거."

"그래도 그렇게 말하면 웨이터가 당황하잖아요."

"너야말로 영어 못 읽어서 당황했으면서."

정우가 큭큭 웃어 대며 말하자, 희찬은 민망한 듯 입을 삐죽거리며 창밖으로 시선을 돌렸다. 호텔라운지에서 내려다보는 서울 시내 풍경은 그야말로 환상적이었다. 어둑해져 가는 밤하늘 아래로 불빛이 반짝거리는 모습은 어디에서나 볼 수 없는 광경이었다.

"너 혼자 사냐?"

정우가 그녀에게 질문하자 희찬은 슬쩍 그를 보며 고개를 끄덕였다.

"오래됐어?"

"뭐, 오래됐죠, 나름. 중학교 3학년 때부터였으니까."

"음식 나왔습니다."

씁쓸한 미소를 지으며 희찬이 말하던 그때, 웨이터의 차분한 목소리가 들렸다. 그러자 그제야 시선을 돌리며 아무렇지 않은 척 표정을 굳혔다.

"맛있게 드세요."

웨이터가 멀어지고 난 뒤 희찬은 기다렸다는 듯이 포크와 나이프를 들었다. 음식 앞에서 더 밝아진 그녀 때문에 픕 하고, 작게 웃음을 터트리는 정우였다.

"그렇게 좋나?"

"음식 앞에서 안 좋은 사람도 있어요? 거기다 여기서 제일 비싼 건데."

새침 떨 듯이 입을 삐죽거리며 스테이크를 써는 희찬. 하지만 마음처럼 썰어지지가 않았다. 끙끙거리며 나이프로 고기를 죽일 듯이 썰자, 혀를 끌끌 차던 정우가 희찬의 접시를 자신의 앞으로 가져갔다.

"하여튼 무식하게도 썰어요. 요령이 있어야지, 요령이."

정우는 툴툴거리면서 희찬의 스테이크를 썰어 주기 시작했다. 끙끙대던 자신과 달리 아주 쉽고 편하게 스테이크를 써는 정우의 모습에 민망한 듯 얼굴을 살짝 긁적였다.

"자—"

잘게 썬 스테이크를 자신의 앞에 놓고선 자상한 목소리로 '어서, 먹어'라고 말하는 정우의 친절에 희찬은 조금 어색해했다.

"감사합니다."

꾸벅, 인사를 하곤 조용히 스테이크를 먹기 시작하는 희찬은 힐끗거리며 그를 쳐다보았다. 아니 이 사람이 왜 이런데? 자신을 보며 히죽거리는 그를 보며 살짝 고개를 갸웃거렸다.

"대학은 갔다 왔어?"

"당연하죠. 요즘 대학 안 나오면 취직도 안 시켜 주는 세상인데."

"어떻게?"

"학자금대출 있잖아요. 뭐, 그 덕에 빚이 엄청나지만. 그런데 왜 자꾸 취조하듯이 캐물어요?"

정우는 희찬의 물음에 고개를 갸웃거리며 대답했다.

"내가?"

"혼자 사냐, 대학은 나왔냐, 이게 취조하는 게 아님 뭡니까? 절 좋아해서 물어보시는 것도 아니고."

희찬이 장난스러운 말투로 말하며 옆에 있는 물을 마시기 시작했다. 그러자 정우가 스테이크 한 조각을 입에 넣으며 무덤덤한 말투로 말했다.

"응. 좋아해."

푸읍— 그녀가 놀란 나머지 물을 뱉어 버렸다. 정우는 인상을 잔뜩 찌푸리며 몸을 뒤로 뺐고, 테이블에 있던 음식에 그녀가 내뱉은 물이 안개처럼 퍼져 나갔다.

"야, 뭐하는 거야."

"무, 무슨 소리를 하시는 거예요!"

"아, 거참. 두 번 좋아한다고 했다가는 입에 있는 고기도 뱉겠다?"

"전 대표님 싫어요!"

희찬의 갑작스런 대답에 얼굴에 튄 물을 닦아 내던 정우의 손이 허공에 멈추었다. 뭐? 정우가 당황한 표정으로 그녀를 바라보았다.

"뭐, 뭐라고? 야, 잠깐만 너 지금 내가 싫⋯⋯다고?"

너무 당황한 나머지 정우는 말까지 더듬으며 벌떡 자리에서 일어섰다.

'전 대표님 싫어요!'

단호하기 짝이 없는 말투로, 그것도 자신의 면상 앞에서 싫다는 소리를 내뱉다니. 단 한 번도, 그 어떤 여자도 자신에게 이렇게 단호하게 싫다고 한 사람이 없었다. 장난스럽게도 아닌, 정말 진심을 담은 한마디에 정우는 그저 말문이 턱 막힐 수밖에 없었다.

"너 진짜 제정신이냐?"

정우의 화가 난 말투에 희찬도 당황한 듯 보였다.

"너 내가 만만해? 우스워?"

"아, 저⋯⋯."

"희희낙락 비위 맞춰 주니까 너랑 내 급에 대한 인지를 제대로 못 하나 본데, 나 스쿠알로 대표 박정우야. 누구나 한 번쯤 지나가면 쳐다보고, 줄 서서 나 만나려고 지랄 떠는 여자들이 세상에 널렸다고. 알아?"

"……."

"네가 뭐 대단한 여자라고 생각하나 본데 착각하지 마세요, 아가씨. 그냥 넌 내 지나가는 작업 상대일 뿐이고, 나한테 그저 가난한 일개 사진작가 어시스트 나부랭이니까."

싸늘하고도 낮은 목소리로 말하고는 정우는 아무 말 없이 라운지를 벗어났다. 덩그러니 혼자 남은 희찬은 얼떨떨한 표정으로 멀어지는 정우를 바라보며 입술을 지그시 깨물 뿐이었다.

주차장으로 온 정우는 차를 거세게 몰고 호텔을 빠져나왔다. 태연한 척하고 있는 그였지만 속은 이미 만신창이가 되어 있었다. 그동안 많은 여자들을 만나면서도 이토록 굴욕적인 고백의 대답은 없었다. 생각해 보겠다, 라든가 부끄러워하든가, 아님 적극적이든가, 무슨 반응이든 그에게 항상 호의적이었다.

"미친 거 아냐?"

신호등에 걸린 정우는 브레이크를 밟으며 신경질적으로 소리를 질렀다. 아무리 생각해도 이해가 되지 않는 그녀의 행동에 그는 점점 패닉 상태에 빠져 가고 있었다.

'전 대표님 싫어요!'

뒤로 몸을 빼고 미간을 잔뜩 찌푸리며 말하는 희찬의 모습. 정우는 긴 한숨을 내쉬며 초록색으로 바뀐 신호등을 보고 빠르게 차를 출발시켰다.

한편, 희찬은 정우가 나가 버린 라운지에 혼자 멀뚱멀뚱이 앉아 있었다. 사건은 생각할 겨를도 주지 않고 일어나 버렸고, 축 처진 어깨로 방금까지 앉아 있던 정우의 자리를 멍하니 바라보기만 할 뿐이었다.

'희희낙락 비위 맞춰 주니까 너랑 내 급에 대한 인지를 제대로 못 하나 본데, 나 스쿠알로 대표 박정우야. 누구나 한 번쯤 지나가면 쳐다보고, 줄 서서 나 만나려고 지랄 떠는 여자들이 세상에 널렸다고. 알아?'

'……'

'네가 뭐 대단한 여자라고 생각하나 본데 착각하지 마세요, 아가씨. 그냥 넌 내 지나가는 작업 상대일 뿐이고, 나한테 그저 가난한 일개 사진작가 어시스트 나부랭이니까.'

또다시 정우의 말을 상기시키다 한숨을 내뱉던 희찬은 고개를 푹 숙였다.

'응. 좋아해.'

아무래도 뭔가 실수를 제대로 저지르고 만 것 같았다. 희찬은 제 얼굴을 손으로 쓸어내렸다. 붉게 달아오른 그녀의 얼굴은 마치 잘 익은 홍당무처럼 보였다.

고백을 받았다. 그것도 엄청난 사람한테. 당황해서 싫다고 내빼긴 했지만 다시 그 말을 떠올리니 이제야 실감이 나기 시작했다. 어쩔 줄 몰라 하던 희찬은 입술을 잘끈 깨물고 자신의 머리를 긁적이며 소리쳤다.

"아니, 그렇다고 왜 화를 내?"

희찬이 벌떡 일어서서 뒤돌아 라운지 입구를 바라보았다. 그때 그녀를 몰래 지켜보던 웨이터가 얼른 시선을 다른 곳으로 돌렸다. 그녀는 헛기침을 내뱉으며 가방을 들고 조용히 라운지를 벗어났다.

다음 날, 촬영장도 어제와 다르지 않게 흘러가고 있었다. 희찬은 어제 일 때문에 잠을 설쳐 피곤한 듯 눈을 비볐지만 일에는 지장을 주지 않으려고 노력하고 있었다. 처음에 정우의 좋아한다는 말에 당황스러웠고, 그다음에 자신을 좋아한다는 것을 인식하고 얼굴을 붉혔었다. 하지만 지금 희찬은 조금 화가 나 있는 상태였다. 작가 어시스트 나부랭이라는 말과 급이 어쩌니라는 망말에 자존심이 상했기 때문이었다.

희찬은 조형물을 설치하는 스텝들을 바라보다가 결국 입 밖으로 그의 대한 짜증을 내뱉었다.

"지는 얼마나 잘났다고······."

작게 내뱉은 말이었는데 그 소리를 들었는지 옆에 있는 스텝들이 그녀를 힐끗 쳐다보았다.

"네?"

"아, 아닙니다. 거기다 놔주시면 돼요."

어색하게 웃으며 얼른 자리를 뜬 희찬은 길게 한숨을 내쉬었다. 그만 생각하자. 잊고, 촬영에 집중하자. 자기최면을 걸듯 속으로 파이팅을 외치던 그녀는 규헌이 있는 곳으로 터벅터벅 걸음을 옮겼다.

"조형물 설치 끝냈습니다, 작가님!"

우렁찬 목소리에 규헌은 콘티에서 그녀에게로 시선을 옮겼다. 그리곤 아무 말 없이 멍하니 그녀를 바라보는 그였다. 희찬은 고개를 갸웃거렸다.

"뭐 다른 거 시키실 일이라도……."

"아니야."

뭐지? 얼른 시선을 떼고는 다시 콘티를 보기 시작했다. 뭐지? 다시 한 번 고개를 갸웃거리며 희찬은 세팅한 카메라를 재차 살폈다.

규헌은 다시 그런 희찬을 힐끗 쳐다보았다. 어제 그렇게 정우와 가 버린 희찬이 조금 신경 쓰였던 것이다. 하지만 그는 머리를 좌우로 흔들며 시선을 다시 콘티로 옮겼다.

"안녕하십니까, 대표님."

"어? 대표님, 오늘도 오셨네요?"

바삐 촬영 준비를 하고 있던 그때, 스쿠알로 직원이 정우의 모습을 발견하고 반갑게 인사를 건넸다. 하지만 정우는 어제와 다르게 조금 경직된 얼굴로 촬영장을 두리번거리고 있었다. 직원들은 왠지 오늘은 건들면 안 되겠다는 생각을 하며 조용히 그에게서 멀어졌다.

희찬과 규헌은 누군가 다가오는 소리에 슬쩍 고개를 돌렸다. 정우가 잔뜩 독기를 품은 표정으로 다가오고 있었다. 희찬은 몸을 움찔거리며 얼른 고개를 돌렸다. 저 사람이 여기 또 왜 온 거지? 어제 그렇게 가고 나서 당분간은 만나지 않을 것이라 생각했는데, 예상과 다르게 자신 앞에 나타난 그의 모습에 놀라고 말았다.

"이야, 강규헌 작가님 안녕하세요?"

규헌은 갑작스레 자신에게 친한 척 인사를 건네는 정우를 보며 살짝 인상을 찌푸렸다.

"네, 안녕하세요."

일단 대답은 했지만 경계의 눈빛으로 그를 치켜보는 규헌이었다.

"촬영은 잘 진행되고 계시죠?"

"뭐, 나름……."

"나름이라니요. 훌륭하신 작가님이신데 나름이 아니라 멋지게 촬영 진행하실 거라 저는 믿습니다."

칭찬이야? 비꼬는 거야? 규헌은 대답 없이 그를 지켜보았지만, 미친 사람처럼 희희낙락하는 정우였다. 그리고는 슬쩍 희찬에게 보고는 다시 말을 이어 가기 시작했다.

"그런데 후진 어시스트를 두셔서 고생이 많으시겠어요. 대단하신 작가님은 훌륭한 어시스트를 둬야 하는 건데, 그렇죠?"

희찬은 자신의 이야기가 나오자 그제야 슬쩍 정우에게 시선을 돌렸고, 그와 눈이 마주쳤다. 입을 삐죽거리며 자신을 쳐다보는 정우의 눈빛에 얼른 다시 고개를 내렸지만 말이다.

"어이쿠? 들으셨나? 욕하려던 건 아니었는데."

비아냥거리는 말과 함께 정우는 유유히 다른 곳으로 자리를 옮겼다. 희찬과 규헌은 병진 표정으로 멀어지는 정우의 뒷모습을 바라보았다.

정말이지, 유치하기 짝이 없어. 둘은 똑같은 생각을 하며 고개를 가로로 저었다.

정우의 유치함은 거기서 끝이 아니었다. 바쁘게 움직이는 희찬의 앞에서 길을 가로막지를 않나, 스튜디어에서 팬스레 여자와 통화하며 시끄럽게 떠들질 않나, 희찬이 일하는 데 하나하나 트집을 잡으며 으름장을 놓지를 않나.

촬영을 하던 스텝들도 그의 행동에 슬슬 짜증이 나는 듯 얼굴을 찌푸렸지만, 정우의 유치하고도 치졸한 장난은 끝도 없이 이어졌다. 규헌이 한숨을 내쉬며 어떻게든 무시하고 촬영을 진행시키려던 찰나, 켜져 있던 조명이 툭 꺼져 버렸다. 놀란 스텝들이 웅성거리며 뒤를 돌아보자 정우가 코드 선을 팔로 툭툭 차며 태연한 미소를 지었다.

"아이고, 미안. 다니는 길 한 가운데 이렇게 코드 선을 놓으면 되나, 걸려 넘어질 뻔했잖아. 어시스트는 이런 거 관리 하나 제대로 안 하고 뭐하는 거야?"

혀를 끌끌 차며 희찬을 슬쩍 쳐다보는 정우. 그녀는 어이없다는 듯 헛웃음을 내뱉었지만 그는 유유히 촬영장 밖으로 발걸음을 돌릴 뿐이었다.

"5분 잠깐 쉬겠습니다."

규헌은 낮은 목소리로 말하자 스텝들은 짜증 섞인 한숨을 내쉬었다. 저 자식, 어제는 가만히 있더니 오늘따라 왜 저러는 거야? 수근대는 사람들의 목소리가 높아지자 희찬은 안 되겠다 싶어 정우가 나간 쪽으로 발걸음을 옮겼다.

"유희찬."

그때, 규헌이 그녀의 이름을 불렀다. 발을 멈추고 돌아보자 규헌이 터벅터벅 걸어와 그녀에게 말했다.

"넌 코드나 제대로 끼워 놔."

싸늘한 목소리로 희찬에게 말하고는 규헌은 정우가 간 쪽으로 뚜벅뚜벅 걸어가기 시작했다.

정우는 복도 끝에 있는 남자 화장실에 들어섰다. 세면대 앞에 선 그는 고개를 푹 숙이고 한숨을 푹 내쉬었다. 그리고는 입가에 환한 미소를 짓더니 이내 호탕하게 함박웃음을 내질렀다.

"이야, 유희찬 표정 봐라. 진짜 가관이다, 가관이야. 더 놀려먹어야 하는데. 뭔가 더 유치하고 짜증 나게 만들어야 해. 더 뭔가……."

검지로 입술을 툭툭 치며 곰곰이 괴롭힐 방법을 떠올리던 정우는 문득 거울에 비친 자신을 바라보았다. 여자를 놀리며 행복해하는 자신의 모습에 잠시 당황했지만, 그는 고개를 가로로 저으며 중얼거리듯 말했다.

"그래도, 먼저 긁은 게 누군데?"

어제의 희찬을 떠올리던 정우는 절대 마음이 약해지면 안 된다는 생각을 하며 주먹을 꽉 쥐었다. 그때 누군가 저벅저벅 화장실로 걸어오는 소리가 들렸다. 정우는 슬쩍 고개를 돌려 뒤를 바라보았다.

"어라, 작가님 촬영은?"

정우가 고개를 갸웃거리며 물었지만 규헌은 대답 없었다.

"왜……."

"너 죽고 싶냐?"

갑작스런 싸늘한 말투에 정우는 잔뜩 미간을 찌푸렸다. 이게 돌았나, 지금 어디다 대고. 정우는 헛웃음을 내뱉으며 비아냥거리듯 말을 이어 갔다.

"뭐?"

"어디 남의 촬영장 와서 행패야, 행패는."

"하, 저기요. 잠시 잊으셨나 본데 여기 스쿠알 잡지 촬영장이고, 나는 그 회사 대표거든? 말은 똑바로 해야지, 작가님. 여긴 네 촬영장이 아니라 내 촬영장이라고."

정우가 규헌의 얼굴에 가까이 다가서며 말했다. 그러자 헛웃음을 내지으며 조금 더 정우에게 다가서는 규헌이었다.

"대표면 대표답게 좀 구시든가."

누가 봐도 비아냥거리는 뉘앙스다. 정우는 다짜고짜 규헌의 멱살을 움켜쥐었다.

"이 새끼가 진짜 못 하는 말이 없네."

정우가 싸늘한 눈빛으로 노려보았지만 규헌은 여전히 무표정한 얼굴이었다. 그때, 작은 발소리와 함께 희찬의 목소리가 들려왔다.

"작가님!"

그와 동시에 정우의 시선이 화장실 문 쪽으로 옮겨졌다. 힐끗 안을 바라보던 희찬은 정우와 눈이 마주쳤다. 정우가 규헌의 멱살을 잡고 있는 상황에 놀란 듯 그녀는 화장실로 얼른 뛰어 들어갔다.

"지금 뭐하는 거예요!"

그녀는 규헌의 멱살을 잡고 있는 정우의 손을 움켜쥐었다.

"대표님, 이거 놔요. 어서요!"

"야, 먼저 이 자식이……."

"일단 놓고 얘기하라고요!"

희찬의 소리침에 정우는 낮은 욕을 뱉어 내며 멱살을 놓아주었다. 규헌은 구겨진 셔츠를 매만지며 픽 웃음을 내지었다. 그것을 본 정우가 부르르 손을 떨며 입술을 깨물었다.

"저 새끼가……."

정우가 또다시 규헌에게 달려들라 하자 그녀가 그 앞을 가로막았다. 규헌을 등지고 선 희찬의 행동에 정우는 더욱더 미간을 찌푸렸다.

"안 비켜?"

"그만하세요, 대표님."

"비켜."

"여기 촬영장이에요. 제발 자각 좀 하시라고요!"

희찬은 흔들림 없는 목소리에 정우는 멈칫거리며 뒤로 물러섰다. 셋은 잠시 숨을 죽이고 그대로 서로만 바라보았다. 그때, 희찬의 목소리 때문인지 스텝들이 하나둘 화장실로 몰려오기 시작했다. 팽팽하게 대치되어 있는 셋을 보고 웅성거리는 사람들의 모습에 정우는 낮게 욕을 내뱉었다. 이윽고 정우는 한숨을 내쉬며 화장실을 빠져나갔고, 그렇게 상황은 다행히도 종료되었다.

정우가 사라지자 희찬은 길게 한숨을 내쉬며 뒤돌아 규헌을 바라보았다. 매우 기분이 상한 듯싶었다.

"작가님, 괜찮으세요?"

쭈뼛거리며 조심스레 물었지만 규헌은 아무 말 없이 화장실을 나가 버렸다. 웅성대는 사람들 틈으로 사라진 두 남자. 희찬은 어깨를 축 늘어트리다가 30분 뒤에 촬영을 재개하겠다는 말과 하고 모여 있는 스텝들을 해산시켰다.

유난히도 한적한 카페. 창문 사이로 들어오는 햇살을 내리쬐며 정우는 커피를 한 모금 마셨다. 그리고 길게 늘어지는 한숨. 정우는 제 이마를 손으로 짚으며 자신이 미친 게 아닌가 생각했다. 한 여자가 눈에 거슬린다. 그것도 자신의 고백을 단박에 거절한 여자가.

"미쳤지, 아주 미쳤어."

그 이유로 엿 좀 먹이려고 달려간 촬영장에서 자신이 아닌, 다른 남자의 편을 들고 나서는 그녀를 보며 또 화가 치밀어 올랐다. 아주 제정신이 아니다. 이건 미친 거다.

"박정우 정신 차려라……."

어깨를 축 늘어트리며 커피를 한 모금 마시는데 자꾸만 그녀의 얼굴이 머릿속에 둥둥 떠다닌다. 잔뜩 미간을 찌푸리며 고개를 내저었지만 그녀의 대한 생각을 떨쳐 내기엔 역부족이었다.

"박정우!"

하이 톤의 목소리로 누군가 정우를 불렀다. 멍한 표정으로 앉아 있던 그가 소리가 나는 쪽으로 고개를 돌렸다. 나영이었다. 높은 하이힐을 신고 뚜벅뚜벅 걸어온 그녀가 정우 반대편 자리에 풀썩 주저앉았다.

"일찍 왔네?"

나영은 가방을 내려놓으며 이야기했고, 종업원의 등장에 커피 한 잔을 주문했다.

"야, 그런데 너 표정이 왜 그래?"

"별 거 아냐."

툴툴거리는 정우를 보며 나영은 삐죽 입술을 내밀었다. 곧이어 주문한 커피가 나영의 앞에 놓여졌고, 김이 모락모락 나는 커피를 한 모금 마시며 말을 이어 갔다.

"우리 아빠는 완강해. 내 말 들을 생각도 안 해. 넌 아저씨랑 얘기해 봤어?"

"아니."

"야, 어쩌려고 그래."

"우리가 싫다는데, 어쩔 건데?"

"그러다 경호원들한테 끌려서 강제 결혼식 하고 싶냐? 일단 좀 만나서 얘기를 좀 해 봐."

정우는 대답 대신 시선을 다른 곳으로 올리며 인상을 찌푸렸다. 나영은 그 모습에 한숨을 내쉬며 고개를 가로로 저었다. 아버지 이야기만 나오면 외면부터 하는 그였다. 얼굴만 보면 잡아먹을 듯이 으르렁거리며 화만 내는 정우의 태도에 이젠 그녀도 질린 듯했다.

"너 그런데 아까부터 영 이상하다? 똥해서는."

"별 거 아니라니까."

"별 거 아닌 건 아닌 거 같은데."

"말장난하지 마, 그럴 기분 아니니까."

"거봐. 무슨 일 있다니까. 말해 봐. 이 누님이 다 해결해 줄 테니까."

나영이 흥미롭다는 표정을 지으며 정우 쪽으로 몸을 기울였다.

정우는 그런 나영을 흘겨보다가 크흠, 헛기침을 내뱉었다. 그리고는 커피 한 모금을 들이마신 뒤, 쭈뼛쭈뼛거리며 입을 열기 시작했다.

"누나."

"응. 말해 봐."

"……아니다."

정우가 시선을 창밖으로 돌리며 입술을 굳게 다물었다. 나영은 잔뜩 인상을 찌푸리며 정우의 머리를 주먹으로 쥐어박았다.

"야, 이씨! 누구 놀려?"

"아, 왜 때려!"

"빨리 말해. 안 그럼 확 뜨거운 커피, 얼굴에다 부어 버린다."

커피를 들고 협박을 하기 시작하는 나영 때문에 정우는 알았다는 말로 그녀를 진정시켰다. 하여튼 불같은 성격하고는.

정우는 머리를 긁적이며 잠시 뜸을 들이다가 조심스럽게 다시 말을 이어 갔다.

"아, 어떤 작가 어시스트 나부랭이가 있는데, 아니다! 누나가 지금 어떤 엄청나게 가난한 사진작가 어시스트 나부랭이야. 그런데 엄청 잘생기고, 돈도 많고, 재능도 출중한 남자가 고백했어. 어떨 것 같아?"

"그게 뭐야, 네 얘기야?"

"그냥 어떨 것 같은지나 말해. 고백을 받아들일 건지 말 건지."

나영은 잠시 생각에 잠겼다. 엄청나게 잘생기고, 돈도 많고, 재능도 출중한 남자라……. 딱히 나영의 집안상, 그리고 자신의 학벌상 그런 스펙 따위를 챙길 필요는 없었지만, 일단은 상황극인지라 자신의 생각은 배제했다. 가난한 사진작가 어시스트라.

"흠, 난 일단 고백 받아."

"그렇지! 그게 당연한 거지."

"그게 너만 아니라면."

"누나!"

정우가 버럭 화를 내자 재밌다는 듯이 낄낄 웃어 대는 나영이었다.

"왜? 난 너만 아니면 뭐든 오케이야."

"장난 치지 마. 나 지금 매우 진지해."

"작가 어시스트 나부랭이라는 사람, 규헌 오빠 어시스트 희찬 씨 얘기하는 거 아냐?"

정우는 흠칫 놀란 표정으로 나영을 바라보았다. 그러자 더욱더 크게 웃음을 터트리며 말을 이어 갔다.

"아, 진짜 박정우 가지가지 한다? 건드릴 여자가 없어서 희찬 씨를 건드려? 야, 그리고 어시스트 나부랭이라니. 설마 희찬 씨가 너 찼다고 나부랭이라고 떠들면서 깽판 친 거야?"

정우는 꿀 먹은 벙어리처럼 아무런 대답을 하지 못했다. 그러자 나영이 자리에서 일어나 또다시 정우의 머리를 한 대 내리쳤다.

"아, 그만 좀 때려!"

"야, 이 화상아. 대체 넌 누굴 닮아서 그렇게 삐딱하냐?"

"그만해. 나도 지금 속 타 죽겠으니까."

"속 타면 무조건 막말해도 되는 거냐?"

"그 여자가 먼저 감히 나한테……."

"네가 뭔데? 네가 무슨 이 나라의 신이냐? 주변에 있는 여자들이 추켜세워 주고, 띄워 주니까 뭐라도 된 거 같아? 넌 그냥 일개 회사 대표 나부랭이고, 철 오질라게 없는 남자사람일 뿐이야."

나영의 말에 화가 난 정우는 결국 자리에서 벌떡 일어섰다. 차마 나영에게는 뭐라 하지 못하고 카페를 나서려는데, 그녀가 희미하게 미소를 지으며 정우를 불러세웠다.

"정우야, 내가 도와줄까?"

그는 뒤돌아 슬쩍 나영을 바라보았다. 그러자 정우를 바라보며 씩 웃어 보이는 그녀였다.

"됐어."

"후회할 텐데?"

"됐다니까?"

"진짜?"

나영이 어깨를 으쓱이며 말하자 약이 오른 정우는 얼른 카페 밖으로 나섰다. 바로 앞에 세워 둔 차에 올라타려고 차 키를 꺼내 들었을 때, 그는 잠시 몸을 움찔거리며 멈춰 섰다. 그리고는 한숨을 길게 내쉬며 다시 카페 안으로 들어가기 시작했다.

"그래서, 어떻게 도와줄 건데?"

다시 나영의 맞은편 소파에 앉은 정우가 입을 삐죽거리며 나영을 쳐다보았다. 나영은 그런 정우의 귀여운 듯 씨익 입가에 환한 미소를 띠었다.

'일단은 좀 낮춰.'

'무슨 소리야, 낮추라니.'

'너 그 성격을 불같은 성격 좀 죽이라고. 화내지 마. 그리고 나부랭이든, 뭐든 깎아내리는 말 같은 거 하지 마. 일단은 무조건 잘못했다고 해.'

'내가 왜?'

'확— 너 자꾸 그럼 안 도와준다?'

'아, 알았어!'

'그리고 내일 내가 규헌 오빠랑 인터뷰 촬영이 있어. 내일 너도 그쪽으로 와. 그날 아마 희찬 씨도 올 거니까. 내가 규헌 오빠랑 촬영할 때, 넌 희찬 씨한테 일단 잘못했다고 비는 거야, 오케이?'

정우는 어제 나영이 했던 말을 상기시키며 주차장에 차를 세웠다. 아무리 생각해도 미친 짓이었다. 무조건 사과를 하라니. 먼저 고백을 거절한 건 희찬이었고, 그녀가 사과를 해도 용서해 줄까 말까 한 이 상황에서 나영의 말을 듣기에는 너무도 자존심이

상했다.

"아씨, 그냥 돌아갈까……."

정우는 차에서 내리지 않고 깊은 한숨을 내쉬었다. 촬영장 스튜디오까지는 오긴 했다만 역시나 용기가 나진 않았다. 정우는 머리를 부여잡고 핸들에 머리를 툭툭 박다가 심호흡을 크게 하고는 차에서 내려 스튜디오로 가기 시작했다. 엘리베이터에 탄 정우는 그 어느 때보다 긴장한 상태였다. 한 여자에게 고백했다 차이고, 어제 그렇게 유치한 짓까지 벌인 상황에서 또 앞에 나타나 미안하다고 사과를 하다니.

정우가 울상을 지으며 벽에 기대었을 때, 엘리베이터가 도착하며 문이 열리었다. 정우는 헛기침을 내뱉으며 조심스럽게 스튜디오로 향했다. 촬영 준비를 하는 스태프들 사이로 나영과 규헌, 그리고 희찬이 보이기 시작했다.

"왔어?"

나영이 먼저 정우를 발견하고는 손을 흔들었다. 그와 동시에 규헌과 희찬의 시선도 그에게 향했다. 어제 그렇게 깽판을 치고 가 버려서인지 규헌은 매우 좋지 않게 그를 바라보았다. 정우는 그런 규헌의 시선을 무시하고는 나영에게 뚜벅뚜벅 걸어가기 시작했다.

"촬영은 언제 시작하는데."

"왜, 얼른 희찬 씨와 둘이 있고 싶어?"

"아, 목소리 좀 낮춰."

정우가 힐끗 희찬을 바라보며 말했다. 나영은 그 광경이 너무 재밌는 듯 킥킥 웃어 댔다. 그러자 정우는 잠시 화장실 좀 가겠다는 말과 함께 얼른 스튜디오를 빠져나갔다. 나영은 희찬과 멀어지는 정우를 번갈아 가며 쳐다보았다. 단 한 번도 여자에게 진심으로 다가간 적이 없었던 정우였다. 작업을 걸어도 항상 적당선을 지켰고, 이렇게 무작정 누군가를 따라다닐 정도의 바보짓은 하지 않았다. 나영은 희찬 앞에서 달라지는 정우의 행동에 자신의 턱을 매만지며 입가에 오묘한 미소를 띠었다.

규헌이 메이크업을 끝냈을 때쯤, 나영이 옷을 갈아입고 그의 앞에 모습을 드러냈다. 규헌을 보며 해맑게 인사를 건넸지만 여전히 그녀의 인사를 무시하는 그였다. 감독은 그런 둘을 번갈아 보며 어색하게 웃어 보였다.

"둘이 사이좋은 콘셉트니까요. 웬만하면 서로 칭찬도 하고 해 주세요. 아셨죠?"

감독의 말에 대답하는 건 나영뿐이었다. 규헌은 그럴 마음이 전혀 없다는 듯 시선을 다른 쪽으로 돌리었다.

"세트가 흔들리는 거 같은데? 거기 잘 박아 둔 거야?"

"걱정 마세요! 잘 박고 있습니다."

아직 세트 귀퉁이가 덜 완성됐는지 세트를 고치는 소리가 규헌의 귀를 울렸다. 그리고 그 소리에 맞춰 앞으로 흔들거리는 세트장은 금방이라도 규헌을 덮칠 것만 같았다. 그는 인상을 찌푸리며 한숨을 푹 내쉬었다. 뭐, 스태프가 잘 알아서 하겠지? 하는 마음에 고개를 다시 돌렸다.

"그럼, 잘 부탁합니다. 두 분!"

감독이 설명을 마치고 제자리로 돌아섰다. 세트를 고치는 스태프도 마무리가 끝냈는지 더 이상 망치질 소리는 들리지 않았다.

감독의 큐 사인과 함께 카메라에 불이 들어왔다. 옆에 있는 진행자의 첫인사와 함께 녹화가 시작됐다. 희찬은 가슴을 졸이며 규헌에게서 시선을 떼지 못했다. 또 저번처럼 자리를 박차고 나올까 봐 노심초사하는 마음이 컸기 때문이다. 물론, 이번에는 규헌이 다시 하겠다고 마음을 먹었으니 절대 그럴 일이 없다고 생각은 하지만 불안한 마음은 여전했다.

촬영이 시작되었다. 감독과 리포터는 마른침을 꿀꺽 삼켰다. 그때, 스튜디오로 모습을 드러낸 정우는 조심스럽게 희찬의 옆쪽으로 다가갔다. 그녀는 다가오는 발걸음 소리에 살짝 뒤를 돌아보았고, 다가오던 정우와 눈이 마주치자 몸을 움찔거렸다. 정우도 마찬가지였다. 조심스럽게 다가가 천천히 말을 걸려 했는데 갑작스레 눈을 마주치자 생각해 놓았던 말조차 떠오르지 않았다. 그는 헛기침을 내뱉으며 멈췄던 발걸음을 옮겨 희찬의 옆에 섰다.

"뭐……하냐."

정우가 소심하게 말을 걸자 희찬은 손을 꼼지락거리며 기어들어 가는 목소리로 대답했다.

"촬영하는 거 보고 있죠. 뭐하겠어요?"

의도치 않게 퉁명스러운 말투가 나오자 희찬은 살짝 입술을 깨물었다. 저번에 고백에 대해서는 미안하다고 말을 해야 하는데. 고개를 푹 숙인 채 어떻게 말을 해야 할지 몰라 낮게 숨만 내쉴 뿐이었다.

촬영이 끝났다. 여전히 딱딱한 말투의 규헌이었지만 그래도 인터뷰에 충실하려는 모습이 나영의 눈에 보였다. 촬영이 끝나자 진행자가 먼저 규헌과 나영에게 깍듯이 인사를 건네고 자리를 떴다. 촬영 스태프들도 세트장 정리에 위해 모두 바삐 움직이고 있었다.

"오빠."

나영의 목소리에 규헌은 무표정한 얼굴로 그녀를 바라보았다.

"오늘 고마워."

"너 때문이 아니야. 그저 방송 때문이었어."

"그래도 고마워."

"고마워할 필요 없어."

규헌이 단호하게 말을 끝내고 가려 했지만 나영은 그의 옷소매를 움켜쥐었다. 바삐 움직이는 사람들 틈에 그들만 시간이 멈춰 있는 것만 같았다. 규헌은 반대쪽 손으로 옷소매를 잡은 그녀를 억지로 떼어 냈다.

"다시는 이런 자리 만들지 마라."

단호하고도 싸늘한 규헌의 말에 나영은 힘없이 손을 내리고 멀어지는 그를 바라보았다. 아무리 해도 잡을 수 없는 건가? 자신의 잘못을 용서해 줄 수 없는 건가? 나영은 차오르는 눈물을 참으려고 소파 시트를 꾹 손으로 잡았다.

규헌은 발걸음이 무겁게 느껴졌다. 자신의 옷소매를 잡았던 나영의 손 느낌이 아직도 남아 있다. 규헌은 뒤돌아 그녀의 얼굴을 보고 싶었지만 애써 마음을 가다듬으며 한숨을 깊게 내쉬었다. 그리고 고개를 들어 희찬을 부르려던 그때, 우탕탕탕, 무언가 무너지는 소리가 규헌의 뒤로 들려왔다.

"꺄악!"

한 여자 스태프의 비명 소리에 규헌은 몸을 움찔거렸다. 아주 잠깐이었던 그 찰나, 설마 하는 생각이 머릿속에 스쳐 가자 그는 차마 뒤돌아볼 수가 없었다. 삐거덕거리며 움직이던 세트장, 그리고 그 아래 혼자 남겨 둔 나영. 규헌이 불안함에 주먹을 꼭 쥐었을 때 감독의 목소리가 스튜디오를 울리기 시작했다.

"윤 작가님!"

그 목소리에 규헌은 얼른 뒤돌아 세트장을 바라보았다. 이미 나영의 모습은 보이지 않았다. 세트장이 무너져 그녀가 앉아 있던 자리도 보이지가 않았다. 순간 머릿속이 새하얘졌다.

"어머, 어떡해! 윤 작가님! 저기요! 이것 좀 어서 들어 주세요!"

"이봐! 얼른 들어내! 어서!"

무너진 세트를 들어내라는 감독과 작가의 애타는 소리와 함께 주변에 있던 스태프들이 얼른 무너진 세트를 들어내기 시작했다. 그리고 간신히 들어낸 세트 안에 쓰러져 있는 나영의 모습이 보였다.

무너진 세트를 보고 놀란 정우는 어느새 달려와 얼른 그녀를 감싸 안았다.

"누나, 누나! 정신 차려. 누나!"

정우가 그녀의 이름을 애타게 불렀지만 이미 그녀는 정신을 잃은 듯했다. 정우는 휴대폰을 꺼내 들었다. 얼른 구급차를 불러야겠다는 생각에 번호를 누르려던 찰나, 그의 손에 잔뜩 묻어난 피를 보고 입을 다물지 못했다. 그건 나영의 피였다. 이마에서 흘러내리는 새빨간 피에 정우는 순식간에 얼굴이 굳어져 버렸다. 그리고 점점 그의 귓가에도 사람들의 목소리는 사라져 갔다.

"비켜!"

그때, 어느새 세트장으로 달려온 규헌이 정우를 밀어내고 나영을 제 품에 안았다. 그리고는 뭐라 말할 틈도 없이 그녀를 안고 무작정 뛰기 시작했다. 희찬이 그의 뒤를 따라가려 얼른 자리에서 일어섰다가 문득 정우가 떠올라 뒤를 돌아섰다. 여전히 자리에 주저앉아 제 손에 묻은 피만 보고 있는 정우의 모습에 그녀는 얼른 그에게 다가가 팔을 잡아당겼다.

"뭐해요, 대표님! 얼른 일어나요! 따라가야죠!"

정우는 아무런 미동조차 없었다.

"대표님!"

정우를 흔들며 소리쳤지만 여전히 그는 혼이 나간 상태였다. 제 손에서 눈을 못 뗀 채 덜덜 떨기만 하는 그의 모습에 희찬은 한숨을 푹 내쉬었다. 그리곤 그의 손에 묻은 피를 제 옷으로 닦아 내기 시작했다.

"대표님, 일어나요. 네? 정신 좀 차려요. 제발!"

피를 어느 정도 닦아 낸 뒤 정우의 뺨을 때리며 말하자, 그제야 그의 시선이 희찬에게 멈춰 섰다.

"……누, 누나는?"

"지금 작가님이 데리고 내려가셨어요. 빨리 우리도 따라가요."

희찬이 정우를 일으켰다. 아직도 정우의 손은 덜덜 떨리고 있었다. 희찬은 그런 그의 손을 꽉 잡고 얼른 스튜디오를 빠져나갔다.

"단순한 뇌진탕입니다. 외상이 있었지만 다행히도 심하진 않았습니다. 3일 정도 안정을 취하시고 퇴원하시면 될 것 같습니다."

의사는 걱정하지 말라는 듯 인자한 웃음을 지으며 희찬과 정우에게 말했다. 그제야 한숨을 푹 내쉰 희찬은 다리에 힘이 풀려 병실 앞에 있는 의자에 풀썩 주저앉았다. 어찌나 놀랬는지 아직도 심장이 빠르게 뛰고 있었다. 멍하니 자리에 앉아 있다가 문득 자신이 정우의 손을 여태까지 잡고 있었다는 것을 알고 얼른 그의 손을 뿌리치듯 놓았다.

정우도 희찬의 손을 잡고 있었던 것을 그제야 눈치를 채고 당황한 듯 헛기침을 내뱉었다. 그리고 자신의 손에 묻은 핏자국을 보고 두 눈을 질끈 감았다. 이제는 괜찮은 줄 알았는데 여전히 피만 보면 그는 온몸이 굳어졌다. 트라우마라는 게 이렇게 무서운 것이었나. 그는 피식 실없이 웃음을 내뱉고 한숨을 푹 내쉬었다.

"……괜찮아요?"

희찬이 조심스럽게 묻자 정우가 슬쩍 고개를 들어 그녀를 바라보았다. 걱정스런 얼굴로 자신을 쳐다보는 그녀의 모습에 헛웃음을 내뱉으며 말을 이어 갔다.

"내가 다친 것도 아닌데 뭐."

"손…… 떨고 있잖아요."

희찬은 정우의 손을 가리키며 말했다. 그랬다. 아직도 그의 손은 덜덜 떨리고 있었다. 정우는 피식 웃으며 애써 손을 떨지 않으려고 주먹을 꽉 쥐었다.

"윤 작가님이랑 정말 각별한 사이신가 봐요. 그렇게 걱정하시는 거 보면."

"뭐?"

"너무 걱정되셔서 지금 손까지 떠셨잖아요. 아깐 완전히 넋이 나가셔서는."

희찬의 물음에 정우의 얼굴이 잔뜩 굳어졌다. 지금 누구랑 누구를 엮은 거야, 이 여자가. 정우는 고개를 좌우로 흔들며 또박 또박한 말투로 그녀의 말을 반박했다.

"나랑 누나는 그런 사이 아니거든?"

"에이, 딱 보면 알죠."

"친하긴 하지만 그냥 진짜 딱 누나, 동생 사이야."

쳇, 누굴 호구로 아나? 그렇게 걱정해 놓고선 내빼기는.

희찬이 코웃음을 치며 고개를 돌리자 정우는 픽 웃으며 말을 이어 갔다.

"야, 너 설마 질투해?"

"지, 질투라니요?"

"진짜 질투인 거야?"

"아니에요! 질투는 무슨!"

"맞고만, 뭘!"

정우가 장난스런 말투로 희찬을 놀리자 삐친 그녀는 더 이상 아무런 말도 하지 않았다. 정우는 그런 그녀가 귀엽게만 느껴졌다. 그제야 조금 어색함이 사라진 듯한 둘의 사이. 정우는 그제야 입가에 미소를 띠며 안도를 했다. 그리고는 입술을 잘근잘근 깨물며 조심스럽게 다시 말을 이어 갔다.

"미안해."

아까 촬영장에서 하려고 몇 번이나 시도했었지만, 어색한 희찬에게는 차마 입이 떨어지지 않았다. 그제야 내뱉은 미안하다는 한마디. 정우는 고개를 푹 숙이고 말을 이어 갔다.

"그냥 좀 화가 나서, 난동 피운 거였는데……. 아, 아무튼 미안해!"

생각지도 못한 정우의 사과. 희찬은 조금 놀란 표정으로 그를 바라보았다. 민망한지 귀가 새빨개진 그의 모습에 그녀의 입가에 희미한 미소가 피어올랐다.

"저한테 미안하다고 하시면 안 되죠. 작가님 촬영을 방해한 건데, 나중에 작가님께 사과하세요."

끝까지 작가 편들긴. 정우는 입을 삐죽거리며 속으로 규헌은 언제가 꼭 밟아 버리겠노라고 다짐을 했다.

"저도 죄송했어요."

속으로 규헌의 대한 욕을 한 바가지 퍼붓고 있는데 희찬이 정우에게 조심스럽게 말을 건넸다. 놀란 정우가 고개를 들고 희찬을 바라보았다. 그녀는 헛기침을 내뱉으며 민망함을 표현했다.

"그냥 고백이 너무 당황스러워서 저도 모르게 튀어나온 말인데, 그렇게 화가 나실 줄은 정말 몰랐어요. 사실, 뭐라고 대답을 해야 할지 몰라서. 대표님이 아주 싫은 건 아닌데 좋다고 하기도 좀 뭐하고, 그래서 싫다고 하긴 했는데 그렇게 싫은 건 아니고……."

같은 말을 계속 반복하며 어쩔 줄 몰라 하던 희찬의 얼굴은 점차 붉게 변하고 있었다. 정우는 그런 희찬을 보며 픽 웃음을 내뱉었다. 그제야 그녀가 고개를 들고 정우를 바라보았고, 그는 어깨를 으쓱이며 말했다.

"야, 나도 사실 너 엄청 좋아하는 거 아니거든?"

"……."

"그냥 나도 엄청 좋은 건 아니고, 그렇다고 싫은 거라고 대답할 수도 없고. 그래서 그냥 좋다고 한 건데, 뭐. 그렇게 신경 쓰지 마."

쿨한 척 손을 들어 보이며 말하는 정우의 모습에 희찬은 살짝 고개를 갸웃거렸다. 정우가 희찬을 따라 고개를 갸웃거리자 그녀는 그제야 피식 웃음을 터트렸다.

병실 안은 고요했다. 머리에 붕대를 감은 채 누워 있는 나영, 그리고 그녀를 묵묵히 서서 지켜보기만 하는 규헌밖에 없었기 때문이다. 고요함 속에 나영의 숨소리가 고르게 울려 퍼졌.

규헌은 한숨을 푹 내쉬며 이내 몸을 돌려 병실을 나가려 했다. 그때 나영이 규헌의 손을 조심스럽게 감싸 쥐었다. 놀란 규헌이 뒤돌아서자 씩 웃고 있는 그녀의 얼굴이 보였다. 그제야 안심이 된 규헌이 작게 한숨을 내쉬었지만 애써 태연한 척 무덤덤한 표정을 지었다.

"의사가 가벼운 뇌진탕이래. 3일 정도 입원하고 안정을 취한 다음 퇴원하랬어."

"……가지 마."

나영의 애달픈 목소리로 규헌에게 말했다. 그녀는 자신의 상태는 그다지 궁금하지 않았다. 그냥, 규헌이 자신의 옆에 있어 주기만을 바랐다. 예전처럼 따뜻한 미소를 보여 주며 제 옆에 있어 주기만을 바라고 있었다. 하지만 규헌은 나영의 기대를 저버리듯 그녀의 손을 조심스럽게 놓았다. 규헌의 손에서 따뜻함이 사라졌다.

"간다."

그의 말이 떨어지기 무섭게 그녀가 몸을 일으켰다. 나영은 어지러움에 인상을 잔뜩 찌푸렸지만 제 머리보다는 규헌을 잡는 게 우선이었다. 그녀는 그의 팔을 꽉 두 손으로 잡았다.

"미안해, 오빠. 내가 다 미안해."

그녀가 흐느끼듯 말했다.

"그냥 너무나 화가 났어. 무심한 오빠 태도가 너무 화가 났어. 익숙해진 줄 알았는데. 그랬는데…… 정말 미안해. 그래도 내가 그러면 안 되는 거였는데…… 그러면 안 되는 거였는데. 나 정우랑 그냥 누나, 동생 사이야. 그때도 그랬고, 지금도 여전해. 정말이야. 오빠 믿어 줘. 정말, 정말이야……."

그녀가 운다. 꽉 그의 팔을 잡은 채. 규헌은 애써 그녀의 눈물을 외면하려고 몸을 돌렸다. 그는 다 알고 있었다. 나영과 정우가 아무 사이도 아니라는 것을. 사진과 편지를 받았을 때도 이미 알고 있는 사실이었다. 하지만 아무런 말 없이 그녀의 헤어지자는 말에 응했다.

규헌은 자신에게 자신이 없었다. 나영의 앞에서 한없이 작아지는 자신이 싫었다. 보잘것없는 집안에서 태어나 재능 하나로 정상에 올라온 그와는 달리, 나영은 어렸을 때부터 빵빵한 집안에 딸로서 부유하게 자라 왔다. 처음엔 그게 뭐 대수냐, 라는 생각에 아무렇지 않게 생각했지만 가면 갈수록 자신도 모르게 나영을 시기 어린 눈으로 바라보게 되었다.

사랑했다. 지금도, 예전에도 나영을 사랑했다. 하지만 나영을 사랑하는 마음으로만 바라볼 수 없는 자신이 너무나도 싫었다.

그 마음은 나영이 유학을 가던 날 극에 달했다. 단 한 번도 유학이라곤 생각해 본 적이 없던 규헌이었다. 집안 형편이 좋지 않았기에 유학을 간다는 건 그에게 꿈같은 일이었다. 그런데 나영이 먼저 규헌에게 제안을 했다. 유학을 함께 가자고. 자신이 모든 걸 다 해 줄 테니 자신과 함께 유학을 가자고.

"누워서 쉬어."

"오, 오빠! 가지 마. 오빠!"

"……."

"내가 다 잘못했어. 내가 다 미안해. 용서해 줘. 오빠. 오빠."

"넌 잘못한 거 없어."

"……오빠."

"그러니까 미안해하지도 마."

그냥 내가 못 견뎌 냈을 뿐이야, 바보같이. 규헌은 나영의 손을 뿌리치고 병실을 나섰다.

규헌이 병실을 나오자 희찬이 놀라 벌떡 자리에서 일어섰다.

"자, 작가님!"

"야, 유희찬!"

정우가 애타게 희찬을 불렀지만, 그녀는 쪼르르 규현의 뒤를 따라갈 뿐이었다. 정우는 자리에서 일어나 멀어지는 희찬과 규현을 바라보았다. 그리고는 이를 바드득 갈며 다시 의자에 앉으려는데 살짝 열린 병실 문틈으로 흐느끼는 소리가 들려왔다.

나영이 목 놓아 울고 있었다. 정우는 멍하니 그녀의 모습을 바라보며 잔뜩 표정을 굳혔다. 그리고는 사라져 가는 규현의 뒷모습을 노려보며 낮게 욕을 읊조렸다.

나영이 입원하고 며칠 뒤, 해가 중천에 떠 있었지만 그녀는 이불을 꼭 껴안고 달콤한 잠에 취해 있었다. 하지만 그녀의 달콤함도 잠시, 갑자기 울리는 초인종 소리에 그녀의 미간이 잔뜩 찌푸려졌다. 그녀는 무시하고 다시 잠에 청하려 했지만 또다시 울리는 초인종 소리에 이불을 얼굴 위로 덮었다. 하지만 초인종 소리는 멈추지 않았다. 몸부림치며 귀를 막아 보려 했지만 쉴 새 없이 울리는 초인종 소리에 그녀는 결국 힘겹게 몸을 일으켰다.

"이른 아침부터 누구야, 진짜……."

평일이라면 당연히 출근하고도 남을 시각이었지만 오늘은 일요일이다. 그녀는 다 떠지지 않은 눈을 비비며 현관문을 열었다. 철컹, 소리와 함께 문틈 사이로 들어온 찬바람이 휙 희찬의 몸을 훑고 지나갔다. 부르르 떨며 게슴츠레 뜬 눈으로 앞을 바라보다 그는 화들짝 놀라며 두 눈을 크게 떴다.

"뭐야, 아직도 자고 있었어?"

정우다. 박정우. 놀란 희찬이 안절부절못하며 헝클어진 머리를 손으로 대충 빗어 냈다. 이른 아침부터 이 사람이 여기는 왜 온 거지? 당황스런 얼굴로 그를 바라보았지만 정우는 태연하게 신발을 벗고 거실 안으로 들어섰다.

"뭐 어느 정도 예상은 하고 있었지만 진짜 자다 일어날 줄은 몰랐네. 난 거실 소파에 앉아 있을 테니 얼른 준비하고 나오시죠, 레이디?"

그가 싱긋 웃으며 말하곤 쓱 그녀를 지나 소파에 철퍼덕 앉았다. 그리고는 마치 자기 집인 것마냥 텔레비전을 시청하는 정우였다. 그의 행동이 어이없었지만 희찬에겐 일단 자신의 꼴이 먼저였다. 그 어떤 남자에게도 이렇게 부스스한 모습을 보여 준 적이 없었다. 그녀는 원망스러운 표정으로 그를 바라보며 얼른 욕실 안으로 들어갔다.

정우는 욕실 문이 닫히는 소리에 텔레비전으로 향하고 있던 시선을 돌려 욕실 문을 바라보았다. 그리고는 킥킥 웃음을 내뱉으며 소파에 풀썩 누워 몸을 웅크렸다.

"아— 웃겨."

여러 여자들과 아침을 맞이했지만 저렇게 귀엽게 부끄러워하는 건 처음인 것 같았다. 그냥 확 껴안아 침대로 들고 가 버리고 싶은 마음이었지만 그랬다간 또 성추행이냐 뭐냐 들먹이며 자신에게 잔소리를 늘어놓을 것만 같았다. 아, 진짜 나 미쳤나 봐.

정우는 입가에 머금고 있던 미소를 지웠다. 그리고는 크흠, 헛기침을 내뱉으며 다시 텔레비전 프로그램에 집중하려 노력했다. 하지만 그때 들리는 물줄기 소리에 정우는 다시 욕실로 스르륵 고개를 돌렸다. 이것도 많이 들어 본 소리이다. 호텔에서 저녁, 아침마다 매일매일 듣던 물소리인데 정우는 잔뜩 긴장한 얼굴로 마른침을 꿀꺽 삼켰다.

"아, 미친……."

정우는 제 머리를 흔들며 다시 텔레비전에 집중했다. 하지만 그의 귀에는 흐르는 물소리밖에 들리지 않았다. 그는 애써 물소리를 무시하기 위해 텔레비전 볼륨을 높이기 시작했다. 거실에는 시끄러운 오락 프로그램 소리가 웅웅 울렸다.

희찬은 욕실을 나오자마자 시끄러운 텔레비전 소리에 인상을 찌푸렸다. 그리고 마치 제집 소파처럼 누워 있는 정우의 태도에 더더욱 인상이 구겨졌다. 그녀는 저벅저벅 정우 앞으로 다가가 리모컨을 뺏어 들고는 텔레비전 볼륨을 줄였다. 그리고는 화가 난 얼굴로 정우를 내려다보았다.

"다 씻었어?"

정우가 태연하게 말을 걸며 소파에서 몸을 일으켰지만 희찬의 젖은 머리에서 물이 뚝뚝 떨어지는 것을 보고 잔뜩 긴장한 듯 얼굴을 굳혔다. 애써 시선을 돌리려고 했지만 바닥에 깔린 러그에 뚝뚝 떨어지는 물소리가 심하게 귀에 거슬렸다.

"무, 물 떨어지잖아! 얼른 안 말려?"

정우가 소리를 빽 지르자 희찬이 고개를 갸웃거렸다. 지금 소리 지르고 싶은 사람이 누군데, 적반하장도 유분수지. 희찬이 코웃음을 치며 들고 있던 수건으로 머리를 감싸 매고 물기를 털어내기 시작했다.

정우는 멍하니 희찬을 보며 침을 삼켰다. 아니, 그런데 왜 방에 들어가서 말리지 않고 여기서 말리는 거야. 정우는 입술을 꽉 깨물며 그녀를 쳐다보다 이내 벌떡 자리에서 일어서며 소리쳤다.

"드라이기 어디 있어!"

"네?"

"드라이기! 드라이기 어디 있냐고!"

그의 말에 희찬은 손가락으로 서랍장을 가리켰다. 정우는 빠르게 서랍장에서 드라이기를 꺼내 주변을 두리번거리며 전기코드를 찾아 헤맸고, 소파 옆에서 전기 코드를 발견한 그가 코드를 꽂고 희찬을 억지로 소파에 앉혔다.

"왜 이래요?"

"가만있어!"

정우는 화를 내며 드라이기로 희찬의 머리를 말리기 시작했다. 윙 소리와 함께 자신의 젖은 머리를 말리는 그의 손길에 희찬은 그저 헛웃음만 나왔다. 갑자기 왜 이런데? 그녀는 고개를 슬쩍 돌려 물끄러미 정우를 바라보았다. 정우가 신중하게 그녀의 머리를 말리다가 그녀의 시선에 머리를 말리던 손을 멈추었다. 물끄러미. 대체 지금 뭐하는 거예요? 하고 물어보는 듯한 얼굴에 정우는 순간적으로 얼굴이 달아오르는 것을 느꼈다.

"아, 아, 아!"

갑자기 소리를 지르며 드라이기를 끄고 자리에서 일어섰다. 대체 왜 저래? 라는 얼굴로 희찬이 멀뚱히 바라보자 정우는 빨갛게 달아오른 제 얼굴을 가리며 갑자기 현관문으로 달려갔다.

"나, 나는 밖에서 기다릴 테니까 얼른 준비하고 나와!"

쾅, 현관문이 닫히는 소리와 함께 그의 인기척이 사라졌다. 순식간에 조용해진 집 안에는 그가 틀어 놓은 텔레비전 소리만이 울렸다. 희찬은 멍하니 그가 놓고 간 드라이기를 바라보았다.

"뭐야, 저 사람……."

정말 보면 볼수록 이해가 가지 않는 사람이다.

"와, 저 여자 진짜 와!"

차디찬 바람을 맞으며 정신을 차린 정우는 희찬의 집을 바라보며 소리쳤다. 무서운 여자다. 한 번도 여자 앞에서 당황한 적이 없는 그를 당황시킨 아주 무서운 여자다. 정우는 아까 희찬에게서 받은 묘한 느낌에서 헤어 나올 수가 없었다. 정말 이상하다. 젖은 머리를 한 여자를 그렇게나 많이 봐 왔는데, 천하의 박정우가 여자 앞에서 긴장을 하다니. 정말 이건 콩깍지가 씌어도 단단히 씐 것이 분명했다.

정우는 자신의 차에 기대어 두 눈을 질끈 감았다. 살다 살다 이렇게 당황스러운 적은 처음이었다. 여자 앞에서, 그것도 천하의 바람둥이라고 불리는 박정우가 얼굴까지 빨개져서 집을 뛰쳐나오다니. 그는 원망 섞인 시선으로 희찬의 집을 바라보며 중얼거렸다.

"……완전 소름 끼치도록 무서운 여자 같으니라고."

정우는 이를 바드득 갈며 찬바람을 피해 얼른 차에 올라탔다.

"진짜 말 안 해 줄 거예요?"

"응."

희찬은 조수석에 앉아 뚱한 표정으로 그를 바라보았다. 갑자기 집에 쳐들어와서는 카메라만 챙겨 들고는 나오란다. 어디 가냐고 계속 물었지만 정우는 입가에 미소만 지을 뿐, 전혀 입을 열지 않았다.

"다 왔다."

정우가 드디어 달리던 차를 멈춰 세웠다. 멍하니 휴대폰만 보고 앉아 있던 희찬은 정우의 말에 그제야 창밖 풍경을 제대로 바라보았다.

"우와—"

그녀가 차 문을 열며 제 눈에 보이는 광경에 탄성을 내질렀다. 바다같이 넓고 예쁜 에메랄드빛의 호수가 그녀의 앞을 가득 메우고 있었다. 신기한 듯 그녀가 천천히 호수 가까이 다가섰다. 자잘한 돌이 밟히고, 호수와 경계선엔 예쁜 모래알들로 가득했다. 군데군데 살얼음들이 얼어붙어 바스락거리는 소리도 들렸다.

"어때? 마음에 들어?"

정우가 어깨를 으쓱이며 희찬에게 물었다. 그녀는 아이처럼 해맑게 웃으며 고개를 끄덕였다. 날이 추웠지만 그 추움은 금세 잊혀질 만한 광경이었다. 희찬은 갖고 있던 카메라를 들었다. 사진작가를 꿈꾸는 그녀에게는 더없이 사진 찍기 좋은 장소였다. 이렇게 예쁜 광경을 당장에라도 카메라에 담고 싶었다. 지금 제 눈으로 보는 광경보다 더 멋지게 말이다.

셔터 소리가 멈추지 않았다. 정우는 그런 희찬을 보며 픽 웃으며 차로 돌아가 자신이 가져온 카메라를 꺼내 들었다. 한눈에 봐도 전문가 뺨치는 그의 카메라였다. 그는 희찬과 살짝 멀리 떨어져 호수와 함께 희찬의 모습을 담았다.

"예쁘네."

정우는 이 호수에 누군가와 같이 온 건 처음이었다. 갓 스무 살이 되어 면허를 땄던 그때, 처음 드라이브를 하면서 이곳을 발견했다. 사람의 손때가 묻지 않은 이곳, 서울 근방에 이런 곳이 있다는 건 아주 희귀하고 신기한 일이었다.

"유희찬!"

정우가 큰 소리로 희찬의 이름을 불렀다. 그녀는 슬쩍 그가 있는 곳으로 얼굴을 돌렸다. 그러자 찰칵, 하는 경쾌한 셔터 소리와 함께 그녀의 얼굴이 정우의 카메라에 정면으로 담겼다.

정우는 카메라를 내리고 씨익 웃었다. 그러자 희찬은 입을 삐죽 내밀며 그에게 소리쳤다.

"초상권 침해로 고소할 겁니다!"

그녀의 우렁찬 목소리에 정우는 웃음을 크게 터트렸다. 참나, 초상권 침해한 건 자기가 먼저였으면서. 그런 말은 전혀 자신에게 통하지 않는다는 듯 어깨를 으쓱이며 그는 또 뾰로통한 희찬의 얼굴을 자신의 카메라에 담았다.

"아, 그만 찍어요!"

"아이고, 못생겼다!"

"그거 지워요! 어서!"

"싫은데?"

"대표님!"

희찬이 정우에게 달려들었지만 그의 긴 다리를 따라가기엔 역부족이었다. 헉헉대며 멀찍이 떨어진 정우를 원망스런 표정으로 바라보았다. 그러자 장난기 어린 얼굴로 그가 그녀에게 소리쳤다.

"오빠라고 부르면 이 사진 지워 줄게!"

"네?"

"대표님이라고 부르는 거 지겹잖아. 다정하게 오빠라고 불러 보라고!"

"미, 미쳤어요?"

"싫으면 말고. 이 사진 인화해서 지갑에 넣고 다녀야지."

헐, 가지고 있는 것도 모자라 인화까지? 희찬이 다시 그에게 달려들었지만 여전히 정우는 잡혀 주지 않았다. 한참을 그렇게 뛰다 보니 어느새 체력이 바닥이 나 버렸다. 정우도, 희찬도 더 이상을 뛸 힘이 없는 듯 자리에 주저앉아 버렸다.

"진짜 질기다, 너······."

"사진······ 당장 지워요!"

"자기는 마음대로 사진 지웠다고 뭐라 해 놓고선 나보고는 지우란다. 참나, 지금 완전 이기적인 거 알아?"

희찬은 꿀 먹은 벙어리처럼 아무런 말을 하지 못했다. 정우의 말이 모두 맞는 말이었기 때문이다. 희찬은 정우에게 찍힌 사진을 지우는 것을 포기하고 자리에서 일어났다. 하지만 정우는 또 그녀가 달려드는 줄 알고 몸을 움찔거리며 얼른 자리에서 일어섰다. 그런 그의 행동을 보고 그녀는 피식 웃음을 내뱉었다.

"이제 안 달려들 거거든요?"

"그래 놓고 나 방심한 사이에 달려들려고 하는 거지?"

"쳇, 배고파서 그럴 기력도 없네요."

희찬은 무심한 말투로 말하며 한숨을 푹 내쉬었다. 사실, 아침도 먹지 못한 상태로 여기까지 한참 차를 타고 와 뜀박질까지 하고야 말았다. 보통 일요일이더라도 이쯤에는 아침 겸 점심을 먹는 시각이었다.

"밥 먹을까?"

"먹을 거 있어요?"

"당연하지."

정우가 싱긋 웃으며 차로 달려가 트렁크를 열어 뒤적거리기 시작했다. 희찬은 멀찍이서 그를 지켜보다가 천천히 다가섰다. 그는 여러 캠핑 도구를 꺼내고 있었다. 간이의자부터 시작해 버너와 코펠까지. 거의 전문적으로 캠핑을 즐겨 하는 사람들이 쓰는 도구들은 다 있었다.

"헐, 이게 다 뭐예요?"

"내가 여기 자주 온다고 했잖아. 여기 근처엔 먹을 게 없다 보니 이렇게 다 들고 다녀."

정우가 하나하나 도구들을 꺼내자 신기한 얼굴로 그것들을 들어 보는 희찬이었다. 자주 여러 곳을 사진 찍으러 다녔었지만 이렇게 전문적으로 캠핑 도구를 가지고 다녀보지는 않았다.

정우는 물건을 다 꺼내고, 라면을 끓이기 시작했다. 보글보글 물이 끓자 정우는 라면 두 개를 반 토막 내 넣었다. 그리고 라면 수프를 넣자 진한 라면 냄새가 호숫가에 잔잔하게 퍼져 갔다.

"와, 냄새!"

"맛있겠지?"

"네!"

나무젓가락을 들고 입맛을 다시는 희찬의 모습에 정우의 입가에는 해맑은 미소가 걸렸다. 라면이 완성되자 정우가 그릇에 라면과 국물을 가득 담아 희찬에게 내밀었다. 빨리 먹고 싶어 안달이 난 표정으로 라면을 받아 든 그녀는 우렁찬 목소리로 정우에게 소리쳤다.

"잘 먹겠습니다!"

그녀는 말과 동시에 라면을 후루룩 흡입했다.

"야, 천천히 먹어."

"아, 뜨거! 와, 진짜 맛있어요!"

정우는 피식 웃음을 내뱉으며 자신도 라면을 먹기 시작했다. 항상 이곳에서 혼자 라면을 끓여 먹다가 다른 사람과 함께 마주 보며 먹으니 느낌이 색달랐다. 괜스레 라면이 더 맛있게 느껴지는 것 같았다.

라면을 다 먹고 나서도 희찬의 사진 찍기는 계속되었다. 밥을 다 먹고 나니 힘이 솟아나는지 정우가 옆에서 장난을 쳐도 전혀 개의치 않고 사진에 열중했다. 결국 심심해진 정우는 차에서 아예 잠을 청하기도 했다. 한참 그렇게 사진을 찍었던 그녀가 드디어 카메라를 손에서 내려놓았다. 그리고는 어둑해져 가는 하늘을 멍하니 바라보았다. 예쁘다. 한강 벤치에서 보던 노을보다 훨씬 더 예뻤다.

정우는 무거운 눈꺼풀을 슬쩍 뜨고는 멀뚱히 서서 하늘을 쳐다보는 희찬을 바라보았다. 벌써 어둑해지는 하늘. 놀란 정우가 벌떡 일어나 창을 열고 그녀에게 소리쳤다.

"유희찬! 이제 가자!"

희찬은 노을을 계속 보고 싶은 마음에 시무룩한 표정으로 그에게 다가섰다.

"노을 지는 거 다 보고 가면 안 돼요?"

"안 돼. 얼른 가야 해."

"약속 있어요?"

"어? 그, 그런 건 아니고."

하하, 어색하게 웃는 정우가 이상스러웠지만, 희찬은 아무 말 없이 조수석에 올라탔다. 정우는 차의 시동을 걸고 부랴부랴 차를 출발시켰다. 숲 속 한가운데 난 구불구불한 길, 올 때는 넋 놓고 와서 몰랐는데 생각보다 길이 매우 험했다. 나무로 뒤덮인 숲 속은 하늘이 전혀 보이지 않았다. 정우는 전속력을 내달리고 있었다. 왠지 무서움에 희찬은 매고 있는 안전벨트를 움켜쥐고 불안한 표정으로 그를 바라보았다.

"거의 다 왔다."

"네? 어딜요?"

그의 말이 떨어지기 무섭게 숲 속 끝과 함께 조그맣게 하늘이 보이기 시작했다. 그리고 완전히 하늘이 보였을 때, 멋진 노을이 눈앞에 펼쳐지고 있었다. 마치 사진을 보는 것만 같았다. 희찬은 함성을 내지르며 창문을 열어 밖을 바라보았다. 새들이 무리 지어 노을이 진 하늘을 가로지른다. 영화나 텔레비전에서나 볼 것만 같은 광경에 희찬은 입을 다물지 못했다.

"어때 경치 좋지?"

"진짜 멋있다."

뭔가에 홀린 것만 같았다. 이런 광경을 볼 수 있는 것 자체가. 희찬은 흠뻑 경치에 빠져 있었다. 열린 창문으로 들어오는 차디찬 바람에 그녀의 코가 빨갛게 변해 있었지만 전혀 개의치 않은 듯했다.

 노을이 지고 하늘을 까맣게 변했다. 하지만 여전히 희찬은 창을 열고 하늘을 바라보고 있었다. 차디찬 바람에 정우는 자신이 매고 있던 목도리를 벗었다.
 "유희찬."
 "네?"
 그의 부름에 고개를 돌리자 정우는 제 목도리를 그녀의 목에 감싸 주었다. 정우의 따스한 온기가 희찬의 마음을 따듯하게 했다. 그리고 은은하게 풍기는 정우의 향도 그녀에게 스며들었다. 왠지 모를 부끄러움에 희찬은 입술을 꽉 깨물었다.
 "유희찬."
 정우가 나지막한 목소리로 그녀를 또 불렀다. 시선을 올려 그를 바라보자 그의 몸이 희찬에게 어느새 바짝 다가서고 있었다. 놀란 그녀가 살짝 뒤로 몸을 뺐다. 하지만 좁은 차 안에서 그녀가 도망갈 곳은 없었다. 잔뜩 긴장한 희찬이 멀뚱멀뚱한 눈으로 그를 바라보았다. 그리고 다가오는 그의 입술에 잔뜩 졸아 있던 그때, 경쾌한 희찬의 휴대폰 벨 소리가 울렸다.
 "……."
 "……."
 순간 정적. 다가오던 정우도, 희찬도 모두 멈춰 버린 듯했다.
 "저, 전화 왔네요? 하하."

희찬이 어색하게 웃으며 말하자, 김빠진 정우가 낮은 욕을 읊조리며 제자리로 돌아갔다. 쳇, 뭐야? 분위기 진짜 좋았는데. 정우는 잔뜩 골이 난 표정으로 자신의 옆 창에 기대어 있었다. 희찬은 그런 정우를 바라보며 작게 안도의 한숨을 쉬었다. 그리곤 주머니에서 요란하게 울리는 휴대폰을 꺼내 들었다. 규헌이었다. 일요일에는 절대 전화하지 않는 사람인데, 왜지? 하는 생각에 얼른 통화 버튼을 눌렀다.

"작가님 웬일이세요?"

작가님이라는 말에 정우의 인상이 잔뜩 찌푸렸다. 강규헌 작가? 그 인간이 왜? 안 그래도 나영의 일 때문에 그나마 있던 미운 정까지 똑 떨어진 그였기에 정우는 그의 이름에 신경이 잔뜩 곤두섰다.

"작가님?"

희찬이 다시 한 번 규헌을 불렀다. 이상하게도 아무런 말이 들리지가 않았다. 작은 숨소리는 들리는데 아무런 말을 하지 않았다. 요 이틀간 규헌의 상태가 영 좋지 않은 것이 문득 생각났다. 혹여나 무슨 일이 났는가 싶어 희찬이 걱정스런 목소리로 그를 불렀다.

"작가님? 무슨 일 있으세요? 작가님!"

— 유희찬.

"네, 작가님! 뭐 어디 편찮으신 건 아니죠?"

— 어디야, 유희찬.

"아, 저 지금 서울에서 조금 멀리 나와 있는데…… 작가님 혹시 술 드셨어요?"

희찬의 물음에 규헌은 아무런 말이 없었다. 그저 긴 한숨이 들리었고, 희찬이 다시 한 번 '작가님' 하고 불렀지만 그는 매정하게 전화를 끊었다.

"뭐야, 자기가 전화해 놓고 끊어 버리네."

"그 싸가지 작가야? 뭐야, 원래 그 인간 부하 직원한테 사적으로 전화하고 그래?"

"평소에 전화 잘 안 하시는데……. 아, 근데 왜 남의 상사를 싸가지 작가라고 불러요?"

"싸가지니까 싸가지라고 부르지. 내가 뭐 틀린 말 했나?"

"나름 괜찮은 분이세요! 알지도 못하시면서."

희찬이 빽 소리치자 정우의 표정이 더 붉으락푸르락해졌다. 그리고는 아까처럼 희찬에게 가까이 다가가 그녀를 무섭게 노려보았다.

"내 앞에서 다른 남자 두둔하지 마."

그의 싸늘한 말투에 희찬은 침을 꿀꺽 삼켰다. 잡아먹을 듯한 기세의 정우의 눈빛에 희찬은 매우 당황해하고 있었다. 하지만 눈빛과는 다르게 그의 행동은 부드러웠다. 희찬의 이마에 살짝 자신의 입을 맞추었기 때문이다. 쪽, 하는 소리와 함께 그의 몸이 제자리로 돌아갔다. 그리고 그의 싸늘했던 표정도 평소처럼 장난기가 넘쳐났다.

"완전 좋았네? 내가 덮치기라도 할 줄 알았어?"

"아……. 이, 이 사람이 정말!"

평소 정우의 모습으로 돌아오자 마음이 놓인 희찬이 고래고래 소리를 질렀다. 정우는 애써 그녀의 잔소리를 무시하고는 씩 웃으며 길 한복판에 세워 뒀던 차를 출발시켰다.

규헌은 휴대폰을 내려놓고 자신 앞에 놓인 소주잔을 비워 냈다.

"이씨, 쉬는 날이라고 놀러 갔고만, 나쁜……. 아줌마, 여기 소주 한 병 더!"

규헌의 손을 흔들며 말하자 포장마차 주인이 달려와 그의 앞에 말 없이 소주 한 병을 놓아주었다. 이미 규헌이 앉은 테이블에는 빈 소주병이 세 개나 있었다. 이미 그의 얼굴에는 잔뜩 취기가 올라 있었지만 규헌은 멈추지 않고 네 번째 소주병을 따 빈 소주잔을 채웠다.

포장마차는 여러 사람으로 시끄러웠다. 회사원으로 보이는 사람들, 그리고 연인들, 친구들 모두 짝지어 술을 즐겁게 마시고 있었지만 규헌은 아니었다.

그는 긴 한숨과 함께 소주잔을 또 비워 냈다. 그리고는 포창마차 뒤로 보이는 병원 건물을 무심히 바라보았다. 아까부터 저 병원에 들어가지는 못하고 이 앞에서 술을 마시고 있었다. 속이 상했다. 바보 같은 자신이 너무 싫어서 속이 상했다. 그깟 자존심이 뭐라고, 사랑하는 사람을 앞에 두고도 가까이 다가가지 못하다니. 한심하기 짝이 없었다.

이틀 전, 자신의 손을 잡고 목 놓아 울며 가지 말라던 나영의 모습이 눈앞에 떠올랐다. 그녀가 잡은 손의 감촉도 모두 생생하게 느껴졌다. 하지만 규헌은 그녀의 손을 놓았다. 바보 같은 그는 그녀의 손을 잡아 주지 못했다.

"사과……해야 하는데."

그에게는 용기가 없다. 나약한 강규헌은 사과를 할 줄 모르는 그런 사람이었다. 그녀에게 용서를 구하고 싶은 마음이 굴뚝같았다. 다시 예전처럼 그녀의 옆에서 웃고 싶었다. 하지만 그러지 못하는 건 왜일까? 자신에게 묻고 또 물었을 때, 나오는 답은 딱 하나였다.

바보 같은 자존심.

규헌은 피식 웃음을 내뱉으며 자리에서 일어섰다. 그는 제 몸을 제대로 가두지도 못하고 비틀거렸고, 간신히 몸을 챙기며 술값을 계산했다. 돈을 받은 아줌마는 혀를 끌끌 차며 포장마차를 나서는 규헌의 쓸쓸한 뒷모습을 바라보았다. 규헌이 몸을 곧게 펴고 병원을 올려다보았다. 한숨을 내쉴 때마다 희뿌연 입김이 그의 눈앞을 가렸다. 그는 천천히 병원으로 발걸음을 돌렸다. 이틀 내내 규헌은 일을 할 수가 없었다. 나영의 걱정이 되어서. 그렇게 손을 놓고 온 자신이 너무 싫어서. 그 어느 때보다 자신이 미웠고, 용서가 되지 않았다.

나영은 충분히 반성하고 있었다. 자신이 헤어지자 했기 때문에 일이 이렇게 된 것이라 생각하는 나영은 자존심 다 버리고 규헌을 잡으려 애를 썼다. 그런데 왜, 규헌은 그 자존심 하나를 버리지 못했을까.

터벅터벅 병원 안으로 들어서자 흰 병원복을 입은 사람들이 보였다. 그는 비틀거리며 이틀 전 왔던 병실로 저벅저벅 걸어갔다. 엘리베이터를 타기 위해 문 앞에 섰지만 이상하게도 엘리베이터는 그의 맘처럼 얼른 오질 않았다. 그는 발걸음을 돌려 비상계단으로 향했다. 술에 취해 몸을 제대로 가누지 못했지만 그는 기어가듯 계단을 올라 3층에 도착했다.

비상계단을 나온 규헌은 흐릿흐릿한 눈을 비비며 제일 안쪽에 있는 나영의 병실로 향했다. 이 늦은 시각에 술 취한 사람을 보고 데스크에 있던 간호사들이 조금씩 수군거렸다. 규헌은 그런 간호사들을 뒤로한 채 나영의 병실 앞에 섰다.

윤나영. 병실 앞에 쓰여 있는 그녀의 이름을 물끄러미 바라보았다. 규헌은 픽 웃음을 지으며 천천히 병실 문을 열었다.

"······?"

썰렁한 병실 안. 규헌은 고개를 갸웃거리며 간이침대 쪽으로 발걸음을 옮겼다.

"······."

없다, 나영이. 아무도 누워 있지 않은 침대를 보고 규헌은 의아한 듯싶었다. 어딜 간 거지? 규헌은 다시 발걸음을 돌려 복도를 지나가는 간호사 한 명을 붙잡으며 말했다.

"저기, 여기 병실 쓰던 환자 어디 나갔나요?"

간호사를 슬쩍 침대를 보더니 의아한 듯 고개를 갸웃거렸고, 데스크로 향한 그녀가 다른 간호사한테 나영의 행방을 묻기 시작했다.

"301호 환자 어디 나갔어요? 병실에 없는데."

"한참 전에 잠깐 바람 쐬러 나가는 것 같던데. 아직도 안 들어오셨나?"

다른 간호사의 말에 규헌은 얼른 병원 밖으로 발걸음을 돌렸다. 완전히 어두워진 밤하늘. 쌀쌀한 날에 규헌의 입가에서는 희뿌연 입김이 퍼지고 있었다. 규헌은 병원 근처를 뒤지며 나영을 찾으려고 했지만 그 어디에도 그녀는 보이지 않았다.

"혹시, 301호 환자 돌아왔나요?"

다시 한 번 데스크로 달려간 그가 숨을 헐떡이며 말했지만 간호사는 고개를 가로로 저을 뿐이었다. 슬슬 간호사들도 그녀의 행방에 불안함을 느껴 규헌과 함께 주변을 샅샅이 뒤졌지만 나영은 끝내 보이지 않았다.

"대체 어딜 간 거야……."

간호사들은 경찰에 신고 전화를 넣었고, 규헌은 여전히 주변을 뒤지고 다녔다. 규헌의 술기운은 완전히 사라져 버렸다. 경찰들이 들이닥치고 나영의 집, 지인들에게 수소문했지만 집은 아무도 없었고, 지인들은 모른다는 대답을 할 뿐이었다.

시간은 점점 흘러가고 어느새 날이 밝기 시작했다. 규헌은 녹초가 되어 버린 듯 멍하니 데스크 앞에 앉아 있을 뿐이었다. 그 모습을 지켜보던 간호사가 안쓰러운 듯 규헌에게 조심스럽게 다가가 말을 걸었다.

"보호자분, 일단 환자분이 오시면 제가 바로 연락드릴게요."

간호사의 말에 규헌은 고개를 들었다. 그래, 있을 곳은 다 찾아보았다. 나영이 그렇게 정신력이 약한 사람도 아니고, 이상한 생각할 애도 아니었다. 분명 어딘가에서 술을 먹다 잠이 들면 들었지 나쁜 생각할 사람은 아니었다. 규헌은 터벅터벅 힘없이 병원을 나섰다. 그리고 택시를 타고 자신의 집 앞에 도착했다. 택시에서 내린 규헌은 한숨을 푹 내쉬며 피곤한 듯 두 눈을 비볐다.

부웅—

택시가 떠나고 집 앞에 섰을 때, 그의 반쯤 감겨 있던 두 눈이 번뜩 뜨였다.

나영이었다. 병원복을 입은 채 문 앞에 쭈그리고 앉아 있는 나영의 모습. 놀란 그가 얼른 그녀를 붙잡고 흔들기 시작했다.

"야, 윤나영. 나영아!"

힘 없이 흔들리는 나영의 몸. 규헌은 놀라 얼른 그녀를 들쳐 업으려고 했을 때, 감겨 있던 그녀의 두 눈이 슬쩍 떠지기 시작했다.

"……오빠."

나영의 말소리에 놀란 규헌이 행동을 멈추고 그녀를 빤히 바라보았다. 규헌을 보고 옅은 미소를 짓는 그녀. 규헌은 입술을 잘끈 깨물며 버럭 소리쳤다.

"미쳤어? 너 지금 여기서 뭐하는 거야? 얼어 죽고 싶어?"

"……."

"일단 가자. 병원에."

규헌이 나영을 일으키려고 했지만 그녀는 덥석 그의 목을 끌어안았다.

"오빠…… 규헌 오빠."

흐느끼듯 말하며 그의 가슴에 얼굴을 묻었다. 그리고 계속 그의 이름만 부르고 또 불렀다. 규헌은 숨을 제대로 쉴 수 없었다. 안고 싶다. 당장에라도 나영을 안고 싶었다. 하지만 바보 같은 이 자존심이 또다시 그녀를 밀어내려고 했다. 규헌은 두 눈을 꼬옥 감으며 입술을 꽉 깨물었다.

"오빠…… 사랑해."

나영이 힘겹게 그 말을 꺼내자 눈 녹듯 그의 얼었단 마음이 사르르 녹는 것만 같았다. 규헌은 조심스럽게 그녀의 등 뒤에 손을 얹었다. 그리고 조금 더 그녀를 꼭 끌어안았다.

"미안해. 정말 미안해."

"오빠……."

"……미안해. 미안해."

"오빠……."

그리고 사랑해. 규헌의 더욱더 그녀를 꽉 껴안으며 마치 입 밖으로 사랑한단 말을 꺼내지 못하고 마음속으로만 외쳤다. 그립고, 또 그리워했다. 화가 나 있었지만, 그리움이 더 컸었지만 항상 그 마음을 모르는 척만 했었다.

나영은 슬쩍 몸을 뒤로 빼며 규헌의 얼굴을 마주 보았다. 너무나 가까이서 보고 싶었던 그의 얼굴. 그녀는 조심스럽게 두 눈을 감으며 규헌에게 입을 맞췄고, 규헌은 점점 그녀의 향기에 스며들어 가고 있었다.

희찬은 작업실에 도착해 커피를 내리며 콧노래를 흥얼거렸다. 어제 그렇게 멋진 야경을 카메라에 담을 수 있어서 너무나도 좋았다. 멋있던 그 광경이 눈에 선했다. 머그잔에 커피를 담아 규헌의 책상 오른쪽에 내려다 놓았다. 김이 모락모락 나는 커피는 너무나도 맛있어 보였다.

"나도 한 잔 마셔야겠다."

희찬이 쪼르르 부엌으로 달려가 내리다 남은 커피를 다른 머그잔에 담았다. 그리고는 문득 시계를 보니 아홉 시 십 분이 훌쩍 넘어가고 있다는 것을 인지했다. 평소대로라면 칼같이 아홉 시에 내려와 커피를 마셨어야 할 규헌이 보이지 않았다. 희찬은 살며시 계단 위 2층을 바라보았다. 규헌이 딱 올라오지 말라는 말은 없었지만 2층에 올라갈 이유조차 없었기에 지금까지 한 번도 올라간 적이 없던 곳이었다.

어제 목소리를 보니 술을 꽤 마셨던 것 같은데 일어나지 못하고 계신 건가? 희찬은 들고 있던 머그잔을 자신의 책상에 내려놓았다. 혼날지도 모르지만 일단 올라가 봐야 하는 것 같았기에 그녀는 용기를 내어 계단을 오르기 시작했다.

그때였다. 갑자기 띠리릭, 하고 현관문 비밀번호가 풀리는 소리가 들려왔다. 계단은 중간까지 올랐던 희찬이 현관문을 무심코 바라보았다.

"뭐야? 유희찬, 너 어딜 올라가?"

"……에? 작가님?"

규헌이었다. 2층에서 숙취에 일어나지 못하고 있을 줄 알았던 그가 멀쩡한 얼굴로 현관문 열고 들어섰다. 그의 손에는 잔뜩 장거리들이 들려 있었다. 근처 마트에서 무언가를 사 온 듯싶었다.

"마트 갔다 오셨어요?"

"어? 뭐……."

평소답지 않게 말을 제대로 하지 못하는 규헌이 이상해 보였지만 그녀는 아무렇지 않게 계단을 내려가 그의 손에 들려 있는 봉투를 나르려 했다.

"오빠, 뭐해? 아직 트렁크에 옮길 짐이 많아. 얼른 와!"

순간 현관문 밖에서 들려오는 여자 목소리에 희찬이 부엌으로 가려던 발을 멈추었다. 뭐지? 이 익숙한 목소리는? 희찬이 슬쩍 현관문 밖을 바라보자 양손에 잔뜩 장거리를 든 나영이 힘겹게 걸어오고 있었다. 나영의 목소리에 규헌은 얼른 뒤돌아 그녀의 손에 들린 짐을 들어 주었다. 그리고는 민망한 듯 희찬을 바라보며 작은 헛기침을 내뱉으며 얼른 부엌으로 향했다.

"어? 희찬 씨, 안녕하세요?"

"아, 안녕하세요. 윤 작가님. 머리는 괜찮으신…… 거죠?"

"그럼요! 오늘 퇴원했어요. 멀쩡해요!"

장난스럽게 팔을 올렸다 내렸다를 반복하며 환하게 웃는 나영의 모습에 희찬은 어색하게 웃었다. 어떻게 된 거지? 그새 둘 사이가 이렇게 가까워진 건가? 둘에게 어떻게 된 것이냐 물어보고 싶었지만 차마 물어보지는 못하고 멀뚱멀뚱 그들의 모습을 지켜보기만 하였다.

"오빠, 뭐해! 아직 짐 잔뜩 있다니까?"

"알겠어. 기다려! 이거 정리 좀 해 놓고."

"아, 그건 다 옮긴 다음에 하고 빨리 나와! 아참, 희찬 씨도 좀 도와주실래요? 생각보다 짐이 많아서……."

"아, 네!"

"무거운 건 오빠한테 맡기고 가벼운 것만 들어 주시면 돼요!"

나영은 기분 좋게 웃으며 현관문 밖으로 나섰다. 희찬은 손에 들린 짐을 얼른 부엌 식탁에 올려놓으며 힐끔 규헌을 쳐다보았다. 민망한지 그의 귀가 새빨갛게 달아올라 있었고, 옆에 다가온 희찬을 제대로 쳐다보지도 못하고 있었다.

"오빠! 뭐해! 얼른 오라니까!"

"알겠다니까!"

나영의 부름에 짜증을 부리며 허겁지겁 밖으로 나섰다. 다른 사람 같았다. 항상 말 없고, 매사 남의 일에 관심이 없었던 그가 저렇게 한 여자의 말에 꼼짝을 못 하다니. 희찬은 조금 서운한 감정이 들었다. 옆에서 거의 한 달 동안을 봐 왔지만 자신에게는 그다지 좋은 모습을 보여 주지 않았기 때문이다. 역시 사랑하는 사람과 어시스트는 다르겠지? 희찬은 애써 서운한 마음을 추스르며 현관문 밖으로 나갔다.

"이게 제일 가벼워. 나머지는 내가 들게."

"에이. 아니야. 오빠 두 번 왔다 갔다 해야 하잖아. 한 박스는 희찬 씨랑 나랑 같이 들면 되지 뭐."

"너 오늘 아침에 퇴원한 환자거든? 무리하지 말고 들어가서 정리나 하시지요?"

그는 장난기 어린 잔소리와 함께 씩 웃으며 얼른 큰 박스 두 개를 번쩍 들었다. 그러자 나영이 규헌의 볼에 살짝 입을 맞추었다. 쪽, 소리가 정원에 서서 그들을 바라보고 있던 희찬의 귀에까지 들렸다.

"야!"

"아이고, 예뻐라. 오랜만에 오빠 예쁜 모습 보니까 좋다."

나영이 장난스럽게 웃으며 이번엔 규헌의 엉덩이를 손으로 툭 툭 쳤다. 당황한 규헌이 하지 말라고 소리쳤지만 그녀의 장난은 멈출 줄 몰랐다. 정원에서 그들을 지켜보던 희찬이 살짝 헛기침을 내뱉자, 그제야 그녀를 바라보는 규헌과 나영이었다.

"어머, 희찬 씨. 보고 있었어요?"

"……내가 그래서 하지 말라 했지?"

"뭐 어때? 앞으로도 이런 모습 많이 보여 줄 텐데. 괜찮죠, 희찬 씨?"

희찬이 멋쩍게 웃으며 고개를 끄덕였다. 규헌의 얼굴에는 홍조가 가득하다. 저렇게 당황해하는 모습을 보는 건 아마 규헌과 일하는 한 달 동안 처음 보는 것 모습 같았다. 희찬이 신기한 듯하면서도 낯선 그의 모습에 눈을 떼지 못하고 있던 찰나, 갑자기 규헌의 차 뒤로 울리는 클랙슨 소리에 모두가 행동을 멈추고 뒤를 돌아보았다.

"뭐야? 누나가 왜 여기 있어?"

정우가 잔뜩 인상을 찌푸리며 차에서 내렸다. 나영의 옆에 서 있는 규헌을 삐딱하게 바라보며 저벅저벅 그에게로 다가섰다. 그런 정우의 표정이 위험해 보여 나영이 규헌의 앞을 얼른 막아서며 말했다.

"정우야, 넌 여기 왜 온 거야?"

"내가 먼저 물었거든? 왜 누나가 이 자식 작업실 앞에서 짐을 나르고 있는 건데?"

나영의 손에 들린 짐 꾸러미를 가리키며 소리쳤다. 그렇지 않아도 규헌을 만나면 죽지 않을 정도로 패서 나영을 울린 복수를 하려고 했었다. 그런데 또 누나를 부려 먹고 있는 모습을 보자 화가 머리끝까지 올라왔다.

"이제 막 나가시기로 작정하셨나 보네요, 박 대표님?"

"오늘은 대표가 아니라 누나 동생으로서 네 앞에 있는 거라 격식을 차릴 필요가 없거든요. 강 작가님?"

"그렇게 나오시겠다?"

규헌이 재밌다는 듯 웃으며 들고 있던 박스를 내려다 놓았다. 나영은 안절부절못하며 두 사람을 번갈아 쳐다보았다. 하지만 둘의 기 싸움은 정말 팽팽했다. 규헌이 한 걸음 정우에게로 다가갔다. 그러자 정우가 한 걸음 규헌에게로 다가섰다. 둘은 서로 절대 먼저 물러서지 않을 각오를 한 것 같았다.

"넌 오늘 제삿날이다, 강규헌."

"네가 그래 봤자 하나도 안 무섭다. 꼬맹아."

여유 만만한 규헌의 표정과 비장한 정우의 표정. 희찬은 침을 꿀꺽 삼키며 어찌할 바를 모르던 그때, 바로 앞에서 지켜보던 나영이 손에 든 봉투를 조심스럽게 땅에 내려놓았다. 그리고는 손목을 조심스럽게 풀더니 다짜고짜 규헌과 정우의 머리를 뒤에서 밀었다.

"아!"

"아……"

쾅, 하는 소리와 함께 규헌과 정우는 인상을 찌푸리며 이마를 부여잡고 신음 소리를 내뱉었다. 꽤나 큰소리에 멀찍이 떨어져 지켜보던 희찬은 잔뜩 인상을 찌푸렸다.

"아씨, 누나!"

정우가 빽 소리치며 나영을 노려보았지만, 전혀 개의치 않는 듯한 얼굴이었다.

"너 지금 미쳤어?"

"왜! 누나가 이 자식 때문에 울고불고 난리쳤잖아! 지금도 여기서 이런 거나 나르고 지금 뭐하는 짓이야? 누난 자존심도 없어? 겨우 이딴 자식 때문에 질질 짜는 것도 화나 죽겠는데……아!"

정우가 골목을 쩌렁쩌렁 울리도록 소리치며 말하자 이번엔 나영이 내려놓은 봉투를 들어 그의 머리에 내리쳤다. 꽤나 단단한 것들이 들어 있었는지 정우는 머리를 부여잡으며 바닥에 주저앉아 버렸다.

"아씨, 또 왜 때려!"

"너, 누가 누나 애인보고 이 자식, 저 자식 하라 그랬어? 너 진짜 내 손에 죽어 볼래?"

"뭐?"

"한 번만 이 자식 저 자식 해 봐, 머리통 박살 내 줄 테니까!"

정우는 멍하니 나영을 올려다보다가 조심스럽게 규헌에게로 시선을 옮겼다. 그러자 나영이 쪼르르 규헌에게 달려가 그의 이마를 살피며 살가운 목소리로 물었다.

"오빠, 괜찮아?"

"뭐……. 머리 깨진 것 같진 않네."

"그러게 오빠도 왜 저 자식 도발에 넘어가고 그래. 어린애처럼. 이마 봐 봐. 혹 안 났어?"

에? 뭐야? 정우는 이 상황이 이해가 가지 않은 듯 눈을 휘둥그레 뜨고 멍하니 그들을 올려다보았다. 얼마 전까지만 해도 차갑게 대하던 규헌의 태도가 살갑다. 그리고 나영의 태도도 마치 자신의 애인을 대하듯 자연스럽기 그지없었다.

"뭐야, 둘…… 다시 사귀는 거야?"

정우가 고개를 갸웃거리며 묻자, 나영과 규헌이 그를 물끄러미 내려다보았다. 그리고는 나영이 조심스럽게 규헌의 팔에 팔짱을 끼며 아무 말 없이 싱긋 웃기만 하였다.

희찬은 조심스럽게 세 잔의 커피를 들고 거실에 앉아 있는 그들 앞으로 다가갔다. 그 자리에서 당장에라도 치고받고 서로 물고 뜯으며 싸울 줄 알았건만, 둘은 어느새 얌전하게 소파에 앉아 있었다. 물론 여전히 서로를 노려보는 시선은 거두지 못했지만 말이다.

희찬이 조심스럽게 규헌과 정우 앞에 커피를 내려놓았다. 그리고는 멀찍이 떨어져 지켜보려던 그 순간, 정우가 희찬의 팔을 잡아 그녀를 못 가게 막았다.

"너도 여기 앉아 있어."

"네? 아, 전 일을 해야 하는데……."

"앉아 있으라면 앉아 있어. 왜 이렇게 말이 많아?"

정우의 짜증 섞인 말투에 희찬이 슬쩍 규헌을 바라보았다. 그건 자신이 이곳에 앉아도 되냐고 규헌에게 묻는 것이었다.

규헌이 희찬의 시선을 느끼고 그녀를 올려다보았다. 그리곤 묵묵히 자리에서 일어나 희찬의 앞으로 저벅저벅 다가가 그녀의 팔을 잡고 있는 정우의 손을 억지로 떼어 냈다. 정우는 당황스런 얼굴로 규헌을 노려보았다. 그러자 씩 웃으며 희찬을 끌고 자신의 자리 옆에 앉히는 규헌이었다.

"여기 앉아 있어."

규헌의 오른쪽에는 나영이, 왼쪽에는 희찬이 앉은 셈이다. 멀찍이 혼자 떨어져 앉은 정우는 어이없다는 듯 허한 웃음을 내뱉으며 규헌을 노려보았다.

"이게 뭐하는 짓입니까?"

"너야말로 남의 어시스트한테 이상한 작업 좀 그만 걸지?"

"어쭈, 이젠 반말을 하시겠다?"

"이제 딱히 존대할 필요가 없어진 거 같아서."

규헌이 싱긋 웃으며 말했지만 왠지 소름이 쫙 끼치도록 무섭게 느껴지는 미소였다. 정우는 이를 바드득 갈며 주먹을 꽉 쥐었다. 지금까지 존댓말을 써도 항상 무시하는 태도를 보였지만 저렇게 반말을 듣고 있으니 더 기분이 나빠졌다. 정우는 죽일 듯이 규헌을 바라보다가 옆에 앉아 있는 나영에게로 시선을 옮겼다.

"누나, 저 자식은 절대 안 돼. 내가 절대 반대야. 저런 인간한테 누나 못 줘!"

"야, 내가 저 자식 하지 말라 그랬지?"

"사귀기만 해 봐. 진짜 가만 안 둬!"

"네가 가만두지 않으면 어쩔 건데?"

나영은 정우의 협박에도 눈 하나 깜짝하지 않았다. 오히려 규헌의 옆에 더 다가가 그를 꼭 품에 안으며 진한 애정행각을 보여주었다. 정우는 금방이라도 눈이 뒤집힐 것만 같았다. 하지만 곧 규헌의 옆에 있는 희찬에게로 시선을 돌렸다. 희찬은 정우의 시선에 잔뜩 미간을 찌푸렸다. 마치 그의 눈빛이 너는 내 옆으로 와라, 라고 협박을 하는 것처럼 느껴졌다.

갑자기 왜 나한테 불똥이 튀는 거야? 희찬이 난감한 표정으로 입술을 깨물고 있던 그때, 규헌의 팔이 쓰윽 그녀의 어깨를 감쌌다. 놀란 그녀가 규헌을 올려다보자, 그가 자신의 쪽으로 희찬을 잡아당기며 무덤덤한 말투로 정우에게 말했다.

"내 어시스트야. 건들면 죽어."

우드득, 정우의 꽉 쥔 주먹에서 둔탁한 소리가 울렸다.

"야, 너 그 손 안 떼?"

결국, 누르고 있던 화가 폭발한 정우가 자리에서 벌떡 일어서며 규헌에게 달려들었다. 하지만 재빠른 규헌이 얼른 자리를 피했고, 정우는 괴상한 소리를 지르며 그를 잡으려고 애를 썼다.

순식간에 난장판이 된 작업실 안. 나영은 정우를 말리려고 애를 쓰고, 정우는 규헌을 잡으려 애를 쓰고, 규헌은 입가에 여유로운 미소를 지으며 정우를 피해 도망 다녔다. 하지만 이 난장판이 된 상황에서도 소파에 우두커니 앉아 있는 희찬은 마치 얼어

버린 듯 멍하니 앞만 바라보며 앉아 있었다.

심장이 쿵쿵 빠르게 뛴다. 왠지 모르겠지만 규헌이 감싼 어깨에서 따스한 기운이 감도는 것 같았다. 이상한 기분에 휩싸인 희찬은 그 시끄러운 상황에도 꽤 오랫동안 정신을 차릴 수가 없었다.

"미안해, 이 녀석이 진짜 철이 없어."

나영이 정우 대신 고개 숙여 사과하며 한숨을 푹 쉬었다. 하지만 여전히 퉁퉁거리는 정우는 전혀 자신의 잘못을 인정하지 않는다는 듯 규헌을 무섭게 노려보고 있었다.

"내가 너 언젠간 진짜 죽일 거야."

규헌의 얼굴을 손가락으로 가리키며 정우가 말했다. 규헌은 그런 그가 귀엽다는 듯 픽 웃으며 어깨를 으쓱였다. 나영은 그런 둘을 번갈아 바라보며 한숨을 내쉬었다. 이래서 둘이 만나게 하고 싶지 않았다. 불같은 성격의 둘이 만나면 으르렁댈 것이 뻔했기에 규헌에게 친한 동생이 있다는 이야기를 미처 꺼낼 수가 없었다.

"가자. 박정우."

"아, 아! 아파! 이거 놔!"

나영은 정우의 귀를 잡고 억지로 밖으로 끌어냈다. 마치 일곱 살 난 아이와 그의 엄마 같았다. 희찬이 그 모습에 살짝 웃음을 터트렸다. 그것을 본 정우가 잔뜩 이맛살을 찌푸리며 자신의 귀를 잡고 있는 나영의 손을 억지로 떼어 냈다.

"야, 너 웃었어?"

"아, 아니요!"

"이게 지금 누군 때문인데 웃어?"

"제, 제가 뭐했다고요!"

"너 행동 조심해, 유희찬. 저 녀석이 네 어깨에 또 손 두르면 딱 잘라서 싫다 얘기하라고, 알았어? 네 힘으로 맞서지 못하겠다 생각되면 바로 나한테 전화해, 어? 아악! 누나! 아프다고!"

정우는 또다시 나영의 손에 잡혀 밖으로 끌려 나갔다. 현관문이 거칠게 닫혔다. 시끄러웠던 정우의 목소리도 조금씩 사라지고 있었다. 뭔가 큰 폭풍이 작업실을 휘젓고 나간 듯한 기분에 규헌과 희찬은 동시에 한숨을 푹 내쉬었다.

"분명 저 녀석, 너보다 나이가 많은 건 맞지?"

"아마도요."

"나이를 어디로 처먹으면 저렇게 애일 수 있지? 참나."

규헌은 정우를 이해하지 못하겠다는 듯 고개를 저으며 자신의 책상으로 저벅저벅 걸어갔다. 희찬은 규헌의 뒷모습을 물끄러미 바라보았다. 그가 어깨가 결리는지 어깨를 휘저으며 인상을 찌푸렸다.

"어깨…… 아프세요?"

"아니, 저 녀석 때문에 갑자기 뛰었더니 근육이 좀 땅기네."

규헌이 실없이 웃으며 내일 있을 야외 촬영의 콘티를 점검하기 시작했다. 희찬은 그런 그를 힐끗 쳐다보며 희미하게 씁쓸한 표정을 지었다.

희찬에게는 규헌과 일하면서 처음 있는 야외 촬영이었다. 산을 배경으로 야생적인 느낌을 살리는 잡지 화보 중 하나였다. 이 잡지도 정우의 회사 잡지였기 때문에 희찬은 분명 어딘가에서 그가 나타날지도 모른다는 불안감에 휩싸여 있었다. 하지만 이상하게도 그는 보이지 않았다. 한편으로는 안심이 되지만 뭔가 조금 허전한 기분도 들었다.

"유희찬! 어디서 멍 때리고 있는 거야!"

규헌의 고함에 희찬은 정신을 차리고 그에게로 향했다. 촬영을 시작할 예정인지 모델이 덮고 있던 두꺼운 점퍼를 벗어 던졌다. 그녀는 얇은 봄 원피스를 입고 있었다. 살갗에 닿는 바람이 무척 시려 보였지만 그녀는 프로답게 추움을 이겨 내고 카메라 앞에 섰다. 규헌이 사인과 함께 야외 촬영이 시작되었다. 셔터 소리에 맞춰 그녀의 움직임이 분주하게 바뀌었다. 그녀의 입에서 입김이 터져 나온다. 그것을 보자 희찬은 자신도 모르게 부르르 떨며 몸을 움츠렸다. 이 추운 날에 진짜 대단하시네.

"이 추운 날에 대단하네. 역시 프로의식이 있어."

희찬 자신이 마음속으로 했던 말이 귓가에 울리자 놀란 얼굴로 뒤를 바라보았다. 정우가 몸을 잔뜩 움츠린 채 촬영을 지켜보고 있었다. 대체 언제 온 거지? 기척도 못 느꼈는데.

"또 방해하려고 왔어요?"

"방해 안 하거든? 이건 우리 회사 일이라고."

"회사 일에 관심도 없으면서."

"무슨 소리야. 내가 얼마나 열심히 회사 일을 하는데!"

"비서님께 다 들었거든요? 회사 일 항상 비서님이 다 하신다면서요."

희찬이 콧방귀를 뀌며 말하자 정우가 헛웃음을 내뱉었다.

"남 비서가 그랬다고? 이 자식 봐라. 야, 내가 한 번 하면 제대로 하는 성격이야. 이거 왜 이래?"

"그 제대로를 한 번도 안 하셨겠죠."

"이 여자가 날 완전 무시하네?"

"그러게 좀 일 좀 하시지. 대표씩이나 하시는 분이……."

"이, 이 여자가 진짜!"

정우의 소리침에 사진을 찍던 규헌의 손이 멈추어졌다. 그리고는 싸늘한 시선으로 정우를 노려보았다. 규헌뿐만이 아니었다. 추위 속에서 얇은 원피스만 걸치고 있는 모델도, 촬영에 임하는 스태프들 모두가 정우를 언짢게 쳐다보고 있었다. 정우는 크흠, 헛기침하며 시선을 피했다. 규헌이 한심하다는 듯 혀를 끌끌 찼다.

"모두 촬영에 집중합시다."

규헌의 한마디에 정우에게 향하던 시선이 거둬졌다. 희찬은 고개를 좌우로 흔들며 한숨을 길게 내쉬었다.

촬영이 재개되고 난 후 이상하게도 정우는 조용했다. 처음엔 이제 상황 파악이 되나 싶었는데, 그의 입술이 오리처럼 나온 것을 보고 삐쳤다는 것을 알 수 있었다. 정말 열 살 난 애 같았다. 대체 왜 이렇게 애 같은 짓만 하는 것일까? 지금까지 만난 여자들에게도 이렇게 애 같은 모습을 보여 줬을까?

희찬은 어쩌면 정우가 여자를 가지고 노는 것이 아니라 여자들이 정우를 가지고 놀았을지도 모른다는 생각이 들었다.

강추위 속 촬영은 쉬지 않고 꼬박 4시간 동안 진행되었다. 촬영을 마친 규헌이 수고하셨습니다, 라는 말을 내뱉자 모두들 작은 탄성과 함께 촬영 장비를 걷어 내기 시작했다. 희찬은 모델에게 다가가 수고하셨다는 말과 함께 두툼한 점퍼를 그녀의 어깨에 덮어 주었다. 보는 내내도 안쓰러웠는데, 코끝이 살짝 빨개진 그녀를 가까이서 보자 모델 일이라는 게 얼마나 힘든 일인지 느껴지는 것만 같았다.

"유희찬!"

규헌이 희찬을 불렀다. 희찬은 모델과 간단한 인사를 나누고 카메라를 정리하는 규헌에게로 향했다.

"네!"

"이 USB 가져다가 작업실 가서 핀트 나간 것만 정리하고 있어. 마무리 작업은 내가 할 거니까."

"네, 알겠습니다. 바로 가실 건가요?"

"응. 바로 가야 할 것 같아. 그 인간이 농땡이 부린 것을 왜 내가 마무리해야 하는진 모르겠지만. 하여튼 금방 끝내고 갈게. 저녁은 알아서 먹고."

규헌은 USB를 희찬에게 넘기고 얼른 자신의 차를 끌고 촬영장을 빠져나갔다. 남의 부탁 따위는 잘도 거절할 것같이 생겼으면서 조금 친분이 있으면 자기가 바빠도 그는 다 들어주었다. 아는 작가가 계단에서 굴러 팔이 부러져서 마무리 작업을 못 한다고 하자 부랴부랴 저렇게 달려가는 것이었다.

"은근 착하시단 말이야."

희찬은 새초롬하게 웃으며 멀어지는 그의 차를 멍하니 바라보았다. 그때 희찬에게 다가오던 정우가 물끄러미 그녀의 얼굴을 쳐다보았다.

"야, 유희찬 너 설마……."

"네, 네?"

"아니지? 아직도 강규헌 좋아하는 거. 임자 있는 몸이야, 저 녀석."

"미, 미쳤어요? 제가 무슨 대표님 같은 사람인 줄 알아요?"

"나 그래도 임자 있는 사람은 안 건드려. 이거 왜 이래?"

"어휴, 퍽이나—"

희찬은 정우의 말을 듣지 않고 카메라를 정리해 들고 저벅저벅 그에게서 멀어지고 있었다. 정우가 어느새 그녀의 옆에 바짝 따라와 희찬의 팔을 잡아 길을 막아섰다.

"데려다 줄게. 작업실 가?"

"고속버스 타고 가면 돼요."

"편안하게 태워 준다니까. 또 튕기네."

"그쪽은 그쪽 일 하러 가야죠. 일 안 해요?"

"하, 하고 나온 거거든?"

"입만 열면 거짓말. 놔요, 그쪽은 당장 회사 가서 밀린 업무나 하세요."

희찬이 억지로 정우의 손을 떼어 내고는 다시 길을 내려갔다. 무슨 여자가 저렇게 튕겨? 정우는 입술을 깨물며 희찬을 부르려던 찰나, 촬영 스태프의 차 한 대가 희찬의 앞에 멈춰 섰다.

"희찬 씨, 강 작가님은?"

"아, 일이 있어서 먼저 가셨어요."

"그래? 그럼 태워다 줄까? 작업실이 강남 쪽이랬나?"

"진짜요? 태워다 주시게요?"

"가는 길인데, 뭐. 얼른 타."

"감사합니다, 그럼 실례 좀 하겠습니다."

차 문이 열리고 희찬이 차에 올라타려 하는 모습에 정우는 헛웃음을 내뱉었다. 내 차는 안 탄다고 하더니만 남이 태워 준다니까 덥석 타다니.

"야, 유희찬!"

정우가 빽 소리를 지르며 차에 올라타려는 희찬을 보고, 부랴부랴 차 앞으로 달려가 그녀의 손목을 잡고 차에서 끌어 내렸다.

"내 차 타."

"왜 이래요."

"이봐요. 그쪽은 갈 길 빨리 가셔. 이 여잔 내가 데려다 줄 테니까."

열린 차 문을 거칠게 닫자 운전하던 스태프가 어이없다는 듯 정우를 쳐다보았다. 정우가 눈에 잔뜩 힘을 힘을 주자 스태프가 고개를 좌우로 흔들며 희찬에게 조심스럽게 인사를 건네고는 얼른 차를 몰고 멀어졌다.

희찬은 멍하니 멀어지는 차를 바라보다가 한숨을 내쉬었다.

"대체 왜 이래요?"

"너야말로 왜 그래? 내가 태워 준다니까 버스 탄다 하고, 저 남자가 태워 준다니까 덥석 올라타냐? 너 저 남자랑 그렇게 친해?"

"네, 친해요. 그쪽보다 친합니다! 됐어요?"

"뭐? 친하다고? 저 인간 너희 집 가 봤어? 나보다 많이 가 봤어?"

허, 갑자기 집 얘긴 왜 나오는 건데? 희찬이 화가 난 표정으로 그를 올려다보고는 휙 지나쳐 산 아래로 발걸음을 옮겼다.

"어딜 가."

"고속버스 타러 갑니다."

"내 차 타. 차 있는데 왜 버스를 타?"

"기분 더러워서 안 타요. 사람이 진짜 적당히를 모르고."

"지금 누가 적당히를 모르는데! 데려다 주겠다는 게 뭐가 그렇게 마음에 안 들어서 툴툴거리는 거냐고!"

희찬의 앞을 가로막으며 정우가 말했다. 둘은 싸움이라도 할 기세였다. 으르렁거리는 둘을 보고 길을 지나가던 스태프들이 수군거리고 있었다.

"뭐야, 둘이 왜 저래?"

"사랑싸움인가?"

"저 사람 '스쿠알로' 잡지사 대표 아니야?"

희찬은 슬쩍 지나가는 스태프들을 보고 고개를 푹 숙였다. 정우도 그들의 시선을 느꼈는지 더 이상 소리를 지르지 않았다. 그래도 명색이 잡지사 대표가 촬영장에 와서 여자와 싸우고 있는 것은 쪽팔린 짓이란 걸 알고 있었기 때문이다. 정우는 억지로 희찬을 끌고 차가 있는 곳으로 다가갔다. 희찬이 몸부림을 치자 정우는 아예 그녀를 어깨에 둘러멨다.

"아, 뭐하는 거예요!"

"그러게 왜 말을 안 들어? 내가 뭐 놀자는 것도 아니고 그냥 데려다 주겠다는데. 그걸 굳이 마다할 필요가 뭐 있어? 세상 사람들한테 물어봐라. 지금 누가 생떼를 부리고 있는 건지."

정우의 말에 희찬은 발버둥치는 걸 멈추었다. 그래, 솔직히 차 얻어 타는 건 별것 아닌 것이었다. 누구에게나 얻어 탈 수도 있는 것이었지만 희찬에게는 '박정우'라는 사람 자체가 매우 부담스러웠다.

정우는 희찬을 자신의 차에 태우고 시동을 걸었다. 정우가 꽤나 화가 난 듯 보였기에 그녀는 아무 말 없이 안전벨트를 맸다.

"간다."

작업실 앞까지 희찬을 데려다 준 그는 간다, 라는 말 한마디만 남긴 채 가 버렸다. 오는 내내 희찬에게 한 마디도 걸지 않는 정우 때문에 괜한 미안함이 들고 있었다. 희찬은 한숨을 푹 내쉬며 멀어지는 정우의 차를 바라보았다.

"아, 몰라. 일이나 하자."

희찬은 머리를 흔들며 얼른 작업실 안으로 들어섰다. 지금 남자 때문에 고민할 시간은 없었다. 얼른 규헌이 시킨 일도 해야 하고, 다음 주 촬영 준비도 해야 했기 때문이다. 이 바쁜 시기에 남자 고민을 하고 있다니, 그저 이런 자신이 한심해 보였다.

희찬은 들고 온 카메라와 가방을 내려놓고 주머니를 뒤적거렸다. 아까 규헌이 시킨 사진 정리를 하기 위해서였다.

"어? 어라."

주머니를 뒤지던 희찬이 이상한 듯 고개를 갸웃거렸다. 분명 재킷주머니에 USB를 넣어 놓은 거 같은데. 그녀는 벗은 재킷을 두고 가방을 뒤적거리기 시작했다. 분명 그녀의 기억에 재킷주머니에 넣어 놓은 것이 확실했다. 하지만 없다면 분명 가방에 들어 있을 것이 분명했다. 하지만 그녀의 가방 어디에도 USB는 보이지 않았다. 그녀의 얼굴에는 당황스러움이 역력했다. 혹여 카메라 가방에 넣어 놨나 싶어 뒤져 보았지만 그 어디에도 USB는 보이지 않았다.

희찬이 울상이 된 얼굴로 기억을 더듬었다. 분명 주머니 아님 가방인데. 그가 입술을 꾹 깨물며 아까 상황을 되짚어 보다가 문득 정우가 자신을 둘러맸던 사실이 기억났다.

"설마……."

설마, 그때 떨어트린 건가? 희찬은 사색이 된 얼굴로 얼른 재킷과 가방을 들고 다시 작업실을 나섰다.

정우는 삐죽 나온 입으로 낮은 욕을 내뱉었다. 잘해 주려고 해도 하는 짓이 밉상이라 잘해 줄 수가 없는 여자다. 어쩜 말을 그렇게 밉상처럼 하는 건지. 정우는 재킷을 아무렇게나 던져 놓고는 축 늘어지듯 소파에 기대었다. 멍하니 천장을 바라보다가 그가 주변을 두리번거렸다. 뭔가 이상스런 낌새에 그가 살짝 인상을 찌푸리며 몸을 조금 일으켰다.

"그런데…… 나 왜 회사에 와 있지?"

정신을 다른 곳에 팔고 있었더니, 정우 자신도 모르게 회사에 오고야 말았다. 오늘은 푹 쉬고 싶었건만. 정우가 한숨을 쉬던 그때, 노크 소리와 함께 그의 비서가 들어섰다.

"대표님, 오늘 회의가 있습니다."

"회의? 이 시간에 무슨 회의야."

"대표님이 자주 나오지 않으셔서 긴급으로 오늘 회의를 진행하기로 했습니다."

어째 갈수록 비서의 잔꾀가 늘어나는 것만 같았다. 서당 개 삼 년이면 풍월을 읊는다더니, 정우의 비서 일 년 차이면 이제 그의 행실의 맞춰 회사를 꾸려 나갈 수 있는 듯했다. 정우가 한숨을 쉬며 안 해, 라고 말하려던 그때, 문득 희찬의 말이 머릿속에 울렸다. 정우는 멍하니 앉아 있다 조심스럽게 자리에서 일어나기 시작했다.

"가자."

"네?"

"회의 가자고."

"지, 진짜요? 이렇게 순순히 가신다고요?"

비서는 이해가 가지 않는다는 얼굴로 정우를 바라보았다. 세상에, 해가 서쪽에서 뜨려나? 이 사람이 왜 이런데? 회의만 하자 그러면 어린애처럼 안 하겠다 떼쓰던 사람이? 비서가 멍하니 정우의 얼굴만 쳐다보고 있었다. 그런 그의 시선이 마음에 들지 않았는지 잔뜩 인상을 찌푸리며 그가 말했다.

"나 회의 가지 말까?"

"아, 아니요! 가시죠. 갑시다."

비서는 그의 마음이 바뀔세라 얼른 발걸음을 빨리 했다. 그를 따라 들어간 회의실에는 벌써 연락을 받고 팀장급 사람들이 모두 모여 있었고, 정우의 등장에 모두 인사를 깍듯이 인사하고는 자리에 다시 앉았다.

"회의 시작하죠."

정우의 말에 모든 직원이 당황한 얼굴로 고개를 갸웃거렸다. 보통 회의를 시작하자는 말은 그의 비서가 하던 말이었다. 정우는 그저 귀찮다는 듯 귀를 손가락으로 후벼 파며 의자에 축 늘어져 있었건만, 오늘은 앉은 자세부터가 뭔가 적극적으로 보였다.

"그럼, 기획 1팀부터 지금 하는 일 진행 상태부터 보고하시죠."

정우의 갑작스럽게 달라진 태도에 기획 1팀을 맡은 팀장이 당황한 얼굴로 자리에서 일어섰다.

"아, 네. 저희 기획 1팀에서는 다음 1월 표지 모델을 서희수 씨로 할 예정입니다. 지금 일단 연락을 취해 놓은 상태이고, 그쪽에서도 호의적인 반응을……."

"잠깐."

"네?"

"저번에도 서희수 인터뷰를 넣지 않았어?"

"아, 네! 저번 달 잡지에 서희수, 박태민 부부의 인터뷰를 넣었습니다만."

"그리고 작년 3월에도 표지 넣었고, 9월에도 화보를 넣었지. 재작년 2월, 7월에도 넣었던 것으로 기억하는데?"

"네? 아, 아마도 그랬던 것 같습니다만."

"대한민국에 연예인이 서희수 하나야? 왜 서희수 하나에 목을 매? 요즘 잘나가는 핫한 신인 여배우 많잖아. 여자들이 요즘 환장하고 미치는 민해수, 윤수현, 걔네 나오는 그룹도 괜찮고. 대체 언제까지 서희수 하나로 밀고 갈 셈이야? '스쿠알로'가 서희수를 전속 모델로 내세우는 잡지사야? 당장 바꿔. 핫하고, 지금 뜨는 신인들로. 다음 2팀, 기획안 말해 봐."

직원들은 모두 신기한 동물 보듯 정우를 바라보고 있었다. 항상 회의 때마다 듣는 둥 마는 둥한 얼굴로 앉아 있던 그가 예전 회의 내용을 다 기억하고 있었다는 것은 유레카를 외칠 정도로 놀라운 일이었다.

정우는 그 이후에도 누군가가 기획에 대해 말하면 새로운 방안을 제시하며 회의를 이끌어 나갔다.

"자, 그럼 내일까지 다시 기획안 짜서 모두 올려 보내도록. 이상, 오늘 회의 끝."

정우가 자리에서 일어나 얼른 회의실을 나섰다. 그러자 회의실에 있는 모두가 웅성거리며 달라진 정우에 대해 토론을 나누기 시작했다. 멍 때리고 있던 비서가 그들의 웅성거림에 정신을 차리고 얼른 정우의 뒤를 따라나섰다.

"대, 대표님!"

엘리베이터에 타려던 정우를 불러 세우며 비서가 그에게 달려갔다. 정우는 평소와 다름없는 표정으로 그를 내려다보았다.

"왜 이렇게 늦게 나와?"

그는 무덤덤한 목소리로 말하며 엘리베이터에 올라탔다. 비서는 여전히 정우에게서 눈을 떼지 못했다. 이 사람이 지금 내가 아는 박정우가 맞는 것일까? 혹시 꿈이 아닐까? 라는 생각에 비서는 그에게서 계속 눈을 떼지 못했다.

"왜 그래? 내 얼굴에 뭐 묻었어?"

"대, 대표님 뭐 잘못 드셨나요?"

"뭐?"

"아, 아니 좀 뭔가 달라지신 거 같아서."

"왜? 내가 회의를 열심히 하니까 남 비서가 할 일이 없어서 심심해?"

"그, 그런 게 아니라……. 그런데 대표님, 예전 회의 때 내용들을 다 기억하시고 계셨습니까?"

"나 원래 기억력 좋아. 한번 들은 거, 본 거 웬만해선 안 까먹는 총명한 두뇌를 가졌거든."

어깨를 으쓱이며 그가 말할 때, 엘리베이터가 13층에 멈추었다. 세상에, 그런 능력이 있었다니. 1년 동안 이 사람 밑에서 일하면서 처음 알아낸 사실이었다.

"아, 맞다. 결재 밀린 서류들 있지? 그거 다 가지고 들어와."

정우가 엘리베이터를 나서며 말하자 비서는 뭔가에 홀린 듯 고개를 무작정 끄덕였다. 이상하다, 이상해. 박정우의 머리에 무언가 이상이 생기지 않고서야 사람이 이렇게 변할 리가 없어. 비서는 심각한 얼굴로 고개를 끄덕이며 가벼운 발걸음으로 복도를 걸어가는 정우를 물끄러미 바라보았다.

"짜식, 안 올 줄 알았는데 은근 의리 있다니까?"

"선배, 절대 다음은 없습니다."

"알겠어, 알겠다고! 운전 조심하고, 다음에 밥 한번 먹자. 이 형님이 거하게 쏠 테니까!"

그는 작업실을 나서는 규헌의 등짝을 툭툭 치며 말했다. 따가운 그의 손바닥에 규헌의 인상이 찌푸려졌지만, 그는 호탕하게 웃기만 할 뿐이었다. 규헌이 차에 올라타자 반겨 주던 그는 재빨리 작업실 안으로 들어가 버렸다.

"내가 다시 도와주나 봐라."

안전벨트를 매는 규헌의 손놀림에서 짜증이 묻어났다. 하도 사정하기에 와주었건만 겨우 파스 몇 장 어깨에 붙여 놓고선 어깨가 나갔다고 꾀병을 부린 것이었다. 그냥 일이 하기 싫었던 것이 분명했다. 바쁜 사람 불러 놓고선 그는 규헌의 옆에서 텔레비전 보기에 바빴다. 당장 때려치우고 나가고 싶었지만 예전에 크게 자신을 도와준 적이 있었기에 차마 그러진 못했다.

그의 작업실과 규헌의 작업실 거리는 그다지 멀지 않았다. 십여 분 걸리는 거리였기 때문에 규헌은 빨리 작업실에 도착할 수 있었다. 차를 주차장에 세우고 나오던 그가 시계를 바라보았다. 여덟 시가 조금 안 된 시각이었다. 지금쯤이면 다 정리를 해 놓고 밥을 먹고 있겠지, 하는 생각에 작업실을 바라보았지만 이상하게도 작업실의 불이 모두 꺼져 있었다.

"벌써 다 끝내고 집에 갔나?"

평소에 실수만 하던 녀석이 이제야 일을 제대로 했나 보네. 그런데 일이 끝났으면 문자라도 줄 것이지. 규헌은 속으로 구시렁거리며 희찬을 곱씹었지만, 입가에는 흐뭇한 미소를 지으며 작업실로 들어서고 있었다. 불을 켜고 자동적으로 그는 책상에 앉아 컴퓨터를 켰다. 부팅이 되는 동안 그는 목도리와 재킷을 벗었다. 얼른 일을 끝내고 다음 촬영 준비까지 해야 하는 탓에 그는 저녁을 먹지 않을 생각이었다.

한숨을 푹 내쉬며 피로한 눈을 비비고 책상에 걸터앉았다. 부팅이 다 된 컴퓨터를 보고 규헌은 마우스를 잡고 폴더를 찾기 시작했다.

"이 녀석, 어디다 빼놓은 거야?"

보통 작업을 한 것들은 바탕화면에 빼놓곤 했다. 그런데 이상하게도 새로 생긴 폴더는 아무것도 없었다. 규헌은 인상을 찌푸리며 휴대폰을 들고 희찬에게 전화를 걸었다. 오랜만에 잘하나 싶더니만 여전히 허점투성이다. 규헌은 낮은 한숨을 내뱉으며 긴 신호음 끝에 희찬의 목소리만을 기다리고 있었다.

"뭐야, 벌써 자나?"

하지만 그녀의 휴대폰 신호음은 끊길 생각을 하지 않았다. 한참 끝에 들려오는 목소리는 전화를 받을 수 없다는 음성사서함 메시지뿐이었다.

"미치겠네."

규헌은 낮은 욕을 내뱉으며 다시 한 번 전화를 걸려던 그때, 희찬에게서 전화가 걸려왔다. 다행이다, 싶어 찌푸리던 인상을 펴고 그녀의 전화를 받았다.

"전화 안 받아서 놀랬잖아. 당장 끝내고 해야 할 게 얼마나 많은데. 대체 폴더 어디다 뒀어?"

규헌이 물었지만 이상하게도 그녀는 아무런 말을 하지 못했다. 수화기 너머로는 숨이 찬 목소리만 들렸고, 규헌은 고개를 갸웃거리며 그녀에게 조심스레 물었다.

"뭐야, 어디 아파?"

— 아, 아니요.

"그런데 왜 이렇게 숨을 헐떡거려?"

— 그, 그게······.

"아, 안 아픈 거면 됐어. 쓸데없는 소리 말고. 폴더 어디다 빼놨어?"

규헌이 피곤함에 눈을 지그시 감으며 다시 물었지만 그녀는 아무런 대답을 하지 않았다. 조금씩 짜증이 몰려오는지 규헌의 표정이 조금씩 찌푸려지고 있었다.

— ······어, 없어졌어요.

규헌이 다시 한 번 물으려던 찰나, 희찬이 조심스럽게 입을 열었다. 하지만 그는 그녀의 말을 이해하지 못했는지 그냥 고개를 갸웃거릴 뿐이었다.

"뭐가 없어져?"

— 죄, 죄송합니다. 전 챙긴다고 잘 챙겼는데, 작업실에 와 보니 주머니에 넣어 둔 USB가······. 아, 정말 죄송합니다. 정말 죄

송합니다. 작가님.

"지금…… 내가 너한테 준 USB를 잃어버렸다는 소리야?"

— 죄송합니다. 지금 촬영장 근처를 찾아보고 있는데…….

"찾아도 안 보인다는 얘기지?"

— ……네.

희찬은 거의 죽어 가는 목소리로 대답했다. 그녀는 하얀 입김을 뿜으며 꽁꽁 언 손으로 휴대폰을 들고 있었다. 어두워서 이젠 바닥조차 잘 보이지 않았다. 정우가 자신을 들었을 때 떨어졌다면 이 근처가 분명했다. 하지만 몇 시간을 찾아 헤맸지만 여전히 찾지 못하고 있었다.

규헌은 아무런 말이 없었다. 긴 한숨조차도 내뱉지 않았다. 그런 그의 침묵이 희찬의 마음을 더욱더 무겁게 했다. 영하의 추운 날씨임에도 고군분투하던 스태프들의 노력이 모두 헛것이 되어 버렸다. 자신이 얼마나 큰 실수를 했는지 알기에 희찬은 도저히 죄송하다는 말도 더는 꺼낼 수가 없었다.

"일단 돌아와."

기나긴 침묵 끝에 규헌이 드디어 입을 열었다. 그의 목소리에서는 아무런 감정을 느낄 수가 없었다. 화난 목소리는 아니었다. 그렇다고 해서 체념한 듯한 목소리도 아니었고, 그냥 평소의 무덤덤한 규헌의 목소리였다.

"작업실로 오지 말고 바로 집으로 가. 내일 아침에 얘기하자."

규헌의 말과 함께 뚝 끊겨 버린 전화에 희찬은 멍하니 휴대폰만 바라보았다. 그녀는 길게 한숨을 내뱉으며 자리에 풀썩 주저 앉았다. 힘이 빠진다. 오늘 과연 난 무엇을 한 것일까? 내 시간 뿐만이 아니라, 다른 스태프들의 시간까지 빼앗아 간 자신이 용서가 되지 않았다.

희찬은 무릎에 자신의 얼굴을 조심스레 묻었다. 그리고 입술을 꽉 깨물며 흘러내리는 눈물을 애써 참으려고 노력하고 있었다.

희찬은 아침 아홉 시가 넘은 시각이었지만 아직도 작업실 앞에서 들어가지 못하고 있었다. 도저히 이 상황을 어떻게 해야 할지 답이 나오지 않았다. 그날 찍은 사진이 잃어버렸으니, 당연지사 다시 찍어야 할 테지만 규헌에게는 지금 그럴 시간적 여유는 없었다. 스케줄표를 정리하던 그녀가 경악할 정도의 일거리들이었다. 어떻게 시간이 났다고 치자. 하지만 어제 그 스태프들을 다시 모여 촬영을 진행한다고 해도 손해 보는 비용이 만만치 않았다. 손이 발이 되도록 싹싹 빈다고 해결될 문제는 아니었다.

작업실 앞에서 여전히 우물쭈물거리는데 갑자기 현관문이 열리었다. 놀란 희찬이 열린 문틈을 바라보았다. 규헌이었다. 무표정한 얼굴로 그녀를 내려다보는 그의 얼굴은 밤을 새웠는지 무지 피곤해 보였다.

"들어와."

그는 짧은 한마디를 하고선 다시 작업실로 들어섰다. 희찬은 한숨을 푹 내쉬며 조심스럽게 그를 따라갔다. 규헌은 의자에 앉아 옆에 놓인 커피를 한 모금 마셨다. 벌써 다섯 잔도 넘게 마친 커피는 그의 입을 텁텁하게 만들었다.

규헌은 핑 도는 머리 때문에 살짝 인상을 찌푸렸다. 어제 희찬이 USB를 잃어버린 사건 때문도 있었지만, 당장 오늘 있는 촬영 준비까지 너무나 할 일이 많았다. 그는 아무 말 하지 않고 두통이 가시기만을 기다렸다.

희찬은 규헌이 아무 말 하지 않자 더욱 초조해져 갔다. 혼이라도 내면 차라리 나을 텐데. 대체 넌 생각이 없는 거냐고, 지금 너 때문에 무슨 상황이 일어났는지 아냐고, 차라리 윽박이라도 질러 줬으면 하는 마음이 들었다. 하지만 그는 가만히 앉아 바닥만 바라보고 있었다. 그런 그를 바라보며 조심스럽게 입을 열었다.

"죄송합니다. 제가 잡지사에 다시 전화해서 재촬영이 가능한지 물어보겠……."

"됐어. 그건 됐고."

희찬의 말을 잘라 내고는 그가 서랍장에서 무언가를 꺼내 들었다. 흰 편지봉투였다. 희찬이 고개를 갸웃거리며 그를 바라보았다. 그러자 그가 한숨을 푹 내쉬며 희찬에게 그 봉투를 내밀며 말을 이어 갔다.

"이번 달 일한 월급이야. 아직 며칠 남았지만 그냥 원래 월급대로 넣었어."

"이, 이건 왜……."

"내가 널 감당을 못 하겠다."

"……."

"실수는 여러 번 했었지만 지금까지 큰 실수가 없어서 그냥 넘어갔어. 그런데 이번 건은 너도 알다시피 아주 큰 대형 사고야. 네가 잘못을 인정한다고 해서 달라질 게 없다고."

"제, 제가 실수하지 않게 더 노력하겠……."

"아니, 너라면 또 이런 실수를 반복해. 처음부터 남자 어시스트가 아니라서 바로 돌아가라 하려다가 괜찮지 않을까 싶어서 내버려 둔 거였어. 그런데 내가 역시 잘못 판단한 거 같다."

"……자, 작가님."

"어시스트란 직업은 성실히 한다고 다 되는 게 아니야. 난 실수 없고 나와 잘 맞는 어시스트가 필요해."

규헌은 자리에서 일어나 그녀에게 봉투를 쥐여 주었다. 더 이상 아무런 말을 할 수 없었다. 그렇게 큰 잘못을 해 놓고서 뻔뻔하게 일을 하게 해 달라 할 수 없었다. 희찬은 손에 들린 봉투를 쥐고 뒤로 살짝 물러섰다. 눈물이 떨어질 것 같아 간신히 입술을 깨물고 꾸벅 규헌에게 인사를 건넸다. 그리고 도망치듯 얼른 작업실을 빠져나왔다. 문을 닫고 정원에 선 그녀는 긴 한숨과 함께 흐르는 눈물을 얼른 손으로 훔쳐 냈다. 이젠 더는 이 정원도, 이 작업실도 볼 수가 없었다. 오래 일하진 않았지만 그녀에겐 첫 직장이었고, 처음 이곳에 왔을 때 예쁜 작업실에서 눈을 뗄 수 없었던 자신의 모습이 엊그제 일처럼 선명했다.

"괜찮아. 괜찮아, 유희찬."

그냥 내 일이 아니었던 것뿐이야. 희찬은 그렇게 자신을 위로하며 대문을 닫고 작업실 밖으로 나왔지만, 또다시 뒤돌아 작업실을 올려다보았다. 새하얀 작업실은 아직도 한없이 예뻐 보였다.

"유희찬!"

그때였다. 뒤에서 누군가가 해맑은 목소리로 자신을 부르는 소리에 가던 걸음을 멈추고 뒤를 돌아보았다. 익숙한 코발트블루색 외제차에서 내리는 정우가 씩 웃으며 그녀에게 다가오고 있었다.

"어디 가? 싸가지 녀석이 또 심부름시켰어?"

분명 어제 헤어질 때까지만 해도 뚱해 있던 정우는 온데간데없었다. 그는 평소의 모습처럼 웃으며 그녀를 대했다. 하지만 희찬은 그를 웃으면서 반겨 줄 수만은 없었다. 희찬이 굳은 표정으로 입을 묵묵히 다문 채 그를 바라보았다.

"왜 그래?"

"……."

"아, 너 어제 일로 아직도 꽁해 있는 거냐? 에이, 보기보다 속이 좁네. 난 벌써 잊어버린 지 오래인데."

정우는 해맑게 웃으며 말했지만 여전히 희찬의 얼굴은 어두웠다. 이상한 낌새를 눈치챈 그는 웃고 있던 표정을 지웠다.

"왜 그래? 무슨 일 있어?"

그가 조심스레 물으며 그녀의 어깨에 손을 얹히자, 재빨리 그의 손을 쳐 내었다. 놀란 정우가 허공에 손을 멈추고 그녀를 바라보았다. 원망이 가득 담긴 표정으로 눈물을 뚝뚝 흘리고 있는 그녀의 모습에 당황한 기색이 역력했다.

"왜 그래, 무슨 일이야."

"아니에요. 전 이만 가 볼게요."

"유희찬."

정우가 다시 한 번 그녀의 이름을 불렀다. 그리고는 그녀의 앞을 가로막으며 다시금 묻기 시작했다.

"왜 이러냐고."

"아무것도 아니라니까요."

"아무것도 아닌 사람이 왜 그렇게 우는데?"

"진짜 아무것도……."

"말해."

"정말 아무 것도 아니에요!"

희찬이 정우에게 버럭 소리치며 말했다. 놀란 정우가 멍하니 그녀를 바라보자 희찬은 그를 지나쳐 유유히 멀어지기 시작했다. 정우는 그런 희찬의 뒷모습을 가만히 바라보았다. 그리고는 입술을 깨물며 규헌의 집으로 시선을 옮기기 시작했다.

규헌은 희찬이 나간 후에도 의자에 앉아 여전히 일어나질 못하고 있었다. 문제는 수면 부족과 카페인 과다 섭취. 머리가 울리고 시야가 잘 보이지 않았지만 오늘은 중요한 화보 촬영이 있는 날이었다. 규헌은 간신히 정신을 차리고 책상 위를 더듬거리며 휴대폰을 움켜쥐었다. 그리곤 어디론가 묵묵히 전화를 걸기 시작했다.

― 어? 오빠. 웬일이야? 한동안 바쁘다고 전화도 하지 못할 거 같다더니.

"나영아."

― 응, 오빠. 그런데 목소리가 왜 그래? 또 잠 못 잤어?

"너 오늘 시간 돼?"

― 응, 뭐 딱히 할 일은 없어. 왜? 오늘 촬영 미뤄졌어? 놀러 가자고?

"그게 아니라, 며칠 간 내 어시 좀 해 줄 수 있어?"

― 어시? 희찬 씨 있잖아. 왜? 희찬 씨 아프대? 무슨 일 있어?

나영의 걱정스런 물음에 규헌은 길게 한숨을 내뱉었다. 그리고는 조심스럽게 말을 다시 이어 갔다.

"내가 잘랐어."

― 뭐? 잘라?

"어제 큰 대형 사고를 쳤거든. 어차피 여자 어시라서 오래 둘 생각은 없었어."

― 대형 사고라니? 무슨 사고? 세트장 무너졌어?

"그런 게 아니라, 어제 촬영한 USB 정리하라고 줬는데 잃어버렸어. 아무래도 재촬영해야 할 것 같아. 일단 시간 되면 빨리 작업실로 좀 와줘."

― 아, 알겠어. 내가 지금 바로 갈게.

나영의 말이 끝나기가 무섭게 규헌은 전화를 끊고 책상에 엎드렸다. 더 이상 눈이 떠지질 않는 규헌은 나영이 올 때까지만이라도 눈을 붙여야겠단 생각으로 조용히 엎드려 있었다. 하지만 그 조용함을 깨는 초인종 소리에 그의 편안했던 표정이 잔뜩 구겨졌다.

"아씨, 뭐야."

그가 힘겹게 눈을 뜨고 몸을 일으켰다. 멍하니 현관문을 바라보고만 있자 초인종이 쉴 새 없이 울리고 있다는 걸 알 수 있었다. 어떤 놈이 장난치는 건지 잡히면 족친다는 표정으로 성큼성큼 인터폰으로 향했던 찰나, 익숙한 목소리와 말투에 그는 잔뜩 인상을 구겼다.

"야! 문 열어! 강규헌! 이 자식아!"

정우였다. 빽빽 소리를 지르는 게 현관문 너머 작업실까지 들리는 것이었다. 그는 한숨을 푹 내쉬며 문을 열어 주었다. 대문이 열리자, 성큼성큼 걸어오는 발소리가 규헌의 귀에까지 들려왔다. 그리고 마침내, 현관문을 거칠게 연 정우가 모습을 드러냈다.

"이봐, 유희찬한테 무슨 일 있어?"

규헌은 정우의 물음에 대답하지 않고 그를 한심하다는 듯 쳐다보았다. 도대체 어떻게 된 사람이 여자를 보러 하루에 한 번씩 나타나는 건지. 꼴 보기 싫은 듯 규헌은 정우에게서 시선을 떼고 의자에 앉으며 말을 이어 갔다.

"넌 회사 일 안 하냐?"

"어제 일 다 하고 왔거든? 너처럼 머리가 나쁘지가 않아서 난 이틀 치는 한 방에 끝낼 수 있어."

"아주 잘나셨네요."

"난 원래 잘났어. 아, 지금 그게 중요한 게 아니잖아! 유희찬 어디 아파? 아님, 너한테 한소리 들어서 저러는 거냐?"

"잘렸어."

"그래, 잘린 건 알아. 그거 말고 쟤가 왜 저러…… 뭐? 잘려?"

"어제 유희찬이 대형 사고를 쳤거든. 그래서 방금 잘리고 가는 길이야."

"대형 사고라니. 어제 촬영장에 내가 있었는데 아무 일도 없었잖아!"

정우가 소리를 빽 지르자 규헌의 머리가 또다시 웅웅 울렸다. 인상을 잔뜩 찌푸리며 정우를 바라보자, 그가 씩씩거리며 규헌을 노려보고 있었다. 아, 정말 빨리 보내 버리고 조금이라도 자고 싶은데. 규헌은 한숨을 길게 내뱉으며 말을 이어 갔다.

"어제 촬영한 USB를 유희찬이 잃어버렸어. 그래서 어제 촬영한 게 모두 무용지물이 되어 버렸다고. 이제 됐지? 난 지금 바쁘니까 얼른 꺼져. 이제 네가 애타게 찾는 유희찬은 여기 없으니까."

정우는 규헌의 말이 끝나기가 무섭게 그에게 달려들어 멱살을 움켜쥐었다. 안 그래도 간신히 정신을 버티고 있는 규헌이었기에 달려드는 정우를 떼어 낼 수가 없었다. 규헌이 한숨을 푹 내쉬었다.

"이거 놔."

"그딴 거 다시 찍으면 되잖아. 왜 애꿎은 사람을 자르고 그래! 넌 인정머리도 없냐!"

정우의 말에 규헌은 픽 웃음을 내지었다. 잡지사 대표라는 사람이 이 상황이 얼마나 심각한 건지 아예 파악조차 못 하고 있는 듯했다. 규헌은 억지로 정우의 손을 떼어 냈다. 그리고는 비릿한 미소를 지으며 정우에게 말을 이어 갔다.

"그딴 거? 애꿎은 사람? 뭐가 그딴 거고, 누가 애꿎은 사람인데? 내가 말하는 그딴 거 하나 날려 버리면 얼마나 큰 손해가 오는 줄 알아? 그 추운 날에 모든 스태프들이 서너 시간 고생한 대가가 모두 무용지물이 된 거라고. 모두의 시간적 손해뿐만이 아니라, 그 화보가 실리는 너희 잡지사한테도 크나큰 손해야. 한 번 촬영하는 데 그 많은 인력 값은 누가 낼 거 같아? 다 너희 회사야. 그 큰 손해를 낸 건 다름 아닌 네가 그렇게나 아끼는 유희찬이라고. 이래도 넌 그저 애꿎은 사람이라고 말할 수 있어?"

규헌의 따지는 듯한 말투에 정우는 입을 꾹 다물었다. 규헌의 말이 다 맞는 말이었다. 어제 그 화보는 분명 정우의 잡지사 '스쿠알로'의 일이었다. USB를 잃어버렸으면 재촬영을 해야 했고, 그 손해는 회사에서 모두 대야만 했다. 정우는 이를 꽉 물며 규헌을 노려보았다.

"그까짓 거 별 거 아니야. 다시 찍으면 되는 거야. 내가 회사에 얘기하면……."

"내가 회사에 얘기하면 당연히 아무 말 없이 재촬영이 되겠지. 하지만 난 안 돼. 난 지금 몇 주간 촬영 스케줄이 꽉 잡힌 상태야. 다음 날엔 사진전 준비로 바빠질 테고. 다시 그걸 찍을 시간 따윈 나에겐 없어."

"이씨, 너한테 안 맡겨! 다른 작가한테 맡기면 돼!"

"그래도 실수는 실수야. 유희찬 잘린 건 물리지 못해."

"인정머리 없는 자식!"

"그런 실수를 또다시 안 하리란 보장 없어. 너는 모르겠지만 지금까지 유희찬이 실수한 것만 해도 수십 가지야. 다 자잘한 거라서 그냥 넘어간 거였지만."

"그럼 큰 실수는 이번 건밖에 없었다는 얘기지? 그럼 USB 찾으면 유희찬 다시 일하게 해 줄 수 있어?"

정우의 말에 규헌은 멍하니 그를 바라보기만 했다. 확실히 이번 일만 아니었으면 이렇게 잘라 버리진 않았을 것이다. 나름 열심히 하고 있었고, 실수를 하긴 해도 차츰 익숙해지면서 실수가 줄어들고 있었던 것도 사실이다.

"뭐, 생각은 해 보겠지만. 잃어버린 USB를 어디서 찾아? 그녀석도 어제 하루 종일 촬영지에 가서 찾아본 것 같은데."

"찾을 거야. 찾을 수 있어. 찾으면 복직시켜 줘라, 꼭!"

"생각해 보고라고 했어, 난."

"이게 진짜, 확!"

정우가 손을 번쩍 들었을 때, 갑자기 현관문 비밀번호가 풀리는 소리가 들렸다. 정우가 허공에 손을 세우고 뒤를 돌아보자 나영이 작업실로 들어오고 있는 것이 보였다. 갑작스런 나영의 등장에 놀란 정우가 허공에 있던 손을 제자리로 내렸다.

"어? 박정우, 너 여긴 웬일이야?"

"누, 누나야말로 또 여긴 왜 와?"

"희찬 씨가 잘렸다기에 며칠 동안 오빠 어시 좀 해 주려고. 너 설마 오빠한테 또 시비 걸고 그런 건 아니지?"

나영의 물음에 정우는 마른침을 꿀꺽 삼켰다. 그리고 힐끗 규헌을 바라보자 녀석이 아까 멱살을 잡은 것 때문에 흐트러진 셔츠를 매만지고 있었다. 이 나쁜 놈. 그걸 또 누나에게 일러바치려 하다니. 정우가 말하면 죽는다, 라는 시선으로 그를 쳐다보았지만 그는 픽 웃기만 할 뿐이었다.

"그런데 희찬 씨는 대체 왜 USB를 잃어버린 거래?"

"몰라, 주머니에 넣어 뒀는데 잃어버렸대. 딱히 변명은 안 하더라."

"아휴, 큰일이다. 재촬영하려면 인력, 시간 낭비 장난 아닌데. 오빠는 그렇다고 그새 희찬 씨를 잘라 버림 어떡해. 매정하게."

옳지. 누나 잘한다. 정우는 속으로 나영을 응원하며 파이팅을 외쳤다. 그렇게 규헌을 더 압박해 마음을 돌려먹기를 바랐지만 규헌의 태도는 완강했다.

"어차피 여자 어시라 처음부터 마음에 안 들었어. 잘하는가 싶으면 실수하고, 또 실수하고. 나 원래 실수 한 번은 봐줘도 두 번은 안 봐주잖아."

"그래도, 그렇지. 희찬 씨 안 그래도 USB 잃어버려서 속이 말이 아닐 텐데."

"됐어. 이미 지나간 일이야. 빨리 촬영 준비해야 해. 한 시에 촬영 있어."

규헌이 자리로 돌아서며 말했다. 그러자 나영은 더 이상 규헌에게 희찬의 이야기를 하지 않고 재킷을 벗으며 그를 도울 준비를 하고 있었다.

"정우야, 넌 안 가?"

"가, 가야지. 갈 거야!"

"제발 좀 가 줘라."

"이 자식이, 확! 네가 가라고 안 해도 갈 참이었거든? 너, 약속 꼭 지켜라. USB를 찾으면 유희찬 네 어시스트로 복직시켜 주는 거야!"

정우는 큰 목소리로 떵떵거리며 작업실을 나섰다. 쾅, 거칠게 현관문을 닫은 그는 한숨을 내쉬었다. 그런데 USB를 어디서 찾나? 작업실에 자신이 데려다 줬을 때만 해도 USB를 잃어버렸다는 이야긴 전혀 없었다. 정우는 턱을 매만지며 정원을 걸어 나오다가 문득 자신이 희찬을 어깨에 둘러멨던 사실이 떠올랐다.

"설마, 그때?"

그때라면 주머니에 넣어 둔 USB가 빠졌을 가능성이 컸다. 젠장, 만약 그때 빠진 게 확실하다면 유희찬이 잘린 건 모두 자신의 탓이 된다. 정우는 한숨을 푹 내쉬며 자리에 주저앉았다.

"왜 하는 일마다 이런 거야……."

도움은 못될망정 방해는 하지 말았어야지. 정우는 죄책감에 자신의 머리를 손으로 쿵쿵 때렸다. 그녀가 아까 그렇게 소리친 이유를 이제야 알 것 같았다. 정우는 울상이 된 얼굴로 제 머리를 마구 헝클어트렸다. 찾아야만 한다. 무조건 찾아야 한다. 정우는 두 주먹을 불끈 쥐고 자리에서 일어나 얼른 차를 몰고 어제 촬영지로 빠르게 달리기 시작했다.

희찬은 꽁꽁 언 손을 호호 불며 자리에 풀썩 주저앉았다. 규헌에게 해고당하고 난 후 계속 이곳에서 USB를 찾아 헤맸지만 아무리 바닥을 훑어봐도 보이지 않았다. 귀신이 곡할 노릇이었다. 다른 곳에 흘렸을지도 모른다는 생각을 잠시 했었지만 여기 말고는 USB를 흘릴 만한 곳은 없었다.

"대체 어디 간 거야……."

한숨이 절로 터져 나왔다. 머리를 손으로 움켜쥐고 괴로운 표정을 짓던 그녀는 또다시 어제 걸어갔던 동선을 머릿속에 그리기 시작했다. 촬영이 끝나고 규헌에게 USB를 받았다. 그리고 바로 재킷 주머니에 넣어 둔 뒤 카메라를 정리하고 가려는 도중 정우가 자신의 차에 타라 했다. 그리고 자신은 타지 않는다며 걸어가다가 스태프를 만나 차에 타려 했지만 타지 못했다. 그냥 가려던 도중 정우가 자신을 둘러메고 결국 정우의 차에 올라탔다.

멍하니 바닥을 바라보며 자신이 차에 올라탄 모습을 상상했다. 그러다 문득 그가 둘러멨던 때가 아니라 차에 탔을 때일 수도 있다는 생각이 들었다. 희찬은 박수를 턱 치며 주머니에서 휴대폰을 꺼내 들었다.

"그 사람 차에 있을지도 몰라! 그 사람 전화번호가……."

희찬은 정우의 번호를 찾아 통화 버튼을 누르려다 아까 있었던 일을 떠올렸다. 그렇게 소리를 질렀는데 아무 일 없었던 듯 그에게 전화를 걸 수는 없었다. 희찬은 전화하기를 포기하고 한숨을 푹 내쉬었고, 제 뺨을 손으로 툭툭 치며 자리에서 일어섰다. 그때, 누군가 다가오는 발걸음 소리에 희찬은 슬쩍 뒤를 돌아보았다.

"……어?"

"어? 너 왜 여기 있어? 잘렸다면서."

"그쪽이야말로 왜 여기에……."

희찬은 정우의 등장에 당황한 듯 보였다. 아까 그렇게 싸우고 나서 한동안은 못 볼 줄 알았던 그였는데 예상치 못한 이곳에서 다시 만나다니. 희찬이 멍한 표정으로 그를 바라보고 있자, 어색한 헛기침을 내뱉으며 그가 조심스럽게 그녀에게 다가섰다.

"너, 너야말로 잘렸으면서 여긴 왜 온 건데?"

"저, 저야 잃어버린 USB는 찾아야 할 것 같아서……. 그런데 저 잘린 것 어떻게 알았어요?"

"어떻게 알긴, 작업실 들어가서 그 자식한테 물었지."

"또 작가님한테 이상한 짓 하신 건 아니죠?"

"내가 왜 이상한 짓을 해? 너도 누나도 참나…… 그나저나 USB는?"

"없어요. 아무리 찾아봐도 없어요."

희찬이 풀 죽은 목소리를 내며 자리에 주저앉았다. 그런 그녀를 보며 정우는 조심스럽게 그녀의 옆에 앉았다. 머리를 긁적이며 그녀를 힐끗 쳐다보던 그가 들릴락 말락 한 목소리로 중얼거렸다.

"……미안."

"네?"

"미, 미안하다고. 나 때문에 잃어버렸잖아. 그거."

"아……."

쑥스러운지 정우의 귀가 새빨개졌다. 그는 희찬의 얼굴을 똑바로 쳐다보지도 못하고 있었다. 누군가에게 사과를 한다는 건 정우의 사전에는 있을 수 없는 일이었다. 하지만 그녀에게는 벌써 두 번째 꺼내는 말이었다. 심지어 가족인 아버지에게도 한 번도 미안하다는 소리를 해 본 적이 없었던 그였기에 이런 자신의 변화가 신기하게 느껴졌다.

"아니에요. 잘 간수하지 못한 제 잘못이죠."

"내가 그때 너 억지로…… 아, 정말 하는 일마다 다 꼬이고. 젠장."

정우는 차마 말하지 못하고 고개를 푹 숙였다. 너무도 자책하는 모습에 희찬은 조금 그가 안쓰럽게 보이지까지 했다. 당신 탓만은 아니라고, 다시 한 번 그에게 말해 주려던 찰나, 정우가 나지막한 목소리로 그녀의 이름을 불렀다.

"유희찬."

"네?"

"넌 이런 내가 싫지?"

"네?"

"아, 아니. 만약 그렇다면 내가 네 앞에 나타나는 것 자체가……. 아, 아니다! 아니야. 못 들은 걸로 해. 그냥."

크흠, 헛기침을 내뱉으며 정우는 새빨개진 얼굴을 가리려고 고개를 푹 숙였다. 원래 저런 사람이었나? 그녀는 손가락을 꼼지락거리며 애써 모르는 척 눈을 돌리려 했지만 그녀의 심장은 이상하게도 쿵쿵 거세게 뛰고 있었다.

"어, 얼른 USB나 찾자!"

어색한 기류가 계속 흐르자 참다못한 정우가 자리에서 벌떡 일어섰다. 하지만 그는 발걸음을 뗄 수가 없었다. 가녀린 그녀의 손이 그의 옷자락 끝을 잡았기 때문이다. 정우가 고개를 돌려 희찬을 바라보았다. 정우처럼 빨개진 얼굴을 한 채 바닥만 바라보고 있는 그녀가 작은 목소리로 입을 열었다.

"아니에요."

"……."

"그쪽…… 그렇게 싫어하진 않아요."

정우는 물끄러미 그녀를 바라보았다. 매번 밀어내던 그녀가 부끄러워하는 얼굴로 정우의 옷자락 끝을 잡고 있다니. 정우는 슬쩍 다시 제자리에 앉았다. 이럴 때는 뭐라고 해야 하는 걸까? 정우는 고개를 돌린 채 헛기침을 내뱉으며 숨을 깊게 들이켰다. 심장이 마치 머리에 달린 것만 같은 기분이다.

정우는 용기를 내서 슬쩍 고개를 희찬에게로 조심스럽게 돌렸다. 그리고는 물끄러미 그녀를 바라보았다. 희찬의 시선도 조금씩 바닥에서 올라와 정우에게로 향했다. 발그스름해진 그녀의 얼굴에 꿀꺽, 정우의 목젖이 크게 움직였다. 아, 자제력이 사라진다. 정우는 손을 들어 그녀의 뺨을 어루만졌다. 차디찬 그녀의 뺨은 따뜻한 그의 손에 스르륵 녹아내리는 것만 같았다. 정우가 조금씩 그녀에게 다가섰다. 몸을 기울이며 희찬에게 가까이 다가섰다.

희찬은 다가오는 그의 얼굴에 긴장한 듯 얼굴을 살짝 뒤로 뺐다. 하지만 그가 뒤로 가지 못하게 그녀의 뒤통수를 어느새 손으로 받치고 있었다. 그의 뜨거운 입김이 그녀의 얼굴에 닿았.

쿵쿵쿵쿵. 희찬은 미친 듯이 뛰는 심장 소리에 주체할 수가 없었다. 희찬은 두 눈을 꼭 감고 있다가 결국 두 손으로 그의 얼굴을 쭉 밀어내고 말았다.

"저, 저기! 혹시 그쪽 차에 USB가 있을지 몰라요! 차, 찾아봐야 하는데!"

벌떡 자리에서 일어난 그녀가 조금 떨어진 곳에서 정우의 차를 발견하고는 도망치듯 그곳으로 달려갔다. 덩그러니 바닥에 널브러진 정우가 멍한 얼굴로 하늘을 바라보다가 고개를 돌려 자신의 차로 뛰어가는 희찬을 노려보았다. 그녀는 헤벌쭉 웃으며 차 앞에서 손을 흔들며 얼른 오라고 소리치고 있었다.

"대표님, 얼른 차 문 좀 열어 줘요!"

그녀의 능청스런 행동에 그저 실없는 웃음이 마구 터져 나왔다. 참나, 싫지 않다면서 왜 거부하는 건데? 그녀의 행동에 화가 나긴 했지만, 어쩐지 정우의 입가에는 스멀스멀 웃음이 피어나고 있었다.

"거기는 있어?"

"아니요. 없는 거 같아요."

축 어깨를 늘어트리고 희찬은 긴 한숨을 푹 내쉬었다. 차 안 구석구석을 찾아보았지만 USB는 어디에도 보이지 않았다. 차 안에 떨어진 게 아니라면 대체 어디서 잃어버린 것일까? 도저히 감히 잡히지 않는 그녀는 거의 포기한 표정으로 조수석에 앉아 있었다.

"에휴, 없다. 없어."

정우도 뒷좌석까지 다 뒤지고 나서야 한숨을 내쉬며 운전석에 털썩 주저앉았다. 대체 어디로 간 거야, 이놈의 USB.

"혹시 재킷 주머니 말고 다른 주머니에 넣어 둔 거 아니야?

바지나 가방이나."

"다 찾아봤어요. 없어요. 그리고 분명 그때 제가 재킷 주머니에 넣어 놨단 말이에요."

희찬은 입을 삐죽 내밀며 말했다. 정우는 더 이상 뭐라 할 기운도 없는 듯 창문에 머리를 기대어 멍한 표정을 짓던 찰나, 그의 주머니에 있던 휴대폰이 울렸다. 귀찮은 듯한 표정으로 휴대폰을 꺼내 들던 정우는 액정이 '남 비서'라는 글자에 눈을 번뜩이며 창문에 기대었던 몸을 일으켰다. 이때다. 이제 나의 멋진 면모를 보여 줄 차례가! 정우는 크흠, 목소리를 가다듬고는 통화 버튼과 함께 희찬의 귀에 김 비서의 목소리가 들릴 수 있도록 스피커 버튼도 같이 눌렀다.

— 대표님, 어제 말씀하신 기획안 메일로 다 보내 드렸습니다.

"그래? 그럼 확인하고 전화하도록 하지."

낮고 평소같이 않은 정우의 목소리에 희찬은 그를 힐끗 쳐다보았다. 정우는 뒤에 있던 자신의 가방에서 태블릿을 꺼내 들었다. 그리고는 무언가를 유심히 바라보는 정우의 모습에 희찬은 그가 보고 있는 태블릿을 슬쩍 바라보았다. 크게 'A팀 기획안'이라 쓰여 있는 것을 확인하고 희찬은 신기한 듯 정우에게 조심스레 물었다.

"지금 일하시는 거예요?"

"보면 몰라? 여기 봐. 기획안이라고 쓰여 있는 거."

흐뭇한 표정을 지으며 어깨의 힘을 주는 정우의 행동에 희찬의 얼굴에 작은 웃음이 터져 나왔다. 마치, 그가 칭찬받기 위해 엄마에게 백 점 맞은 시험지를 내미는 꼬마 같았기 때문이었다.

"일 안 하실 줄 알았는데 틈틈이 일도 하시는군요."

"나 원래 할 땐 제대로 하는 사람이야. 내 머리가 얼마나 총명한데."

아, 그러시겠죠. 자신의 칭찬에 기세등등해진 그의 모습이 조금 얄밉기도 했지만 어째 귀엽게도 느껴졌다. 큭큭, 그녀가 입을 막고 웃음을 터트리자 정우가 고개를 갸웃거리며 물었다.

"뭐가 그렇게 웃겨?"

"아, 아니에요. 그냥 좀……."

"설마 비웃는 건 아니지?"

"에이, 제가 왜 비웃습니까. 그냥 좀 안 어울리시긴…… 해요, 조금."

희찬의 말에 정우는 미간이 조금 찌푸려졌다. 일하는 모습이 안 어울린다니. 생각지도 못한 그녀의 발언에 기분이 조금 상해 버렸다. 젠장, 평소에 내 모습이 어땠기에 일 하는 모습이 안 어울린다는 거야? 정우가 속으로 여러 생각을 하던 그때, 또다시 정우의 휴대폰이 울리기 시작했다. 또 남 비서였다. 이번에야말로 멋있는 모습을 보여 주겠노라 다짐하며 통화 버튼과 함께 스피커 버튼을 함께 눌렀다.

"응, 또 왜."

— 대, 대표님! 회장님께서 지금 회사에…….

"뭐, 뭐?"

당황한 정우가 희찬의 눈치를 바라보며 얼른 스피커를 끄려던 찰나, 김 비서의 목소리가 흐려지고 낮은 목소리가 휴대폰 너머로 들려오기 시작했다.

— 대체 회사에 있지 않고 어디서 또 놀고 있는 게냐.

정우의 아버지였다. 소름 끼치도록 낮은 목소리에 희찬도 괜히 온몸에 긴장감이 돌았다. 정우가 당황한 얼굴로 얼른 스피커폰을 끄고 휴대폰을 귀에 갖다 대었다.

"지금 일이 있어서 밖에 나와 있어요. 할 말이 있으시면 나중에······."

— 밖에서 또 여자나 만나고 있으면서 일은 무슨! 당장 회사로 들어와! 그리고 다음 주 토요일 저녁 일곱 시에 약혼식 잡아 놨다. 그랜드 호텔에서 할 예정이니, 늦지 말고 오도록 해!

뚜욱, 끊겨 버린 전화에서는 더 이상 어떠한 소리도 들리지 않았다. 정우는 작은 한숨과 함께 휴대폰을 내렸다. 그러고 보니 약혼식에 대해 까맣게 잊고 있었다.

"누나한테 애인이 있는데 무슨 약혼식을 한다고······."

"약혼······식이요?"

"어? 아, 그, 그냥 아는 사람이 약혼을 한다네? 하하, 이, 일단 여기 바닥 한번 다시 훑어보고 집에 갈까? 여기 없으면 분명 네 옷이나 가방에 있는 게 분명하니까 집에 가서 다시 찾아봐라, 응?"

정우는 어색하게 웃으며 도망치듯 차에서 내렸다. 설마 통화 내용을 듣진 않았겠지? 하는 생각에 그는 입술을 잘끈 깨물었다. 왠지 모를 불안감에 그는 힐끗 뒤돌아보았다. 희찬은 가만히 조수석에 앉아 자신을 바라보고 있었다. 설마, 들은 건가? 정우는 불안한 얼굴로 마른침을 꿀꺽 삼켰다.

"전 촬영지 근처를 찾아볼게요. 대표님은 여기 근처 좀 찾아보세요."

"아, 응."

정우가 고개를 끄덕이며 말하자 그녀는 아무 말 없이 촬영이 있었던 곳으로 걸어갔다. 아닌가? 만약에 들었으면 약혼식에 대해 물었을 테니까. 정우는 그제야 안심이 된 표정을 지으며 한숨을 푹 내쉬었다.

결국 USB는 찾지 못했다. 그렇게 샅샅이 뒤졌는데도 나오지 않는 것을 보면 분명 희찬의 다른 옷이나 가방에서 나올 것이라 생각하고 있었다. 그런데 아까부터 희찬의 표정이 좋지가 않았다. 정우는 USB 때문인 듯싶어 달래는 듯한 말투로 말을 건넸다.

"걱정 마. 분명 옷이나 가방에 있을 거야. 집에 가서 다시 찾아봐."

정우의 말에 희찬은 작게 고개를 끄덕이기만 할 뿐, 아무런 대답도 하지 않았다. 지금 희찬에겐 그 어떤 위로의 말은 들리지 않았다. 아까부터 머릿속에 맴도는 말은 딱 한 가지, 그의 아버지와 그의 통화 내용이었다. 정우는 듣지 못했을 것이라 생각한 통화 내용은 희미하게 그녀의 귓가에 들렸다. 그건 정우의 지인 약혼식이 아니라, 정우의 약혼식인 것을 알고 있었지만 그녀는 그 어떠한 물음도 하지 않았다. 왜 약혼식을 앞둔 사람이 자신을 만나려 하는 건지, 따져 묻고 싶었다.

"여기서 세워 주세요."

"어?"

"여기서 내릴래요."

갑작스런 희찬의 말에 정우는 당황한 얼굴로 그녀를 바라보았다.

"조금만 더 가면 돼. 집 앞까지 데려다 줄게."

"아니에요. 들를 데가 있어요. 여기서 세워 주세요."

희찬의 말에 정우는 어쩔 수 없이 차를 인도 가까이에 멈추었다. 차가 멈추자마자 기다렸다는 듯이 안전벨트를 풀고 내리는 그녀의 행동에 정우는 얼른 희찬의 팔을 잡아챘다.

"어디 가는데 그래?"

"갈 데가 있어서 그래요. 놔주세요."

갑자기 쌀쌀맞은 태도에 정우는 당황한 표정을 지우지 못했다. 결국 정우는 입술을 꾹 깨물며 그녀에게 물었다.

"왜 그래? 무슨 일 있어?"

"놔줘요."

"대체 왜 이래?"

"놔 달라니까요!"

희찬이 억지로 정우의 손을 떼어 놓으려던 찰나, 갑자기 도로에서 쾅 하고 무언가 큰 마찰음이 울렸다. 갑작스런 굉음에 놀란 희찬과 정우가 도로를 바라보자 비스듬히 선 승용차와 널브러진 오토바이 한 대가 보였다.

사고? 정우는 창문을 열어 자신의 옆 차선에서 난 사고를 바라보았다. 승용차에 탄 사람은 무사한 듯 차에서 내렸지만 널브러진 오토바이에 탄 사람은 보이지 않았다. 웅성거리며 모여든 사람들도 오토바이에 탄 사람을 찾기 위해 두리번거리다 모두들 정우의 차 쪽을 바라보았다.

"아악!"

"119 불러요! 어서!"

지나가던 행인들이 소리를 지르자 정우가 슬쩍 자신의 차 옆을 바라보았다. 그곳엔 오토바이에 탄 사람으로 보이는 남자가 쓰러져 있었다. 놀란 정우가 차 문을 열고 내리려 발을 한 발짝 내밀었을 때, 아스팔트 바닥에 퍼지는 붉은 핏자국이 눈에 선명하게 비쳤다. 그는 붉은 피에 놀라 나가려고 했던 행동을 멈추고 털썩 자리에 주저앉았다. 차량 쪽으로 퍼져 오는 붉은 피에 그는 온몸을 덜덜 떨며 식은땀을 흘리고 있었다.

"대표님……?"

희찬이 정우가 조금 이상하다는 것을 느끼고 조심스레 그를 불렀다. 하지만 그의 시선은 반쯤 열린 문 밑을 향해 있었다. 새파랗게 질린 정우의 얼굴. 희찬이 다시 조수석에 앉아 그의 어깨를 잡고 흔들며 말했다.

"대표님, 왜 그래요? 대표님?"

그는 넋이 나간 사람처럼 가만히 한곳만 쳐다보고 있었다. 희찬이 몸을 빼고 그가 보고 있는 곳으로 시선을 옮겼다. 그가 바깥으로 내민 구두 쪽으로 사고 난 사람의 피가 잔뜩 퍼져 가고 있었다.

"정말 괜찮아요?"

희찬이 운전석에 앉은 정우를 불안한 듯 바라보며 물었다. 정우는 한결 편안해진 얼굴로 어깨를 으쓱이며 말했다.

"괜찮다니까."

"그래도 혹시 모르니까 대리 운전을…… 아님 제가 댁까지 운전해 드릴까요?"

"됐어. 정말 괜찮으니까. 집에 들어가서 옷이랑 가방 다 뒤져 보기나 해."

그가 픽 웃으며 차를 출발시켰다. 희찬은 멀어지는 차에서 눈을 뗄 수가 없었다. 아까 그 사고 이후로 정우는 잔뜩 겁먹은 얼굴로 한동안 움직이질 못했다. 응급차가 와서 사고 난 사람을 병원으로 옮겨 갔지만 그는 여전히 패닉 상태였다. 숨도 헐떡이고 잔뜩 흐르는 식은땀에 병원에 가자고 했지만, 정우가 절대 병원에는 가지 않겠다고 고집을 부렸다. 거의 삼십 분이 지나고 나서야 정신을 차린 그는 애써 태연한 척했지만 입술은 아직도 파랗게 질려 있었다.

"진짜 괜찮은 건가?"

정우의 차가 시야에서 사라질 때까지 그녀는 눈을 떼지 않았다.

"그러고 보니 저번에……."

그래. 저번에도 이런 일이 있었다. 나영이 다쳤을 때도 잔뜩 겁먹은 얼굴로 자리에서 일어서지도 못하던 그의 모습이 떠올랐다. 그때는 그저 나영의 걱정에 그런 건가 보다 했었지만, 오늘 보니 그 이유 때문이 아닌 것 같았다. 희찬은 한숨을 푹 내쉬며 이미 시야에서 사라져 버린 정우의 차를 걱정스런 눈으로 계속 좇으려 애를 쓰고 있었다.

"하아."

한편, 집에 도착한 그는 차를 멈추고 한숨을 푹 내쉬었다. 핸들에 머리를 기대고 두 눈을 감자 또다시 오싹했던 장면이 머릿속에 맴돌았다. 그는 머리를 좌우로 흔들며 잊으려고 노력하고 있었다.

"하필 유희찬 앞에서 또……."

얼마 전 온 발작이 이번에도 오고야 말았다. 그때야 나영의 걱정 때문이라고 철석같이 믿고 있던 터라 그러려니 하고 넘어갈 수 있었지만 이번엔 분명 눈치를 챘을지도 몰랐다. 정우는 한숨을 푹 내쉬며 제 얼굴을 손으로 감쌌다.

그놈의 발작. 피만 보면 오는 공포증. 그는 이런 자신의 모습을 누구에게도 보여 주고 싶지 않았다. 살면서 피 보는 일이 그다지 없었기에 공포증이 생긴 건 십여 년 전이었지만 그의 주변 사람들도 이런 그의 병을 알지 못했다.

"아, 들어가서 잠이나 자야겠다."

원래는 회사로 돌아갈 생각이었지만 지금 상태로는 가 봤자 아무것도 할 수가 없었다. 당장 침대에 눕고 싶다는 생각에 얼른 시동을 끄고 집으로 들어갔다. 그는 재킷을 벗어 던지고 침대에 널브러지듯 누웠다. 그리고 슬쩍 침대 옆 선반으로 고개를 돌렸을 때, 익숙지 않은 물건이 선반 위에 놓여 있는 것을 발견했다. 정우는 고개를 갸웃거리며 그것을 조심스레 손에 들었다. 그리고 그 옆에 노란 포스트잇에 무언가 적혀 있는 것을 보고 정우는 당황스런 얼굴을 감추지 못했다.

[빨래하려던 재킷 주머니에서 이것이 나왔습니다. 중요한 것 같아서 선반 위에 놓고 갑니다.]

"이, 이게 왜 여기에 있지?"

정우의 손에 들린 것은 다름 아닌 USB였다. 왜 이게 자신의 주머니에? 정우는 전혀 이해가 가지 않는다는 듯 물끄러미 USB와 가정부가 써 놓고 간 포스트잇만 멀뚱히 바라보기만 하였다.

정우는 소파에 걸터앉아 테이블 위에 있는 USB를 빤히 바라보며 초조한 듯 발을 까닥이고 있었다. 그렇게 온종일 찾아 헤맸던 USB가 이렇게 가까이에 있었다니. 정우가 곰곰이 생각하다 보니 어쩌면 자신이 희찬을 둘러맸을 때 그녀의 주머니에서 자신의 주머니로 떨어졌을지도 모른다는 생각을 했다. 그래도 그렇지, 하필 바다이 아니라 왜 자신의 주머니일까? 정우는 제 머리를 손으로 싸매고 괴로움에 몸을 이리저리 흔들었다. 바닥에서도, 자신의 차에서도 나오질 않아서 조금 가벼워진 마음이 다시 몇 배로 더 무거워진 듯했다.

"으악! 어째서 하는 일마다 매번!"

정우는 거실이 떠나가라 소리쳤다. 차마 이 사실을 희찬에게 말할 수가 없었다. 그럼 그녀는 기쁨보다는 그게 왜 주머니에 들어갔는지를 생각할 테고, 그녀의 원망이 모두 자신에게 쏠릴 것이 분명했기 때문이다. 정우는 복잡해진 머릿속을 대충 정리하고는 소파에서 벌떡 일어섰다. 그리고 테이블에 놓인 USB를 들고 나갈 준비를 서두르려던 찰나, 그의 휴대폰이 울리기 시작했다. 휴대폰 액정을 보니 나영의 전화였다.

"응, 누나."

— 너 아저씨한테 들었어? 우리 약혼 날짜.

"아, 맞다. 안 그래도 누나한테 연락하려 했는데."

— 아저씨한테 들은 거야? 좀 말려 보지!

"내 말을 절대 듣지 않는 사람이거든? 누나야말로 아저씨 좀 말리지 뭐한 거야?"

— 나도 말리려고 했는데, 전화란 전화는 다 씹고 비서 아저씨한테 연락해도 내 전화는 다 피하고 계시다고만 해. 나도 어쩔 수가 없다고.

"애인 있다고 확실히 말을 해 뒀어야지. 지금까지 얘기도 안 하고 뭐했어?"

나영은 대답 대신 한숨을 푹 내쉬었다. 그래, 일찍 말하고 얼른 약혼을 깨 버렸어야 했는데 규헌과의 재회로 잠시 잊고 있었던 터였다. 정우는 그녀를 따라 한숨을 길게 내쉬었다.

— 너라도 아저씨 설득해. 그게 최선의 방법이야, 정우야.

아버지랑 대화라, 어릴 때 이후로 단 한 번도 정상적인 대화를 나누어 본 적이 없었기에 그에게는 가혹한 형벌과도 같은 것이었다. 정우는 대충 그녀에게 알았다고 대답하고는 전화를 끊었다. 그의 입에서 긴 한숨만이 터져 나왔다. 그의 아버지를 떠올리기만 해도 머리가 지끈지끈거리고 몸에 힘이 점점 빠지는 것 같았다. 정우는 결국, 희찬에게 가려던 발걸음을 멈추고 소파에 벌러덩 누워 버렸다.

정우는 이른 아침부터 희찬의 집 앞을 서성였다. 당장에라도 들어가서 USB를 보여 주려고 했지만, 아직 적당한 핑계거리를 찾지 못하고 있었다. 정우는 한숨을 푹 내쉬며 그녀의 대문 앞에 몸을 기대었다. 그냥 주머니에 있었다고 말을 해야 하나? 그럼 날 미워할 텐데. 정우가 온갖 생각에 잠겨 있던 그때, 갑자기 대문이 열리었다. 놀란 정우가 재빠르게 기대고 있던 몸을 떼자 대문을 열고 나오려던 희찬이 당황한 표정으로 그를 올려다보았다.

"어? 웬일이세요?"

"어? 어, 그냥…… 그런데 넌 어디 가려고?"

"아, 저는 직장 알아보려고요."

"에? 벌써?"

"계속 이렇게 놀면 뭐해요. 얼른 일자리 구해서 다른 일이라도 시작해야죠."

"아, 안 돼! 기다려!"

희찬에 말에 당황한 정우가 그녀의 팔을 잡으며 소리쳤다. 놀란 희찬이 멀뚱멀뚱 그를 쳐다보고만 있자 정우는 주머니에서 USB를 꺼내 그녀의 앞으로 내밀었다.

"USB 찾았어. 이거 맞지?"

정우의 말이 믿기지 않는다는 듯 그의 손에 들린 USB를 유심히 바라보았다. 처음엔 긴가민가하던 그녀의 표정이 점차 밝아졌고, 흥분한 목소리로 USB를 뺏어 들며 소리쳤다.

"마, 맞아요! 이 USB 맞아요! 어, 어디서 찾았어요?"

"어? 그, 그게……."

어쩌지? 주머니에 있었다고 해야 하나? 난감한 표정을 지으며 말을 버벅거리고 있는데 희찬이 조심스럽게 그에게 묻기 시작했다.

"설마……."

설마?

"어제 저랑 헤어지고 또 촬영지 가서 찾아보신 거예요?"

"어? 아, 응! 뭐…… 다시 가서 여기저기를 뒤적였지. 하하."

차마 희찬의 눈을 똑바로 보고 이야기할 수가 없어 어색하게 다른 곳에 시선을 두며 그가 말했다. 믿으려나? 의심하는 건 아니겠지? 하고 시선을 다시 희찬에게로 옮기려던 찰나, 그녀가 벌쩍 뛰며 갑자기 정우 목을 감싸 안았다. 갑작스런 그녀의 행동에 놀란 정우가 어정쩡한 자세로 그녀에게 안겼다.

"야, 야."

"고맙습니다. 진짜 고맙습니다."

그녀의 울먹이는 목소리에 더 당황한 나머지 정우는 어찌할 바를 모르고 있었다. 그냥 지금까지 만나 온 부류의 여자들이었다면 그래그래, 하고 자연스럽게 안아 주며 달래 줬겠지만 희찬은 달랐다. 순수하고, 순진하고, 때 묻지 않은 사람이었다. 정우는 조금씩 그녀의 등을 토닥이며 그녀를 달랬다. 그 어떤 때보다도 정우의 손길은 부드러웠다.

"아! 빨리 작가님께 가져다 드려야겠어요!"

폭 안겨 있던 희찬이 갑자기 고개를 번쩍 들었다. 그 바람에 정우의 턱에 희찬의 머리가 부딪쳤고, 그는 작은 신음 소리와 함께 턱을 손으로 움켜쥐었다. 하지만 희찬은 전혀 아픔을 느끼지 못했는지 부랴부랴 어디론가 달려가기에만 바빴다.

"아, 진짜 저 여자가……."

사람을 쳐 놓고 모르는 척 가 버리네? 정우는 원망 섞인 시선으로 그녀를 바라보았지만, 금세 입가에 미소가 번졌다. 처음이었다. 그녀가 처음으로 정우를 안아 주었고 진심으로 고맙다는 말을 해 주었다. 정우는 그새 아픔을 잊은 듯 턱을 매만지던 손을 내렸다. 그리고는 멀어지는 희찬을 향해 들뜬 목소리로 소리쳤다.

"유희찬, 태워 줄 테니까 타!"

정우의 소리에 그녀가 멈춰 섰다. 그리곤 환한 미소를 지으며 다시 정우에게로 돌아오기 시작했다.

"작가님, 저 유희찬입니다!"

대문을 쿵쿵 두드리며 희찬이 소리쳤다. 인터폰을 든 나영이 놀란 표정으로 규헌을 바라보자 그는 고개를 갸웃거리며 왜 왔는지 잘 모른다는 표정을 지었다. 나영은 일단 사람을 문전박대할 수는 없어 대문을 열어 주었다.

희찬은 문이 열리자 신이 난 발걸음으로 마당을 걸어갔고, 그 뒤로 정우도 그녀를 따라 작업실로 들어섰다. 미리 현관문을 열고 기다리고 있던 나영이 희찬에게 나지막한 목소리로 인사를 건넸다.

"안녕하세요. 희찬 씨."

"안녕하세요. 작가님! 강 작가님 안에 계시죠?"

"네, 그런데 무슨 일로……."

희찬이 기분 좋게 웃으며 손에 들린 USB를 나영의 눈앞에 흔들어 보였다. 놀란 나영이 어떻게 찾았냐고 물어보려 했지만 일단 규헌에게 알리는 것이 먼저라고 생각한 그녀는 얼른 희찬을 작업실 안으로 들어오라 했다. 희찬의 등장에 규헌은 하던 일을 멈추고 슬쩍 그녀를 바라보았다.

"무슨 일이야?"

무덤덤한 목소리로 그가 묻자 희찬은 쪼르르 달려가 손에 든 USB를 규헌에게 내밀었다.

"찾았어요, USB! 이제 재촬영 안 해도 돼요. 작가님!"

"어디서 찾았어?"

"촬영지에서요. 사실, 제가 찾은 건 아니지만요. 하여튼 재촬영은 면했어요. 작가님! 진짜 다행이죠?"

자신의 일처럼 들뜬 목소리로 그녀가 말했다. 규헌은 그런 그녀를 보며 픽 웃음을 내뱉으며 말했다.

"수고했다."

규헌의 말에 희찬은 무거웠던 마음이 놓이는 듯했다.

"아, 그리고 그때 하지 못한 말을 좀 하려고요."

"뭐?"

"그동안 진짜 감사했습니다. 실수투성이인 절 한 달이나 옆에 두시고. 정말, 진짜 정말 많이 배웠습니다. 작가님!"

꾸벅, 희찬이 머리를 숙이자 규헌은 당황한 얼굴로 그녀를 멀뚱히 바라보았다. 원래 밝은 애인 것은 알았지만 정말이지, 너무나 밝아서 속이 없는 사람처럼 보이기도 했다.

"그럼, 전 가 보겠습니다. 수고하세요!"

희찬이 환하게 웃으며 작업실을 나서려 하자, 지켜보던 정우가 살짝 미간을 찌푸렸다. 어라? 내가 원했던 건 이게 아닌데? 정우는 규헌을 노려보았지만 그는 아무렇지 않은 척 다시 일에 집중하고 있었다.

"이제 가요, 대표님."

희찬은 이제 됐다는 듯 그에게 말하고는 신발을 신고 갈 준비를 서둘렀다. 정우는 다시 한 번 규헌을 바라보았지만 전혀 희찬을 잡을 기미가 보이지 않았다. 이 자식을 그냥! 정우가 주먹을 꽉 쥐고 나가려던 희찬의 앞을 막아섰다.

"야, 가지 마. 여기 있어 봐."

"네?"

희찬이 물었지만 정우는 아무런 대답을 하지 않고 규헌에게로 저벅저벅 다가섰다. 다가오는 발걸음 소리에 규헌이 시선을 돌려 정우를 바라보았다.

"야, 너 따라와."

"왜? 나 바쁜데."

"이씨, 따라오라면 따라와!"

정우가 규헌의 목에 팔을 두르고 억지로 2층으로 올라가 버렸고, 멍하니 그 모습을 지켜보던 희찬과 나영은 서로를 빤히 바라보며 어깨를 으쓱였다.

"둘이 언제 저렇게 친해졌지? 희찬 씨는 알아요?"

"전혀…… 모르겠는데요."

희찬과 나영은 전혀 이해하지 못하겠다는 얼굴로 한동안 멍하니 계단을 바라보고 있었다.

"이거 놔!"

규헌이 말이 떨어지기가 무섭게 정우는 잡고 있던 목을 놓아주었다. 규헌은 정우가 잡은 목을 손으로 만지작거리며 그를 노려보았다. 대체 갑자기 이게 무슨 짓이래? 워낙에 저돌적인 놈이라는 건 알고 있었지만 다짜고짜 사람을 이렇게 질질 끌고 오다니. 규헌은 화가 난 얼굴로 정우를 바라보았지만 그가 더 화가 난 얼굴로 규헌을 노려보고 있었다.

"너 왜 약속 어겨."

"뭐? 무슨 약속?"

"USB 찾으면 유희찬 복직시켜 준다며!"

"아……."

규헌은 이제야 생각이 났는지 그제야 고개를 끄덕였다. 하지만 규헌은 금세 비릿한 웃음을 지으며 정우의 말에 반박했다.

"그런데 난 복직시켜 준다는 말은 안 했어. 생각해 보고, 라고 했지."

"뭐야?"

"그리고 촬영지에서 찾았으면 유희찬이 실수로 잃어버린 게 맞다는 거잖아. 그렇게 커다란 실수를 하는 애를 내가 어떻게 믿고 다시 어시스트로 고용을 해?"

"분명 복직시켜 준다고 네가……."

"내가 아니라 네가 복직시켜 달라고 했었지. 난 분명 생각해 보겠다고만 했고."

정우는 꿀 먹은 벙어리처럼 아무런 말도 하지 못한 채 주먹을 꽉 쥐었다. 분명 규헌은 생각해 보겠다고만 한 것이 맞았다. 복직시켜 달라는 것도 자신의 억지였다. 만약 자신이 규헌이었어도 큰 실수한 부하 직원을 그냥 둘 순 없었을 것이다. 규헌보다 더 하면 더 했지, 덜 하지는 않았을 것이다.

규헌은 정우가 아무런 말이 없자 어깨를 으쓱거렸다. 의외로 포기가 빠른 놈이네? 라는 생각에 규헌은 입가에 미소를 띠었다.

"그럼 난 이제 가 봐도 되겠지?"

"자, 잠깐만!"

"또 왜?"

규헌이 작은 한숨과 함께 짜증 섞인 얼굴로 정우를 바라보았다.

"그, 그게 사실……."

정우가 우물쭈물거리며 말을 잇지 못하자 규헌은 고개를 좌우로 흔들며 한숨을 내쉬었다.

"할 말 없으면 그냥 말아. 나 지금 밀린 일이 산더미거든?"

"기, 기다려!"

"그럼 말을 해! 답답하게 뭐하는 거야 진짜."

규헌이 결국 폭발한 나머지 꽥 소리를 질렀다. 정우는 그런 규헌을 보고 자신의 머리를 마구 헝클어트리며 그에게 천천히 다가섰다. 그리고는 아주 작은 목소리로 그의 귓가에 소곤거리듯 말했다.

"그 USB 사실 유희찬이 잃어버린 게 아니야."

"무슨 소리 하는 거야."

규헌은 이해하지 못하겠다는 듯 고개를 갸웃거렸다. 그러자 정우가 한숨을 내쉬며 다시 말을 이어 갔다.

"내가 그날 너 가고서 유희찬한테 태워 주겠다고 했는데 내 차에는 안 탄다고 해서 내가 억지로 유희찬을 둘러멨어. 그때 아무래도 내 주머니에 딸려 들어간 거 같아."

"……지금 그딴 허접한 변명을 나보고 믿으라는 거야?"

"아씨, 진짜야! 유희찬이 다 내 탓이라고 뭐라고 할까 봐 말은 못 했지만 집에 오니까 집안일 해 주시는 가정부가 내 재킷에 그 USB가 있었다고 그랬단 말이야."

규헌은 의심스런 눈으로 정우를 바라보았지만 거짓말하는 표정으로는 보이지 않았다. 만약 정우의 말이 사실이라면 희찬의 잘못은 없었다. 잘못이 있다면 이런 미친놈을 달고 다닌 죄라고나 할까? 규헌은 슬쩍 계단 밑 1층을 바라보았다. 나영이 커피를 내주었는지 나란히 소파에 앉아 커피를 마시고 있는 희찬이 보였다.

"그러니까 유희찬은 실수하지 않았다고. 다 내 잘못이야."
"그래서 잘못 없는 유희찬은 복직시켜 달라?"
"그래, 지금 당장 복직시켜 줘!"
정우의 말에 규헌은 길게 한숨을 내뱉으며 말을 이어 갔다.
"알겠어. 그 대신 조건이 있어."
"조건?"
알겠다는 말에 밝아졌던 정우의 표정이 한순간에 또 일그러지고야 말았다. 무슨 사람이 좀생이처럼 조건을 달고 지랄이야? 정우는 따지고 싶었지만 일단은 복직시켜 준다는 말에 더 이상 걸고넘어지지는 말아야겠다는 생각에 입을 꾹 다물었다.
"조건이 뭔데?"
뾰로통해진 표정으로 정우가 말하자 규헌은 손가락 두 개를 펴며 말을 이어 갔다.
"조건은 두 가지야."
"아씨, 한 가지면 됐지 뭐 두 가지씩이나……! 아, 아니다. 일단 얘기해 봐."
이놈의 성질머리를 고쳐야 하나. 분명 아까 속으로 걸고넘어지지 않겠다고 다짐했건만 몇 초도 지나지 않아 튀어나오는 정우의 성질머리였다. 정우는 차분하게 다시 마음을 가라앉히며 그의 조건을 들을 준비를 했다. 심호흡을 크게 한 뒤에 규헌을 바라보며 말을 이어 갔다.
"어디 말해 봐, 뭔데 그 조건이."

"유희찬한테 거는 조건이 아니라, 너한테 거는 거야."

"그러니까 말해 보라고. 서론 되게 기네."

"첫째, 앞으로 유희찬 일하는 곳에 나타나지 마."

"뭐? 그런 게 어디 있어?"

"이번 사건은 다 너 때문에 일어난 거잖아. 다시는 촬영지나 작업실, 유희찬이 일하는 곳 어디에도 나타나지 마."

"아씨, 그럼 대체 언제 유희찬을 만나라는 거야. 안 그래도 아침부터 저녁까지 타이트하게 일시키는 주제에……."

"구시렁거리면 복직 안 시켜 준다."

"아, 알았어! 그건 일단 노력해 볼게, 둘째는 뭔데?"

정우는 일단 유희찬이 복직되는 것만 생각하자고 마음을 추스르며 규헌에게 말했다. 그러자 규헌이 비릿한 미소를 지으며 정우를 쳐다보기 시작했다. 왠지 모를 불안감에 마른침을 꿀꺽 삼키는 정우였다.

"둘째, 앞으로 나한테 존댓말 써."

"뭐?"

"나이도 어린것이 야, 너, 하는 거 참 불쾌하거든? 내가 네 누나인 나영이보다 나이가 많은데 왜 어째서 너한테 야, 너라는 소리를 들어야 하지? 앞으로는 규헌 씨, 강 작가님이라고 불러. 아, 규헌이 형도 나름 괜찮네."

"혀, 형은 무슨! 미친, 네가 왜 형이야?"

"지금부터야. 지금부터 나한테 존댓말 쓰지 않으면 그 즉시 유희찬 잘라 버릴 거니까 알아서 해."

"아, 진짜 미치겠네!"

정우는 자신의 머리를 뜯을 기세로 잡으며 몸부림쳤다. 규헌은 피식 웃음을 내뱉으며 천천히 계단을 내려왔다. 2층에서 들려오는 정우의 비명 소리에 나영과 희찬은 멍하니 내려오는 규헌을 바라보았다.

"오빠, 정우 왜 저러는 거야?"

"몰라. 미쳤나 보지. 나도 커피 좀 줘."

"안 돼! 오늘 벌써 세 잔이나 마셨잖아. 주스 줄 테니까 주스 마셔."

나영이 자리에서 일어나 규헌의 어깨를 툭툭 두드렸다. 그녀가 부엌으로 가자 규헌은 살짝 인상을 찌푸리며 소파에 철퍼덕 주저앉았다. 그리고는 반대편에 앉은 희찬을 물끄러미 쳐다보았다.

"아, 윤 작가님께서 커피 마시고 가라고 하셔서요. 이것만 마시고 가려고……."

"내일 아홉 시까지 늦지 말고 출근해."

"……네?"

"출근하라고. 아직도 두 번 말해야 알아듣는 거야? 이 정도 일을 같이했으면 이제 그 버릇도 거의 고쳐졌어야 하는 거 아닌가?"

희찬이 아직도 규헌의 말을 이해하지 못하겠다는 표정으로 그를 바라보았다. 그러자 그가 픽 웃으며 나영이 마시던 커피를 한 모금 마셨다.

"아, 오빠! 커피 마시지 말라니까!"

나영이 빽 소리쳤다. 그러자 규헌은 얼른 커피 잔을 내려놓으며 헛기침을 내뱉었다. 규헌의 손에 억지로 주스를 들려 주자 그는 작은 소리로 구시렁거리며 다시 자신의 책상으로 향했다. 규헌이 눈앞에서 사라지자 그제야 그녀의 얼굴에 미소가 피어나기 시작했다. 복직이라니, 복직이라니! 너무 기뻐서 날아갈 것만 같았다.

"유희찬, 이제 가자!"

정우가 2층 계단을 내려오며 희찬에게 말했다.

"누나, 나 간다!"

"어! 야, 너 아저씨한테 꼭 말해 봐야 한다!"

"알겠어, 알겠다고! 귀에 딱지 앉겠네, 진짜!"

툴툴거리며 정우가 작업실을 나서자, 희찬은 해맑게 웃으며 옆에 놓은 자신의 가방을 들고 그의 뒤를 따라나섰다. 빠른 속도로 나가는 희찬을 보며 나영은 어리둥절한 표정을 지었고, 규헌은 픽 웃음을 작게 내지었다.

희찬과 정우는 근처 카페에 마주 보고 앉았다. 희찬은 입가에서 미소가 떠날 줄을 몰랐고, 그런 그녀를 바라보는 정우의 입가에도 짙은 미소가 그려졌다.

"음료 나왔습니다."

카페 종업원이 수줍게 웃으며 음료를 내려놓았다. 먼저 희찬에게 커피를 내려놓고 마지막으로 정우의 앞에 커피를 내려놓았다. 둘은 아무런 신경을 쓰지 않았지만 어째 그 종업원은 떠날 생각이 없어 보였다. 이상한 낌새에 희찬이 먼저 고개를 들어 카페 종업원인 그녀를 올려다보았다.

"저기……."

"네?"

"두 분 혹시 사귀는 사이세요?"

"네? 아, 아닌데요."

당황한 희찬이 손사래를 치며 아니라고 말하자 종업원의 얼굴에 환한 웃음꽃이 피었고, 이내 쪼르르 정우의 옆으로 다가가 앉더니 그녀가 조심스럽게 그에게 말을 걸었다.

"저기요, 남자분……."

수줍게 웃으며 그녀가 말하자 정우가 힐끗 옆에 앉은 종업원을 바라보았다. 긴 생머리에 흰 피부, 누가 봐도 예쁘다고 느낄 정도의 얼굴이었다. 정우가 아무 말 없이 멀뚱히 쳐다보기만 하자 그녀가 먼저 말을 꺼냈다.

"그쪽이 마음에 드는데 혹시 휴대폰 번호 알 수 있을까요?"

종업원이 눈을 깜빡이며 말했다. 평소 같았으면 웃으면서 선뜻 핸드폰 번호를 알려 줬을 테지만 정우는 슬쩍 희찬을 바라보다가, 이내 거만한 표정을 지으며 종업원을 올려다보았다.

"저기, 종업원 아가씨."

"네?"

"미안한데 나 지금 이 여자한테 작업 거는 중이야."

"……."

"이 여자가 워낙에 까탈스러워서 내가 다른 여자 만나는 걸 못 보거든. 미안하지만 다른 사람 알아봐. 응?"

꽤나 상냥한 그의 말투였지만 종업원은 자존심이 상했는지 얼굴이 잔뜩 구겨졌다. 그리고는 희찬을 노려보며 입술을 잘끈 씹었다.

"이 여자는 그쪽이랑 사귀는 사이 아니라고 하던데요?"

톡톡 쏘는 종업원의 말투에 정우는 능청스럽게 웃으며 그녀에게 말했다.

"분명히 내가 작업 걸고 있는 여자라고 했는데? 우리말 못 알아들어? 곧 사귈 거야."

정우의 말에 종업원은 구시렁거리며 자리에서 일어나 멀어졌다. 희찬이 멍하니 정우를 바라보자, 그는 씩 웃으며 손으로 브이를 그렸다. 하지만 희찬은 그에게서 시선을 떼고 아무 말 없이 커피를 마셨다. 정우는 아무런 반응 없는 그녀 행동에 서운했는지 입을 삐죽 내밀며 말을 이어 갔다.

"칭찬 안 해 줘?"

"뭘요?"

"내가 지금 예쁜 여자를 마다했잖아."

"그, 그게 뭐 어때서요?"

희찬은 버럭 소리쳤다. 정우는 기분이 상했는지 더 이상 그녀에게 아무런 말도 하지 않았다. 어디 조금 기분 좋아 보이는 표정이라도 지어 주면 안 되나? 치사하게.

정우는 멀뚱히 창밖만 쳐다보는 희찬을 바라보며 서운함을 애써 달래고 있었다. 하지만 희찬은 달랐다. 그가 자신 때문에 다른 여자와 놀지 않는다는 것을 몸소 보여 주고 있었지만, 뭔가 그게 더 불편하게 느껴졌다. 그가 싫어서가 아니었다. 이젠 희찬도 그가 나쁜 사람이 아니라는 것도, 정말로 자신을 좋아하고 있다는 것도 모두 알고 있었다. 하지만 그는······.

"약혼······하신다면서요."

약혼을 앞둔 남자였기에 더 이상 자신에게 다가올 수 없는 사람이라 생각하고 있는 희찬이었다.

Episode 4.
원하지 않아도

"지금 무슨 소리를 하는 거야?"

정우는 당황한 표정으로 희찬에게 물었다. 미간을 찌푸리며 그녀를 쳐다보자, 시선을 창밖으로 돌리며 애써 그의 시선을 외면했다.

"다 들었어요. 전화 통화하시는 거."

"야, 그건……."

"아무리 억지로 하는 약혼이라도 이건 약혼 상대에 대한 예의가 아니잖아요."

"예의는 무슨! 야, 그 약혼 어차피……."

"나 대표님 싫지 않아요."

"뭐, 뭐라고?"

"이게 좋아하는 감정인지 정확히는 모르겠는데……. 확실한 건 당신이 싫지 않다는 거예요. 하지만 약혼하실 분이시잖아요. 전 그런 사람과 사귀는 무모한 짓은 하고 싶지 않아요."

정우는 혼이 나간 사람처럼 멍하니 희찬을 바라보고 있었다. 그녀는 마지막 커피 한 모금을 마신 뒤 가방을 들고 자리에서 일어섰다. 그리곤 살짝 고개를 숙이며 그에게 인사했고, 저벅저벅 카페를 나섰다.

'나 대표님 싫지 않아요.'

정우의 입가에 미소가 스멀스멀 피어났다. 정우는 쑥스러운 듯 입을 손으로 막고 킥킥거리며 웃었다. 세상에, 이런 말을 유희찬에게 듣게 되다니.

"아니, 무슨 여자에게 뜬금없이 고백을 하고 그…… 어라? 얘 어디 갔어?"

정신을 차린 정우가 주변을 두리번거렸지만 이미 희찬은 그의 앞에 없었다. 창밖으로 멀어지는 그녀의 모습을 본 그는 자리에서 일어나 얼른 뒤따라갔다.

"야! 유희찬! 야!"

정우는 빠른 속도로 달려가 그녀 앞을 막아섰다. 그리고는 거친 숨을 몰아쉬며 희찬의 팔을 꽉 잡아챘다.

"정말 나 좋아해?"

"네?"

"정말 나 좋아하냐고, 똑바로 대답해 줘."

"지금 이 상황에 그게 중요해요? 제가 아무리 대표님을 좋아한다고 해도 약혼자가 있으시잖아요!"

"그 약혼자, 나영이 누나야."

"네?"

"나영이 누나 아버지랑 내 아버지, 그러니까 둘이 절친한 친구셔. 내가 이 여자 저 여자 만나는 꼴 보기 싫은 내 아버지가 일부러 누나랑 결혼시키려고 하는 거야. 그런데 나영이 누나한텐 강규헌이 있으니까 절대 이 약혼 못 해. 내가 한다고 해도 그 누나는 나 싫다고 도망갈 사람이야."

"……."

"쓸데없는 걱정 말고 그냥 네 속마음만 이야기하면 되는 거야. 이 멍청아."

정우는 미소를 지으며 희찬이 뺨을 손으로 감쌌다. 따뜻한 그의 손이 그녀의 뺨도 따스하게 만들었다. 희찬은 넋 놓은 표정으로 물끄러미 정우를 바라보았다. 이 사람의 약혼자가 나영이라면, 이미 규헌과 사귀고 있기에 걱정할 필요가 없었다. 그 약혼은 절대 이루어질 수 없는 약혼이었다.

조금씩 굳어 있던 희찬의 표정이 풀어지기 시작했다. 불안에 잠겨 있던 마음이 스르르 녹아내리는 기분이었다. 그리고 입가에 피어오르는 미소를 주체할 수 없었다. 하지만 그 모습을 그에게 들키고 싶지 않았기에 슬쩍 고개를 아래로 내리려던 찰나, 정우가 그녀의 얼굴을 살짝 올리며 입술에 입을 맞추었다.

"뭐, 뭐하는 거예요, 이게!"

놀란 희찬이 한 걸음 뒤로 물러서려 하자 그녀를 자신의 품에 꼭 안아 버리는 정우였다. 더 이상 뒤로 물러날 수가 없었다. 꽉 허리를 잡고 있는 그의 손을 떼어 낼 수도 없었고, 코끝에 스치는 그의 향기가 너무나 좋았다.

"진짜 좋다, 유희찬 네가."

"……."

"처음엔 뭐 이런 여자가 다 있나 싶은 단순한 호기심이었는데, 이젠 아니야. 네 행동 하나하나가 너무 좋고, 네가 웃는 게 너무 좋아. 정말로…… 정말 네가 좋아."

말이 끝나자 더 꽉 그녀를 품에 안는 정우였다. 귓가에 울려 퍼지는 그의 나지막한 목소리가 가슴을 뛰게 했다. 그래서 이 시간이 계속됐으면 하는 바람까지 생길 정도로 그의 품에서 떨어지기가 싫어졌다.

희찬은 조심스럽게 손을 올려 그의 허리를 감싸 안았다. 정우는 몸을 움찔거렸지만 이내, 자신의 허리를 감싸 안는 그녀의 손길을 느끼며 옅은 미소를 지었다.

집에 도착하자마자 희찬은 차에서 내려 그가 앉은 운전석 앞에 섰다. 이 사람과 사귄다는 사실이 아직도 믿기지 않았다. 내가 잡지사 대표와 사귄다니. 이건, 있을 수 없는 일이라 생각했지만 그게 사실이 되어 버리고 말았다. 애써 기분 좋은 마음을 가다듬고는 그녀가 조심스럽게 그에게 인사를 건넸다.

"그럼…… 안녕히 가세요."

꾸벅, 형식적인 인사를 건네는 희찬의 모습에 정우는 살짝 미간을 찌푸렸다.

"진짜 매정하네."

"네?"

"지금 안녕히 가세요, 하고 그냥 들어가는 거야?"

"그럼 뭐……."

희찬이 고개를 갸웃거리며 말하자 정우는 장난기 어린 웃음을 지으며 자신의 입술을 손가락으로 툭툭 쳤다. 희찬은 당황해하며 살짝 뒷걸음질 쳤다. 그가 무엇을 원하는 것인지 알았기 때문이다.

"시, 싫어요!"

"야, 그렇게 단호하게 싫다고 하는 게 어디 있어!"

"그, 그래도 오늘 사귀기로 한 첫날인데 너무 빠르잖아요."

"쳇, 아까도 뽀뽀했는데 뭐가 문제야?"

"아까 뽀뽀했으니까 그냥 넘겨요, 오늘은!"

"그럼 키스 대신 너희 집에 잠깐 들어갔다 가면 안 될까?"

정우가 음흉한 미소를 짓자 희찬은 두 팔을 벌리고 집 앞을 막아섰다.

"아, 안 돼요! 어디 남자가 이렇게 늦은 시간에 여자 집을 들락날락거려요?"

"그냥 남자 아니잖아. 난."

"그, 그렇긴 하지만……."

정우가 창문에 기대어 물끄러미 희찬을 쳐다보았다. 그녀는 우물쭈물거리며 어쩔 줄 몰라 하고 있었다. 그 모습이 너무나 귀엽게 느껴져 그는 크게 웃음을 터트렸다. 그제야 그녀는 자신을 놀리려고 한 말인 것을 알아차리고 잔뜩 인상을 찌푸렸다.

"아, 정말 순진해서 놀려 먹기 딱이라니까."

"장난 좀 그만 쳐요, 진짜!"

"귀여워서 그래. 귀여워서."

정우가 큭큭거리며 여전히 웃음을 멈추지 못했다. 희찬은 민망한 나머지 입을 삐죽거렸다. 그리고는 툴툴거리는 말투로 그에게 말했다.

"저 그냥 들어갈 거예요. 진짜 안녕히 가세요."

"아야, 잠깐만, 잠깐!"

삐쳐서 대문을 열고 정말 들어가려 하자, 마냥 웃고 있던 정우가 당황해하며 그녀를 불러세웠다. 희찬은 무시하고 들어가려 하다가 이내 뾰로통한 얼굴로 그를 쳐다보았다. 그 표정마저 정우의 눈에는 귀여워 보였다. 터져 나오는 웃음을 간신히 막아 내고 정우는 주머니에서 무언가를 꺼내 들었다.

"자, 이거. 복직 선물."

"뭔데요?"

아직도 툴툴거리는 목소리였지만 그녀는 정우에게로 다가서고 있었다. 그가 내민 종이는 의심스런 눈으로 받아 들었고, 적힌 내용을 보고 놀란 얼굴을 감추지 못했다.

"뭐, 뭐예요, 이거?"

"보면 몰라? 사진 공모전이잖아. 우리 회사 잡지에 실어 달라고 연락이 왔더라고. 다음 달부터 시작인데, 몰래 너한테 먼저 알려 주는 거야."

"……와, 고마워요. 진짜."

"고마우면 뽀……."

정우가 말하기도 전에 희찬은 그의 얼굴을 손으로 감싸며 입술에 입을 맞췄다. 짧은 입맞춤이었지만 정우는 얼떨떨한 표정을 감추지 못했다. 희찬은 부끄러운지 크흠, 헛기침을 내뱉었다.

"그, 그럼 전 진짜 들어가 볼게요!"

도망치듯 그녀는 집 안으로 들어섰다. 쿵, 대문이 닫히는 소리에 넋 놓고 있던 정우가 몸을 움찔거렸다. 처음 받아 본 희찬의 뽀뽀. 자기가 먼저 한 것과는 사뭇 다른 느낌이었다. 정우는 스멀스멀 피어오르는 미소를 어쩔 줄 몰라 했다. 마치 첫 키스를 방금 마친 소년처럼 말이다.

서재에 앉아 책을 읽고 있던 정우의 아버지는 피곤한 눈을 비비며 쓰고 있던 안경을 벗어 냈다. 뻐근한 목을 이리저리 돌리다 시계를 보던 그때, 노크 소리와 함께 누군가가 서재 안으로 들어섰다. 그는 바로 정우 아버지의 비서였다. 그는 아무 말 없이 정우의 아버지에게 다가가 사진을 책상 위에 조심스럽게 놓아주었다.

"수고했네."

정우의 아버지는 감정이 담기지 않은 말투로 말하고는 그가 내민 사진들을 하나하나 훑어보기 시작했다. 그것은 정우와 희찬이 함께 있는 모습이었다. 입을 맞추는 모습, 서로 안고 있는 모습, 그리고 차에 탄 모습까지 모두 담겨 있었다. 한 장 한 장 사진을 넘기던 그의 표정이 조금씩 찌푸려지기 시작했다. 평소에도 여러 여자와 있는 모습을 비서가 이렇게 사진으로 보여 주고는 했지만 지금은 약혼 날짜가 얼마 남지 않은 상황이었다. 이런 시기에 다른 여자와 있는 모습은 그의 심기를 매우 불편하게 만들었다.

"이 여자, 신상 파악해서 나한테 가져오게."

"네, 알겠습니다."

비서는 짧은 목례와 함께 서재를 나섰고, 그가 사라진 동시에 정우의 아버지는 들고 있던 사진을 거칠게 바닥에 던져 버렸다.

"정신 나간 놈……."

그는 긴 한숨과 함께 두 눈을 지그시 감았다. 바닥에 뿔뿔이 흩어진 사진 속에 찍힌 정우가 그 어떤 때보다 밝은 표정을 짓고 있다는 걸 눈치채지 못한 채 말이다.

"오늘따라 이상하게 기분이 무지 좋아 보인다?"

"당연하죠! 오늘부터 다시 출근하게 됐는데 기분이 좋을 수밖에요!"

희찬은 배시시 웃으며 촬영 준비를 서두르고 있었다. 규헌은 어깨를 으쓱이며 이상하다는 눈빛으로 그녀를 바라보았다. 복직된 것도 꽤나 기쁠 테지만 저렇게 하루 종일 실없는 사람처럼 웃고 다닐 만한 일은 아니었다. 분명 무언가 다른 이유가 있을 거라는 생각에 규헌은 그녀에게 조심스레 다가가 물었다.

"너 박정우, 그 자식이랑 무슨 일 있었지?"

"네, 네? 무, 무슨 일은…… 작가님도 참! 하하. 제가 그 사람이랑 무슨 일이 있을 리가 없잖아요."

"그런데 왜 자꾸 그렇게 실실 쪼개는데?"

"그, 그게…… 어제 제가 공모전 하나를 봤거든요! 1등 상금도 꽤 되고 수상자들은 사진전 참여 기회까지 준다고 그래서 하하. 그게 참 기쁘더라고요."

정우의 이야기에 당황한 그녀는 말을 더듬으며 어색하게 웃었다. 하지만 여전히 의심스런 규헌의 눈초리에 그녀는 슬금슬금 그의 시선을 피했다.

"정우랑 희찬 씨 사귀잖아. 정우가 어제 나한테 전화해서 자랑하던데?"

나영이 갑자기 작업실 문을 열고 들어서며 소리쳤다. 놀란 희찬이 꽤나 당황한 표정을 지었다. 나영은 그런 희찬의 마음을 아는지 모르는지 배시시 웃으며 그녀의 어깨를 툭툭 두드려 주었다.

"축하해요, 희찬 씨! 정우가 좀 바람기가 있지만 이번엔 진심인 거 같으니까 그렇게 걱정할 필요는 없을 거예요. 만약 다른 여자 만나는 걸 목격하면 저한테 꼭 말해 주세요. 제가 그 자식 다리를 분질러 놔 줄 테니까요!"

나영은 살벌한 말을 내뱉으면서도 여전히 웃음을 잃지 않았다. 희찬은 애써 밝게 웃으며 고개를 끄덕였다. 이 사실을 들으면 제일 탐탁지 않게 생각할 것이 규헌이었기 때문이다. 역시나, 희찬이 슬쩍 규헌을 바라보니 똥 씹은 표정으로 그녀를 바라보고 있었다.

"그 녀석이랑 사귄다고?"

"그렇다니까! 정우가 어젯밤에 신이 나서 나한테 전화했던데?"

"유희찬, 진짜야?"

"내 말 못 믿어? 어제 집 앞에서 희찬 씨가 정우한테 뽀……."

"유, 윤 작가님! 그런데 여기는 어떻게…… 오셨나요?"

"아, 오늘까지만 오빠가 도와 달라고 하셔서요. 제가 며칠을 어시스트했으니까 희찬 씨한테 알려 줘야 할 사항도 있어서, 어? 벌써 열 시 넘었는데요? 오빠, 얼른 준비해. 어서!"

나영은 멀뚱하게 서 있는 규헌의 등을 밀어내며 촬영 준비를 서둘렀다. 희찬은 그제야 안도의 한숨을 푹 내쉬었다. 정말이지, 정우는 나영과 정말 친남매처럼 자라 온 것이 분명한 듯싶었다.

어제 있었던 일을 서슴없이 다 이야기해 버리다니. 그래도 뭔가 꽁한 느낌은 떨칠 수가 없었다. 그때, 때마침 휴대폰이 울리며 정우에게서 문자가 도착했다.

[주말에 공모전 사진 찍으러 가자. 내가 좋은 곳 알아 뒀음. 착한 일 했으니까 상으로 뽀뽀해 줘.]

입을 삐죽거리며 성난 표정으로 문자를 보았지만 그녀의 얼굴에는 또다시 금세 옅은 미소가 피어올랐다.

주말에는 정우가 문자 한 대로 공모전에 낼 사진을 찍으러 어느 한적한 공원으로 나왔다. 넓기도 넓었고, 무엇보다 날이 너무 좋아서 사진 찍기에는 아주 좋았다. 희찬은 풍경을 감상하며 사진 찍기에 푹 빠져 있었다. 바람이 무지 찼지만, 그녀는 빨개진 손에서 카메라를 놓지 않고 있었다. 정우는 그런 그녀를 자신의 카메라에 담고 입가에 잔뜩 미소를 지었다. 하지만, 희찬은 그런 그를 쳐다보며 탐탁지 않은 표정을 퉁명스러운 목소리로 그에게 물었다.

"아, 맞다! 윤 작가님한테 다 얘기하셨다면서요?"

"뭐를?"

카메라를 들고 그녀를 향해 셔터를 누르려던 정우가 당황한 목소리로 희찬을 바라보았다. 그녀는 아무런 대답도 하지 않고 고개를 휙 돌리고 사진 찍기에 집중했다. 정우는 쪼르르 그녀에게 다가가 어깨를 흔들며 다시 말을 걸었다.

"뭐야? 뭔데? 누나가 너한테 뭐라고 했어?"

"윤 작가님이 강 작가님도 계시는데 막 대표님한테 제가 집 앞에서 뽀뽀했단 말도 하시려 했단 말이에요! 제가 진짜 얼마나 당황스러웠는지 알아요? 왜 남한테 우리 얘기를 막 해요?"

"야, 누나가 어떻게 남이냐? 그냥 우린 원래 친남매처럼 자라와서 서슴없이 얘기하고 그런다고. 누나도 나한테 막 얘기해. 강규헌 그 자식이 엉큼하게 자기 배를 만졌다는 둥, 뭐 그런 거."

"전 싫거든요? 전 우리 둘만 아는 게 더 좋단 말이에요!"

희찬이 소리를 빽 지르며 말하자 정우가 씩 웃으며 그녀의 뺨을 손으로 꼬집었다. 추운 날씨에 발그스름해진 뺨은 그가 꼬집자 조금 따갑게 느껴졌다.

"아파요. 이거 놔요."

"아이구, 귀여워라."

"이거 안 놔요?"

"야, 너 볼이 왜 이렇게 탐스럽냐? 꼭 찹쌀떡 같아. 먹고 싶어."

"지금 얘기하던 게 그게 아니잖아요. 계속 윤 작가님한테 우리 얘기할 거예요?"

"안 할게. 절대 안 할게!"

"진짜죠?"

"응, 진짜. 약속!"

정우가 새끼손가락을 내밀자 희찬은 조심스럽게 그의 새끼손가락에 자신의 손가락을 걸었다. 뭐가 그리 좋은지 맞잡은 손을 흔들며 아이처럼 웃는 그를 보고 희찬은 자신도 모르게 웃음을 터트리고 말았다.

촬영은 엄동설한인 공원에서 무려 두 시간 동안 계속되었다. 날이 추워서 정우가 차 안에 들어가 몸을 녹인 다음 찍자 했지만 한 번 사진을 찍기 시작하면 끝장을 봐야 하는 희찬의 성격 때문에 쉬지도 않은 채 꼬박 두 시간을 채웠다. 그것도 정우가 간신히 말려 차 안으로 끌고 간 것이었기에, 말리지 않았다면 서너 시간은 밖에서 오들오들 떨고 있었을지도 몰랐다.

차 안에서 몸을 녹이고 있는 동안 정우는 희찬이 찍은 사진들을 하나하나 보고 있었다. 희찬은 나름 칭찬해 줄 줄 알았지만 그의 표정은 한없이 일그러지기만 했다.

"거의 다 핀트가 나갔잖아. 너 수전증 있어?"

"그, 그건 추워서 그런 거예요! 그리고 괜찮은 것도 꽤 있거든요?"

"꽤는 무슨……. 야, 이것 봐. 이거. 이건 대체 뭘 찍은 거야? 이런 건 지나가는 중심이 되는 이 가운데 새한테 포커스를 맞춰야지. 엉뚱한 곳에 포커스를 맞추면 어쩌자는 거야?"

생각보다 호된 그의 평에 희찬은 시무룩한 표정을 감출 수가 없었다. 나름 추위 속에서 열심히 찍은 건데 영 다 마음에 들지 않는 모양이었다. 한참을 그렇게 그는 구시렁거리며 사진에 대한 비평만 늘어놓던 그때, 어떤 사진을 보고 기분 좋게 웃으며 그녀에게 말을 이어 갔다.

"야, 야. 이거 좋다. 이거! 이거 제일 잘 찍혔네."

그가 웃으며 말하자 희찬은 조금 밝아진 표정으로 그가 내민 카메라를 바라보았다. 그건 우연히 사진을 찍으려고 렌즈를 대었던 곳에 정우가 서 있어서 찍힌 사진이었다.

"아, 뭐예요!"

"왜, 제일 잘 찍었고만! 모델이 좋아서 그런가?"

"쳇, 자기가 나왔으니까 좋다고 한 거지."

"아니야, 근데 이게 제일 포커스도 잘 맞았고 핀트도 안 나가고 잘 찍혔어."

"그럴 리가 없어요. 그냥 아무 생각 없이 찍은 거예요. 그거."

"참나, 사진을 머리로 찍냐? 그러니까 사진들이 다 이 모양이지!"

정우는 희찬의 머리를 살짝 꿀밤을 때렸다. 콩, 하는 소리와 함께 희찬은 맞은 곳을 손으로 감싸고 인상을 찌푸렸다. 그러자 정우가 차분한 목소리로 말을 이어 갔다.

"원래 사진은 생각하면서 찍는 게 아니야. 렌즈에서 볼 때 가장 아름다운 것을 순간적으로 캐치해야 하는 거지."

정우의 말에 희찬은 그를 멍하니 바라보았다. 그가 지금 한 말은 그녀의 아버지가 자주 해 주시던 말과 같았다. 사진을 찍을 때마다 늘 그때 보이는 아름다운 것을 캐치할 수 있어야 한다고 말이다. 그의 얼굴에 희찬의 아버지의 얼굴이 겹쳐 보였다. 그리운 아버지의 말을 자신이 좋아하는 사람에게서 또다시 듣게 되자 왠지 왈칵 눈물이 쏟아질 것만 같았다.

"자자, 그럼 오늘은 이쯤하고 다음 주에 다시 찍어 보자. 알겠지?"

정우는 풀 죽은 그녀를 달래듯 머리를 쓰다듬으며 말했다. 희찬이 고개를 끄덕이자 정우는 차를 출발시켰다. 희찬은 기분 좋게 웃으며 자신이 찍은 정우의 사진을 물끄러미 바라보았다. 좋다, 이 사람이 정말로 좋아지고야 말았다. 정우에게로 움직이지 않을 거라고 생각했던 그 마음이, 어느새 핑크빛으로 물들고 있었다.

"혹시 모르니까 이번에 찍은 거 다 인화해 봐. 인화하면 다른 느낌이 날지도 모르니까. 아참, 내 사진은 꼭 인화해서 가지고 다녀라."

정우가 장난기 어린 표정으로 말하자 희찬이 피— 하고 실없이 웃었다. 정우는 몸을 일으켜 그녀를 품에 안았다. 이제 희찬은 정우를 뿌리치지 않았다. 더욱더 그의 품으로 파고들기만 할 뿐이었다. 이런 날이 온 게 꿈만 같아 정우는 그녀를 놓고 싶지 않았다.

"아, 집에 가기 싫다. 나, 너희 집에서 하룻밤만 재워 주면 안 돼?"

"에? 뭐라고요?"

정우의 말에 당황한 그녀가 그를 밀어내며 인상을 찌푸렸다. 그는 입을 삐죽거리며 어깨를 축 늘어뜨렸다.

"쳇. 장난이야, 장난. 참나, 사귀고 난 후에도 여전히 집에 발을 못 들이게 하네."

"낮에 오면 뭐라고 안 하죠! 이 야심한 밤에 자꾸 들어오려 하니까 그렇죠."

"그럼 내일 낮에 너희 집에 들어가도 되는 거지?"

"회사 안 가요? 내일 월요일인데."

"칫, 말 돌리기는……. 하루 정도 빠진다고 아무도 뭐라 안 해."

"제가 분명 말했을 텐데요. 웬만하면 일 빠지지 말고 충실히 하라고."

"요즘 엄청 잘하고 있거든? 회사 직원한테 설문조사 돌려 봐!"

큰소리 뻥뻥 치는 게 왠지 거짓말 같았지만, 요즘 문자나 통화를 하면 비서와 일 얘기를 하는 것이 몇 번 들렸기에 그를 더 이상 의심하진 않기로 했다.

"그런데 안타깝게도 저도 월요일엔 일 나가거든요."

"뭐야, 짜증 나! 강규헌 그 자식은 너한테 휴가도 안 주냐? 그거 완전히 널 부려 먹기만 하네?"

"바쁘니까 어쩔 수 없죠, 뭐."

희찬이 웃으며 말했지만 여전히 정우는 규헌의 욕을 하며 구시렁거리고 있었다. 그때 갑자기 헤드라이트가 정우와 희찬을 비추었다. 그들은 인상을 찌푸리며 헤드라이트가 켜진 쪽을 바라보았다. 그러자 누군가가 차에서 내리며 천천히 그들에게로 다가오고 있었다. 희찬은 고개를 갸웃거렸지만 정우는 그가 누군지 단박에 알아차렸는지 잔뜩 굳은 얼굴로 그녀의 팔을 잡아 자신의 뒤로 숨겼다.

그는 바로 정우의 아버지였다. 정우와 똑 닮은 중년 남자를 보고 그가 정우의 아버지라는 것을 희찬은 단박에 알아차릴 수 있었다. 정우의 아버지 뒤로 검은 양복을 입은 경호원들이 줄을 지어 따라왔다. 이내, 그가 얼굴을 까닥이자 우르르 정우에게 달려와 그를 양쪽으로 포위했다.

"뭐, 뭐야! 이거 안 놔?"

"끌고 가."

정우가 발버둥을 쳤지만 우락부락한 여러 명의 경호원을 이길 수는 없었다. 그의 고함 소리가 들렸지만 희찬은 도와줄 수가 없었다. 정우 아버지의 싸늘한 시선이 희찬에게로 향하고 있었고, 그녀는 마른침을 꿀꺽 삼키며 차에 억지로 태워지는 정우를 바라볼 수밖에 없었다.

"이름이 유희찬이라고 했나?"

"네? 네……."

어떻게 내 이름을 알고 계시지? 정우가 이야기한 건가? 희찬은 조금 의심스러운 부분이 있었지만 일단 고개를 끄덕이며 대답했다.

"지금 어느 작가 어시스트로 일하고 있고."

"네, 그렇습니다만…… 무슨 일로."

희찬이 용기를 내어 그에게 질문을 던졌다. 그러자 그는 아무런 대답 없이 주머니에서 흰 봉투 하나를 꺼내 들고 희찬의 앞으로 다가가 그녀의 손에 봉투를 올려 주었다. 희찬은 당황스러운 시선으로 흰 봉투를 바라보았다.

"꽤 많이 넣었으니 전혀 서운하지는 않을 거라 생각하네. 정우는 지금 약혼을 앞둔 사람이야, 그러니 더 이상 그 녀석을 만나지 않았으면 하네."

그의 낮은 음성은 감정 하나 담겨 있지 않아 너무도 싸늘하게 느껴졌다. 희찬은 아무런 말도 못 하고 손에 든 봉투를 꽉 쥐었다. 드라마에서나 볼 법한 일이 나에게도 생긴다는 것 자체가 웃기고 어이없었지만 왠지 정우가 불쌍하다는 생각이 먼저 들었다.

"그럼, 잘 알아들었을 거라 생각하고 이만 가보겠네."

그는 아무 말 없이 뒤돌아 자신의 차에 올라탔다. 그의 뒤에 있던 경호원들도 모두 차에 올라탔고, 쌩하니 하나둘씩 그녀의 옆을 지나쳤다. 차에 탄 정우의 모습은 보이지 않았지만 그녀는 왠지 정우가 불안한 표정으로 자신을 바라보고 있을 거란 생각을 떨칠 수가 없었다.

'정우 씨 아버님께 돈 받았어. 더 이상 만나지 말아 달라 하시던데? 그동안 재밌었어. 고마워.'

평소 정우에게 한 달에 한 번은 일어나는 일이었다. 조금 자주 만난다 싶은 여자들은 정우의 아버지에게 받은 돈 봉투를 흔들며 항상 뒤돌아섰다. 그들은 헤어짐에 전혀 슬퍼하지 않았다. 오히려 큰 액수의 돈을 받아 냈다는 것에 기분이 들떠 있었다. 코가 마비될 정도로 가까이 있던 진한 향수 냄새들이 하나둘씩 사라져 갔다. 그렇게 자신이 아닌 두툼한 돈 봉투를 들고서 말이다.

정우는 예전에 일들을 떠올리며 입술을 꾹 깨물었다. 정우가 아는 희찬은 절대 돈 봉투를 받고 그를 떠날 사람은 아니었다. 하지만 그녀는 돈 봉투를 받았다는 것에 치욕을 느낄 게 분명했다. 혹여라도 간신히 자신에게 온 마음이 떠날까 봐 두려워졌다. 어떻게 돌린 마음인데, 이렇게 그대로 희찬을 떠나보낼 순 없었다.

정우가 도착한 곳은 그의 아버지가 있는 본가였다. 억지로 경호원들에게 이끌려 거실까지 끌려온 정우는 한숨을 푹 내쉬며 입술을 깨물었다. 어느 날부턴가 거실에서는 단 한 번도 저 혼자서 본 적이 없었던 것 같다. 항상 이렇게 끌려와 죄인처럼 붙잡힌 채 서 있는 게 전부였다. 정우는 자신을 이렇게 대하는 아버지에게서 분노를 느꼈다.

정우가 그의 뒷모습을 가만히 노려보았다. 그러자 그가 뒤돌아 다짜고짜 정우의 뺨을 거칠게 내리쳤다. 집 안을 울리는 마찰음은 경호원들의 등골을 서늘하게 만들었다. 얼마나 세게 맞았는지 정우의 왼쪽 뺨은 금방 빨갛게 부어올랐다.

"대체 정신이 있는 애야, 없는 애야? 다음 주면 약혼식 하는 애가 다른 여자 집 앞에서 희희낙락거리고 있다니!"

"누가 약혼한다고 그랬어요? 난 절대 약혼 같은 거 안 해요."

"……이놈의 자식이!"

정우의 단호한 한마디에 그의 아버지는 분을 이기지 못하고 그를 무차별적으로 때리기 시작했다. 경호원들이 정우를 잡고 있어 쓰러지진 않았다. 하지만 온몸에 전해 오는 아픔에 정우는 입술을 간신히 물고 통증을 견디고 있었다. 신음 소리조차 내기 싫었다. 얼마든지 때려라. 그리고 죽여라. 그렇게 때려서 나도 엄마처럼 죽여라, 라는 분노의 찬 시선으로 그를 올려다보는 게 전부였다.

정우의 반항적인 눈빛에 더욱더 열이 받은 그의 아버지는 주먹을 불끈 쥐고 온몸을 떨었다. 무거운 공기 틈에서 그들 사이에 전해지는 건 오로지 분노의 찬 시선뿐이었다. 결국 그의 아버지가 먼저 정우에게서 시선을 떼었다. 긴 한숨과 함께 돌아선 그는 단호한 목소리로 중얼거리듯 말을 이어 갔다.

"약혼식까지 저 자식 옆에 경호원 여럿 붙여 둬."

그의 말 한마디에 모두들 작게 묵례를 하고 정우를 데리고 2층으로 올라갔다. 그는 걸을 힘조차 없었다. 복부 쪽을 잘못 맞았는지 움직일 때마다 통증이 싸하게 느껴졌다. 그는 거의 끌려가다시피 자신의 방에 던져졌다.

쿵, 하는 소리와 함께 방문이 굳게 닫혔다. 바닥에 널브러진 그는 그제야 배를 움켜쥐고 작게 신음 소리를 내었다. 지금쯤 희찬은 뭘 하고 있을까? 자신의 손에 놓인 돈 봉투에 어이없이 웃고 있을까? 아니면, 내가 이런 치욕을 받으려고 당신을 선택한 줄 알아? 라고 소리치며 돈 봉투를 자신에게 던질지도. 그는 이런저런 생각에 헛웃음을 내뱉었다.
"……그래도 안 떠났으면 좋겠다."
너만은 그냥 내 옆에 있어 줬으면 좋겠다. 치욕스럽고, 거지 같고, 버티기 힘들어도 그냥 아무 말 없이 내 옆에 있어 줬으면 좋겠다. 정우는 두 눈을 지그시 감으며 희찬에게 자신의 마음이 전해질 수 있도록 마음속으로 외치고 또 외쳤다.

희찬은 평소처럼 출근할 준비를 서두르고 있었다. 부스스한 머리를 빗으로 빗어 낸 뒤, 그녀는 시계를 바라보았다. 벌써 여덟 시 반이다. 뛰어야지만 제시간에 도착하겠다는 생각에 거실을 나서다가 문득 테이블에 있는 두둑한 돈 봉투를 바라보았다. 어제 정우의 아버지께서 전해 주셨던 그 봉투였다. 물끄러미 그 봉투를 바라보다가 희찬은 살짝 인상을 찌푸렸다. 그녀는 돈 봉투를 가방에 집어넣고 출근길에 올랐다.
작업실에 도착하기 전에 정우에게 수십 번 전화를 걸었지만 휴대폰은 꺼져 있다는 소리밖에 들리지 않았다. 어제저녁에도 여러 번 전화를 했지만 들려오는 소리는 항상 같았다. 아무래도 그는 그렇게 끌려가서 휴대폰을 빼앗긴 모양이었다.

희찬은 작업실에 들어서자마자 커피를 두 잔 준비했다. 나영이 아직도 규헌의 집에서 일을 도와주고 있었기 때문이다. 밤새 작업을 했는지 흐리멍덩한 눈으로 둘은 책상에 늘어져 있었다. 희찬은 그들의 앞에 커피를 내려놓았다.

"간단하게 아침 드실 거라도 사 올까요?"

"아니야, 됐어. 어제저녁에 먹다 남은 빵 있으니까 그거 먹지, 뭐."

규헌의 말에 나영은 고개를 끄덕이다 잠시 희찬에게 시선을 돌리고 다 죽어 가는 목소리로 말을 이어 갔다.

"희찬 씨는 어제 공모전 사진을 잘 찍었어요?"

"아, 그게…… 그다지 좋은 건 못 건졌어요."

"정우가 다 마음에 안 든다고 그러죠? 걔 은근 눈이 좀 까다로워요. 그래도 나름 쓸 만한 실력이니까 마음껏 부려 먹어요. 희찬 씨한테 많은 도움이 될 거예요."

희찬은 아무 말 없이 웃었다. 그러자 나영이 힘들게 몸을 일으키며 부엌으로 향하기 시작했다.

"아, 제가 준비해서 가져다 드릴게요. 앉아 계세요."

"제가 샐러드만 만들게요. 희찬 씨는 식빵 굽고 잼 좀 발라 주세요."

그녀가 씩 웃으며 말하자 희찬은 수줍은 듯 웃으며 선반 위에 있는 식빵에 손을 뻗었다. 어쩜 저렇게 착한 사람이 있을까? 얼굴 예쁘지, 실력 좋지, 거기다 듣기로는 부잣집 외동딸이라던데,

정말 가질 거 다 가진 여자가 아닐 수가 없다. 이 정도 가졌으면 성격 하나는 모날 법도 한데 착하기까지 하다니, 정말 희찬은 그녀를 자신의 롤 모델로 삼길 잘했다는 생각이 점점 확고해지는 것 같았다.

"아, 맞다. 윤 작가님!"

"네?"

채소를 씻던 나영이 희찬의 부름에 고개를 돌려 그녀를 바라보았다. 그러고 보니 어쩌면 정우의 행방을 그녀라면 잘 알고 있을 거란 생각이 들었다. 약혼 상대인 그녀도 관련이 있으니 말이다. 희찬은 나영에게 다가가 규헌에게 들리지 않게 작은 목소리로 말을 이어 갔다.

"저기, 사실요……."

희찬은 나영에게 어젯밤 있었던 일을 털어놓았다. 어제 정우가 끌려간 일, 그리고 그의 아버지가 자신에게 고액을 준 일까지 말이다. 그 말을 들은 나영은 사색이 된 얼굴로 희찬을 바라보았다. 그리고는 소리를 빽 지르며 희찬에게 말했다.

"정우가 아저씨한테 잡혀갔다고요?"

꽤나 큰 소리에 거실에 앉아 있던 규헌이 부엌으로 시선을 옮겼다. 나영은 당황한 얼굴로 자신의 휴대폰을 들어 정우에게 전화를 걸기 시작했다. 역시나, 희찬의 말대로 전화는 꺼져 있었다. 나영은 긴 한숨을 내뱉으며 식탁 의자에 앉았다.

"언젠간 그럴 거 같다 했더니만 결국 아저씨가 일을 내시네요."

"약혼식이 다음 주라면서요."

"다 들으셨어요?"

"대표님 아버님께서……."

"아우, 미안해요. 제가 얼른 일 해결을 해야 했는데. 분명 정우 지금 감시당하고 있을 거예요. 그래서 전화도 못 받는 걸 거고요."

"그럼…… 어떻게 해야 해요?"

"일단은 기다려 보세요. 정우가 아마 희찬 씨한테 어떻게 해서든 연락할 거예요."

나영이 나긋나긋한 목소리로 말했지만 여전히 희찬의 얼굴에는 걱정이 가득했다. 나영은 그런 희찬의 어깨를 두드리며 다시 한 번 그녀에게 격려의 말을 덧붙였다.

"걱정 마요. 적어도 내가 아는 있는 정우는 그렇게 책임감 없는 놈은 아니니까요."

"……."

"믿어 봐요, 정우를."

나영의 따뜻한 격려에 희찬은 걱정이 조금 누그러지는 것 같았다. 희찬은 나영을 따라 애써 미소를 지으며 들고 있던 식빵을 토스트기에 넣었다. 그래, 조금만, 조금만 더 기다려 보자. 희찬은 마음을 다잡고 식빵 봉지의 끝을 단단히 동여맸다.

정우는 아침 일찍 출근을 했다. 평소와 다름없는 출근이었지만 정우의 차에는 원치 않은 손님들이 가득 타고 있었다. 정우는 미간을 잔뜩 찌푸린 채 오른쪽 옆과 앞 조수석, 그리고 운전대를 잡은 남자들을 차례대로 바라보았다. 지금 이 셋은 어제부터 정우를 졸졸 따라다니며 일수거일투족을 감시하는 그의 아버지 경호원들이었다. 얼마나 심하게 감시를 하는지 화장실 가는 정우에게서도 시선을 떼지 않는 그들이었다. 지금도 룸미러를 통해 슬금슬금 자신을 바라보는 운전석과, 조수석에 탄 사람들의 시선이 느껴져 정우는 한숨을 푹 내쉬고 이를 바득바득 갈며 중얼거렸다.

"이제 그만 좀 힐끗거리지? 달리는 차 안에서 도망치는 무모한 짓은 안 할 테니까."

정우의 짜증 섞인 말투에 그들이 시선이 정우에게서 떨어졌다. 얼마 가지 않아 회사에 도착했고, 옆에 앉아 있던 경호원이 빠르게 내려 정우의 옆문을 열어 주었다. 그런 그에게 눈길조차 주지 않고 빠른 걸음으로 회사 안으로 들어섰지만, 조수석에 있던 경호원이 정우 옆으로 달려와 엘리베이터 버튼을 대신 눌러주었.

완전히 밀착 방어다. 숨쉬기조차 힘들 정도로 말이다. 정우는 오른쪽 주먹을 꽉 잡으며 애써 마음을 진정시키려 하고 있었다. 대표실 앞에 다다르자, 정우의 비서가 그를 보고 인사를 하려다 뒤따라오는 경호원들 셋에 고개를 갸웃거렸다.

"또 무슨 일 터트리셨기에……."

남 비서의 말이 끝나기도 전에 정우는 문을 열고 대표실로 훌쩍 들어가 버렸다. 뒤따라오던 경호원들은 굳게 닫힌 문에 당황스런 표정을 지었지만, 이내 다시 아무렇지 않게 문을 열고 경호원 세 명 중 두 명이 안으로 들어섰다. 한 명은 문 앞에 남 비서 쪽을 바라보고 표정 없는 얼굴로 서 있었다. 남 비서는 그를 바라보며 어색하게 웃어 보였지만 그는 시선을 살짝 다른 쪽으로 돌리며 외면했다.

한편, 대표실 안으로 들어간 정우는 뒤따라 들어온 경호원을 바라보며 자신의 의자에 앉았다. 경호원 한 명은 문 앞, 또 다른 한 명은 정우의 책상 옆에 섰고, 그런 그들을 보며 코웃음을 쳤다.

"아주 생쇼들 하시네."

정우의 말에도 꿈쩍하지 않고 제자리를 지키는 경호원 둘이었다. 그는 의자에 철퍼덕 앉아 책상 위에 놓인 서류들을 손에 들었다. 하지만 정우의 온 신경은 자신의 주머니에 있는 휴대폰에 있었다. 어제 그렇게 희찬과 헤어지고 문자 한 통도 보내 주지 못했기에 얼른 연락을 취해 걱정 말라는 소리를 하고 싶었다. 하지만 지금 정우 옆에 바짝 달라붙어 있는 경호원 때문에 어찌할 수가 없었다. 그들에게로 시선을 돌리며 주머니에 손을 슬쩍 집어넣자 정우의 옆에 있는 경호원의 시선이 그의 주머니로 향했다. 아, 젠장.

"간지러워서 그래, 간지러워서."

정우는 어색하게 웃으며 주머니 아래 허벅지를 벅벅 손으로 긁었다. 그러자 경호원의 미간이 살짝 구겨졌다. 마치 '생쇼를 하네.'라고 속으로 비아냥거리는 것처럼 말이다. 정우는 애써 시선을 피하며 다시 서류들로 시선을 옮겼다. 그래, 방법은 하나다. 이 녀석들을 쫓아낼 수 있는 방법은.

정우는 서류를 잡고 있던 손의 힘을 풀자, 스르륵 서류들이 책상 위로 떨어졌다. 경호원들의 시선이 다시 정우에게 향했을 때, 배를 움켜잡고 고통스러워하는 그의 모습을 볼 수 있었다.

"아씨, 오늘 아침부터 배가 살살 아프더니……."

중얼거리듯 말하며 슬쩍 자리에서 일어났다. 그리고는 옆에 서 있는 경호원을 밀어내고는 어기적 걸어가며 문 앞으로 향했다.

"야, 비켜. 비켜."

당황한 경호원이 슬쩍 비껴 주었고, 재빨리 문을 잡고 열었다. 문밖에 서 있던 다른 경호원을 밀어 버리고는 화장실 쪽으로 어기적거리며 다가갔다. 조금만 더, 조금만 더. 화장실 표지판이 눈에 보이자 정우의 입가에는 점점 화색이 돌았다. 그때, 정우의 어깨에 무겁고 커다란 손이 덥석 올려졌다.

"잠시만요. 대표님."

"뭐야."

당황했는지 정우의 목소리가 살짝 떨려 왔다. 그러자 나머지 두 명의 경호원도 그의 옆으로 다가와 화장실 문을 막아섰다. 이 자식들이. 정우는 화가 난 표정으로 셋을 번갈아 보다가 이내 버럭 소리를 질렀다.

"지금 뭐하는 짓이야?"

"잠시 손 좀 들어 주시죠."

"뭐?"

정우가 뭐라 할 시간도 없이 경호원 둘이 정우의 각각 팔을 들어 올렸다. 그리곤 남은 경호원이 그의 주머니에서 휴대폰을 빼앗아 들었다.

"야, 야!"

"잠시 휴대폰은 제가 가지고 있겠습니다."

"장난해? 일적으로 중요한 전화 오면 어쩌려고!"

"제가 받고 일적인 전화라면 바꿔 드리도록 하겠습니다."

단호하게 대답을 한 경호원은 자신의 재킷 안주머니에 휴대폰을 넣고, 씩 미소를 지었다. 그의 웃음이 마치 '넌 나한테 안 돼.' 라고 말하는 것만 같았다. 정우는 이를 바드득 갈며 화장실 안으로 들어가 버렸다. 그리고 삼 초 뒤, 무언가 깨지는 소리와 함께 정우의 비명 소리가 화장실 안에서 들려왔다.

남 비서는 어색한 표정으로 정우를 바라보았다. 아까보다 더욱 화가 난 표정으로 회의실로 향하고 있는 정우의 모습은 성난 호랑이만큼 무섭게 느껴졌다. 그리고 지금 그들을 뒤따라오는 경호원 셋은 정우의 신경을 곤두서게 한 제일 큰 이유였다. 아까 휴대폰을 빼앗긴 사건 뒤로 정우의 미간은 좀처럼 펴질 생각을 하지 않았다. 입술을 굳게 다물고 한 명만 걸려 봐라 다 죽었어, 라는 표정으로 걷는 정우였다.

회의실 앞에 도착하자 남 비서는 문을 열어 주려 했지만 정우가 그를 밀어내고 혼자 문을 열고 안으로 들어섰다. 미리 나와 있던 각 팀장들이 자리에서 일어나 정우에게 인사를 건넸다. 정우가 빈자리에 앉자 모두들 자리에 앉았고, 남 비서도 얼른 자신의 자리에 앉았다.

하지만 회의는 전혀 진행되지 않았다. 정우가 회의를 시작하자는 말과 함께 지시를 내려야 했지만, 그는 멍하니 자리에 앉아 정면만 바라보고 있을 뿐이었기 때문이다. 당황한 남 비서가 '회의를 진행하겠습니다.' 라고 말을 했지만 정우는 미동조차 없이 정면만 바라보고 있었다.

"저, 대표님?"

남 비서가 어색하게 웃으며 정우를 부르자 그제야 그의 시선이 자신의 옆에 서 있는 경호원에게로 옮겨졌다.

"뭐하자는 거지?"

"네?"

당황한 남 비서가 정우의 질문에 대답했지만, 그 질문은 남 비서에게 하는 게 아니었다. 그의 옆에 서 있는 경호원에게 하는 말이었고, 경호원은 정우를 바라보며 말을 이어 갔다.

"무슨 이야기신지."

"회의 중인 거 안 보여?"

"네, 회의 중인 거 압니다."

"지금 회사 사람도 아닌 일개 경호원이 회의실에 들어오는 게 말이 된다고 생각해?"

"저는 대표님을 경호해야 하기 때문에……."

"아, 됐고. 나가."

"안 됩니다."

"나가. 난 회사 사람 아닌 사람 앞에서 회의 안 해."

"그래도 안 됩니다."

"좋은 말 할 때 나가. 회사기밀무단유출죄로 경찰에 신고하기 전에."

경호원은 입술을 꽉 깨물며 다른 직원들을 바라보았다. 다들 못마땅한 얼굴로 경호원을 바라보았고, 그는 헛기침을 내뱉으며 이내 정우에게 묵례를 하고는 조용히 회의실을 빠져나갔다. 문이 닫히는 소리와 함께 경호원이 사라지자 무거운 침묵만이 회의실을 감돌았다. 남 비서는 어색하게 웃으며 정우에게 조심스럽게 말을 걸었다.

"그런데 대표님…… 회사기밀무단유출죄라는 죄목도 있었나요?"

남 비서의 물음에 직원들이 하나둘 작게 웃음 터트렸다. 누가 봐도 말이 안 되는 죄목이었다. 정우는 미간을 조금 구기며 남 비서를 향해 손가락을 까닥였다. 그의 손가락 움직임에 남 비서는 고개를 갸웃거렸고, 이내 정우가 화를 내며 말을 이어 갔다.

"휴대폰 달라고, 임마."

"아, 네!"

남 비서가 자신의 바지주머니에서 휴대폰을 꺼내 정우에게 내밀었다. 정우는 재빨리 휴대폰을 낚아채고는 익숙하게 번호를 눌러 전화를 걸었다. 긴 신호음에 정우는 슬쩍 굳게 닫힌 회의실 문을 바라보았다. 얼른, 받아라, 얼른. 평소보다 길게 느껴지는 신호음 때문에 그는 불안한 듯 책상을 손가락으로 일정하게 탁탁 치기 시작했다.

— 여보세요.

그때, 신호음이 멈춰지고 익숙한 희찬의 목소리가 수화기 너머로 들려왔다. 일정하게 움직이던 손동작도 허공에 멈추었고, 조용한 침묵이 회의실 안을 감돌았다.

— 여보세요?

다시 한 번 희찬이 말하자 그제야 정신을 차린 정우가 차분한 목소리로 대답하기 시작했다.

"……나야."

— 대표님? 대표님이세요?

"그래."

— 왜 전화를 안 받아요! 무슨 일 생긴 줄 알았잖아요!

"휴대폰이 망가졌어."

— 어쩌다가요?

"어…… 물에 빠트렸어."

— 아휴, 조심 좀 하지.

희찬의 부드럽고 다정한 목소리에 계속 구겨져 있던 미간이 서서히 펴지기 시작했다. 다행이다. 평소와 다름없는 유희찬이라서.

"너는."

— 네?

"아무 일 없어?"

— 저야 뭐 항상 그렇듯 일하고 있죠.

"어제 그 사람이랑은 별일 없었지?"

— 그 사람이요? 아, 대표님 아버지요?

"그래."

— 걱정 마요. 아무 일 없었으니까.

"그래? 다행이네……."

긴 한숨을 내쉰 정우는 안심이 된 듯 얼굴을 손으로 쓸어내렸다. 가만히 그 모습을 지켜보고 있던 남 비서와 직원들은 신기한 듯 정우의 얼굴에서 시선을 떼지 못했다. 정우의 표정이 매우 편안해 보였기에. 그러다 직원들과 정우의 시선이 딱 마주쳤다. 정우가 몸을 움찔거리며 미간을 구기자 모두들 자신의 앞에 놓인 타블렛으로 얼른 시선을 돌렸다.

"나 지금 회의 들어가야 해."

— 아, 그럼 얼른 끊고 회의해요. 휴대폰 사면 바로 연락하고요.

"알았어."

— 일 열심히 해요.

희찬의 마지막 말에 정우의 입가에 또다시 미소가 그려졌다. 끊긴 전화가 아쉬운지 정우는 한참 휴대폰을 바라보다가 테이블 위해 조심스럽게 내려놓았다. 그리고는 이내 자신 앞에 놓인 태블릿을 바라보고는 낮은 목소리로 그가 입을 열었다.

"회의, 시작하죠."

아까와는 다르게 여유가 있는 표정을 지으면서.

전화를 끊고 난 희찬은 한참을 휴대폰에서 눈을 떼지 못했다. 나영은 감시당하고 있을지도 모른다는 얘기를 했었다. 지금 정우가 거짓말을 하고 있을지도 모른다는 생각이 머릿속에 맴돌았다. 희찬은 길게 숨을 내뱉으며 휴대폰을 책상 위에 내려놓고 제 얼굴을 손으로 감쌌다. 그리고는 자신의 옆에 놓인 가방 지퍼 사이로 보이는 흰 봉투에 시선을 고정했다.

"아무 일 없었긴 개뿔……."

돈을 받았지만 정우에게 말하고 싶지 않았다. 이걸로 더 그와 아버지와의 사이가 틀어질까 봐 겁이 났기 때문이었다. 안 그래도 사이가 좋지 않아 보였는데, 돈 봉투 하나로 더 큰 상황을 만들고 싶지 않았다. 그녀는 이내 머리를 좌우로 흔들며 봉투가 보이지 않게 가방 깊숙이 밀어 넣었다.

정우는 자정이 되어서야 그의 오피스텔에 도착했다. 보통 퇴근 시간은 여섯 시쯤이었지만 오늘은 어떻게 해야 이 경호원들을 따돌릴 수 있을까 궁리를 하고 있다 보니 이 늦은 시각에 집에 들어오고야 말았다. 집에 들어서자마자 정우는 넥타이를 풀어헤치고 소파에 드러눕듯이 앉았다. 경호원 셋은 또 배치를 맞추고 일정하게 정우를 호위했다. 그 모습을 보던 정우가 셔츠까지 모두 풀어헤치고는 낮은 욕을 내뱉으며 욕실로 들어섰다.

시원하게 내려오는 물줄기에 머리를 푹 적셨다. 정우는 두 눈을 질끈 감고서 숨을 길게 내쉬었다. 어떻게 하면 저 녀석들을 따돌릴 수 있을까? 경호원들이 있는 이상은 희찬을 만날 수가 없었다. 가끔 전화 통화를 한다 해도 언젠간 한계의 부딪히고, 꼼짝 없이 나영과 결혼을 해야 할지도 모르는 상황이었다. 정우는 물을 잠그고 뿌옇게 변해 버린 거울을 빤히 바라보았다. 저들의 시야를 벗어나기만 하면 된다. 정우는 주먹을 꽉 쥐며 옆에 걸려 있던 흰 타올을 들고 욕실 문을 열었다.

문을 열자마자 보이는 건 경호원의 듬직한 등이었다. 문이 열리는 소리에 그들은 뒤돌아 정우와 마주했다. 정우는 타올을 대충 허리에 두르고 천천히 발걸음을 옮겨 주방으로 향했다.

"캔 맥주 한잔할래?"

평소의 말투가 아닌 유해진 목소리로 정우가 말을 이어 갔다. 경호원들은 고개를 갸우뚱거리며 정우를 바라보았고, 그는 캔 맥주 네 개를 꺼내 식탁에 내려놓았다.

"어차피 네가 너희 셋을 뚫고 가는 건 무리인 것 같고, 간다 해도 너희들한테 곧 잡힐 테고. 우리 그냥 편하게 지내는 건 어때?"

정우가 웃으며 캔 맥주를 하나를 들고 말했지만 경호원들의 표정은 여전히 무덤덤했다. 그는 어깨를 으쓱거리며 캔 맥주를 시원하게 들이켰다. 그 소리를 들은 경호원 중 하나가 목울대를 크게 움직이며 침을 꿀꺽 삼켰다.

"자자, 마셔. 마셔. 내가 뭐 잡아먹냐?"

"술을 저희한테 마시게 한 뒤, 빠져나갈 속셈이신 거 다 압니다."

"야, 내가 술이 무진장 세지 않은 이상 셋을 어떻게 이기냐? 그렇게 못미더우면 한 명씩, 한 명씩 돌아가면서 마시든가."

정우는 능청스럽게 웃으며 들고 있던 캔 맥주 하나를 깨끗하게 비워 냈다. 그리고는 또다시 캔 하나를 따 들었다. 경호원들은 서로의 눈치를 보기 시작했다. 정우는 씩 웃으며 자리에서 일어나 거실에 있는 집 전화를 손에 들었다. 그리고는 등록되어 있는 치킨 집 번호를 누르고는 해맑은 목소리로 입을 열었다.

"여기 후라이드 세 마리요."

어쩐지 그의 목소리가 자신감에 찬 듯했다.

그리고 삼십 분 뒤 치킨이 도착하고, 정우는 치킨 세 마리를 식탁 위에 풀어헤치고는 경호원들에게 앉으라고 손짓했다. 결국 아까 목울대를 크게 움직였던 경호원이 능청스럽게 웃으며 정우

앞자리에 앉았다.

"그럼 저 한 잔만 마시겠습니다."

"그래, 그러든지."

걸려들었다. 정우의 입가에 오묘한 미소가 지어졌지만 캔 맥주로 슬쩍 입을 가려서 경호원들은 그의 표정을 보지 못했다. 정우는 지금까지 살아오면서 누구 앞에서도 술에 취해 쓰러져 본 적이 없었다. 지인들 중에서도 당연지사 술 탑이었고, 그 어떤 술 게임에서도 남이 쓰러지기 전까지는 절대 먼저 쓰러지는 일이 없었다. 그랬기에 이 게임은 정우가 이긴 거나 다름없다 생각했다.

정우가 또 입담 하나는 전국 최고일 정도였기 때문에 함께 건배를 하고 맥주를 들이켜며 치킨을 뜯는 경호원의 표정이 점점 해맑아졌다. 슬슬 취기가 올라오는지 그의 볼이 발그스름해져 가고, 그것을 지켜보던 다른 경호원이 결국 자리에 앉아 캔 맥주 하나를 들고야 말았다.

"그럼 저도 딱 한 잔만……."

"아, 그래그래. 마셔! 뭐 어때!"

넉살 좋게 웃으며 치킨 하나도 건네주는 정우였다. 경호원은 그의 호의에 완전히 넘어가 버린 듯 히죽히죽 웃으며 캔 맥주를 벌컥벌컥 들이켰다. 한 잔만 마신다는 경호원 둘은 두 잔, 세 잔 계속해서 마시기 시작했고, 정우와 함께 깔깔 웃으며 재밌는 수다를 떨었다.

"그러니까 내가 유희찬한테 딱 들이대니까 꼼짝도 못 하더라고. 야, 너희들도 여자 꼬실 때는 무조건 대범하게 해야 하는 거야. 대범하게."

"아, 역시! 대표님 대단하신 것 같습니다."

"여자에 대해선 내가 빠삭하다니까? 앞으로 친 형, 동생처럼 지내자고. 너 몇 살이라고 했지?"

"스물일곱입니다."

"전 스물다섯이요."

"야— 딱 청춘을 즐길 나이에 남자 경호나 하고 있고. 안타깝네. 야, 야, 마셔. 마셔! 내가 오늘 진짜 위로주 거하게 쏜다!"

"역시 대표님!"

"형형, 형이라고 불러. 그냥!"

"정우 형 역시 짱이십니다!"

엄지손가락을 치켜들고 정우를 추켜세우는 경호원 둘의 옆에는 캔 맥주가 가득 쌓여져 갔다. 정우는 슬쩍 캔 맥주를 바라보고는 곧 이것들이 나가떨어질 것을 짐작했다. 하지만 문제는 저 뒤에 아직도 멀뚱히 서 있는 경호원이었다. 제일 윗대가리로 보이는 저 경호원을 어떻게 술을 먹일까 고민하다가 정우는 캔 맥주를 내려놓고 말을 이어 갔다.

"아, 거 참. 거기도 여기 앉으라니까. 남들 다 낄 때 그렇게 내빼는 것도 예의가 아니야."

"아닙니다. 전 됐습니다."

"저 사람은 원래 저렇게 꽉 막힌 성격이야?"

"대범이 형이 조금 원칙을 준수하시는 편이긴 하죠."

"거참, 원칙 안 지켜도 될 자리라니까 그러네. 너희들이 이리 오라고 해 봐. 내 말을 곧 죽어도 안 들을 기세네."

"대범이 형도 얼른 한잔하세요."

"그래요. 형 이럴 때 마시는 거지 언제 또 이렇게 마셔 보겠어요."

"됐어. 난 안 마셔."

아예 등을 돌려 버린 경호원을 보고 정우는 살짝 미간을 찌푸렸다. 진짜 똥고집이네. 정우는 숨을 크게 들이쉬고는 자신이 내려놓은 맥주 하나를 들고 그에게 다가갔다. 그리고는 어깨에 손을 두르고 그의 입에 억지로 맥주 캔을 갖다 대었다.

"이렇게 내빼면 내가 매우 섭하잖냐. 응, 대범아?"

경호원의 입에 억지로 부은 맥주는 그의 턱 아래로 주르륵 흘러내렸다. 그리고 이내 그의 목울대가 크게 한 번 움직였고, 켁켁거리며 그가 기침을 하기 시작했다.

"야, 야, 괜찮아?"

등을 쳐 주며 걱정스러운 표정으로 말하자, 이내 고개를 든 그가 인상을 잔뜩 찌푸리며 말을 이어 갔다.

"아, 전 술을……"

털썩— 말을 다 끝내지도 못하고 갑자기 바닥에 주저앉아 버린 경호원. 놀란 정우는 눈을 휘둥그레 뜨고 식탁에 앉아 있는 경호원들을 바라보며 말했다.

"어라, 얘 왜 이러냐?"

"아, 그러고 보니 대범이 형 항상 회식 자리만 있으면 몰래 빠지시던데."

"……술이 약하셨구나."

완전히 맛이 가 버렸는지 몸을 축 늘어트린 채로 바닥에 널브러진 경호원을 보고 정우가 픽 웃음을 내지었다. 이게 웬 횡재래? 이 녀석을 어찌 처리해야 할지 곤욕이었는데 이렇게 쉽게 나가떨어져 주시니 너무나도 감사했다. 정우는 경호원을 소파에 옮겨 놓고 친절히 담요까지 덮어 주었다. 곧이 잠들어 버린 경호원을 보며 피식 웃음을 짓던 정우는 작게 그를 향해 중얼거렸다.

"고맙다. 술을 못해 줘서."

정우는 얼른 그를 두고 부엌으로 돌아가 경호원들과 또 술잔을 기울였다. 한 잔, 두 잔, 세 잔. 앞에 있던 치킨 안주가 바닥을 보일 때쯤에야 경호원 둘이 완전히 곯아떨어지고 말았다. 정우는 무거운 머리를 애써 들고 마지막 캔에 남아 있는 맥주를 입에 털어 냈다. 정우도 꽤나 취했는지 얼굴이 불그스름해졌지만 그의 입가에는 기분 좋은 미소가 걸려 있었다.

"……이겼다."

정우는 길게 숨을 내쉬고는 자리에서 일어서자 바닥이 꾸물꾸물거리며 움직이는 것만 같았다. 정신을 차리려고 좌우로 고개를 털고서 비틀비틀거리며 자신의 방으로 들어갔다. 그는 옷장에서 캐리어를 꺼내 보이는 옷들을 무작정 담고, 겉옷과 지갑을 들고

방을 나섰다. 식탁에 널브러진 두 명의 경호원과 소파에 널브러진 경호원 하나를 쭉 둘러본 정우는 천천히 발걸음을 옮겨 소파에 누워 있는 경호원에게 다가갔다. 그리고는 담요를 걷어 내고 대범의 주머니에서 자신의 휴대폰을 꺼내 들었다.

"이건 다시 내가 가져간다. 잘 자라, 대범아."

툭툭 발그스름해진 뺨을 두어 번 때리며 정우는 캐리어를 들고 오피스텔을 빠져나와 바로 앞에서 택시 하나를 잡아 세웠다.

나영은 새벽 두 시가 넘어서야 자신의 집에 도착할 수 있었다. 기지개를 쭉 펴며 침대에 풀썩 드러누웠다. 요즘 들어 규헌의 일이 산더미인지라 집에 오면 항상 이렇게 늦은 시각이었다. 몸은 매우 피곤했지만 이상하게도 나영의 기분은 최고조였다.

몇 달 전만 해도 규헌을 만나 이렇게 행복하게 지낼 수 있으리라고는 생각지도 못했다. 완전히 끝났다고 생각했고, 다시는 되돌릴 수 없는 관계라고 생각했다. 꿈같은 일이 반복되자 나영의 입가에는 항상 미소가 자리 잡고 있었다.

"아, 자야 하는데."

벽에 걸린 시계를 보고 놀라 얼른 이불 안으로 들어선 나영이 스탠드를 끄고 잘 준비를 했다. 그때, 갑자기 초인종 소리가 들려 나영은 움직임을 멈추고 몸을 벌떡 일으켰다.

"이 시간에 누구지?"

나영이 고개를 갸우뚱거리자 또다시 초인종 소리가 들려왔다.

쉽게 갈 사람이 아닌 듯 계속 반복해서 들리는 초인종 소리. 결국 스탠드 불을 다시 켜고 나영은 문 앞으로 다가가 인터폰을 바라보았다.

"정우……?"

놀란 나영이 얼른 달려가 문을 열었다. 진하게 풍겨 오는 술 냄새에 그녀는 인상을 잔뜩 찌푸렸다.

"정우야, 너 술 마셨어?"

"응. 누나! 내가 세 명 다 이겼어. 완전히 내 승리였지."

무슨 말을 하는지 이해를 할 수 없는 나영은 어색하게 대충 고개를 끄덕였다. 몸을 제대로 가누지도 못하는 정우가 벽에 기대어 실실 웃다, 결국 자리에 주저앉아 버렸다.

"야, 야. 박정우! 일어나!"

나영은 정우의 뺨을 때리며 말했지만, 정우의 귓가에 그녀의 목소리는 점차 희미해져만 갔다.

정우는 달그락거리는 소리에 간신히 무거운 눈꺼풀을 떼어 냈다. 잔뜩 인상을 찌푸린 정우의 시선에 제일 먼저 보이는 것은 새하얀 천장이었다. 정우는 깨질 듯한 머리를 손으로 부여잡으며 신음을 내뱉었다. 간신히 몸을 일으켰을 때, 정우는 부엌에서 아침을 준비하는 나영을 볼 수 있었다.

"일어났어?"

콩나물국 냄새가 집 안 전체에 퍼졌고, 정우는 나영을 보고 고개를 갸웃거렸다.

"뭐야, 누나 언제 왔어?"

"뭔 소리야. 여기 내 집이거든?"

정우가 나영을 빤히 바라보고 있다가 어젯밤 일을 떠올리고는 그제야 알겠다는 듯 고개를 끄덕였다.

"너 대체 어떻게 된 거야? 그 새벽에 술에 잔뜩 취해서 여길 기어 들어오고. 갈려면 희찬 씨네 집을 갔어야지. 오해하면 어쩌려 그래?"

"유희찬 집은 안 돼. 내가 집 나온 거 알면 노발대발할 거 뻔하니까. 아, 유희찬한테 나 여기 온 거 말 안 했지?"

"무슨 오해를 살려고 희찬 씨한테 연락을 해."

"다행이네. 누나, 절대 말하지 마."

정우는 신신당부를 하듯 말하고 슬금슬금 식탁으로 기어갔다. 정우는 잘 먹겠다는 말도 없이 제일 먼저 콩나물국을 들이켰고, 타들어 가던 목이 풀리는 느낌에 환하게 미소를 지었다.

"아, 살겠다."

"미친놈. 대체 어떻게 된 거야. 안 그래도 희찬 씨가 너 연락 안 된다고 걱정하던데. 감시당하고 있는 거 아니었어?"

"감시당했지. 거구 경호원 세 명한테."

"너, 설마……."

"응. 술 먹이고 꽐라 만들었어."

자랑스럽게 브이를 만들며 정우는 해맑게 웃었다. 나영은 못

말린다는 듯 고개를 좌우로 흔들었고, 다시 그에게 질문을 던졌다.

"그래서 너 어떡하려고?"

"여기서 지내야지, 뭐. 잠시 동안."

"야, 미쳤어! 희찬 씨한테 무슨 오해를 사려고!"

"안 들키면 되지, 뭐."

"안 돼. 그건 내가 절대 용납 못 해. 희찬 씨 집으로 가."

"거기다 더 위험하거든?"

"아, 그런가……."

나영은 자신의 머리를 긁적이며 한숨을 내쉬었다. 아무리 어렸을 때부터 남매처럼 지내 온 사이라도 그렇지 한집에서 지내는 건 자신의 남자친구인 규헌에게도, 희찬에게도 그다지 좋지 못할 일이었다. 나영은 신음 소리를 내며 고민을 하다가 박수를 탁 치며 정우를 손가락으로 가리켰다.

"야, 좋은 곳이 생각났어."

"……?"

"절대 누구에게도 안 들킬 만한 곳."

나영은 정우를 향해 해맑은 미소를 지었고, 정우는 고개를 갸웃거리며 밀려오는 불안감에 조금 걱정되는 듯한 표정을 지었다.

"죽어도 안 돼."

"죽어도 싫어."

희찬이 심부름으로 잠시 자리를 비운 사이, 나영이 규헌의 작업실로 정우를 데리고 나타났다. 자초지종을 설명하고 규헌의 집에서 지낼 것을 제의하자 두 사람 입에서는 완강히 거부하는 대답만이 나왔다.

"여기 내 집이야. 또 작업실이기도 하고. 불편한 객식구가 있으면 일을 제대로 할 수가 있겠어?"

"누나, 유희찬한테 나 집 나온 거 들키면 노발대발한다고, 걔. 무책임하게 집을 나왔냐는 둥, 대화로 풀어야지 이렇게 무작정 가출이 뭐냐는 둥. 잔소리만 늘어놓다가 그날로 날 그대로 집으로 보낼 애라니까? 안 돼. 절대 안 돼. 특히, 이 녀석 집이란 게 제일 싫어. 이 녀석 집에 있는 거 자체가 제일 싫어!"

나영은 시끄럽게 떠드는 정우를 보며 손으로 귀를 틀어막고, 한숨을 길게 내쉬며 다시 말을 이어 갔다.

"희찬 씨 있을 때는 여기서 꼼짝 말고 있으면 절대 들킬 일 없어. 그리고 오빠, 좀 도와주는 게 그렇게 어려워? 얘 이대로 잡혀 가면 나랑 얘랑 결혼해야 할지 모른다니까? 내가 정우랑 결혼했으면 좋겠어?"

나영의 물음에 규헌은 미간을 찌푸리며 정우를 아니꼽게 바라보았다. 이 상황에서 흔쾌히 승낙을 하는 것이 내 여자를 지키는 일이었지만 박정우라는 사람을 제 집에 들이는 게 규헌은 미치도록 싫었다. 세 살이나 어린 것이 이 녀석, 저 녀석 삿대질까지 해 가며 반말을 찍찍 내뱉는데 정말 돌아 버릴 지경이었다. 웬만하면 마주치기 싫었던 사람들 중 한 명이었기에 선뜻 '그래.'라고 대답할 수가 없었다.

"이왕 이렇게 된 거 친해지라고, 둘이."

나영은 둘의 어깨를 토닥이며 말했다. 정우와 규헌은 서로를 바라보며 탐탁지 않은 표정을 지었지만 방법이 딱히 없었다. 정우가 호텔이나 별장으로 가 봤자 정우의 아버지 손바닥 안이었고, 나영의 말대로 규헌의 집이 그나마 안전한 곳이라고 생각하고 있었다. 하지만 강규헌이라는 사람이 마음에 들지 않았기에 도저히 '나 여기 있을래.'라는 말이 선뜻 입 밖으로 나오지가 않았다.

둘은 암묵적으로 수긍하는 듯 보였다. 나영이 만족스러운 듯 고개를 끄덕이곤 '곧 희찬 씨 오겠다.'라고 중얼거리며 혼자 작업실로 내려갔다. 나영이 나간 규헌의 방 안에는 긴 정적이 흘렀다. 서로를 뚫어져라 응시하는 두 사람은 꿈쩍도 하지 않는 채 서 있었고, 그 정적을 먼저 깬 것은 규헌의 차갑고도 낮은 음성이었다.

"예뻐서 널 내 집에 두는 게 아니라는 걸 인지하도록 해."

"나도 여기가 좋아서 있는 게 아니라는 걸 인지해 줬으면 한다."

단 한 마디도 지지 않는 정우 때문에 규헌의 얼굴은 점점 일그러져만 갔다.

"자꾸 그렇게 버릇없게 굴면 바로 내쫓을 수가 있다?"

단단히 '내가 네 위야.'라는 쐐기를 박으려는 규헌의 말에 정우가 당황스러운 표정을 지었다. 여기에서 쫓겨나면 답도 없다. 보통 사람 같으면 바로 기고 들어갔을지도 모르지만 자존심이 센 정우는 기는 법을 알지 못했다. 아니, 알고 있어도 규헌에게만은 기고 들어가고 싶지 않았다.

"나 여기서 내쫓으면 너한테도 득이 될 게 없다는 걸 알아야지."

"그건 너도 마찬가지잖아."

"피장파장인데 우리 좀 좋게 좋게 넘어가는 게 어때?"

"좋게 넘어가고 싶으면 그 싸가지 없는 말투부터 고쳐."

"가는 말이 고와야 오는 말이 곱다는 속담은 어렸을 때 배고파서 씹어 드셨나?"

"너는 어른 공경이라는 말을 들어 본 적이 없는 거 같은데?"

둘은 또다시 입술을 꾹 다물고 서로를 노려보았다. 도저히 말이 끝날 기미가 보이지 않는다. 서로를 쏘는 말은 꼬리에 꼬리를 물고 계속 늘어지기만 할 뿐이었다.

"어머, 희찬 씨, 뭘 그렇게 사 들고 왔어요?"

"아, 요 앞에 오는데 귤을 싸게 팔더라고요. 그래서 한 봉지 사 왔어요."

"와, 나 귤 진짜 좋아하는데!"

평소보다 하이톤이 된 나영의 목소리가 문 밖에서 들려왔다. 아무래도 희찬이 왔다는 걸 두 사람에게 알려 주고 싶었나 보다.

정우는 희찬의 목소리가 들리자 적지 않게 당황한 표정을 지었다. 그리고는 불안한 표정으로 규헌을 쳐다보았다. 이내, 규헌은 고개를 삐딱하게 들고 씩 웃어 보였다.

"그러고 보니 너 약속하지 않았나?"

"무슨 약속?"

"유희찬 복직 조건으로 일할 때 머리털 하나도 보이지 않기, 그리고 존댓말 쓰기."

아, 이럴 수가. 완전히 잊고 있었다. 유희찬 복직이 되고, 나영과 정략결혼 일 때문에 규헌과의 약속은 완전히 잊고 있었던 정우는 딱딱하게 굳은 표정으로 그를 바라보았다. 약속을 잊고 있었던 것은 규헌도 마찬가지였다. 요즘 한동안 일이 많아서 사소한 일 따위는 잊은 지 오래였는데 딱 희찬이 나타나자마자 문득 그 약속이 떠오른 것이었다. 규헌의 얼굴에는 승리의 가득 찬 미소가 지어졌고, 정우는 뒤통수를 세게 얻어맞은 듯한 얼빠진 표정을 지워 내지 못했다.

"그럼, 앞으로 잘 지내 보자."

규헌의 짧은 말 한마디가 정우에게는 그렇게도 치욕스러울 수가 없었다. 규헌은 가벼운 발걸음으로 방을 나섰고, 정우는 철썩 자리에 주저앉아 병진 표정으로 굳게 닫힌 문을 바라보았다.

"······졌다."

완전히 졌다. 이젠 빼도 박도 못한다는 생각에 정우는 소리를 빽 지르고 싶었지만 작업실에 있는 희찬 때문에 크게 소리치지도 못했다. 어쩌다가 박정우의 꼴이 이렇게 되어 버린 것일까. 자신의 한심함을 탓하며 정우는 제 머리를 서슴없이 쥐어뜯었다.

"회사일이 많이 바쁜가 봐요."
"응. 뭐 그렇지."
"대표님 아버진 아직도 완강하세요?"
"걱정 마. 내가 지금 설득 중이니까."

희찬은 애써 밝게 웃으려고 노력하고 있었다. 벌써 나흘 째, 전화 통화만 할 뿐 정우를 만나지 못하고 있었다.

규헌의 일이 바빠 희찬이 새벽 늦게 퇴근하는 게 잦아지면 정우를 만나지 못하는 이유도 있었지만 정우도 항상 일이 바쁘다며 핑계를 대기 일쑤였다.

"지금 어디예요?"
"어? 회사지, 회사. 요즘 일이 많아서."

거짓말. 희찬은 정우가 거짓말하는 것이라고 짐작했다. 분명 무슨 일이 있는데 정우는 말해 주지 않았다. 캐묻고 싶었지만 정우가 숨기려고 하는 것이 자신을 위한 것이라고 생각한 희찬은 목구멍을 뚫고 나오려는 질문은 애써 삼켰다.

"넌 아직도 퇴근 안 해?"

정우는 규헌의 방 문틈 사이로 희찬을 지켜보며 말했다. 지금 시각은 새벽 두 시였다. 이 시간까지 희찬을 잡고 있는 규헌에게 당장 따지고 싶었지만 그럴 수 없는 처지라 정우는 애꿎은 입술만 잘근 씹어 댔다.

"어라? 나 아직 퇴근 안 한 거 어떻게 알았어요?"

"아, 그냥…… 요즘 너 계속 야근한다고 했었잖아. 당연히 지금도 작업실에 있을 거라고 생각했지."

"아."

희찬은 고개를 끄덕이며 작게 탄성을 내질렀다. 정우는 십년감수한 표정으로 졸린 듯 눈을 비비는 희찬을 힐끗 바라보았다. 그리곤 혹여나 들킬세라 얼른 방문을 닫아 버리고 문에 기대어 앉았다.

"이만 끊자. 나 밀린 서류가 좀 많아서."

"알겠어요. 쉬엄쉬엄하면서 일해요."

"너야말로. 힘들면 어떤 핑계를 대서라도 조퇴하고 그래."

"어떻게 그래요. 나보다 작가님들이 힘드신 거 뻔히 아는데."

"힘들긴 개뿔. 아, 새벽에 택시 위험하니까 비싸도 콜택시 불러. 내가 저번에 알려 준 번호 잘 저장해 뒀지?"

"예예— 어제도, 그제도 아주 잘 이용하고 있으니까 걱정 마셔요."

약간 퉁명스럽게 대답했지만 사소한 것까지 챙겨 주는 정우가 매우 좋았다. 희찬의 입가에는 자기 자신도 모르게 작은 미소가 지어졌다. 그리고는 핸드폰을 만지작거리며 작은 목소리로 중얼거리듯 말을 이어 갔다.

"보고 싶어요."

갑작스런 희찬의 애정 표현에 정우는 병진 얼굴로 말을 잇지 못했다. 내가 혹시 잘못 들었나? 하고 그는 휴대폰으로 시선을 돌렸다.

"너무 보고 싶어요."

또다시 들려오는 희찬의 나지막한 목소리에 정우의 가슴은 미친 듯이 뛰었다. 지금 당장에라도 이 문을 열고 희찬에게 달려가 안아 주고 싶었다. 하지만 애써 그 마음을 눌러 내는 듯 그는 아랫입술만 잘끈 깨물 뿐이었다.

"희찬아."

보고 싶다. 아까까지만 해도 몰래 지켜보고 있었지만 직접 달려가 눈을 마주 보고 싶었다. 정우는 주먹을 꽉 쥐며 이내 낮은 목소리로 용기 내어 말을 꺼내었다.

"우리 그냥 도망갈래?"

"……네?"

"너랑 나랑 그냥 어디로 도망갈까? 나는 회사 때려치우고, 넌 강규헌 그 자식 밑에서 일하지 말고, 우리 그냥 여기저기 여행 다니면서 둘이서만……."

"미쳤어요?"

희찬은 언성을 높이며 정우의 말을 잘라 버렸다. 놀란 정우가 말을 더 이상 꺼내지 못했고, 희찬의 목소리에 일을 하고 있던 규헌과 나영이 동작을 멈추고 그녀를 쳐다보았다.

"어떻게 그런 말을 해요. 상황을 잘 정리할 생각도 안 하고,

도망을 가자고요? 그럼 무책임한 말을 어떻게 할 수가 있어요?"

"아, 아니 난 그냥……."

"절대 안 돼요. 무조건 남은 삼 일 동안 대표님 아버지 설득해요. 도망이나 가출, 뭐 이런 거 꿈에서라도 생각했다간 진짜 가만 안 둘 거예요!"

희찬은 그렇게 소리를 지르고 인사도 없이 전화를 뚝 끊어 버렸다. 어떻게 그런 소리를 해? 진짜 무책임하게! 그녀는 미간을 잔뜩 구기고 돌아섰는데, 규헌과 나영이 벙진 얼굴로 희찬을 바라보고 있었다. 어색하게 희찬이 웃어 보이자 그들은 헛기침을 하며 아무런 말 없이 시선을 돌리고 일을 다시 서두르기 시작했다.

"내가 이럴 줄 알았지."

정우는 끊긴 휴대폰을 바라보며 한숨을 내쉬었다. 희찬의 성격상 가출이란 건 용납되지 않았다. 그걸 아는 정우는 이 사실을 숨기려고 한 것이었다. 이런 자신이 한심하다는 건 알지만 그는 아버지와 마주 보고 대화할 용기가 나지 않았다.

"어차피 내 말은 들어 주지도 않는데……."

그는 작은 목소리로 중얼거렸고, 그때 다시 휴대폰이 울리기 시작했다. 희찬이겠지, 하는 생각으로 휴대폰을 들었건만 액정에 뜨는 '남 비서'라는 글자에 크게 실망한 표정으로 통화 버튼을 눌렀다.

"왜."

― 왜 이렇게 퉁명스럽게 전화를 받으세요. 대표님.

"알 것 없고, 이 시간에 갑자기 왜 전화질이야?"

― 자꾸 회장님 경호원들이 찾아와서 대표님 행방을 물으셔서요. 진짜 어디 계신 거예요?

"너한테 알려 주면 그대로 아버지한테 달려갈까 봐 못 알려 줘."

― 너무하시네요. 제가 그렇게 못 미더우세요?

"응. 그것보다 내가 시킨 대로 일을 진행하고 있어?"

― 네, 대표님이 시키신 대로 일단 1팀 기획안은 오늘부터 진행이 됐고, 나머지는 팀은 기획 수정 중입니다.

"내일까지 무조건 제대로 된 기획안 받아서 메일로 보내. 대체 몇 번째 퇴짜냐? 아이디어들이 저렇게 없어서 무슨 기획을 하겠다고 참……."

― 아, 네. 알겠습니다.

"알아들었으면 끊어. 쓸데없는 일로 전화하지 마."

정우는 통화를 끊고 한숨을 길게 내쉬었다. 회사는 나가지 않았지만 남 비서를 통해 몇 번이고 회사 일을 체크하고 있었다. 예전 같으면 전혀 상관도 하지 않았을 일이었지만 지금은 아니었다. 희찬에게도 보여 주고 싶었고, 또 이제는 이 일이 정말 내 일처럼 느껴지기도 했다.

"이게 다 유희찬 때문이잖아."

전혀 관심 없었던 일에 관심을 쏟고 눈길이 갔다. 유희찬 때문에 무시했던 일들이 이제는 중요하게 여겨지게 되었다. 이상했다. 이런 자신이 이해가 되지 않을 뿐더러 설명도 되지 않았지만 이런 변화가 싫지는 않았다.

시계를 보니 새벽 두 시가 훌쩍 넘어가고 있었다. 문을 살짝 열어 아래를 바라보자 아직도 바쁘게 일을 하고 있는 희찬의 뒷모습이 보였다.

"대체 언제 끝나는 거야?"

정우는 미간을 찌푸리며 규헌을 원망스럽게 쳐다보았지만 일에 집중하느라 그의 시선 따위는 느낄 수가 없는 듯 보였다. 정우는 문을 조심스럽게 닫고 침대에 걸터앉았다. 하지만 곧 정우는 자리에서 일어나 발을 동동 구르며 이리저리 걸어 다녔다.

"아씨, 화장실 가고 싶은데."

하필 화장실이 일 층 작업실에만 있었기에 여기에서 생활할 때 가장 불편한 점이 화장실 쓰기였다. 희찬이 있을 때는 절대 화장실 근처도 가지 못했다. 그랬기에 희찬이 출근하기 전에 화장실을 써야만 했고, 잠깐씩 희찬이 심부름을 떠날 때만이 그가 화장실을 쓸 수 있는 타이밍이었다.

정우는 이리저리 돌아다니길 반복하다가 결국 휴대폰을 들어 규헌에게 희찬을 얼른 보내라는 문자를 보냈다. 하지만 몇 분이 지나도 답장은 오지 않았고, 문을 살짝 열어 규헌의 모습을 확인했다. 보아하니 일에 집중하느라 휴대폰을 열어 보지도 않는 모양이었다. 정우는 낮게 욕을 내뱉으며 다시 열었던 문을 닫았다.

"아, 진짜……."

어제도 그랬고, 그저께도 이 시간쯤이면 항상 희찬은 퇴근을 했었다. 조금만 더 기다리면 곧 퇴근할 거라고 생각했지만 정우는 벌써 한계에 다다르고 있었다. 매우 창백해진 정우의 얼굴은 누가 툭 건들면 큰일이 날 것만 같았다. 정우는 침대를 뒹구르며 간신히 애를 쓰고 있었다.

"강 작가님, 이거 다 정리했어요."

"그럼 그 옆에 있는 것도 정리해 줘."

참을 인을 머릿속으로 그리며 희찬이 가기만을 기다리는데 문 너머로 들리는 목소리에 정우는 사색이 되어 버렸다. 이제 가라고 해야 할 타이밍에 일을 하나 더 시켜 버린 것이다.

정우는 이를 바드득 갈며 자리에서 일어나 문을 조심스럽게 열었다. 규헌의 뒤통수에 대고 주먹을 들어 보였다가 다시 문을 닫고 발만 동동 구르고 있을 무렵, 정우는 더 이상은 안 되겠다는 생각에 문을 또다시 조심스럽게 열었다.

"화장실만 가면 돼. 화장실만."

그래, 화장실만 갔다 오면 모를 꺼야. 몰래. 정우는 조심스럽게 문 밖으로 발을 내딛었다. 일하느라 정신없는 희찬은 다행히도 정우 쪽을 보고 있지 않았고, 그는 슬금슬금 계단을 내려오기 시작했다. 발소리가 최대한 나지 않게 하기 위해 슬리퍼까지 내던진 채 맨발로 살금살금 내려왔고, 그것을 먼저 본 것은 규헌의 옆에서 일을 돕고 있던 나영이었다.

그녀는 소리를 칠 뻔했지만 다행히도 자신의 입을 막고 정우에게 살금살금 가다가 오만상을 찌푸리며 얼른 올라가라는 손짓을 했다. 하지만 정우는 나영의 말은 전혀 듣지 않고, 그녀의 손을 뿌리치고는 조심스럽게 화장실 쪽으로 발걸음을 돌렸다.

'아, 진짜 저거……'

나영은 소리를 치지도 못하고, 안달 난 표정으로 발만 동동 굴렀다. 아까 희찬의 통화를 듣고 더더욱 들켜서는 안 된다는 생각이 확고해진 나영이었기에 여기서 틀키면 아마 싸움이 일어날 거라고 생각한 모양이었다. 하지만 정우에겐 그 어떤 말도 들리지 않았다. 금방에라도 터질 것만 같은 기분에 나영을 밀치고 화장실 쪽으로 발걸음을 떼기 시작했다.

"작가님 이 사진은……"

그때였다. 조용히 사진 분류만 하던 희찬이 뒤돌아본 것은. 나영과 정우가 실랑이를 하는 사이에 갑작스레 뒤를 돌아보는 그녀였다. 그들의 행동은 일순 정지되어 버렸다. 정우는 슬그머니 고개를 돌려 희찬의 있는 곳을 바라보았고, 벙진 표정으로 자신을 바라보고 있는 그녀를 볼 수 있었다.

"대표님."

"……"

"여기서 뭐하시는……"

희찬은 몇 초간 말을 잇지 못하다가 문득 사태 파악이 된 듯 미간을 잔뜩 구겼다. 정우는 그런 그녀의 표정을 보고 어색하게 웃었지만 지금은 생리현상이 더 급했기에 희찬을 뒤로한 채, 부랴부랴 화장실로 뛰어 들어가 버렸다.

작업실에는 긴 정적 많이 흘렀다. 규헌과 나영은 다시 일을 시작하려고 했지만 차마 작은 소리도 낼 수가 없었기에 일을 하지 못하고 거실 소파에 마주 앉아 있는 희찬과 정우를 바라봤다. 희찬은 정우를 뚫어져라 노려보고, 정우는 그런 희찬의 눈길을 피하려고 시선만 내리깔고 있을 뿐이었다.

"어떻게 된 거예요."

"……."

"변명이라도 좀 해 봐요."

희찬의 말에 정우는 고개를 들었다. 불안하게 손톱을 매만지던 정우가 조심스럽게 입을 떼어 냈다.

"집…… 나왔어."

희찬은 정우의 대답에 어이없다는 듯 코웃음을 쳤다. 결혼식까지 삼 일. 그런데 지금 가출 중이란다. 어린아이 같은 정우의 태도가 기가 막히고, 기대했던 자신이 왠지 초라해 보였다. 희찬이 화가 머리끝까지 난 듯 말을 잇지 못하자 나영이 도와줘야겠다는 생각에 발걸음을 옮기려 했다. 하지만 규헌이 그녀의 행동을 막으며 조용히 손을 잡고 작업실을 밖으로 나가 버렸다.

두 사람만이 남은 작업실의 공기는 더욱더 무거워졌다. 나영과 규헌이 나간 것을 확인하고는 정우는 어쩔 줄 몰라 하며 아랫입술을 꾹 깨물었다.

"어떻게 그런 무책임한 짓을 해요? 가출이라니요. 지금 대표님 나이가 열다섯이에요?"

"아니, 나도 지금 해결하려고 하는……."

"아버지한테는 뭐라 했어요. 말은 제대로 해 봤어요?"

정우는 아무런 대답을 할 수가 없었다. 말은커녕 얻어맞기만 했고, 그의 눈가에 퍼런 멍이 그것을 증명해 주고 있었다. 희찬은 정우의 눈가를 바라보다가 화를 주체 못하고 소리를 빽 질러 버렸다. 놀란 정우가 희찬을 빤히 바라보았고, 그녀는 그런 정우에게 다가가 있는 힘껏 그의 팔을 때리며 소리쳤다.

"난 그래도 믿고 기다렸는데! 해결도 제대로 못 하고! 어린애같이 가출이나 하고! 지금 이게 뭐하는……."

"아, 아파!"

때리는 강도가 세지자 정우는 희찬의 양 손목을 잡고 저지했다. 그녀는 눈물이 그렁그렁 맺힌 눈으로 정우를 바라보고 있자 이내 손목을 스르르 놓아주었다.

"그래, 때려. 네 분이 풀릴 때까지 때려."

정우는 두 눈을 감고 체념한 듯 말을 이어 갔다. 하지만 희찬은 정우를 원망스런 시선으로만 바라볼 뿐 더 이상 그를 때리지 못했다. 정적은 계속됐다. 정우는 두 눈을 감고 그녀가 때리기를 기다렸고, 희찬은 그런 그의 옆에서 아무 말 없이 분을 삭이다 조금 진정된 목소리로 입을 열었다.

"방법은 있어요? 결혼하지 않을 수 있는 방법."

"내가 안 하면 되는 거야. 그리고 나영이 누나도 강규헌이 있으니까 크게 몰아붙이지는 못할 거고. 내가 없으면……."

"대표님이 없어서 삼 일 후 결혼식이 무산되더라도 아버지랑 대표님 사이는 그대로잖아요. 그럼 이 일들이 계속 반복될 거예요."

"……그렇겠지."

정우가 작은 목소리로 대답하자 희찬은 미간을 좁히며 그의 등짝을 손바닥으로 내리쳤다. 엄청난 마찰음에 정우는 정신이 번쩍 든 듯 허리를 곧게 펴고 인상을 찌푸렸다.

"아, 아파!"

"알면서 지금 이러고 있으면 어떡해요! 진짜 사내자식이 뭐가 그렇게 겁나서는."

"겁나다니, 누가 겁낸다는 거야?"

"당신이요. 지금 내 앞에 있는 이 찌질한 인간!"

"뭐, 찌질?"

"왜요? 자기 자신이 찌질한 것 알아서 찔리나 보죠? 자기 아버지랑 대화하는 게 무서워서 피하기만 하고, 어린애처럼 가출이나 하고! 정말 내가 무책임한 사람인 건 진작에 알았지만 이번일은 정말 너무 무책임하네. 내가 왜 이런 사람이 좋다고 했는지 이해가 안 가네요, 진짜."

"……너 지금 말 다 했어?"

"아직 하고 싶은 말 많은데 더 해 줄까요?"

희찬의 당돌한 말에 정우는 어이없다는 듯 코웃음을 치다가 화를 참지 못하고 자리에서 벌떡 일어섰다. 세상에 태어나서 이런 말을 들은 것은 처음인 것 같았다. 불쾌감에 얼굴이 새빨개지고 화가 머리끝까지 차올랐지만 차마 희찬에게 따질 수가 없었다. 왜냐하면, 희찬의 말이 하나도 틀린 것이 없다고 그도 생각했기 때문이다.

"유희찬."

낮은 목소리로 그녀의 이름을 부르자 유희찬이 입술을 앙다물고 그를 올려다보았다. 아, 정말. 정우는 무섭게 그녀를 바라보다가 졌다는 듯 자리에서 풀썩 주저앉았다.

"진짜 넌 못 이기겠다……."

정우가 한숨을 푹 내쉬었다. 그리고는 자신의 얼굴을 손으로 쓸어내리며 바닥을 가만히 응시했다. 희찬은 그런 정우를 바라보다가 자리에서 일어나 부엌으로 걸어갔다. 그리고는 아까 내려놓은 커피를 머그컵에 따라 정우의 앞에 내밀었다. 정우는 멍하니 그녀를 바라보다가 조용히 머그컵을 받아 들며 말했다.

"병 주고 약 주네."

"제가 언제 병을 줬어요? 약만 줬지."

"끝까지 한 마디도 안 져요."

정우는 픽 웃음을 내지으며 커피 한 모금을 들이켰다. 따뜻한 커피가 목을 타고 내려가자 조금 진정이 되는 것만 같았다.

"대체 아버지랑 무슨 일이 있었던 거예요."

다정하고도 걱정스러운 희찬의 물음에 정우는 테이블에 컵을 내려놓았지만 한참 동안 입을 열지 못했다. 남에게 단 한 번도 아버지와 무슨 일이 있었는지 이야기한 적이 없었다. 정우는 긴 숨을 내뱉으며 낮은 목소리로 입을 열기 시작했다.

"우리 엄마는 내가 열 살 때 돌아가셨어."

처음으로 꺼낸 정우의 어렸을 때 이야기. 정우는 조금은 긴장되는 듯 침을 꿀꺽 삼키며 과거를 18년 만에 처음으로 떠올리기 시작했다.

정우가 초등학교 다니기 시작할 때부터 어머닌 항상 병원에서 지내셨다. 갑자기 발병된 위암은 어머니를 쇠약하게 만들었다. 누구보다 어머니를 아끼고 사랑했던 정우였다. 학교가 끝나면 친구들과 놀기보다는 병원으로 달려가 그녀와 이야기를 나누는 것이 이년간의 정우의 일과였다. 하지만 그의 아버지는 병원에 오는 일이 거의 없었다. 항상 바쁘다는 핑계로 병원은커녕 집에도 자주 들어오지 않았다. 그런 아버지에게 서운함을 느꼈지만 정우의 어머닌 항상 아버지 편이었다.

"아버진 바빠서 못 오시는 거니까 네가 이해해 줘야 해."

세운 지 칠여 년 만에 대한민국 최고의 신문사로 거듭났기에 아버지는 항상 바빴다. 정우의 어머니는 항상 아버지 편을 들어주셨고, 서운했지만 정우는 그런 아버지를 이해하려고 노력했다.

어머닌 항상 아버지를 아끼고 사랑했다. 그걸 느낄 수 있었던 건 항상 그녀의 침대 옆에는 아버지의 사진이 놓여 있었기 때문이다. 정우와 이야기를 나누면서도 아버지의 사진에서 시선을 떼지 못하는 어머니를 보며 매번 안타까움을 느낄 수밖에 없었다.

"아버지, 오늘도 병원에 안 오셔요?"

용기 내어 아버지에게 전화를 걸었을 때 돌아오는 말은 바쁘니까 끊어, 라는 차가운 음성뿐이었다. 일방적으로 끊긴 아버지의 전화에 정우는 아쉬움을 달래며 병실로 터벅터벅 걸어오는데, 어머니의 비명 소리가 병실 밖으로 새어 나오고 있었다. 놀란 정우가 뛰어 들어갔을 때, 의사와 간호사에게 둘러싸여 괴로워하는 어머니의 모습이 보였다. 피를 토했는지 온통 어머니의 얼굴과 시트에는 빨간 피가 잔뜩 묻어 있었다.

열 살밖에 안 된 정우는 그 모습에 큰 충격을 받았다. 다가가지 못하고 멀찌감치 떨어져 괴로워하는 어머니의 모습을 보고 있는 정우의 눈가엔 뚝뚝 눈물만이 흐를 뿐이었다.

"엄마, 많이 아파?"

진정제를 맞고 정신을 차린 어머니 곁에서 정우가 손을 잡으며 조심스레 물었다. 빨개진 정우의 눈가를 보며 그녀는 아무 말 없이 그의 뺨을 어루만졌다.

"이제 괜찮아."

그녀는 갈라진 목소리로 정우를 안심시키려는 듯이 말했다.

"엄마, 아프지 마."

눈물을 뚝뚝 떨어트리며 말하는 정우를 보며 엄마는 아무 말 없이 그를 꼭 안아 주었다. 몇 년 전만 해도 포근하고 따뜻했던 어머니의 품은 차갑기 그지없었다. 정우는 그런 그녀를 위로하듯 허리를 꼭 껴안았다.

정우의 어머니는 몇 번이고 비명을 지르며 괴로움 속에 지냈다. 엄마의 손을 잡아 주고 싶었지만 의사와 간호사들이 어린 정우를 병실 밖으로 매번 쫓아냈고, 비명 소리를 들으며 정우는 병문 앞만 지키는 것밖에 할 수 없었다. 밥을 먹다가도, 이야기를 하다가도, 몇 번이고 찾아오는 고통 속에 어머니는 메말라 가고 있었다. 그리고 어느 날, 학교 갔다 병실에 돌아왔을 때 그의 어머니는 싸늘한 시체가 되어 있었다.

"엄마……."

겨우 열 살. 정우는 어머니를 눈앞에서 잃었다. 그런 엄마가 끝까지 손에 쥐고 있던 것은 아버지의 사진이었다. 하지만 그녀가 입원하는 동안 단 한 번도 병원에 온 것을 보지 못한 정우는 엄마를 혼자 쓸쓸하게 보내 버린 아버지가 원망스러웠다. 그는 달려가 아버지에게 전화를 걸었다. 하지만 아버지는 전화를 받지 않았고, 어머니의 장례식에도 나타나지 않았다.

평생 그의 어머니는 아버지만 보고 살아왔다. 그 누구보다 아꼈고, 사랑했고, 마음을 줬지만 아버지는 그러지 않았다. 정우는 그렇게 생각하자 너무나 화가 나 참을 수가 없었다. 증오스러웠다. 어머니를 홀로 그렇게 내버려 둔 아버지를 용서할 수가 없었다. 어머니를 화장하고 납골당에 모셔 둘 때까지 아버지는 나타나지 않았다. 그리고 일주일 뒤, 아무도 없던 쓸쓸한 집에 드디어 아버지가 모습을 드러냈다. 정우는 소파에 앉아 아버지를 바라보았다.

"엄마는."

뻔뻔스럽게도 일주일 만에 나타나 정우에게 하는 말이 고작 '엄마는' 이라는 말뿐. 정우는 분노로 가득 찼지만 애써 감정을 추스르며 대답했다.

"……없어요."

정우의 대답에 아버진 아무 말 없이 방으로 들어가 버렸다. 쿵— 닫히는 방문 소리가 너무나도 크게 집을 울렸다. 그렇게 아버진 그 이후로 단 한 번도 어머니의 이야길 묻지 않았다. 마치 원래 없던 사람처럼 사라져 버린 어머니의 자리. 정우는 그런 아버지를 더욱더 원망했고, 증오했다. 그리고 평생 그런 아버지를 용서하지 않겠다고 다짐하고 또 다짐했다.

정우의 과거 이야기를 들은 희찬은 아무런 말을 잇지 못했다. 긴 정적이 흘렀지만 무슨 말로 정우를 위로해 줘야 할지 생각이 나지 않았다. 그러자 정우는 아무 말 없이 마지막 남은 커피 한 모금을 마시며 쓸쓸한 미소를 지었다.

"아, 쓰다. 오늘 커피 왜 이렇게 쓰지."

메마른 입술을 깨물며 그가 장난스럽게 말을 이어 갔지만, 희찬은 그의 장난을 되받아치지 못했다. 정우가 고개를 들어 희찬을 바라보았다. 빨개진 눈에 눈물이 그렁그렁 맺힌 희찬을 보고 피식 웃음을 터트렸다.

"진짜 울고 싶은 사람은 난데 네가 왜 울려 그래."

정우의 말이 끝나기가 무섭게 희찬은 덥석 그의 목을 끌어안았다. 당황한 듯 보였지만 이내 그도 희찬을 품에 꼭 끌어안았다.

"미안해요."

"……뭐가."

"내가 아무것도 모르면서 막 몰아붙여서."

어린아이처럼 웅얼거리며 말하는 희찬의 목소리가 귓가에 울리자 정우는 조금은 편안하게 미소를 지었다. 그리고는 장난스럽게 그녀의 등을 쓰다듬으며 말을 이어 갔다.

"알았으면 이제라도 잘해 줘."

툭툭, 희찬의 등은 두드리는데, 그녀가 목을 끌어안고 있던 손을 풀며 정우와 눈을 마주쳤다.

"……그래도 아버지랑 말은 해 볼 거죠?"

혹여나 또 상처를 줄까 봐 조심스레 물어보는 희찬의 말투는 그 어떤 때보다도 애교스러웠다. 정우는 그런 그녀가 귀여운 듯 눈가에 맺힌 눈물을 닦아 주며 가까이 다가가 희찬의 입술에 살짝 자신의 입을 맞추었다. 희찬이 살짝 미간을 구겼지만 정우는 신경 쓰지 않고 그녀의 입술에 짙은 입맞춤을 하기 시작했다. 희찬을 소파에 조심스럽게 눕히고 그녀의 입술을 파고드는 정우의 입술은 그 어느 때보다도 부드러웠다. 정우의 혀가 그녀의 입안을 헤집을수록 그녀의 머리는 몽롱해져만 갔다.

"하아……."

정우가 살짝 입술을 떼어 내자 숨이 막혔는지 희찬이 낮게 숨을 뱉어 냈다. 그 소리마저 사랑스러워 정우는 입가에 미소를 머금었다. 그의 미소가 어떤 행동을 뜻하는지 안 희찬이 당황스러운 표정을 지었지만 정우는 망설이지 않고 또다시 그녀의 입술에 입을 맞추었다.

규헌과 나온 나영은 새벽 골목길을 아무 말 없이 걷고 있었다. 나영의 집으로 향하는 길에 두 사람은 아무 말 없이 걷기만 할 뿐이었다. 나영은 여전히 정우와 희찬이 걱정되는지 힐끗 뒤를 돌아보았고, 이내, 규헌에게 걱정스런 말투로 말을 이어 갔다.

"괜찮겠지?"

"괜찮겠지."

아무런 감정 없는 표정과 말투로 시큰둥하게 대답하는 규헌이었고, 나영은 입을 삐죽거리며 규헌의 얼굴 앞에 얼굴을 들이밀며 장난스레 물었다.

"걱정 안 돼?"

"걱정은 무슨."

"에이, 그래도 희찬 씨 많이 예뻐하잖아."

나영의 말에 규헌은 우뚝 자리에 멈춰 서며 미간을 잔뜩 찌푸렸다. 그리고는 나영을 내려보며 퉁명스런 목소리로 말을 이어 갔다.

"……내가?"

"아니야?"

"그렇게 보였어?"

"응. 내 눈엔 적어도?"

규헌은 여전히 기분이 나쁘나는 듯이 고개를 갸웃거렸고, 다시 멈췄던 발걸음을 옮기기 시작했다. 희찬을 예뻐한다라……. 신경 쓰이고 행동 하나하나에 화가 나긴 했지만 예뻐한다고는 생각해 본 적이 없었다. 그랬기에 나영의 말에 매우 당황스러운 듯 보였다.

"규민이랑 많이 닮았잖아. 희찬 씨."

규민이란 이름에 규헌은 또 한 번 놀란 듯 발걸음을 멈추고 나영을 바라보았다. 나영은 규헌의 반응에 씩 웃으며 그의 볼을 손으로 감쌌다. 차갑게 식은 두 뺨이 나영의 따뜻하고도 작은 손에 점점 녹아내렸고, 그녀는 나지막한 목소리로 말을 이어 갔다.

"오빠 여동생, 강규민이랑 닮았어. 희찬 씨."

"……진짜?"

"응. 그것도 아주 많이."

"……몰랐어."

"정말? 나는 규민이랑 닮아서 희찬 씨를 옆에 두는 줄 알았는데, 설마 여자로 보고 있었던 거 아니야?"

장난스럽게 꼬집는 말투에 규헌은 나영의 머리를 매만지며 살짝 표정을 찡그렸다. 장난스럽게 웃어넘기려고 했지만 나영이 말투에서 조금 서운함이 느껴졌다. 항상 규헌은 나영보다 규민이 먼저였다. 규민은 환자였기에 나영보다 규헌의 관심을 항상 더 받았었다. 어렴풋이 떠오르는 규민의 모습들. 그제야 규민과 희찬이 닮았다는 걸 느끼는 규헌이었다. 규민이 세상을 떠난 지 언십 년이 지났고, 자연스레 강규민이라는 사람도 규헌의 마음속 귀퉁이에만 자리 남았었다.

그래, 그랬었나 보다. 그래서 희찬에게 마음이 쓰인 거였나 보다. 규헌은 이제야 알았다는 듯이 씁쓸한 미소를 내지었고, 자연스레 나영의 어깨에 손을 두르며 말을 이어 갔다.

"계속 질투했었던 건 아니지?"

"처음엔 조금 질투가 났었는데, 계속 보니까 알겠더라고. 아, 이 오빠 희찬 씨를 자기 동생처럼 생각하고 있구나, 라는 걸."

"나도 못 느꼈어. 규민이는 내 머릿속에서 지워진 지 오래라고 생각했거든."

"왜 하나밖에 없는 동생을 머릿속에서 지우고 그래? 규민이가 알면 진짜 서운해하겠다."

규헌은 씩 웃으며 나영의 머리를 쓰다듬었다. 나영이 규민이 때문에 질투를 많이 느낀 것을 알았기에 이런 말을 하는 것이 왠지 모르게 대견스러웠다. 십 년 전 어리광부리며 동생을 더 예뻐

하는 게 싫다고 칭얼대던 여자아이가 어느새 이렇게 자라 버린 것이었다. 그래, 10년이다. 규민이 떠난 지도, 나영을 만난 지도 벌써 10년.

규헌은 아무 말 없이 나영을 자신의 품에 꼭 안았다. 헤어지고, 만나는 아픔도 있었지만 누구보다도 규헌과 오랫동안 함께했던 나영이었다. 하는 행동만 봐도, 표정만 봐도 단박에 알아차려 주는 유일한 사람.

"고마워."

"응, 뭐가?"

"그냥 다."

규헌은 나영이 있었기에 지금 이렇게 행복하게 웃을 수 있는 것 같았다.

희찬이 눈을 떴을 때는 작업실 소파 위였다. 창문 사이로 들어오는 햇볕이 아침이 밝았다는 것을 알려 주고 있었고, 당황한 그녀가 얼른 벽에 걸린 시계로 시선을 돌렸다. 일곱 시 반. 놀란 그녀가 덮고 있던 담요를 몸에 두르고 주변을 살폈지만 다행스럽게도 작업실 안에는 소파 아래에서 잠든 정우밖에는 보이지 않았다.

"윤 작가님 집에 가셨나……."

휴, 길게 한숨을 내쉬던 그녀는 자신의 옆에 잠든 정우를 바라보며 미간을 살짝 찌푸렸다.

"남의 집에서 이게 무슨……."

어제 막무가내로 덤벼드는 정우 때문에 분위기상 어쩔 수 없는 선택이었지만 아무리 생각해도 이건 아닌 것 같았다. 희찬이 일하는 작업실이자, 상사의 집에서 이런 짓을 했다는 건 도저히 상식적으로 말이 되지 않는다. 하지만 이미 벌어진 일을 되돌릴 수 없었기에 규헌이 돌아오지 않는 걸 참으로 다행으로 여기고 있었다.

희찬은 자리에서 일어나 담요를 손에 들고 정우에게로 슬금슬금 다가갔다. 하의만 입고 이불 하나도 덮지 않은 채 웅크리고 자고 있는 모습이 영락없는 어린아이 같았다. 그녀는 들고 있는 담요를 그에게 덮어 주었다. 조금 따뜻해지자 잔뜩 웅크렸던 그의 몸이 스르르 풀리기 시작했다. 그런 그의 행동이 너무 귀여워 픕 하고 웃음을 터트렸을 때, 정우가 몸을 뒤척이기 시작했다. 놀란 희찬이 슬금슬금 뒤로 물러섰지만 또다시 곤히 잠든 정우였다.

"잘 자네."

규헌의 집에서 많이 시달렸나? 희찬은 왠지 둘의 생활이 상상돼 픽 웃음을 지었다. 그리곤 조금 있으면 규헌이 올 것이란 생각에 희찬은 아침밥이라도 해 두는 게 낫겠다 싶어 자신의 가방이 있는 곳으로 터벅터벅 걸어갔다. 가방을 열자 그녀의 시선에는 지갑보다 제일 먼저 정우 아버지가 준 흰 돈 봉투가 눈에 들어왔다. 희찬은 조심스레 봉투를 들었다. 이걸 다시 전해 드려야 할 텐데…….

희찬은 길게 숨을 내쉬다가 뒤돌아 힐끗 거실에 잠든 정우를 바라보았다. 어제 새벽 아버지의 대한 미움에 십여 년간 제대로 대화를 하지 못했다는 그의 말을 듣고 어쩌면 평생 아버지와 화해를 할 수 없다는 생각이 들었다.

"평생 가족과 등지고 산다라……."

희찬에게는 단 한 번도 생각해 본 적이 없는 세상이다. 어머니는 일찍 돌아가셔서 잘 모르지만 아버지와는 누구보다 돈독했기에 등을 지고 산다는 건 생각하기조차 싫었다. 정우가 자신처럼 가족에게 도움 받으며 행복하게 살았으면 하는 생각이 들었다. 희찬은 무언가 결심한 듯 다시 돈 봉투를 가방에 집어넣었다. 그리고는 원래 계획대로 지갑을 들고 작업실을 나서 가까운 마트로 발걸음을 옮기기 시작했다.

규헌이 작업실에 도착했을 때는 정우 혼자 덩그러니 거실에 널브러져 있었다. 인상을 잔뜩 쓰고 정우를 바라보다가 발로 툭툭 다리를 차며 소리쳤다.

"야, 일어나!"

꾸물꾸물거리던 정우는 담요를 머리끝까지 덮고 우는소리를 냈다. 그 꼴을 너무나 어이가 없어 코웃음을 치며 규헌이 담요를 억지로 잡아당겼다. 그리곤 그의 등을 발로 힘차게 내리쳤다.

"아!"

갑작스런 폭력에 정우는 두 눈은 번뜩였고, 외마디 비명을 지르며 벌떡 자리에서 일어섰다.
"뭐하는 짓이야!"
"남의 집 거실에서 누가 그런 꼴로 자고 있으래?"
정우는 규헌의 말에 인상을 찌푸리며 자신의 상의를 바라보았다. 놀란 정우가 가슴을 엑스자로 가리다, 이내 규헌이 든 담요를 빼앗아 얼른 뒤집어썼다. 그리고는 주변들 두리번거리며 희찬을 찾아 헤맸다. 하지만 작업실에는 규헌만 보일 뿐, 희찬의 모습은 어디에도 보이지 않았다.
"유희찬은?"
"몰라, 내가 왔을 때는 너만 있었어."
"아씨, 어디 간 거야?"
신경질을 내며 작업실 안을 누비던 정우의 발걸음이 부엌에 우뚝 멈추었다. 식탁 위에 차려져 있는 아침상을 보고 의아해하며 정우는 규헌에게 소리쳐 물었다.
"설마 네가 아침밥 해 놓은 거야?"
정우의 뜬금없는 발언에 규헌은 몹시 기분이 나쁘다는 듯 그를 쳐다보며 고개를 좌우로 흔들었다. 그래, 그럴 리가 없겠지. 지금까지 제대로 된 밥을 주지 않았기에 당연지사 아닐 것이라고는 생각했다. 정우는 문득 희찬이 해 놓았을 거라는 생각이 들었고, 예상대로 숟가락 옆에는 노란 포스트잇이 붙어 있었다.
[아침 먹으면서 조금만 기다려요. ―희찬.]

정우는 반듯하게 적혀 있는 손글씨를 보며 피식 웃음을 터트렸다. 그리곤 자리에 앉아 숟가락을 들던 찰나, 규헌이 슬그머니 다가와 정우 맞은편에 앉았다. 정우는 규헌의 등장에 매우 아니꼬운 듯 그를 쳐다보았지만, 규헌의 앞에 밥과 수저가 놓여 있는 것을 보고 정우는 주먹을 꽉 쥐며 작게 중얼거렸다.

"내 것만 두고 가면 되지. 왜 저 녀석 것까지……."

정우는 애써 화를 눌러 참으며 숟가락을 들어 밥을 한 스푼 깊게 떠 입에 쑤셔 넣었다.

희찬은 택시에서 내리며 강한 바람에 온몸을 오들오들 떨며 자신의 앞에 있는 건물을 조용히 올려다보았다. 이곳은 정우의 아버지가 회장으로 계신 신문사의 본사 건물이었다. 이곳에 오면 정우의 아버지를 만날 수 있을 거란 생각에 무작정 찾아왔지만 왠지 문전박대할 것 같아 무섭기도 했다. 하지만 여기까지 왔는데 되돌아갈 수는 없는 일이었다. 받은 돈도 돌려줘야 하고, 정우에 대해 할 말도 아주 많았다. 정우가 용기가 나지 않는다면 희찬이라도 앞장서 두 사람을 화해시키고 싶었다. 오지랖일 수도 있지만 정우가 하나밖에 없는 가족을 이대로 등지고 살게 하고 싶진 않았다.

건물 안으로 들어선 희찬은 주변을 두리번거리다가 안내데스크로 다가갔다. 처음에는 사전 약속을 하지 않으면 만날 수 없다는 말을 했지만 정우의 여자친구라는 말을 하자, 고민을 하다가 안내원이 호출을 넣었다. 한참 뒤, 올라가도 좋다는 통보를 받은 뒤에야 그녀는 엘리베이터를 타고 정우의 아버지가 있는 회장실로 가기 시작했다.

회장실 앞에 다가가자 비서가 꾸벅 인사를 하며 희찬을 맞이했다. 놀란 희찬은 비서를 향해 어색하게 인사를 한 뒤, 비서를 따라 회장실 안으로 들어섰다.

회장실 안은 생각보다 단조로웠다. 드라마나 영화에 나오는 것처럼 비싼 그림과 난이 장식 되어 있을 줄 알았는데 책장과 책상, 그리고 소파와 작은 테이블이 전부였다. 희찬은 쭈뼛거리며 자리에 서서 어쩔 줄 몰라 했다. 정우의 아버지는 희찬에게 눈길조차 주지 않고 일에 몰두하고 있었기 때문이다. 희찬은 차마 말을 걸지 못하고 우두커니 서서 그를 지켜보았다. 그녀의 시선에도 아랑곳하지 않은 채 일에 집중하는 그였다. 한참을 그렇게 일에 몰두하더니 이내 마지막 서류를 보고는 조용히 내려놓는 그였다.

"왔으면 무슨 말이라도 해야 할 것 아닌가."

서늘하다 못해 차가운 말투에 희찬은 바짝 긴장을 한 듯 등을 곳곳히 세웠다. 정우의 아버진 탐탁지 않은 표정으로 희찬을 바라보다가 소파로 다가와 앉았다.

"안녕하세요."

희찬이 고개를 숙이며 인사했지만 전혀 신경 쓰지 않고 담배 한 개피를 입에 물었다. 그리고는 무슨 용건이냐는 듯한 물음을 가진 시선으로 슬쩍 올려다보는 그를 보고 희찬이 가방에서 흰 봉투를 주섬주섬 꺼내 들었다.

"이거 돌려 드리려고 왔습니다."

"……부족한가?"

"아, 아닙니다! 전 이 돈이 필요 없어서……."

"필요 없어도 가지고 나가게."

"전 이 돈 받을 수 없습니다."

"뭐?"

"이 돈 받고 박정우 씨 옆을 떠나기 싫다는 소리입니다."

희찬은 당돌하게 말했지만 목소리가 미미하게 떨리고 있었다. 어찌나 눈이 매서운지 바라만 보고 있어도 심장이 쪼그라드는 것만 같았다. 마른침을 꿀꺽 삼키며 그녀는 슬금슬금 그의 옆으로 다가가 앞 테이블에 돈 봉투를 내려놓았다.

그는 멍하니 봉투를 바라보다가 쓴웃음을 지으며 입에 물린 담배 끝에 불을 붙이기 시작했다. 뿌연 연기가 그의 입술 끝에서 새어 나왔다. 매운 담배 연기가 방 안을 채우고 희찬은 긴장한 듯한 얼굴로 그를 가만히 응시하고 있었다.

"이유가 뭔가?"

"네?"

뜬금없는 질문에 희찬은 당황한 듯한 얼굴로 되물었다. 그러자 살짝 인상을 찌푸리며 그가 말을 이어 갔다.

"왜 정우 옆에 붙어 있으려고 하는 것인지 묻는 거네. 삼 일

후면 정혼자랑 결혼을 할 거고, 이제 다른 사람의 남편이 될 사람이야. 왜 임자 있는 사람을 계속 붙잡고 늘어지는 거지? 정우랑 결혼이라도 해서 이 회사 재산을 다 가져 볼 속셈인 건가?"

비아냥거리는 말투에 희찬은 인상을 구기며 주먹을 꽉 쥐었다. 단 한 번도 그런 생각을 해 본 적 없을 뿐더러 처음 정우를 꺼려한 것도 자신에게 너무 과분한 사람이기 때문이었다. 유명 잡지사 대표이고, 나중에야 알았지만 아버지가 큰 신문사의 회장이라는 것도 그녀에게는 너무나 멀게 느껴졌다.

그저 그녀는 자신과 비슷한 사람을 만나 비슷한 집에서 평범하게 사는 것이 꿈이었다. 하지만 이미 희찬은 정우를 좋아하게 되었고, 이제는 돌이킬 수 없을 정도로 그가 좋아져 버렸다. 그런데 그런 그녀에게 회사 재산을 탐내려고 한다는 말은 기분이 나쁠 수밖에 없었다. 당연히 내 것이 아니고, 탐낼 자격도 없는 그녀였다.

"절대 그런 거 아닙니다."

"그럼 무슨 이유지?"

"박정우 씨를 좋아하기 때문에 옆에 있는 것뿐입니다."

"단지 그 이유 때문에?"

"회장님께는 단지 그 이유일지 몰라도 저에게는 큰 이유입니다."

희찬은 단 한 마디도 지지 않았다. 그런 그녀가 신기하기도 하고, 매우 건방지게 보이기도 했다. 그 모습이 정우와도 꽤 닮아 있었지만 그는 애써 떠오르는 생각을 외면하며 담배를 재떨이에 비벼 껐다.

"정우는 나영이와 결혼할 거다. 너 같은 애랑은 결혼 못 시켜."

"전 지금 결혼을 승낙 받으러 온 것이 아닙니다."

"그럼 대체 여길 찾아온 이유가 뭐지? 이 돈 봉투를 돌려주며 난 이 돈 따위는 필요 없다, 그냥 정우를 좋아할 뿐이다, 라고 얘기하고 싶었던 거야?"

"……."

"드라마를 너무 많이 봤나 보군. 그런 쓸잘때기 없는 이야기나 지껄이려면 당장 여기서 나가."

그는 자리에서 일어나 책상에 돌아가 앉아 다시 서류를 들었다. 희찬은 그런 그를 빤히 바라보다가 천천히 그의 앞으로 다가섰다. 희찬의 그의 앞에 서자 손에 든 서류 위로 그림자가 드렸다. 결국 잔뜩 인상을 구기며 그가 고개를 들어 희찬을 바라보았다.

"내 말 못 알아들었나? 당장 나가라 했을 텐데."

"박정우 씨한테도 항상 이런 식이셨나요?"

"뭐?"

"한 번도 속내를 드러내지 않고, 정우 씨가 무슨 생각을 하는지 조금도 배려조차 안 하셨죠. 그죠?"

"아니, 어디서 지금……. 나가. 당장 안 나가!"

"못 나갑니다. 왜 정우 씨에게 그렇게 냉담하게 대하셨는지 들을 때까지는 절대 못 나갑니다."

"뭐 이런……. 김 비서, 김 비서!"

정우 아버지의 목소리에 문 밖에 있던 비서가 들어섰다. 하지만 희찬은 눈 하나 깜짝하지 않고 그를 뚫어져라 바라보고 있을 뿐이었다.

"이 자식, 끌어내!"

"회장님, 제발 제 말 좀 끝까지 들어 주세요."

"뭐해! 안 끌어내고!"

그의 소리침에 비서는 당황해하다 결국 희찬의 팔을 잡고 끌어내기 시작했다. 하지만 끝까지 버티려는 그녀였고, 이내 정우 아버지에게 소리쳤다.

"왜, 그때 어머니 장례식 때도 오지 않으신 건가요!"

갑작스런 어머니라는 말에 희찬을 끌어내던 비서가 동작을 멈추었다. 회장도 당황한 표정을 감추지 못한 채 희찬을 바라보았다. 이내, 그가 미미하게 떨리는 목소리로 물었다.

"정우가 이야기한 건가?"

"네. 정우 씨가 그런 아버지를 증오하고 미워한다고 그랬어요."

"……"

"대체 왜 그러셨어요. 왜, 열 살밖에 되지 않은 아이를 그 쓸쓸한 어머니 장례식에 혼자 두신 거예요."

희찬의 울먹이는 목소리에 회장은 비서보고 나가라고 지시했고, 결국 희찬을 놓고 조용히 문 밖으로 나가 버리는 비서였다. 다시 회장실 안에는 희찬과 정우 아버지 두 사람만이 남아 있었다. 조금은 원망스런 표정으로 정우 아버지를 바라보는 희찬의 시선에 그는 펜을 든 손에 힘을 주었다.

　　"정우가…… 나를 증오한다고 하던가."

　　"어머니가 아프셨을 때 단 한 번도 찾아오지 않았다면서, 정우 씨가 그랬었어요. 어머니는 회장님을 무척이나 사랑하셨는데, 회장님은 그러지 않았다고. 그럼 자신의 어머니가 불쌍하고 외로워 보였다고요."

　　단 한 번도 정우의 입에서는 어머니라는 말은 나오지 않았다. 물론, 정우가 그를 미워하고 있을 거라는 건 짐작을 하고 있었다. 그런데 그런 말을 다른 사람에게까지 했다는 건 정우가 정말 마음을 열었다는 증거였다.

　　정우 아버지는 희찬을 쳐다보고는 다시 담배 한 개피를 손에 들었다. 그리고는 조용히 입에 가져가려던 찰나, 희찬이 작게 울먹이는 목소리로 입을 열었다.

　　"회장님 아들이잖아요. 하나밖에 없는 아들이잖아요. 그런데 왜 그 어린 정우 씨를 그렇게 외로운 곳에 두셨어요."

　　그는 담배를 입에 물지 못한 채 허공에 들었다. 문득, 그의 아내가 했던 말이 떠올랐다.

　　'당신 하나밖에 없는 아들이잖아. 외롭게 두지 마.'

십여 년 전 새벽 늦게 아내의 병실을 찾아갔을 때, 그녀가 했던 말과 같은 말이었다. 그는 희찬을 올려다보며 조심스럽게 담배를 책상 위에 내려놓았다. 그러자 눈가에 맺힌 눈물을 손등으로 닦아 내며 또 말을 이어 가기 시작하는 희찬이었다.

"가족이라는 거, 영원히 등질 수 없는 거잖아요. 저는 그다지 좋은 집에서 호화롭게 살지는 않았지만 가족이 있어서 항상 행복했었어요. 그런데 왜 모든 걸 다 가지고, 호화롭게 산 정우 씨는 평범한 사람에게도 있는 가족을 등지고 살아야 되는지 전 이해할 수가 없어요."

그녀의 뺨을 타고 눈물이 흘러내렸다. 정우 아버진 그런 그녀를 보며 왠지 모르게 자신의 아내 모습이 떠올랐다. 바빠서 자주 찾아가진 못했지만 그래도 정우에게만은 따뜻하게 대해 달라며 아내는 그의 손을 잡고 말했었다. 잊고 있던 십여 년 전 기억에 그의 눈시울도 조금 붉어지고 있었다.

아내를 위암 선고를 받았을 때, 한창 회사가 번창하던 시기라 아내 앞에 있어 줄 수가 없었던 그였다. 그게 항상 미안해서 일주일에 한 번 늦은 새벽마다 찾아가 아내 옆을 지켜 주었다. 그때마다 아내는 자신보다 정우에게 잘해 달라며 몇 번이고 같은 말을 되풀이했었다.

그래, 이제야 생각이 났다. 아내가 죽고 나서 아무런 생각조차 할 수 없었고, 일만 하며 살아왔다. 아내의 임종을 지키지 못했다는 죄책감에 정우에게 아내의 마지막 길은 어땠냐는 말도 묻지 못했었다. 그런 자신이 너무나 못나고 한심해 보여서, 그 모습을 아들에게 보여 주고 싶지 않아 더 매정한 척했던 것이었다.

 희찬과 정우 아버지 두 사람 사이에는 기나긴 정적만이 흘렀다. 꽤나 긴 정적에 희찬의 뺨에 흐르던 눈물도 어느새 메말라 버렸고, 정우 아버지는 생각에 잠긴 채 한참을 멍하니 허공만 바라보고 앉아 계셨다.

 정우는 소파에 누워 멍하니 천장을 바라보았다. 분명 편한 잠자리는 아니었지만 왠지 어젯밤에는 정말 십여 년 만에 처음으로 푹 잠에 빠진 것 같았다. 희찬이 옆에 있어서 그런가? 그는 바보같이 헤헤 웃으며 옆에 있던 쿠션을 움켜쥐었다.

 그 모습을 지켜보던 규헌은 고개를 좌우로 흔들며 혀를 끌끌 찼다. 정상인의 모습이 아니다. 돌아도 제대로 돈 놈이 틀림없었다. 규헌은 들고 있는 커피를 한 모금 마시며 얼른 자신의 방으로 올라가 버렸다.

 "아— 유희찬 언제 오냐."

 휴대폰을 만지작거리며 희찬에게 연락이 오기만을 기다리던 그때, 유희찬에게서 온 문자가 휴대폰 액정에 보이기 시작했다. 놀란 정우가 소파에서 몸을 벌떡 일으키며 어린아이마냥 해맑은 미소를 지었다. 하지만 그녀의 문자 내용을 확인한 그는 조금 의아한 듯 고개를 갸웃거렸다.

[우리 오늘 대표님 어머니 보러 가요.]

희찬의 문자는 달랑 한 문장이었다. 그 뒤로 전화도 받지 않았고, 문자를 해도 답장이 오지 않았다. 일단은 준비를 마치고 납골당으로 오긴 했지만, 왠지 찜찜한 기분이 들었다. 하지만 희찬이 아닌 다른 사람이 어머니 이야기로 불러낼 리 없었고, 어머니에 대한 이야기를 아는 것은 희찬뿐이었기에 의심을 떨쳐 내고 납골당 안으로 조심스레 들어갔다.

작년 12월 13일, 어머니의 기일 날 오고서 단 한 번도 찾아오지 않았다. 이런저런 일로 바쁘기도 했고, 솔직히 삐딱하게 변한 그의 모습을 어머니에게 자주 보여 주고 싶진 않았다. 그는 거의 일여 년 만에 찾아온 어머니 앞에 우두커니 섰다. 아직도 십여 년 전 예뻤던 모습 그대로인 어머니의 사진을 보고 있자 정우는 조금 코끝이 찡해졌다.

"엄마, 나 왔어."

한참 뒤에야 꺼낸 인사말에는 작은 울먹임이 서려 있었다. 십여 년이나 지났음에도 불구하고 어머니 앞에 서면 뭉클하고 아련했다. 그는 숨을 크게 들이쉬곤 이내 고개를 돌려 진지한 상황을 어떻게든 피해 보려는 듯 말을 이어 갔다.

"아, 유희찬은 대체 어떻게 된 거야."

정우는 괜스레 자리를 뜨고 납골당 주위를 둘러보았다. 하지만 그 어디에도 희찬의 모습은 보이지 않았다. 정우는 한숨을 푹 내쉬며 다시 어머니가 있는 곳으로 발걸음을 돌릴 찰나, 어머니 앞에 누군가가 서 있는 것을 발견할 수가 있었다.

"미안하오."

익숙했지만 뭔가 익숙하지 않은 목소리. 정우는 인상을 조금 찌푸리다가 어머니 앞에 서 있는 사람이 아버지임을 알아챘다. 놀람과 당황스러움에 자신이 헛것을 본 건가 싶어 고개를 좌우로 흔들며 다시 앞을 바라보았다. 분명 자신의 앞에 서 있는 것은 아버지가 맞았다. 왜? 왜 여기에 아버지가 있는 거야? 묻고 싶었지만 입이 떨어지지 않아 정우는 병진 표정으로 그를 바라보기만 할 뿐이었다.

"용기가 없어 이제야 찾아온 나를 용서해 주오."

아버지는 천천히 용기를 내어 정우에게 다가섰다. 18년 전, 아내의 사망 소식을 듣고 병실 앞까지 갔지만 아내의 손을 잡고 울고 있는 정우를 보고 용기가 나지 않았다. 그 어린것이 죽은 아내의 옆을 지키고 있었다. 정작 남편인 자신은 아무것도 해 주지 못했는데 말이다. 남편으로서 아버지로서 그는 용기가 나지 않았다. 도저히 저 옆에 다가가 아내의 손을 잡아 줄 수가 없었다. 그때는 그랬었다. 그래서 그는 원래 잡혀 있던 해외 미팅을 미루지 않고 참석해 버리고 말았다.

"이해할 수 없겠지만 나는 그랬어. 당신에게도, 정우에게도 좋은 남편, 좋은 아빠가 되어 주지 못했기에 당신 앞에 나타날 수 없었어. 늦은 새벽에 병실에 찾아갔을 때, 당신이 정우한테만은 따뜻하게 대해 달라고, 바빠도 아들한테만은 그러지 말라고 했었던 게 그 아이를 보고 떠올랐네. 정말 이제 나도 늙었나 봐. 그런 중요한 말도 잊고 살았으니……."

정우 아버지 눈에서 18년간 참아 왔던 눈물이 흘러내렸다. 그 모습을 지켜보는 정우는 멍하니 그를 바라보고 있을 뿐이었다. 다가가 소리침도, 화도 내지 못했다. 모르겠다. 만약 어머니 앞에 와 용서를 구한다고 해도 절대 자신이 용납을 하지 않겠다고 다짐했건만. 왜 지금 와서 그의 아버지에게 소리칠 수 없는지 알 수가 없었다.

"……미안하네."

몇 번이고 미안하다는 말을 반복하는 아버지는 끝내 무릎을 꿇고 앉아 버렸다. 그 모습을 지켜보는 정우의 두 주먹에 힘이 들어갔다. 그리고 그는 이내, 아무 말 없이 뒤돌아섰다. 어쩌면 이런 걸 바랐을지도 모른다. 속은 분노와 증오로 가득 차 있었을지 몰라도 답은 간단한 거였다. 아버지는 아버지였고, 남편은 남편이었다. 어머니가 외롭지만 않았다는 것만으로도 정우는 조금은 아버지를 용서할 수 있었던 건데. 정우는 애써 붉어진 눈시울을 외면하며 납골당을 유유히 빠져나왔다.

그로부터 일주일 후, 모든 것은 정상적으로 돌아왔다. 규헌은 정우가 집을 나가서 한결 편안한 얼굴로 일을 시작했고, 나영은 외국에 나가 있던 아버지가 돌아오자 자신이 사랑하는 사람은 따로 있다는 것을 밝히고 규헌을 소개시켰다. 결국, 나영 쪽에서 먼저 결혼을 파하기로 했지만 이상하게 순순히 받아들이는 정우 아버지의 태도에 다들 의아해하는 눈치였다.

"이 형편없는 기획안은 어떤 자식이 작성한 거야?"

"1팀에서 작성한 기획안입니다."

"오늘 저녁 여덟 시 내로 제대로 된 기획안 안 가져오면 1팀 전체 다 퇴사시킨다고 말해."

"네, 알겠습니다."

남 비서는 정우가 되돌려 준 기획안을 들고 대표실을 나섰다. 그는 한숨을 푹 내쉬며 이마를 손으로 감쌌다. 도대체 얼마나 돌머리면 하루가 멀다 하고 이런 거지같은 기획안을 낼 수 있는 건지. 이런 자식들을 뽑아 놓은 인간을 언젠간 족을 치리라, 그는 다짐하고 다짐을 하고 있었다.

똑똑, 갑자기 노크 소리가 들려왔다. 정우가 고개를 슬쩍 들어 보면 문틈 사이로 희찬이 환하게 미소 짓는 모습을 볼 수 있었다.

"어? 어쩐 일이야?"

"대표님한테 보여 줄 게 있어서요."

"보여 줄 거? 그게 뭔데?"

정우는 금세 밝은 표정을 지으며 고개를 갸우뚱거렸다. 희찬는 쪼르르 정우의 앞으로 다가가 가방에서 무언가를 꺼내 그의 책상 위에 올려다 주었다.

"이게 뭐야?"

"사진이에요."

공모전이 며칠 남지 않았기에 당연지사 공모전에 낼 사진이라고 생각한 정우는 아무런 거리낌 없이 사진을 바라보았다. 하지만 사진을 확인한 그는 미세하게 미간을 구기며 퉁명스럽게 대답했다.

"뭐야, 이거 언제 찍었어?"

"기념으로 찍었어요. 어때요? 잘 나왔죠? 무슨 영화 스틸 컷 사진 같지 않아요?"

정우가 든 사진에는 그의 모습과 그의 아버지 모습이 찍혀 있었다. 납골당 어머니 앞에 무릎을 꿇고 있는 아버지, 그리고 그 모습을 지켜보는 정우의 사진. 정우는 마음에 들지 않은 표정이었지만 사진으로서는 매우 훌륭한 작품이었다.

"유희찬, 이거 초상권 침해인 거 알아 몰라?"

"그래서 대표님 드리잖아요. 기념으로 간직하세요. 아버지와 십여 년 만에 화해한 기념으로."

"누, 누가 화해를 했다 그래?"

정우는 버럭 소리치며 말했지만 계속 사진에서 눈을 떼지 못하고 있었다. 아직 정말 아버지와 화해했다고 할 정도의 단계는 아니었다. 이제 어느 정도 대화는 이어 갈 수 있는 수준밖에 안 되지만 그만큼 발전 것도 전혀 그가 생각지 못한 일이었다. 아버지와의 화해라……. 그는 사진을 보며 옅게 웃어 보이다가 희찬에게 사진을 되돌려 주었다.

"자, 가져가."

"네? 왜요? 사진 마음에 안 들어요?"

"그게 아니라 가져가서 네 공모전에 내라고."

"네?"

"지금까지 본 네 사진 중에 제일 너답고 훌륭해. 이 사진이면 공모전 낼 만한 가치가 있어."

"그래도 이건 박정우 씨 사진이잖아요."

"선물이라고 생각해."

"선물이요? 저 아직 생일 아닌데……."

"아, 이 여자가 정말. 그냥 선물이라고 하면 받아 둬. 마음 바뀌기 전에."

정우가 사진을 억지로 쥐여 주자 떨떠름한 표정으로 일단 사진을 받아 들었다. 전혀 공모전에 낼 마음이 없었다. 이건 정우에게 가족을 되찾은 기념으로 평생 그만이 간직하길 원했던 사진이었다. 희찬은 정우와 사진을 번갈아 쳐다보다가 조심스레 물었다.

"진짜 이 사진 공모전에 내도 되는 거죠?"

"응. 내 모델료가 비싸긴 하지만 그건 네가 몸으로 때우면 되는 거고."

"……네에?"

"오늘 저녁에는 내 오피스텔 갈까?"

정우는 음흉한 미소를 지으며 희찬의 옆으로 다가가 그녀의 어깨에 자신의 팔을 둘렀다. 희찬은 잔뜩 인상을 찌푸리다가 이내 그를 살짝 밀어내며 말했다.

"오늘 저녁엔 아버님이랑 약속 있는 거 잊었어요?"

"아, 맞다. 오늘이 그날인가?"

정우는 아쉬운 표정을 감출 수 없었지만, 아버지와 희찬, 그리고 자신이 함께 저녁 식사를 하게 됐다는 것이 만족스러웠기에 더 이상 따지지 않았다.

"나 그런데 옷을 뭐 입어야 하죠? 그냥 이렇게 입어도 될까요?"

"흠…… 난 가슴 깊게 파인 섹시한 옷이 좋은데."

"아, 쫌!"

"야, 농담이야, 농담! 그렇게 정색할 필요까진 없잖아."

"그런 농담하지 말라고 했죠!"

"아니 근데 섹시한 것도 잘 어울릴 거 같아. 오늘 한번 도전해 보는 건 어때?"

"아, 대표님!"

희찬은 참다못해 가방을 들어 그를 때리려고 했지만 이미 그녀의 행동을 파악한 정우는 가방을 손으로 막아 내고 그녀의 허리를 감싸 안았다. 그리고는 그녀의 입술에 자신의 입을 맞추고는 씩 기분 좋은 미소를 지었다.

"농담이야. 넌 그냥 그대로의 모습이 제일 예뻐."

정우의 낯 뜨거운 말에 희찬의 얼굴이 빨갛게 달아올랐다. 부끄럽고 민망해 고개를 슬쩍 돌렸지만 정우는 그런 그녀의 뺨에 다시 입을 맞추고는 자신의 품에 꼭 안았다. 희찬은 그런 정우를 밀어내지 않고 꽤 오랫동안 그의 품에 안겨 있었다.

※

"유 작가님의 최초 수상작인 '18년'이란 작품의 주인공이 자신의 남자 친구라고 하시던데, 사실입니까?"

"네, 사실입니다. 제 남자 친구와 그의 아버지가 모델이 된 사진입니다."

"그 남자 친구가 '스쿠알로'의 대표 박정우 씨라는 말이 있으시던데 그것도 사실인지 알고 싶습니다."

여기저기서 터지는 플래시 세례에 눈을 제대로 뜰 수가 없었다. 그 한가운데 평온한 미소를 짓고 질문에 답을 하는 희찬이 앉아 있었다. 삼 년이 지난 지금, 그녀는 완전한 정상은 아니었지만 어느 정도 이름이 알려진 사진작가가 되어 있었다. 그것의 시작은 정우와 그의 아버지를 찍은 사진이었고, 그 이후 승승장구하며 그녀의 이름은 점차 유명해지고 있었다.

"아, 죄송하지만 그 질문은 노코멘트하겠습니다. 오늘은 인터뷰 여기서 마치죠."

"잠시만요, 잠시만요! 유 작가님! 마지막 한 가지만 물어보겠습니다!"

희찬은 어떤 기자의 말에 인터뷰장을 빠져나오려던 발걸음을 멈추고 뒤돌아섰다. 그러자 기자는 망설임 없이 그녀에게 마지막 질문을 건네었다.

"유 작가님이 왜 사진작가의 길을 걷게 됐는지 알고 싶습니다!"

기자의 말에 희찬은 다시 자리로 돌아가 테이블 위에 놓아 둔 마이크를 손에 쥐었다. 그리고는 그녀가 확신에 찬 말투로 기자를 보며 말을 이어 갔다.

"렌즈를 통해 남들이 볼 수 없는 세상의 아름다움을 캐치해 내보고 싶었습니다. 사진작가셨던 제 아버지처럼요."

희찬은 입가에 미소를 띠며 마이크를 조심스럽게 내려놓았다. 여기저기서 터져 나오는 플래시에 그녀는 어시스트의 보호를 받으며 인터뷰장을 나섰다. 발 디딜 틈도 없던 인터뷰장을 빠져나와 작업실에 도착한 그녀는 늘어지듯 소파에 앉았다.

"아, 피곤해……."

"작가님, 시원한 물이라도 드릴까요?"

희찬이 고개를 살짝 끄덕이자 그녀의 어시스트는 부랴부랴 부엌으로 달려갔다. 희찬은 그런 어시스트를 힐끔 쳐다보며 피식 웃음을 지었다. 일주일 전 지인을 통해 뽑은 남자 어시스트는 싹싹하고, 일을 너무나 잘했다. 왠지 그의 모습이 예전 자신이 규헌의 어시스트를 하던 모습과 같아 보여 동질감이 생기고 있었다.

"야, 유희찬! 문 열어!"

쿵쿵, 갑자기 누군가가 문을 거세게 두드렸다. 놀란 어시스트가 물을 따르다가 놀라 현관문으로 부랴부랴 달려갔다.

"누구시죠?"

"오호라, 너냐? 이번에 새로 들어온 남자 어시스트가?"

다짜고짜 들이닥친 정우는 어시스트의 멱살을 잡고 소리쳤다. 놀란 어시스트는 잔뜩 겁먹은 얼굴로 희찬을 쳐다보았다. 희찬도 놀란 나머지 소파에서 일어나 입을 다물지 못했다.

"지금 뭐하는 거예요!"

"이 자식이지? 이번에 새로 들였다는 어시스트?"

"아, 일단 그 손 좀 놓고 얘기해요!"

"자, 작가님! 살려 주세요!"

켁켁거리며 숨도 제대로 쉬지 못하자 희찬은 당황해하며 얼른 정우의 손을 억지로 떼어 냈다.

"아, 진짜 말로 해요!"

"내가 어시스트는 여자로만 들이라고 말했냐, 안 했냐?"

"어쩌다 보니 남자가 들어온 거예요. 처음에 저도 남자인 줄 몰랐다고요!"

"그럼 당장 내보내!"

"일 잘하고 싹싹한 친구예요."

"안 돼! 안 돼! 일 잘해도 남자는 절대 안 돼!"

정우는 고집을 피우며 옆에 있는 어시스트를 노려보았다. 잔뜩 겁먹은 그는 슬금슬금 뒷걸음질하기 시작했고. 그때, 그가 누군가와 툭 부딪쳤다. 놀란 그가 뒤돌아보자 규헌이 잔뜩 얼굴을 찌푸린 채 그를 내려다보고 있었다.

"얜 또 뭐야?"

규헌의 목소리에 정우와 희찬은 그제야 고개를 돌리고 현관문을 바라보았다. 그 뒤로 나영도 해맑게 웃으며 작업실로 들어섰다.

"어라? 이 남자는 뭐야? 희찬 씨 설마 바람피웠어요?"

"아, 아니에요! 제 어시스트예요!"

"아하, 어시스트?"

규헌이 씩 웃으며 어시스트를 의미심장한 표정으로 바라보았다. 어시스트는 잔뜩 겁먹은 얼굴로 슬쩍 뒷걸음질 쳤다.

"어시스트 주제에 작가한테 사심 가지면 안 된다는 거 알고 있지?"

"네, 네! 무, 물론이죠."

규헌의 무서운 질문에 그는 겁에 질려 고개를 끄덕이며 말했다.

"흠, 그럼 합격."

"야! 강규헌! 왜 네가 마음대로 합격시켜! 유희찬은 내 애인이거든?"

"내 어시스트였던 사람의 어시스트를 돌봐 주는 건 스승으로서의 예의야."

"예의 좋아하네. 내가 유희찬한테 관심 끄랬지?"

"자꾸 관심, 관심거리는데 나 쟤한테 관심 없어. 이렇게 예쁜 애인을 두고 다른 데 관심을 두냐?"

규헌의 말에 정우는 잔뜩 인상을 찌푸렸고, 나영은 규헌을 꼭 껴안으며 그의 볼에 입을 맞췄다. 쪽— 소리가 경쾌하게 울리자 정우와 희찬, 그리고 희찬의 어시스트가 매우 놀란 표정으로 그들을 바라보았다.

"미친 거 아냐? 아무 데서나 쪽쪽거리고! 에이씨, 유희찬 우리도 뽀뽀하자! 진한 걸로다가!"

"이, 이보세요! 여기 사람들 많거든요!"

"저기도 하는데 우리라도 못 할 거 있어? 자자, 저 어시스트 놈한테도 확실히 각인시켜 줘야 하니까 이리 와 봐!"

정우는 억지로 그녀를 껴안고 입술을 쭉 내밀었다. 그런 그의 입을 손으로 막으며 완강히 저항하는 희찬이었다. 그 모습을 보며 나영과 규헌은 함박웃음을 터트렸고, 겁먹은 얼굴로 그들을 지켜보던 어시스트도 옅은 미소를 지었다.

그들은 행복했다. 그 누구보다도. 자신의 하고 싶은 일에 최선을 다하고, 사랑하는 사람과 늘 함께 있는 이 시간. 그들은 지금, 자신의 시선에서 가장 아름다운 행복을 보고 있는 중이었다.

-The end

은하장아도

초판 1쇄 찍음 2013년 2월 12일
초판 1쇄 펴냄 2013년 2월 15일

지은이 | 이해음
펴낸이 | 정 필
펴낸곳 | 도서출판 **뿔미디어**

편집장 | 이재권
기획 · 편집 | 손수화, 주종숙
편집디자인 | 이진선
관리 · 영업 | 김기환, 임순옥

출판등록 | 2002년 9월 11일 (제1081-1-132호)
주소 | 부천시 원미구 상3동 533-3 아트프라자 503호 (우)420-861
전화 | 032)651-6513 / 팩스 | 032)651-6094
E-mail | dahyangs@naver.com
카페 | http://cafe.daum.net/dahyangs

값 9,000원
ISBN 978-89-6775-151-7 03810

※파본은 구입하신 서점에서 교환하여 드립니다.
※이 책은 (도)뿔미디어를 통해 독점 계약되었습니다.
저작권법에 의해 보호를 받는 저작물이므로 무단 전재와 무단 복제를 엄금합니다.

사랑, 그 달콤에 취하고 상처에 울든다.

그 사랑

사용, '그 말림에 기우치 않고 몸기에 물든다.'

사용